マスコット

ナチス突撃兵になったユダヤ少年の物語

マーク・カーゼム 著
宮崎勝治・栄美子 訳

ミルトス

著者のノート

私の父の物語「マスコット」は、実話である。何年にもわたる調査で私が接触した個人の、プライバシーや組織を守るため、この書物では一部の個人名や、個人の特定につながりかねない事実の一部を変えた。

また、読みやすくするため、細かい調査日時などの記述は圧縮したが、事件発生の順序は真実であり、正確である。これは、読書の楽しみをそこなわないようにしたいと考えてのことで、読者が寛恕されるよう願うものである。

第二次世界大戦については、多岐にわたる報告がおこなわれており、おそらく避けられないことであろうが、特定の事件に関する歴史家の研究にも、発生の日時、場所、投入された軍隊などに関して不一致が存在する。この書物に記したように、物語の重大な鍵であるスロニム虐殺の正確な日付がいまだに確定されず、父が目撃した虐殺がそれだったのかどうか断定できないでいるのは、その適例である。この事件を実際に目撃した人々の記憶の間にも、一部に矛盾が存在する。そのうえ、地名の表記にも少なからぬ異体綴りがある。明確で一貫した記述のために、この書物ではすべて同一の綴りで通すことにした。

以上のような矛盾が存在する中で、著者は困難な状況を乗り切り、正しい方向をめざすよう最大限の努力を払った。

マスコット／目次

第三部　五〇年後の旅

●主要な登場人物

マーク・カーゼム……………………アレックスの息子。父と共に父の謎解きに協力する
アレックス・カーゼム………………主人公のオーストラリア移住後の名
パトリシア・カーゼム………………アレックスの妻、マークの母
クーリス………………………………アレックスを救った軍曹
ローベ…………………………………ラトビア警察旅団第一八大隊の司令官
ウルディス・クルゼムニークス……マスコットのアレックスに付けられたラトビア名
ジェーニス……………………………アレックスを養子にしたラトビアの実業家
アンクル………………………………ジェーニスの愛称で、「おじさん」の意
アンティー……………………………ジューニスの妻エミリーの愛称で、「おばちゃん」の意
ジルドラ、アウスマ、ミルジャ……ジェーニスの娘たち
エリ……………………………………マークのオックスフォードでの学友、イスラエル女性
アリス…………………………………アレックスの知人、身元探しに献身的に協力した女性
エリック・ガルペリン………………アレックスの弟
ソロモン・ガルペリン………………アレックスの父
イリヤ・ガルペリン…………………アレックスの少年時代の実名
ヴォロージャ…………………………ソロモン・ガルペリンの親友
アーニャ………………………………ヴォロージャの妻。パルチザンの一人

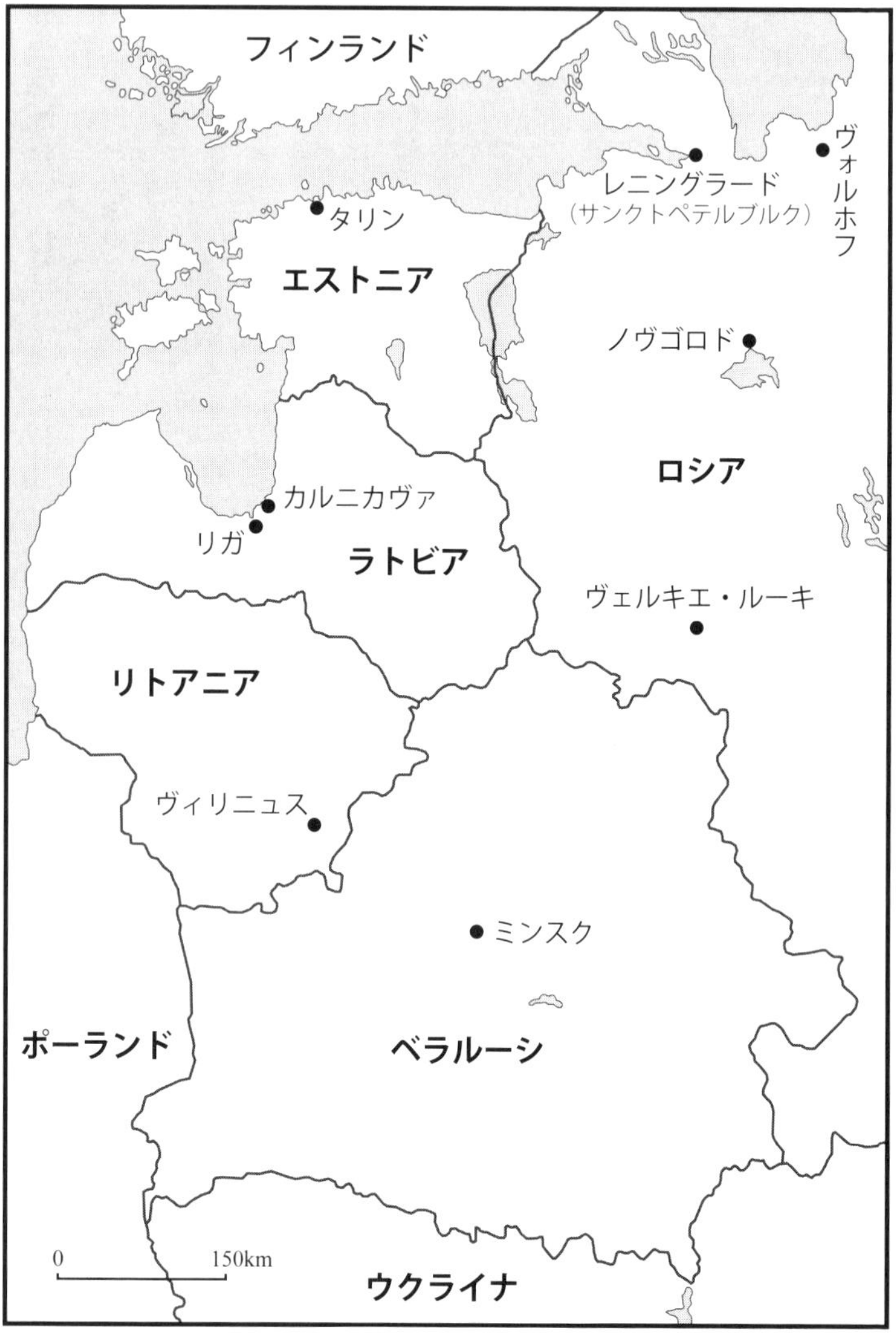
フィンランド
ヴォルホフ
レニングラード
（サンクトペテルブルク）
タリン
エストニア
ノヴゴロド
ロシア
カルニカヴァ
リガ
ラトビア
ヴェルキエ・ルーキ
リトアニア
ヴィリニュス
ミンスク
ポーランド
ベラルーシ
0
150km
ウクライナ

第一部　謎の二つの言葉

第1章　僕は何も知らなかった

君のお父さんってどんな人？――誰かがそう尋ねてきたら、どう答えたものだろう。父という人間をずばり表現しようとしても、僕にはとうてい不可能だ。

一緒に過ごした日々をふり返っても、父はこういう人間だと割り切ることができたためしがない。父には、内気で何かに思い悩んでいるような、ロシア生まれの百姓みたいなところがある。だまされやすいわけではないが、初対面の人間にはバカ正直に見える純朴さすら漂っている。その一方で、機敏で、きわめて社交的だし、驚くほど俗人っぽい面も持ちあわせているのだ。

その父が、何の前ぶれもなくオックスフォードの僕の下宿に現れたのは、一九九七年五月の午後のことだった。それからというもの、僕は父という人間が、ますます分からなくなった。

その日、僕はブラックウェルズ書店で買った分厚い本を何冊も抱えて、ふうふう言いながら下宿に戻ってきた。家についたら書斎のドアを締め切ろう、そして外界から何時間か隔絶して、買ったばかりの本の世界にひたろう。そんな期待で、胸をふくらませていた。

下宿に入ると、ドアの下に紙切れが差し込んであった。メルボルン発の搭乗券の半券に「ダフネノ　トコロ　ニ　チチ」とある。

父の筆跡だ。大文字だけで、句読点もない。こんな書き方をするのは、父だけだ。第二次世界大戦のさなかに東ヨーロッパで育ち、正規の学校教育を受けたことがない。

不意打ちにあった気分だ。二日前に電話で話したばかりだ。父はメルボルンの家で母とテレビを見ていた。「ここ一週間、何か変わったことはなかった？」と聞いたら、「いつもと同じさ。こんな界隈で、そういろんなことがあるわけがないよ」という答えが返ってきた。

語り口や声の調子に、変わった様子は全くない。来週の予定も「何もない」だった。

そのとき、小さなクリック音がした。スピーカーフォンにスイッチを入れ、隣の部屋にいる母も会話に加われるようにしたのだ。父がそうするのもいつも通りだ。

父と母と僕の三人は、しばらく電話のおしゃべりを楽しんだ。オックスフォード大学の研究生の僕は、ここ一週間にこの大学町であったことなどを話題にし、計画中の東京行きについてもちょっと触れた——あと一か月ぐらいしたら東京へ行き、四か月かけて日本の祭礼について現地調査する予定だった。

両親とも、僕の進路を支持してくれていたが、日本の文化と歴史の研究にのめり込んで行くことに、戸惑いがないわけではない。子供のころ、近くの雑貨店へミルクとパンを買いに行くのに、サムライの格好で行くと駄々をこねた話は、家族の間の語り草だ。

父がこの町にいるとは信じがたい。何をしているのだろう。僕がオックスフォードの学生になって以来、父と母に一度はここへ来てほしいと思っていた。母はすぐにも来たがったが、父が乗り気でないので実現していない。かれは一九四九年にヨーロッパを離れてから、一度も戻ったことがない。それどころか、ヨーロッパに戻る気などさらさらないと、かたくなな態度を崩そうとしなかった。

「あれは過去だよ。私にとってヨーロッパには何もない。いまはオーストラリアが私の故郷だ」と、父は頑強に言い張っていた。

僕が子供のころから、父はそう繰り返していたが、家族も友人も、誰一人として気にとめたものはいない。理由をたずねたものもいなかったし、父が自分で説明しようとしたこともない。かれと同じで、僕たちもみんな、当時「幸運な国」と呼ばれていたオーストラリアの、明るく健康な陽光の中の暮らしに安住していた。

僕は、下宿の向かいにあるダフネの家へ向かった。カーテンの透き間からのぞいていたのだろう、ノックする前にドアが内側からゆっくり開いた。年配のダフネは目をまんまるにして玄関先に立ち、奥の方を指さして「お父様よ！　うとうとしていらっしゃるようだから、静かにね」とささやいた。彼女も驚いているらしい。

ダフネは狭い廊下を奥へ案内して、リビングルームのドアを開けた。戸口から父の姿が見えた。向こう側に足を伸ばし、安楽椅子のそでに頭をつけている。目を開けているのかどうか、分からない。ひざに茶色のケースを載せ、その上に腕を組んでいた。

僕は足音をたてないようにして入り、初対面の父を家にあげ、世話をしてくれたダフネに、小声でありがとうと言った。背を向けて二人で話をしていたら、体が動く音がして背中に視線を感じた。ふり返ると、体を軽く起こし、何か珍しいものでも見るように、濃いブルーの目をこちらに向けている。ちゃめっ気の消えない、父の顔立ちを見た。

衝動的としかいいようのない父の行動に、不安を感じなかったと言う気はない。しかし、かれがオックスフォードに現れたこと自体は、それほどの驚きではなかった。父がひどく衝動的かつドンキホーテ的な行動を起こすことに、長年の間に慣れてしまった。好むと好まざるとにかかわらず、父が一時の思いつきで行動に走ることはよくあった。

「マーキー!」と父は、僕の愛称を大声で呼んだ。暖かい声だ。

「なあに?　お父さん」

「聞こえないのかい。ダフネが『何か飲み物は』って聞いているよ」

僕はこの場で、父にいろいろ聞きただしたかったが、ダフネの前で一騒ぎを起こすわけにはいかない。僕が動転していると感じたのだろう、彼女はこの場の空気を落ちつかせようと口をはさんだ。「ビールをいただきましょうよ。オーストラリアのフォスタービールよ」と陽気に言って、誰でも知っているオーストラリア英語の親しみのこもった言い回しまで使ってみせた。僕たちはほほ笑むしかない。

「メルボルンのために」ダフネが乾杯のグラスを上げた。

「メルボルンのために」と父も応じ、僕の方を向いて、恥ずかしそうににんまりした。

僕たちが道をわたって下宿に向かったころには、夕暮れが迫っていた。手探りでポケットの鍵を捜している間、父は薄明かりの中で咳きこみながら、じっと待っていた。

ドアが開いた。僕は父を手伝おうと、足元の父の小さな茶色のケースに手を伸ばした。だが、かれはただちに「私が持つよ」と語気を強めて取り上げた。

父はこのくたびれたケースを他人の手にゆだねようとはしない。かれ以外はこのケースに手を触れてはならない。わが家の不文律みたいなものだ。どこへ行くにも、しっかり抱えて持ち歩くので、ケースが父の体の一部のようにさえ見えた。

このケースは、第二次世界大戦が終わって、父がヨーロッパからオーストラリアへやって来たとき、持ってきたもののすべてだった。この中に数少ない子供時代の思い出の品など、所持品を全部入れて持ち歩いていた。

僕が記憶するかぎり、このケースはまた、わが家のだんらんの主役でもあった。中に写真とか書類といった、父の過去の生活の遺物みたいなものが入っていることは、知っていた。しかし、僕らが中を自由に見ることは許されない。あまりの秘密主義に、母はときどき「アレックス、いいかげんにしたら！　まるでフォートノックス（アメリカ合衆国金塊貯蔵所）みたいな厳戒体制じゃありませんか。そのケースには戴冠式用の王冠でも入っているっていうの？」と声をあげて、たしなめたほどだ。

父が家にいるとき、このケースは必ず自分の部屋の洋服ダンスの一番下に入れてあった。盗難よけのまじないのつもりか、カトリックの母親の家庭用聖書の下に隠してある。鍵はいつも父がポケットに入れて持ち歩いていたから、僕も弟のマーティンやアンドルーも手が出ない。もちろん、父のミステリーじみた態度も僕たちの想像力をかきたて、このケースには何か神秘的な威力があるように思われた。だから、父がこのケースの中身を小道具に使って自分の過去の物語をすると決めたときは、とても興奮した。

父があのケースを部屋の真ん中の床にそっと置く。ちょっとした前口上があって、中から折り目だらけ、シワだらけの書類とか、角がすり減ったり、黄ばんだりした写真とかを出してくる。父はそれをケースの上に置いてパタンとふたを閉じる。ケースから出てきたものは、物語を紡ぐ小道具になった。

父の話には、第二次大戦中の自分の体験とか、一九五〇年代にオーストラリアの奥地で体験した貨物列車での冒険や巡業サーカス一座にいた時代の物語がよく登場した。

父はときどきケースに手をつっこみ、別の物を引きだして巧みにすりかえる。帽子から次々にウサギを引きだす奇術師さながらで、次の小道具を取り出すときも、透視術を身につけているように必要なものがすっと出る。僕たちはいつも、父の話術とこのくたびれたケースを操る手練の技に、引きつけられたものだ。

父は生まれ故郷の東ヨーロッパの食べ物を好んだが、それを除けば、過去と自分を結びつけるのはこのケースだけ――いつまでも持っていたい、ただ一つのものらしかった。

オーストラリアの土を踏んだ一九四九年十二月以降、父は本物のオーストラリア人になろうと徹底的な努力をかさねた。父のオーストラリアに対する愛は、国民的スポーツであるサッカーへの愛情にとどまらなかった。この国に上陸して五〇年たったいまでも、戦争で荒廃したヨーロッパから、安息の地オーストラリアへ送り届けてくれた輸送船ネリー号の写真を、ささやかな愛着のしるしとして財布に入れて持ち歩いているほどだ。

「オーストラリアに足を踏み入れた瞬間から、誰もが自由で迫害を受けることなく、努力すれば報われるのだ」と父はよく口にした。そして視線を天に向け、芝居じみた口調で「いかなることがあっても、私がロシアへ戻りたいわけがあろうか。あの貧しさ、あの気候――とんでもない！　狂気の沙汰だ」などと叫んだりした。

自分を例にして、こうも言った。「私がオーストラリアへ来ていなかったら、凍てついたロシアの名もない原野の真ん中で、いまだに豚の面倒を見ていただろう。この国で私は、自分自身のビジネスを始めることができた」。声の調子は、自慢というより感謝だ。自分を受け入れてくれたこの国は、かれにとって「世界で最良の場所」だった。

僕はいつも、こんな父の態度に感服していた。しかし、こうした父の姿勢は、僕の周りにいる移民二世の友人の親たちと、疎遠になる理由でもあった。かれらは父と違って、本国の方がよほど良い暮らしだったのにと、不満たらたらだったからだ。

メルボルンの西郊のはずれで僕は育ったが、そこは主としてイタリア系、マルタ系、ギリシャ系の移民が住む地域で、母国へ戻りたいと願っているものが多かった。子供たちはもう母国語を使わなくなってきているのに、親たちは母国にしがみつき、英語は生活に必要な程度で十分だと考えている。しかも、いまだにこの国に移住する前の母国の衣装、食べ物、宗教、習慣を捨てるどころか、それに囲まれて暮らしている。

父は違った。自分が生まれ育ったロシア起源のものには、いっさい興味を示さなかった。父がそうだったから、僕たちもそうなった。

下宿の入り口で、ケースの代わりに僕は小さな旅行バッグの方を手にとった。週末の息抜き旅行のさい、身の回り品を入れて持ち歩くようなやつだ。メルボルンからオックスフォードまで、地球を半周するような大旅行向きのものではない。暗い廊下を通って、狭いリビングへ入った。父は立ったまま、周りを見まわしている。

僕はリビングの薄明かりの中に立っている父を観察した。とつぜん老けてしまったような顔つきだ。長いフライトで疲れているに違いない。

「お父さん、この件で何か言いたいことがある?」僕はできるだけ優しく話しかけた。

「何をかね」

ムッとしたように父は僕から離れ、リビングの奥の方へ行って、壁の版画やマントルピースの上の日本の磁器をじっくり眺めだした。

「何をかって、お父さん、もちろん、なぜここへ来たのか、とか」

「どうしたのかね、君は」と、父は無邪気な調子で言い返した。「いつだったか、そのうち君のところへ顔を出すって言わなかったかい。私の息子のナンバーワン君が、どんな暮らしをしているのか、拝見しにね」

「少し前にでも連絡があればよかったのに」

「どのくらい前だったらよかったのかね。私にはそんな大きなスペースは、いらんのだが」父はシレッと言ってのけた。

スペースの話じゃない、分かっているくせに。しかし、父がオックスフォードにとつぜん現れた理由を、これ以上話すつもりがないことは、はっきりした。かれは僕の方に顔を向けた。それで初めて前歯が一本抜け落ちているのに気がついた。

「あっ、歯が！」僕は、父の口を指さした。

「ここに来る途中にとれたんだ。インドの上空あたりだったかな。しかし、それ以外、私は全くオーケーだ」

いろいろとりつくろうが、前歯の間にぽっかり穴が開いているせいで、どことなく弱々しく、傷ついてみえる。僕はそれ以上、追及するのをやめた。


そのあと数日間、父はあまり動き回りたくない様子だった。オックスフォードに避難してきた、ここに身をひそめているだけで十分だ、といわんばかりだ。僕はときどき街の中につれ出し、大学の学寮《カレッジ》から学寮へと歩いて、いくつかの見どころを説明した。かれは一生懸命に耳を傾けていたが、父をよく知っている人には、何かやるべき仕事を抱えていて、心ここにあらずの状態にあると見えたことだろう。

週末が近づいた。僕たちはキッチンで向かい合い、黙々として夕食を食べていた。食事どきの無難な話題がつきて、父がなぜここへやって来たのかという、最大の問題を避けて通るのがますます難しくなっていた。ここ一週間のようなノラクラ問答を続けているだけでは、もう持たない。

とつぜん父は、明日の晩オーストラリアへ帰る、と言い出した。あぜんとした。何のためにここへ来たのか、そのヒントさえ口にせずに帰るというのだ。信じられなかった。

「それでオシマイってわけ？　お父さん」

「何だって？」父はキョトンとして僕の顔を見上げた。

「帰るって決めた、それだけ？」

「だって、いつかは家に帰らなければならないだろう」と父は笑った。

父はいつも、愛情のこもった呼び名で僕を呼んでいた。なかでも「息子ナンバーワン君」や「マーキー」はお気にいりだ。しかし、「ラブ」などという甘ったるい呼びかけを、平気で使ったりもする人だ。そんな言い方をしたからといって、僕をとくに信頼しているとは限らない。自分の秘密を他人に明かすような人ではないのだ。

そのときなぜか、環境が変われば何か良いことがあるかもしれないという気がした。うまく行けば、父との行き詰まりを打開することができるのではないか。イギリス最後の日をロンドンで過ごすのはどうだろう、そのあとメルボルン行きの飛行機に間に合うよう、ヒースロー空港行きの地下鉄の駅に送るけど、と言ってみた。父はただちに同意した。そこで僕たちは計画をたて、昼食は父が大好きな東欧の伝統料理で知られるサウスケンジントンの老舗、ポーランド料理のカフェ・ダキーズへ行くことにした。

子供のころ、僕らがローストラムとかフィッシュ・アンド・チップスといったオーストラリアの料理を食べているとき、父は別の店で、ディル風味のキュウリのピクルス、ライ麦パン、それに生ニシンの酢漬けなどといったものを好んで食べることがあった。父がダキーズに行けば、メルボルンのアクランド通りの東欧料理のカフェやデリカテッセンを思い出してくれるのではないか。

子供の僕は、父と一緒にアクランド通りの東欧ベーカリーへチーズケーキを買いに行くのが好きだった。ショーウインドーの中の陳列トレーには、ケーキが山のように積み上げてあった。それを思い出していたら、一つの記憶が唐突に浮上してきた。父のアクランド通り訪問の意味を、僕に説明しようとしているのではないか。そう考えて、当惑したほどだ。

それはケーキ店のウインドーの中のトレーとトレーの透き間を、父が一心に見つめている光景だった。視線の先をたどると、僕が見たこともない、エキゾチックな世界がそこにあった。鮮やかな口紅と誇張した眉のメークをした外国人らしい女性が何人か、盛装して店の奥の薄暗い小部屋に座っていた。女性たちは優美にしなをつくり、金の指輪とブレスレットをつけた手を軽く頬にあてて、しっとりとしたチーズケーキを乗せたフォークを唇に運んでいる。父はその仮面のような顔つきに心を奪われ、そのわざとらしいケーキの食べ方を、食い入るように見つめていたのだ。ある意味で、この女性たちは、秘密で不可解な世界の残像であり、父はそれを目にして何かの記憶を呼びさまされ、引きつけられていたのだろう。

アクランド通りというと、もう一つ別の記憶も、とつぜんよみがえってきた。別のケーキ店のウインドーの前に立っていたときのことだ。父はガラスに映っている何かに気をとられていた。父が見ていたのは、僕たちの後ろ、道路の反対側に駐車してある車のボンネットにもたれている、男の姿だった。男は胸の前で腕を組み、親しそうに父の方を見て、ほほ笑んでいた。しかし、父の視線が、ガラスに映るこの男の目と合ったとき、その場に凍りついたようになった。男は満面の笑みで優しく手をふってさえいたのに、父は僕の手をぎゅっと握りしめ、逃げるように立ち去った。父と男は知り合いでなかったのかもしれないが、父は男の何かに気づいたのだ。

父は明らかに、アクランド通りの外国出身の居留民たちに引きつけられていた。その一方で、この人たちを少しばかり恐れているふうでもあった。父が何かを聞き取ろうとするように、ここでスズメのように耳をそばだてているところを何度か目にしたこともある。そのときの父には、ケーキ店のウインドーの向こうの異界の光景を見ていたときを思わせる何かがあった。そしてその光景こそ、父とかれらが一蓮托生であるように思わせ、父を捕えて放そうとしないクモの巣の一部だったのだ。

第2章　出血

　ロンドン行きの列車はがら空きだった。この車両には、父と僕だけだ。父はコーヒーをすすりながら、窓の外を流れるイングランドの端正な田園風景を眺めている。父の顔が一瞬、車窓に映った。僕の器量を見きわめようとしているようだ。目が合うと表情がゆるんだ。

「君はよくやっているよ。学もあるしな」と言った。そんな誇らしげな父の顔を見ると、照れてしまう。僕や弟をほめる習慣は、父にはなかった。

「私は、学校というものに行ったことがない。戦争やなんかでね」と父は続けた。

「でも、ハンブルク郊外の難民キャンプで学校に行ったと言っていたでしょう」

「ああ、一年ばかりね。しかし、あそこでは何一つ習わなかった。私はどの教師にも、手に負えなかった――どうしようもない悪ガキだったから」

　こんな話が飛び出すなんて、晴天のへきれきだ。父が自分の教育について話そうとしたことなんか一度もなかったし、僕たちが尋ねても、にべもなかった。もっと聞きたかったが、手に持った新聞で顔を隠し、終着のパディントン駅まで下ろさなかった。

サウスケンジントンの地下鉄の駅から地上に出ると、まぶしくて目がくらんだ。まだ十一時前だ。昼前にカフェ・ダキーズにたむろしている東欧の移民たちは、いまごろフル回転だろう。コーヒーとチーズケーキで、延々と語り続けているはずだ。遅くなると、地元のサラリーマンのランチタイムになってしまう。カフェが、昔なつかしい東欧の郷愁に満ちた雰囲気のままであってほしかった。

カフェに着いた。父はメガネをかけて、ショーウインドーのメニューをじっくり読んでいる。「見ろよ、マーキー。ラトケス（ジャガイモのパンケーキ）もあるよ。腹ぺこだ。さあ、入ろう」

父はクックッと笑いながら、「開け、ゴマ」と言ってドアを押した。

キャッシュレジスターの奥のオーナー然とした女性が、尊大な目つきでこっちを見た。髪をきちっとセットした巨大な体躯《たいく》をスツールから少し浮かせ、見くだすように眺めて、カウンター越しにメニューをよこす。わずかばかり首を動かし、どこでも好きな空いた席へと、しぐさで示した。典型的な東欧的歓迎なのだろう、世にいう情熱に至る気難しき憂鬱というやつか、などと僕は勝手な想像をふくらませた。

カフェの奥の隅に落ちついた。父は部屋を見まわし、周りの様子を確認している。客はそれぞれテーブルに寄り集まって、コーヒーを飲み、ジェスチャーまじりで議論中だ。その一方で、独りでテーブルに向かい、たばこをふかしたり、あらぬ方向を見つめたり、外国語の新聞を読んだりしている男や女もいる。

「おいおい、何てところへつれてきたのかね、君は」と父は言った。冗談めかしているが、声はとがっている。

「お父さんならここがお好みだろうと思ったのだけど。アクランド通りみたいで」

父は僕を見てにんまりした。気持ちが伝わったらしい。あとは、目に見えてリラックスした。あのくたびれたケースを、まだしっかり抱え込んでいる。

「ケースをこちらで預かろうか、後ろの壁に旅行バッグと一緒に立てかけておくから」

父は断固として首を横に振った。「これは私の命より大切なものだ。君の命にとってもね。いずれ君が相続するものだし」

年配のウェートレスに、注文の合図をした。彼女はよたよた歩いてきたが、僕たちがなかなか決めないので、軽蔑したように鼻をフンと鳴らした。この客あしらいで、父が不愉快にならないだろうか。気をもんだが、むしろ面白がったようで、後ろ姿を見送りながら、「彼女の機嫌のいい日に来たようだなあ」と、つぶやいて目を輝かせた。

何年も前、僕たちがアクランド通りを訪れていたころと同じで、父は周りで話されている東欧の言語に敏感だった。ポーランド語、ロシア語のほか、東欧や中欧のユダヤ人が使うイディッシュ語まじりの会話も、少しだが耳に入った。父は少し背伸びして、肩越しに声の主を見た。それから咳《せき》払いして、僕の方に向き直った。耳に入った東欧の言葉が、きっかけになったらしい。

「私がリガへ行く前の、子供のころだが……」と、父は話しはじめた。

「森の中で迷ったときのこと？」

「いや、それよりも、もっと前だ」と、かれは静かに言った。

「そんな昔のことは、何も覚えていないと思っていたけど」

「覚えていることがあるのだ」そう言ったあと、父はずっと沈黙した。それから秘密を打ち明けるように、僕の方に乗り出した。「私は心の奥底に二つの言葉をしまいこみ、厳重に鍵をかけて生きてきた。その言葉を忘れたことは一度もない」また沈黙した。

「一つはコイダノフ」ついに父は口を開いた。「そしてもう一つはパノク」

そしてもう一度、繰り返した。「パノク、それにコイダノフ」。この言葉が唇からもれた直後、いくぶん心が乱れたように見えた。

「それは人の名前？　それとも場所？　どんな意味なの？」

父はテーブル越しにさらに身を乗り出して、深刻な表情で首を振り、「分からない」と肩をすくめた。「でも、私の考えていることは分かるだろう？　この二つの言葉は、私が森をさまよい歩く前、ラトビア軍の兵士になるよりも以前に、自分が何者だったのかを解く鍵なのだ……」

「お父さんが、ロシア人の豚飼いの両親と一緒にいたころのこと？」

父はまた黙りこんだ。どう答えたらいいか分からないらしい。それから静かに「もし、それが私なら」と言った。

「もし、それが私ならだって？」僕は思わず、口走った。「一体それはどういう意味？　お父さん」けげんな顔で父を見た。かれは目をそらし、こちらを正視しようとしない。

質問を変えてみる。「お父さんは、この二つの言葉をずっと記憶してきたのでしょう？　誰かにそれを話したことはある？」今度は、もっと穏やかに尋ねた。

父は首を振った。テーブルの上においた自分の手を、じっと見ている。

「僕には理解できないよ、お父さん」

少しうつむいた。いま明らかにした事実の重さのせいなのか。それとも僕の質問をかわそうとしているのか。もう一押ししてみる。「どうしてこれを秘密にしてきたの？」

父は肩をすくめ、座りなおした。「秘密じゃなかった。ただ、何のことか分からないし、どうしたら分かるかも分からない」

そんな事情も知らないで質問をかさねる僕に、父は憤慨しているらしい。「それに、お母さんと私は、君たち三人兄弟を育てるのに忙しかった。他のことを考える時間もなかった」と言って、つくり笑いをした。

メルボルンの家のリビングルームに独りでいる母のことが、僕の頭に浮かんだ。「お母さんはこのことを知っているの？」

「知ってほしくないのだよ、いまのところは。心配させたくないから」

「じゃあ、なぜ僕に話したの？　それに、なぜいま？」

「君にやってほしいことがあるのだ。二つの言葉がどんな意味なのか、調べてほしい」。単なる思いつきのようないい方だったが、声には何か切迫したものがあった。

父はいっそう深く椅子に体を沈め、これで終わりだと言わんばかりに腕を組んだ。二つの言葉が何を意味するのか調べてくれればいい、なぜそれを秘密にしていたのかなど、よけいな詮索はしてほしくない、というのだろう。

「私は、自分が何者なのかを知りたい。自分が死ぬ前に、一族、縁者がどこの出身の者なのか知りたい」と父は言った。そして再びテーブル越しに乗り出して、「できたら母親の墓に花をたむけたい。どこにあるか分からないが……」口調に哀愁がにじむ。

僕は沈黙した。ショックだった。

「頼むよ、マーク」。何とか僕を説得したい、という気持ちがにじんでいる。

こんな頼みごとを父がズバリ持ち出してくるなど、これまでになかった。その望みがどんなにとらえどころのないものでも、僕は役に立ちたい。ポケットから紙をとり出して、「その言葉の綴りを教えてよ」と言った。

ウェートレスが注文の品を持って来たので、話はとぎれた。

僕は食欲がなくなった。そしてまた、あの茶色のケースのことを考えた。あのケースは、外側はくたびれているが、中は宝物でいっぱいだ、ケースの中にあるすべての物語、とりわけ父がオーストラリアに来てからの人生の話は、僕がすべて相続するのだと思っていた。あれほど侠気あふれる数々の物語を子供のころに聞かされたら、誰だって自分の父親を誇りに思う。

これに比べると、父が子供時代に体験した戦争時代のヨーロッパの話には、何ともあいまいな印象しか抱けなかった。その時代についての父の説明は、大ぶりの刷毛《はけ》でざっと描いたようなもので、そのとき何がどうなっていたのか、はっきりしたことは何も分からなかったからだ。

何度も聞いた戦争時代の父の話の中に、僕たちにとりわけ興味深いものが一つあった。暗く深い森の中を、たった独りでさまよって過ごしたころの話だ。五つか六つのころ、ロシア人の豚飼いの両親とはぐれた。どうしてはぐれたのか、記憶はない。ただ、そのトラウマと、凍てつく森の中の放浪生活——何週間、何か月続いたのかも分からない——が原因で、自分の名前も生まれも忘れてしまったのだろうと、父はいう。

　夜になると、森の中の大木の枝の内側に自分の体を縛りつけて、オオカミから身を守った。オオカミの遠ぼえも聞こえた。高い木の上で寒さに震えて、小さな脚をぶらぶら揺さぶりながら、日の出を待った。そんなとき、自分を呼ぶ、母親の声が聞こえてくるような気がした。しかし、そのときの母の言葉は何も記憶にない——話のこの部分は、僕たちの熱心な質問のまとになった。

　僕たちは尋ねる。「お父さんは怖くなかったの？」「オオカミの目が、真っ暗闇の中で光るのが見えた？」

　父は、自分がそんな弱い立場にあったなどとは、絶対に認めない。自分はいつも勇敢で、自信にあふれ、何が起きても対応できるよう備えていた、と答えるのだ。「いやあ、君たち。自分を枝に縛りつけてあるロープがゆるんでいないか、いつも気をつけていたんだよ」

　そんなときの定番のように、兄弟の誰かが、大声でしつこく質問をはじめる。「でもお父さん、どこで生まれたかは知っているでしょう？　そんなこと誰だって知っているよ」。父が知らないというと、僕たちは「知っているはずだよ、お父さんは」と、執拗《しつよう》にはやしたてるのだ。

　こうなると、母の出番だ。僕らが無邪気に、父を容赦なく追いつめていると、母は「もうよしなさい。さあ、みんな落ちついて。お父さんに話の続きをしてもらいましょう」と優しくさとして、助け舟を出す。

　何年か過ぎると、母も僕も弟たちも、父が再びこの話をするときのグランドルールを受け入れていた。黙って聞く、質問はしない。しかし、僕は子供心に父の子供時代を想像して、オオカミに育てられた『ジャングルブック』の主人公モーグリのような、恐怖で目を大きく見ひらいた少年ではなかったか、と思ったりした。父は勇気があったと自分では言うが、何か得体のしれない、巨大な半人半獣みたいなものに追いかけられ、ジャングルの中のケモノ道を逃げまわっていたのではないか。

ラトビア軍の兵士に発見されたときが、自分にとって人生の転換点だったと、父は語っている。見つかったのは一九四二年で、ロシア国境に近い無人の村のはずれの森の中だった、といった。兵隊たちは父に食べ物を与え、身ぎれいにしてやった。その後の父の生涯に重要な役割をはたすことになる二人の人物が登場するのは、この後である。その第一の人物が、ラトビア警察旅団の司令官カーリス・ローベだった。

父を発見したのは、ローベの部下だった。かれらは父に、ウルディス・クルゼムニークスと名付けた。ウルディスは、ラトビアでは英語のジョンのようなありふれた名前、クルゼムニークスは「クルゼメ出身の者」という意味だ。クルゼメはラトビア西部の地域の名称で、多くの兵隊や警察官の出身地だった。(ラトビア語の名前はオーストラリア人には発音しにくいので、父はオーストラリアへ移住した後、名前をアレックス・カーゼムに変えた)。

ローベはやがて、ラトビアがロシアの支配から独立した記念日の十一月十八日（一九一八年に独立宣言）を父の誕生日と決めた。それだけではない。やがて父の一生にとって鍵となる、もう一つの重要な決定をもおこなった。第二次大戦の前線で軍事的衝突に遭遇しないよう、安全な首都のリガへ父を移し、ラトビア人のジェーニス家に送りこんだのだ。ジェーニス家は、リガでチョコレート工場を経営していた。

僕はダキーズでの食事の間、周りのテーブルに目をやった。多くの年配のヨーロッパの紳士たちのふるまいが、父がよく口にしていたローべとの生活の説明を思い出させた。ローべについて僕が何を尋ねても、父はいつも周到に答えをぼかした。判で押したように「あの人は立派な兵士だった。私を甘やかすようなことはしなかったが、常に公正だった」としか言わない。ローべの風貌についても、「かれは兵士のように見えた。それだけだ。何も特別なことはない」とそっけなかった。父からそれ以上のことを聞きだせないので、僕は長年のうちに、ローべは背が高くて姿勢のよい、プロイセンの軍人のような、貴族的なマナーの男だろうと想像するようになっていった。

大きな声をたてて笑っている少年時代の父を、ローべが高く抱き上げている光景を想像してみたこともある。このイメージは、オオカミから父を「救出」してくれた男に対する、僕の個人的な感謝の表現でもあった。父の過去について新たな要素を知ることになったいま、これからさらにどんな事実が明るみに出てくるのだろう、と僕は思ってしまう。

ダキーズを出て、僕たちはサウスケンジントンの街を歩いているうち、ちょっとばかり道に迷った。とくにこれといった予定はない。一時間足らず前に父の態度の表面に現れた小さなひび割れも、ふさがったように見える。父も満足して、何も言わず歩いていた。

やがて、エクシビションロードの下をくぐる地下道に出た。五月の下旬にしては異常に湿度の高い日だ。中に入ると、地下道のタイルがひんやりとして気持ちがいい。人影もなかった。道路の真下まで来ると、頭上の交通の騒音もほとんど耳に入らない。静寂の中に僕らの靴音だけがこだました。これが父の不安をさそったらしい。タッタッタッタッという足音で、父の体は硬直した。僕の耳に達しない何かが、父には聞こえたようだった。

とつぜん父は足を止めて、僕をじっと見た。

「恐ろしいことが起きたのだ」と父は言った。僕は次の言葉を待った。かれはまじまじと僕を見つめ、それから目をそらして壁の方を向いた。「いや、忘れてくれ。何でもない」

「『何でもない』って、何のこと？　恐ろしいことってどんなこと？　お父さん」

かれは僕の方へ向きなおって、「忘れてくれ、君には分からないだろう」と言った。

地下道の向こうからの光の中で、父のシルエットだけが見えた。僕は近くに寄った。顔から血の気が引いて、表情もなぜかやつれて見える。いつもより息づかいは荒く、体内の緊張をはきだそうとしているようだ。

「ひどいことだ、かれらが私にやれと言ったのは」

「かれらって？　お父さんに何をやらせようとしたの？」

向こう側から誰かが地下道に入ってきた。父の注意はそちらに向いた。足音が反響とともに近づいてくると、体がまた硬直した。僕はまごつき、本能的に父の腕をつかんで緊張を鎮めようとして、はっとした。父と僕はこれまで言葉で意思の疎通はしてきたが、体の接触を通じて何かを伝えようとしたことはなかった。

スーツ姿の男が、うつむいて脇を通り過ぎた。父はきまり悪そうにほほ笑んだ。大の男が二人、暗い地下道の真ん中に黙って突っ立っている——不思議な光景だったろう。

男の姿が遠のくと、父も落ちついてきた。鼓動が静まってくるのが分かる。「いま何か問題を抱えているの？　メルボルンで何かあるの？」と、僕は穏やかにたずねた。

「いや、ちょっと心に浮かんできたことがあってね、どこからともなく」と父は首を振り、「マーキー、行こう。アイスクリームが食べたい。どこで買えるかな」と言った。

父はスイーツやデザートに目がない。とくに好きなのは、チョコレートとアイスクリームだ。しかし、この素早い話題の転換が、先の発言の重みを打ち消す策略だ、というぐらいはすぐ分かる。それでも、付き合うしかないと思わせるところが、父の人柄だ。

「ここを出よう」と父は先手を取った。「ここにいると、えーと何だっけ、そう、閉所恐怖症になりそうだよ」と僕の肩に手をまわし、地下道の先の光に向かって歩きだした。

地上のどよめきの中に出た。目のいい父は、道のずっと先に派手なピンク模様のアイスクリーム販売車を見つけ、大好きなストローベリーアイスクリームを買おうと並んだ。近くの公園に向かう途中、僕は父をちらっと見た。アイスクリームを手にして、うれしそうな顔が、子供のように輝いている。

公園では、人々が三々五々、遅い午後の日差しを楽しんでいた。僕たちも空いたベンチに座った。父は音をたてないように、例のケースをひざに載せたのだろう。ポケットの中をまさぐっているのが、僕の目の端に見えた。すりへった鍵を取り出し、ケースに差し込んでいる。ケースを少しだけ開き、透き間に手を入れた。封筒を引っぱりだし、閉めてからこちらによこした。

「これは何?」僕は低い声で尋ねた。

「君が見ておくべきものだ」

ちょっと不安になって、開くのをためらった。しかし、僕が開こうとしたら、父はさっと取り上げた。

「よく考えたら、私が開いた方がいいようだ」。父は封筒を開き、中からおもむろに小さな写真を取り出した。それをしっかり手に持つと、つらそうに顔をしかめた。

　僕は近くに寄って、写真を見た。古く色あせてはいるが、画像は比較的鮮明だ。六歳か七歳にもならない少年が、特注らしい軍服を身につけ、華やかに飾られたクリスマスツリーの前で、誇らしげなポーズをしている。僕は、写真の軍服を見て、息をのんだ。ハイネックの上着の襟と袖にナチスドイツ武装親衛隊ＳＳを示す稲妻の記章がついている。少年は映画で見る、ナチスのミニチュア版そのものだ。僕の父だった。

　カメラに向かって微笑しているこの少年兵士、すなわち父の写真を、僕は入念に見た。こんな格好で一体何をしているのか。誰がこんな服装をさせたのか。誰が撮影したのか。いつ撮影したのか。何のためにか。無数の疑問が、頭の中を走り回った。どこで撮影されたのか。ロシアか。ラトビアでか。コイダノフやパノクと関係があるのか。訳が分からない。ボーイスカウトみたいなものなら、と父は言ったことはあるが、自分は兵士だった、と言ったことはない。

　僕は写真を細かい点までよく見ようと、近くに寄った。しかし父は、その前にひょいと写真を取り上げ、もとの白い封筒に突っ込んで茶色のケースに滑り込ませた。そして「ひどいことだよ」と絞り出すようにつぶやいた。

「お父さんがここへ来た理由がこれなの？　これがこの一週間あいまいな態度を続けていた理由なの？」

　かれは僕の視線を避けた。「入り組んだ話だ。別のときに話そう」

「この写真はどこから来たの？」

「戦争からだよ」父はそれだけ言って、口をつぐんだ。

そのとき、あのケース、つまり相続することになると言われた、あの茶色のケースに対する僕の気持は、説明しようのない嫌悪感に一変した。父とケースから逃げたくなった。このケースには、他に何が入っているのか。いま目にしたもの以上に、もっと隠された暗い何かがあるのか。父がこれまで家族に語らずにきた話が、どれほどあるのか。それはどんな話なのか？　あのくたびれたケースが、パンドラの箱のように見えてきた。本当に開けてしまったら、二度と閉めることはできないのではないか。中身を教えてしまった以上、父がこれまで同様、ケースの秘密を守ろうとするかどうかだって疑わしい。

僕は何ごともなかったように行動に移った。腕時計を見た。そろそろ夕方だ。「お父さん、行こう、飛行機に遅れちゃいけない。地下鉄へ送るよ」

父の手を握って立ち上がると、ケースをきちんと抱える時間もほとんど与えずに、サウスケンジントン駅の方へ向かった。

プラットホームは通勤客でこみ合っていた。電車はとつぜんホームに入ってきた。僕たちが立っている目の前でドアが開いて、大勢の乗客が降りてきた。僕は父をかばって、ドアの脇に寄った。父はうなだれ、いちだんと気力がそがれたように見えた。まるで活力がない。話しかけることもはばかられ、単なるさよならや、「お元気で」といった平凡な言葉も口にしにくい感じになった。

ところが、物憂げな様子は一瞬のうちに蒸発した。プラットホームの騒音の中で、父は息切れしながら僕に叫んだ。「ローベとジェーニスだ、何年も前に私にやらせようとしたのは。やらせたのは、ジェーニスだ。ジェーニスは言った。『君は何も見なかったと、みんなに言え――ローベは何もしなかったと言え』。しかし、違う！　違う！　私は見たのだ」

　言葉が父の口から、奔流となってあふれ出た。古い傷の表面を覆っていた薄膜が破れ、うずく傷口が顔をのぞかせたようだった。

「ジェーニスは言った——君の命を救ったのはかれらだ、だから今度は君がお返しをする番だ、と。私はそうしたくなかった。しかし、他に選択の余地はないと思った。ジェーニスはすでに文書を書きあげていた。私は署名した。間違いだった」

　恐怖と不安と恥辱の激発に見舞われ、父はわれを忘れていた。それでも話さなければならないという衝動に突き動かされたようだった。

　ラウドスピーカが、ドアが閉まります、ご注意くださいと告げた。

「お父さん、後ろに下がって！」と僕は叫んだ。しかし、一瞬のうちに父は自分の持ち物をひっつかみ、閉まる直前のドアに体をねじ込んだ。閉まったドアのガラスをはさんで、僕は父と向き合う形になった。父の目は酸欠で球根のように膨れ上がってみえた。自分の意志を超えた発作で、ショックを受けたのだろう。僕も度を失ったが、どうすることもできない。駅員の警笛で電車から一歩下がった。

　電車が動き出した。僕は車両と歩調を合わせ、スピードを速めながらホームに沿って歩いた。窓越しに、父が空いた座席に座るのが見えた。あのケースを大事そうに抱えている。電車はスピードを上げ、遠ざかって行く。父が手を上げて、さようならの合図をしたのが分かった。僕は一瞬、父の中に軍服の少年を見たような気がした。電車はトンネルにのみ込まれ、線路のガタゴトという音だけが残った。

どうやってオックスフォードに戻ったのか、ほとんど覚えていない。電車はまもなく、ロンドン近郊を離れ、田園地帯を縫って走った。僕はいつもその光景に癒されていたが、いまや全く無縁なもののように思われた。

これまで家族にもいっさい語らなかった何を、父は見たというのか。チョコレート工場の経営者だったジェーニスは、父にどんなうそをつくよう求めたのか。父はローベのことも口にしたが、かれに関するうそとは何なのか。父がとつぜん、感情の激発に襲われたことからすると、父の生涯においてジェーニスとローベが演じた役割は、僕がこれまで信じていたより遥かに錯綜《さくそう》したものだったのだ。そのうえ、いくら努力しても、僕はあの写真を頭の中から消去してしまうことはできない。父を電車から引きずり降ろすか、僕が飛び乗って、もっと父に問いただすような沈着な判断がなかったことが悔やまれた。

下宿に帰ると、僕はベッドに直進し、胎児のように丸くなって布団にくるまった。今日のような当惑する出来事にさらされると、どれほど自分が無防備で、弱い存在かを思い知らされる。父はもう飛び立っただろう。飛行機の狭い座席に座って、あのケースを抱いている姿を思い描いた。ケースの中には、父が生涯を通じて味わわされてきた、苦痛の秘密が入っているに違いないと思った。

ようやく分かってきた。子供のころから「お父さん」と呼んで慣れ親しんできた「父」という存在を、僕はいま失いつつあるのだ。子供のころと全く同じ父親が、あのままの形で僕のもとに戻ってくることはもうない。「お父さん」という愛情に満ちた言葉が、僕の生涯を通して保障してきた安心と安全が、とつぜん掘りくずされてしまったのだ。それはちょうど、見なれた木の枝で作られていた家庭という巣が、中の卵もろとも嵐に吹き飛ばされ、四散してしまったように僕には思えた。

第3章　地鳴り

父がオーストラリアに帰国して一週間近く、僕はメルボルンへの電話を控えていた。久しぶりに自宅にダイヤルしたとき、頭の中にはいろんな想像がかけめぐっていた。父は母にオックスフォードで僕に会っていたことを打ち明けているだろうか、地下鉄のホームで感情を激発させた理由を僕に説明する気になっているだろうか。

だが、電話に出た父の口調に、全く変わりはなかった。僕からの電話だと分かると、スピーカーフォンにスイッチを入れ、母にも会話が聞こえるようにした。陽気でリラックスしていて、ここ一週間はどうだったかなどとたずねた。オックスフォードで僕と一緒にいたことなど、ツユほども気《け》取《ど》らせないよう、注意をおこたっていない。

父は明らかに、まだ母を相手に芝居を演じ続けている。受話器をおいたとき、父は行動の片鱗も母に教えていないと確信した。ましてイギリス訪問の最後に見せた、あの劇的なクライマックスについて話しているはずがない。

その後、二週間ほどの間に二、三度、電話したが、何事もなかったような話し方に変化はなかった。愛情たっぷりに「マーキー、今度はいつ帰ってくるの？　ずいぶん長い間、顔を見てないわねえ」と、母の口ぐせをまねてみせたりしたほどだ。

こうなったら自分の手でなんとかするしかない。僕はハラを決めて旅行会社に電話し、翌日夕方のメルボルン行きの便を予約した。東京での調査研究はしばらくお預けだ。


父はメルボルン空港の到着ロビーで待っていた。

あの短い父のオックスフォード訪問から、まだ三週間ちょっとだ。父と顔を会わせるのに、落ちつかない気分がつきまとう。僕の帰国は、父に秘密を教えろと迫りに来たようなものだ。その自意識が先に立つので、きまりも悪いし、気恥ずかしくもなる。だが、同時に僕は、オックスフォードとロンドンでの父の行動には、自分の話し相手になってほしいという、父の気持ちがにじみ出ていたのではないかと感じてもいた。

父は僕の荷物をひったくるように持って、駐車場の方へすたすた歩いて行く。南半球の寒さでかじかみ、方向感覚もなくなって、僕は父の後を追った。懐かしいユーカリ樹の強い匂いや、夜明けの鳥たちのコーラス――ワライカワセミ、ナナクサインコ、野生のオウム、懐かしい不格好なモモイロインコや灰色のインコ――、そしてどこまでも広がる大きく高い空、そんなオーストラリアが僕の目や耳に入ってくるまでに、少し時間がかかった。

僕たちは、車で家へ向かった。二人とも黙っている。ロンドンの地下鉄での出来事は、いまや二人を引きつける天然の磁石だ。そのことに触れるまでは、お互いに話すことはほとんどない。

僕は車の窓を開けて、郊外に広がる住宅地を眺めた。オーストラリアの夢が絶頂に達していた一九六〇年代に造成され、一〇〇〇平方メートルほどの敷地に建てられたレンガ風仕上げの家が、フリーウエーの両側に広がっている。子供のころから、こんな家に住みたいと思ったことはないが、この種の家がかもしだす英国的な雰囲気はうらやましかった。

わが家があるアルトナは、メルボルンの石油産業の基地だ。ドイツの石油産業の中心である姉妹都市の名をとって命名され、関連工場を支えるため、コンビナートを取り囲むように建設されている。

車はわが家のドライブウエーに入って止まった。母はすでに玄関のポーチに立って、待っていた。

「お母さんのところへ行ってあいさつしておいで。私は荷物を部屋に入れておくから」

父は車のトランクを開けながら言った。

「気分がよくないので、空港まで来なかったの？」僕は母にキスしながら聞いた。

「ごめんね」が母の返事のすべてだった。彼女のアイルランド系の血は、屈強ではないが、自分の体が痛いとか、つらいとかを口にするのを嫌う人ではない。しかし、母の抑えた答えを耳にすると、何かもっと深刻なことがあるのかもしれないと思った。

家は懐かしい匂いでいっぱいだった。

「朝ごはんができているわ。オーストラリア風フライのフルコースよ。スナッグは何本かしら？」

母が聞く。

「ソーセージは二本だなあ、お母さん」

「あら、スナッグのことを、いまはソーセージって言ってるの？　オックスフォード流のハイカラ英語ね」と、母がからかった。

僕はキッチンのテーブルについた。父は家の奥にある僕の以前のベッドルームに、荷物を運び終えてからやって来た。自分でコーヒーを注ぎ、向かいあって座って、朝刊に没頭しているふりをしている。母は僕の朝食を用意し終わると、隣に腰をかけた。

母が座ると、父は立ち上がって残りのコーヒーを飲みほした。

「さあてと、仕事があるからワークショップにいるよ。用があったら呼んでくれ」と、ぶっきらぼうに言った。

「ワークショップですって？」母は軽蔑したように言い、僕の方を見てこっそりウインクした。

「あそこをそう呼んでいるの？　がらくた置き場じゃないの。一九六三年にここへ引っ越してから、片付けたことなんてないのよ」

父は聞こえないふりをして、こっちに背を向けた。「あの人は絶対に片付けるわけがないわ」と、母はテーブル越しに口の動きでそう言って、愛想をつかしたように、大げさに頭を振ってみせた。

僕は笑った。久しぶりのわが家がうれしかった。

メルボルンへ帰ってから、そろそろ一週間になる。その間、父と僕の間では、またもやオックスフォードとロンドンで続いた、あの奇怪なノラクラ問答が再開していた。しかし、今度は力関係が微妙に変化している。話すかどうかの条件設定は父の手にあるが、同じ屋根の下にいるのだから、父が逃げられるのは、せいぜいでワークショップと呼ぶ、あの作業場までだ。それも、永久にそこに隠遁していられるわけではない。

父と話せる時を待つ間、僕は二人の弟や叔母、昔からの友人らと会って、つもる話をして過ごした。とつぜんの帰郷なので、みんな驚いていた。しかし、なぜと聞かれても、肩をすくめるしかない。わが家の真ん中に時限爆弾が落ちたのを、僕だけが知っているようなものだ。こちらが警報を出すわけにはいかない。

メルボルンに戻って、最初の週末に近い深夜だった。家に戻って、ドライブウエーに車を乗り入れた。暗いキッチンから、光がぼんやりもれている。静かに家に入った。通りに面した両親の寝室から、ラジオをつけたまま寝ている母の軽いいびきが聞こえる。リビングを横切り、水を飲もうとキッチンの方へ忍び足で歩いて行くと、神経質な咳払いが聞こえた。何をしているのだろう。ドアをほんの少し開けた。

父がキッチンテーブルに座り、老眼鏡を鼻のあたまにちょこんとのせてケースの中を見ている。何かを捜しているらしいが、僕の立っているところからは、中までは見えない。

しばらくの間、僕はドアのところに立っていた。気配に気づいたらしく、父は不意に向きを変え、僕を見つけた。ケースをパタンと閉じて、両腕をふたの上にのせた。

ムカッとした。父の領域に侵入しようとする、敵のごとき扱いではないか。

「どのくらい、そこにいたのかね」疑り深そうな声だ。

「いま来たところ」と僕は答えた。

僕は父の前に、腰を下ろした。

「今日は遅いお帰りだね」と父は言い、さりげなくケースを、自分の脇の床においた。目立たないようにしようというのだろう。

「いま、何を探していたの？」あごで床のケースをさして、僕は聞いた。

父は頭の上で、腕のストレッチを始めた。特別な意味はないと言わんばかりだ。「別に何も」口調は何気ない。しかし、不安げな咳払いが、本心をのぞかせる。

「別に何にも、だって？　いつだって『別に何にも』だ」僕は冷静に言った。

父は、鋭い目で僕を見つめていたが、何も言わなかった。こんな時間だ。またもや、ネコとネズミの追いかけっこをする気にはならない。疲れてもいる。僕は立ち上がって、流しに空のコップを置きに行った。父は何かぼそぼそとつぶやいた。ふり返ると、ケースはテーブルの上に戻り、ふたは開いていた。

「ごめん、お父さん。いま何か言った？」僕はそう言いながら、父の方へ行った。かれはケースの中の何かを探しはじめた。

「私の身分証明書類だ」といって、父はちょっと僕を見上げた。

「こんな時間に、そんなものがどうして必要なの？」

かれは肩をすくめて、黄色く変色した紙片を開いた。「ウルディス・クルゼムニークス」と読み上げる。

「アレックス・カーゼムも忘れないでよ」

父は苦々しげに笑った。「私には、他の人より名前が多くあるのに、本当の名前が分からないのだから」

　僕はうなずき、この機会をとらえてわざと言ってみた。「でも、お父さんは豚飼いの子供だったことは知っているよね」ロンドンの地下鉄での激発の後、父が豚飼いの子供だったと言うのは、違うのではないか、と思うようになっていたからだ。

　父は首を振った。「違う、全く違うのだよ」

「話してよ、お父さん」僕は穏やかに促した。

「どこから始めたらいいかも、分からないのだ」

「どこからでもいいよ」と、懇願するように言った。「ロンドンで約束したよね、あの分からない言葉の意味をつきとめるって。それには、もっといろんなことを知らないと」

　父は手に持ったままの身分証明書類から目を上げた。顔がとつぜんやつれたように見えた。「でも、みんな断片ばかりで……」

「それでいいんだよ、お父さん」僕は迫った。

「恐ろしいことだった」父は考え込むように一息入れ、真剣に話しはじめた。

「それは夜の間に始まった。私たちは台所にいた。床の上で、弟と遊んでいた。部屋の中には母親もいた。ろうそくの光の中に無言で座り、おびえ、疲れきった表情を浮かべて、赤ん坊の妹を抱いていた。とつぜん乱暴にドアが開き、狂ったような声を上げて兵隊が二人、乱入してきた。こん棒を振り上げて家の中を打ち壊しはじめた。母親は物音をたてなかったが、弟は悲鳴を上げた。母親は私たちみんなを腕の中に抱き取り、スツールに駆け寄ると、弟と赤ん坊をスカートの中に押し込んだ。私も覆おうとしたが、スカートの幅が十分ではなかった」

「家の中は、静かになった。兵隊たちは家の破壊をやめたようだ。兵隊たちが、私の方へやって来る足音が聞こえた。母親の体が固くなった。ドスッ、ドスッと鈍い音が響き、そのたびに母親の体が震えた。こん棒で、母親を繰り返し殴打していたのだろう。母親は、殴打をすべて自分の体で受けた。私は小さい弟と妹をしっかり抱きしめ、声をたてないようにと祈っていた」

父の話は続く。

「私の記憶はしばらくの間、途切れていたのだろう。次に気がついたときには、音は何も聞こえず、兵隊の姿もなかった。私は恐ろしくてスカートの外に出られず、弟と妹を抱いて母親の脚にしがみついていた。母親が小声ですすり泣くのが聞こえた。スカートの下から、私はゆっくり頭を出した。頭をひざにつけ、彼女の腰のまわりにしがみついた。額に何か変なものがついた。頬をつたって唇にたれてきた。温かい。しかし、何だか分からない」

「母親がスツールから立ち上がった。顔は血だらけだ。私の口の中の甘い味のものは、母親の血だったのだ。彼女は自分の傷を気にも留めず、泣き出した弟と妹を抱きあげて、落ちつかせようと歌をうたいはじめた。とつぜん近所の家から悲鳴が聞こえた。私はドアの方へ走った。しかし、母親は家から出てはいけない、ドアを閉めるように、と言った。閉めようとしたが、ドアは破られて、支えの金具もとれている。玄関には雨が激しく吹き込み、風も肌をさすようだった」

僕は、父の話を理解しようともがいた。しかし、話をさえぎることなんてできない。

「その夜遅く、私は独りで台所の椅子に座っていた。前後に揺らしている自分の足を見ていた記憶がある。母親はカーテンで仕切られた隣の部屋で、弟と妹に歌をうたい続けている。あんなことがあったあとだ。落ちつかせるのは並大抵のことではない。朝から何も食べていない。ネズミにはらわたをかじられているように、ひもじかった」

「これはいつ起きたこと？」と僕はたずねた。

「確かなことは分からない。私が五つか、もうすぐ六つになるころだと思うが」

「じゃ、何年に起きたこと？」

父は首を振った。

「季節はいつごろ？」

「秋かな。おそらく秋の初めだろう。木の葉が地面いっぱいに落ちていたのを、はっきり覚えているから」

父は話を続けた。「ようやく弟と妹は眠ったようだ。私も台所の椅子に座ったまま、こっくりしていたらしい。目を開けたら、母親が暗闇の中で私に向きあって座っていた。何も言わない。シルエットで、私を見ているのが分かった。こちらに来るよう優しく手まねきした。ひざに引きよせて固く抱きしめてくれた。私の髪を何度も何度もなでた。彼女の指の優しいリズムを、私はいまでも忘れない。それから母親は『明日、私たちはみんな死ぬのよ』と言った」

父は沈黙した。しばらくすると視線を上げて、僕の方を見た。そして、どうも分からないという顔をした。

「いいかい。母親はそのとき、私の名前を呼んだはずだ。それなのに、どうしてもその名前が思い出せない。彼女の声は耳に残っているのに、私の名前が聞こえてこない」

「どんな名前も全く覚えていないの？　名字とかは？」

父はがっかりしたように、首を振る。

「弟や妹の名前は？」

「名前は何も、全く」

「何歳だった？　二人は」

「弟は歩き始めたばかり――よちよち歩きだった。赤ん坊の妹は、まだ母親の腕の中だった」父は一息ついた。何を思い出したのか、父の口元に軽い微笑がよぎった。

「母親は、お前は家長だよと言った。父親はもういないのだから……と」

「お父さんはどこへ行ったの？」

「死んだのだ」

「何で死んだの」

「知らない。ある日、母親が私に、父は死んだと言った。覚えているのはそれだけだ。父はそこにいなかったという、うっすらとした印象はある」

「それはいつのこと？」

「よく分からない」

父が細かい点をきちんと記憶していないので、もどかしくなってきた。父自身も、自分の記憶の空白にいら立っているらしい。

「話を先に進めよう。そのときお母さんと台所にいたのだよね」と僕は父に言った。

父はまたゆっくりと、細部にまで気を配って話しだした。「私たちは明日みんな死ぬのよと、母親が私に言った」

「どうしてお母さんがそんなことを知っていたの？」と僕は尋ねた。その語気の激しさに、僕自身がうろたえたほどだ。

「全く分からない。彼女が言ったことしか覚えていない。でも、母親がそれを知っていたことがなぜ重要なのかな」

父はまた、殻の中に戻って行きそうに見えた。しかし、しばらくすると、また続けた。

「母親は、お前は恐れてはならないと言った」

「でも、怖かったでしょう」

「どうだったか、覚えていない。死にたくないとは思っただろう。死とは何かなんて、本当に分かっていたわけではないが。しかし、何か悪いものだとは思っていた。父親がニワトリを絞めたりするのを見ていたから……」

「母親は私に、最後まで自分と一緒にいて弟の面倒を見るようにと言った。兵隊たちが私たちを丘の下へつれて行くけど、怖がらないように、と。『私は赤ちゃんと一緒だから、あなたは弟の手を握っていてね。離してはだめよ。何が起きても弟が怖がらないよう、一緒に私のそばにいるのよ。それから、目を閉じてと言ったら、目をつぶって私につかまるの。怖がってはだめよ』と」

「彼女は私をベッドへつれて行った。弟はすでに、同じベッドで眠っていた。彼女はベッドの端に座り、毛布をかけてくれた。それから体をかがめて私の頬にキスし、さあお休みなさいと、優しくささやいた。母親が赤ちゃんと同じベッドに入るのが見えた。窓からの月の光で、妹に寄り添う彼女のシルエットが、いまでも目に焼きついている」

「そのあと、私は眠りに落ちたのだろう。次に覚えているのは、目を覚ましたときのことだ。外はまだ暗い。母親の寝息が、部屋の向こうから聞こえた。ベッドで横になっていると、とつぜん『死にたくない』という思いが頭に浮かんだ。誰かが、私の耳にささやいたみたいだ。裏庭のニワトリのように死にたくはない。誰にもクビをひねられたくない。この考えを払いのけるには、何か行動を起こすしかなかった」

父の声は低くささやきに近くなった。「私はできるだけ音をたてないように起き上がって、着がえた。母親のベッドまで歩き、顔を見下ろした。眠っていた。起こしたくなかった。彼女の上にかがんで、さよならのキスをした」

父は、ほとんど言葉を口にすることも、できないほどだ。

「私は、母親にさよならのキスをした」と、父はもう一度繰り返して、完全に沈黙した。

少し間をおいてから、父は続けた。「私は真っ暗な家の中を通り抜けて、外に出た。外は雨で、戸口に立つと大粒の水滴がポタポタと落ちてきた。外は暗かった……」

「さっき月が照っていた、と言ったばかりじゃない？」

父はくだらない質問だと言わんばかりに、僕の顔を見た。

「さあ、月はおそらく雲か何かの陰に入ったのだろう。光は全くなかった」と答えて、そのまま話を進めた。「動いているものは何もない。まったく静かだ。裏庭の方へ出て、友だちとよく遊んだリンゴの木の脇を通りすぎた」

「その友だちの名前は覚えていない？」僕は話をさえぎった。

父は首を振った。

「私は、裏庭の木の柵のところに着いた。外に出られるところは知っていた。柵の厚板の一部が緩くなっている。誰も見ていないときは、ここを通って家にこっそり出入りできた。柵を登りはじめた。だが、とつぜん何者かに捕まった。私の背中を押さえている。パニックだ。兵隊が一人、後ろから忍びよって、私のズボンをつかんだと思った。暗闇の中でもがき、蹴とばし、ともかく自由になった。柵の向こうの道に出たが、兵隊の姿はない。恐怖にとらわれていたせいだ。ズボンが柵に引っかかっただけだった」

「恐ろしかった。そのとき安全な場所がひらめいた。私がよく友だちと遊んでいた村はずれの広場だ。そこまでたどり着けば、その向こうの丘へ行ける。木がいっぱい生えているから、隠れることはできる。生まれてわずか数年なのに、知恵はあったらしい」

父は、信じられない気持ちと、誇らしさがまざったような表情で首を振った。

「昼間なら、私はどんな小道も知っていた。しかし、いまは真っ暗で何も見えない。でも何とか、村役場まではたどり着いた。前にここでサイレント映画を見たことがある。チャーリー・チャップリンだったか、もう一人の――バスター・キートンだったか」懐かしそうなほほ笑みだ。「私はここで友だちとアイスクリームを食べたことがある。父親が小銭をくれたのだろう。ダンスパーティーもよく開かれた。子供はみんな、親がダンスをするのを見て笑いころげた」

僕は迷った。父が誰かに昔の記憶を語ったのは、これが初めてだろう。こんな話をもっと聞きたい。しかし、僕はそれよりもまず、その夜に何が起きたのかを知りたかった。

父は僕の心を読んだらしい。

「そこから私は歩き続けた。村役場から広場の入り口までは、歩いて二分ほどだ。丘と雑木林へは、この広場を横切らなければならない。そのとき、私はビクッとした。今度は音だ。暗闇だけではない。誰かが泣いている。女の人だ。でも、見えない。声がやむのを待った。安全と思えるようになったので、広場を横切りはじめた。雨が滝のように落ちてくる。二度ばかり、ぬかるみにはまった。足が抜けず、泥の中で何度も転んだ」

「そのとき雨がやんだ。思ったほど進んだわけではないようだ。誰かを起こしたような、うめき声が聞こえる。体が凍りついた。うめき声はやんだ。私はゆっくりと一歩を踏み出した。音は聞こえない。そこでもう一歩。すると、とつぜん『あなた』と呼ぶ声が聞こえた。女の人の声だ。彫像のように立ったまま、動けなくなった」

「体がすくんだ。女の人の声がまた聞こえた。今度はもっと優しく『助けて！　私はここよ』。なぜか私は、その声を信じた。声の方に向かって、一歩進んだ。かろうじて見分けることができた。腕だ。腕が一本、土の中から突き出ている。その腕が私に手を振っている。土の中から、なぜ腕が突き出ているのか？」

「『私の手が見える？　私にはあなたが見える。怖がらないで』。母親のような優しい言い方だ。『こっちへ来て！』。私は声の方へもう一歩進んだ。そしてまた、もう一歩。彼女の荒い息遣いが聞こえた。私はその腕から目を離さず、さらに一歩前へ出た。その瞬間、腕はまた、土の中へ吸い込まれたように消えた。私は腕が消えたあたりに近づいた。とつぜん腕がどこからともなく出てきて、私の手首をつかみ、引っぱった。私は転んで、土の中へ引きずりこまれた」

父の呼吸が荒くなって、少し乱れてきた。記憶の力がかれを支配して、言葉を絞りだしているようだ。僕は何か手助けできないかと考えたが、父は手を振って押しとどめた。「私はもがき、蹴とばし、戦った。とつぜん引きずる力が消えた。私は誰かの上に倒れていた。女の人だった」

「恐ろしいね」と僕は優しく言った。

父の視線は、僕の方に少し動いた。

「そうじゃなかった。美しかった。私はこの女性の上にうつぶせに倒れていた。彼女は私の背中で腕を組んでいる。柔らかく、暖かかった。息を感じることができた。胸が上下に動いていた。母親のようだった。どれくらいの間、そうしていたのか分からない」

「妙な話だと思うだろう。いまなら、その状況が説明できる。私は地中の大きな穴のようなものの中にいた。穴の中には、その女性や私だけでなく、他にも多くの人がいた。かれらのうめき声や、キーキー、ゼイゼイという音も聞こえた」

「いつの間にか、私は眠りに落ちていたらしい。次に記憶しているのは、彼女の腕が私を揺さぶっていたことだ。彼女は『起きて！　起きて！』と叫んでいた。起き上がって自分を穴の中から助け出してほしい、そのために、まずあなたが穴から外へ出る必要がある、と言った。どのくらい時間がかかったのか分からないが、やがて私は穴の外に出た。それから、彼女は次にどうするか指示した」

「私は穴のへりに腹ばいになって、腕を中へ伸ばした。暗闇の中を、手探りで彼女の手に触れた。私は両方の手でつかみ、彼女の合図で引き上げようと力をふりしぼった。彼女もそれに合わせて立ち上がろうとしたが、私の力では及ばなかった。やがて彼女の腕から、力が抜けた。彼女は『放っておいて』と弱々しい声でつぶやいた。しかし、私はそうしたくなかった。助けなければと思った」

「よく分からないが、おそらく私は狂っていたのだろう。彼女の腕を握り、何度も引き上げようとした。しかし、彼女の腕から力が抜けていた。彼女がすでに死んでいたのを知らずに、腕を引っぱり続けていたのだ。彼女を残して去りたくなかった。逃げるのは、期待を裏切ると思った。しかし、結局、私は起きあがって走った。止まらなかった。ふり返りもしなかった」

この女性を助けることができなかったことに、父はいまでも心の痛みを感じているようだ。僕は父に、慰めの言葉をかけたかった。しかし、口から出てきたのは「他にどうにかできたというの？お父さん」と弱々しくつぶやくことだけだった。そして「それから、どこへ向かったの？」と話の先を促した。

「日の出が近いらしい。空はうっすらと明るんでいた。私は丘を駆け上がり、雑木林の中に入っていった。どうしたらよいか分からない。しばらく木立の中を歩き回った。やがて私は居心地のよさそうな木の根元の空洞に、丸まって入り込んだ」

「私は眠りこんでいたようだ。肝をつぶすような轟音で目を覚ました。雷が落ちたみたいな音だ。次に人々の悲鳴、叫び、泣き声、女性と子供の声が聞こえた。何か恐ろしいことが起きていることは分かった。だが、何なのか、見当もつかない」

「静かにしていた。誰にも見つかりたくない。私は木から木へと動き、丘の頂上近くにたどり着いた。そこから、あの女性と一緒にいたあたりを見下ろすことができた。音はその辺から轟《とどろ》いている。私は木の幹の陰からのぞいた」

父は頭を下げ、繰り返して何度も振った。絶望的な表情で、「もしあれを見てさえいなかったら」と声を抑えて言った。深いため息を漏らし、肩をすくめた。最後に上を向き、目を凝らして、しっかりした口調で、注意深く話しだした。

「いたるところに血が流れていた。そして泥。そして大きな穴の中に裸の人間。ほとんどの人は死んでいたが、生きている人たちもいたに違いない。穴全体が動いているように見えた。波のように盛り上がったり下がったりしていた」

「あれは、昨夜、私がいたところだと思い当った。あの穴で、私は女性のかたわらに寝ていた。昨日もあそこで人を殺していたのだろう」

「いたるところに銃を持った兵隊がいた。かれらは女性と子供を穴の縁に立たせている。そして再び銃声が轟く。人々が一斉に倒れ、前の穴に向けて落ちて行く」

「ライフルやピストルで、兵隊が人を殺していた。後になって何が起きていたのか理解したが、あのときは何のことか分からなかった。だが、目の前で起きていることは恐ろしいことだということに、疑いはなかった。私のような子供でも、恐怖と脅威は感知できた」

「殺されたのは誰だったの？」

思い出そうとして、父の顔つきや表情が引きつった。

「村の人たちだ。何人かは私の顔見知りだった。男の一人は、家に来たことがあった。その人のひざに乗ったこともある。あごひげがこんなに長く、着物はかび臭かった。もう一人の近所の女性の姿も目に入った。雨でも晴れでも、傘をさして通りを行ったり来たりしていた。私と友だちはいつもお説教をくった。でも、いい人だった。ときたま自分の家でとれたプラムをくれた」

ほんの一瞬だが、父は子供のころの幸せな思い出に浸っているようだった。「私の記憶では」と父は穏やかに言った。楽しい記憶を懐かしむような口調だった。しかし、夢の記憶は一瞬で消えた。「みんな全くふつうの村人のように見えた。だが、いまでは確信をもって言える。かれらはユダヤ人だったのだ」

このとき、父は肩に力を入れた。もっとショッキングな記憶に備えて、身構えているようだった。声はかすれ、つぶやくような小声になった。

「丘の上では、兵隊たちがさらに多くの人々に銃剣を突きつけ、下へ降りて行かせようとしていた。そのときだ。私は列の中に、母親と弟と妹がいるのを見つけた。わが一族の人々も一緒だった。一族といっても誰がだれなのか、詳しい関係は知らない。しかし、私がその一員であることは知っていた」父は記憶に釘づけになって、前方を見すえている。

「私は大声で母親に叫びたかった。ここにいるよ、大丈夫だよ、と知らせたかった。しかし、あまりにも遠く離れている。一緒になれないことも分かっていた。一緒になったら、丘のふもとで起きているのと同じ運命が、私にも降りかかっていただろう」

父がこの言葉を語ったとき、何らかの形で罪の赦免を求めているように聞こえた。仕方がなかったではないか、そんなことは不可能な状況ではなかったか。父にそんな慰めの言葉をかけるべきだったかもしれない。しかし、あまりのショックに、僕は口もきけなくなっていた。

父の顔は青ざめている。「私はこのとき、あまりにもひどい光景を見たような印象がある。実際に私が見たことの記憶なのか。そうでないとしたら、いったい何だったのか？」そう言って、口にするのをためらった。

「言ってよ」と僕は促した。

父は咳払いをした。「これが続いている間、ユダヤ人ではない村の人たちが、遠くに見えるのに気がついた。私はいまでも、当時のかれらの姿をはっきり思い浮かべることができる。かれらは自宅のバルコニーに立っていた。陽気な顔でたばこを吸い、話をしていた。笑っているものもいた。こんなことをやめさせるために何かしてほしかったが、ただそこに立って見ているだけだった」

「村の人たちは、私の母親や弟や妹や他の人たちをどうして助けようとしないのか。私には理解できなかった。はらわたが煮えくりかえるようだった……」父の顔は真っ赤になった。心の底に沈んでいた過去の失望、落胆がよみがえって来たのだろう。

「私は再び母親を見た。彼女はもう丘のふもとにまで降りていた。弟をじっとさせるのに手を焼いている。弟の手を握っていると母親に約束したのを思い出して、彼女の期待を裏切ったのを悔いた」

「兵隊たちは母親を銃で撃った。弟と妹を銃剣で突き刺した。私は大声で叫んだが、すぐに手を強く噛《か》んで声を抑えた。私は自分に『誰にも泣き声を聞かせてはならない。さもないとお前も同じ運命だ』と言い聞かせた」

父は冷静に言った。「私はすべてを見た。一日中だ。銃声は、終日続いた。音が聞こえないよう、耳をふさいだ。恐怖はいつまでも続いた。意識が途絶え、また戻り、自分は気が狂ったのだと思った」

父は感情を現わさず、語り続ける。

不気味な静寂が父をとりまいた。しばらくの間、ぼんやりと、あらぬ方向を見つめている。虐殺を目撃したことについて父が語るのは、これが初めてだった。語り口は沈着だったが、自分の家族の絶滅を表現するために、正しい言葉と表現を選ぼうと苦闘を続けていたことに僕は気づいた。それから父は、体を僕の方に傾けた。

「ときどき私は、あの日、家族と一緒に死んでいればよかったと思うことがある。母親に約束したように、弟の手を握って一緒に穴の中で死んでいたら、と。いまでもそうだ」父の声からにじむ悔恨と落胆は、僕にとってショックだった。そして、その体験と罪の意識を胸に秘めたまま、父がこれまでの生涯を生きてきたことも驚きだった。

内心の動揺を抑え続けられず、父は少しばかり休ませてほしいと言った。

僕も同じだった。安全なわが家のキッチンから、五〇年以上も前のロシアの寒い秋の朝へ、流刑になっていたような気分だった。

僕は流しのところに行き、やかんに水を入れてガス台にかけた。そこに立ったまま、僕は父と一体で体験していた空気から自分を引き離し、自分を取り戻そうとした。父は、これまで座っていた場所で凍りついたままだ。

僕は紅茶を入れたマグカップを、父の前のテーブルに置いた。かれはグイッと飲みこんだので、やけどをしないかとハラハラした。しかし、暖かい液体がのどを通って、父はすぐ生気を取り戻したようだ。かれは堅く決心したように僕を見つめて、話を続けた。

「私はそこに一日中いて、何が起きているか、木立の中から見ていた」と一息入れる前に話を戻した。「ずっと、自分の手を強く噛み、発作にでも見舞われたように、体を揺らし続けた」

「私の記憶には、自分でもいらだたしいところがある。記憶は毒蛇のように私の骨髄の内側に巣くっていて、噛み切って常に外に飛び出そうとする。だが、その記憶を再現することはできるが、記憶の中にあるはずの特定の何かを思い出そうとか、それがいつ体験したものだったかという記憶を呼び戻したいと思っても、できないのだ」

父は、僕の懸念を正確に読み取っていた。かれの記憶の一部は、人をたじろがせるほど鋭い。しかし、その他の記憶はおぼろげで、透き間だらけの単なる印象にすぎない。やはり当時の父は、まだ小さな子供でしかなかったのだ。

僕は父を見た。こんな状態のかれを見るのは初めてだが、目の前にいるのは間違いなく僕の父だ。しかし、生まれたときから知っている父の顔から薄皮が一枚むけて、飾り気のない素顔の男、ナマの人間に変わっている。これほど冷静に観察していることが、僕にはショックだった。

壁の時計に目をやった。午前二時をまわっている。しかし、気力の衰えは見えない。僕は父がさらに話しはじめるのを待った。

第4章　訊問

「木立の根元で目を覚ましたときは、もう暗くなっていた。私は這《は》いつくばって林の外れに戻った。月が出ていたので、丘のふもとの――あの場所を見下ろすことができた。すべては終わっていた」。父は「あの場所」というところで、少したためらい、声を低くした。

「あの場所はもう土で覆ってあった。物音一つ聞こえない。立ちつくすだけだった。小枝がとつぜんポキッと折れる音がした。私は踵《きびす》を返し、木々の間を抜けて走った。私の村から、私の家から、少しでも遠くへ――。あまりの恐怖に、ふり返ることさえできなかった」

「寒さが加わってきた。濃い霧が私の首のあたりにまで降りて来る。捕まりたくない。霧の下を這って、前へ進んだ。周りはよく見えないが、私だって誰からも見えない。凍りつきそうな寒さだ。着ているのは、家から逃げてきたときの短ズボンとジャンパーだけだ。歯がガチガチ音をたてないよう、ときどき手であごを押さえた。氷が食い込んだみたいに、足が燃えるように痛かった」

あの足だ、と僕は思った。父はまだ六〇歳代の前半だが、僕が子供のころから足は節くれだち、腫《は》れ上がっている。医者の診断では、森の寒さと湿気が柔らかな子供の骨にしみ込んだためだろう、ということだ。

「どれくらいの期間、その森にいたの？」

「全く分からない。私は森の中の迷子だった。さまようだけだ。眠り、起きる、食べ物をあさる、そしてまた眠る」

「食べものは、どんなものを？」

「プラムだ、野生の。それにベリーの類。どの種類のベリーが食べられるかも知らなかったが、空腹を満たすために食べた。一度か二度、毒のベリーで死ぬほど苦しんだ。地べたに寝ころがって吐《は》いた。そんなときは誰かに見つかろうが、クマやオオカミや化け物が出てこようが、知ったことかという気になった」

父は続けた。「まもなく初雪が来た。雪が深くなると、踏み跡が見つからないよう、森の奥深くへ入った。体を温かく保つには、歩いていなければならない。だが、まもなく同じところを、堂々巡りしているのに気がついた。森の中の空き地にある同じ小屋に、一度ならず出くわした。木の陰からその小屋をのぞいたが、決して近づかなかった」

「奥深くまで入り込んだことで、大きな幸運にめぐりあい、命が助かった。ある日、下生えの中を這って進んでいると、兵士の死体に出会った。私は長い間、誰とも話をしていない。そこでこの兵士に、私に起きた事件を語ることにした。あの二つの言葉、コイダノフとパノクについても話した。そのころには、この二つの言葉は心の中に定着していた。おそらく母親がこの言葉を繰り返し吹き込んで忘れるなと言ったからだろう」

「どうしてお母さんが、そんなことを言ったのだろう。みんな一緒に死ぬと思っていたのなら、何かを覚えていろと言うだろうか」

父は「分からない」と言ってから、何かに思い当ったらしく黙り込んだ。

「どうしたの」

「もし母親が何かの理由で、私が逃げだすと知っていたら、あるいは逃げるように仕向けていたとしたら？」父はそう言って、僕をじっと見た。

「それはどういう意味？　そんなこと、前には言わなかったよ」

父は「それはそうだ」と認めた。「私はあの夜のことを、細かい点まで覚えているわけではない。しかし、おそらく何かの理由で、彼女は翌日に自分たちに起きることを知り、誰か一人が逃げる可能性に賭けようとしたとか。彼女は小さい子供を二人抱えていたから、僕に『逃げなさい、坊や』とか『いまなら逃げられるよ』とか、——何かそんな風なことを言ったのではないだろうか」

二人とも沈黙した。父はこの考えを脇に置き、冷たくなった紅茶を飲みほして、再び話の続きに戻った。

「私は兵士の死体をよく観察し、このオーバーコートをもらおうと思った。かれの重い両腕を袖から引っぱり出すだけでも、ものすごく時間がかかった。巨大な体の下からコートを引き抜くのはさらに大変で、大きな棒を体の下に差しこんで死体を起こし、さらに全体重をかけて反対側に転がさなければならない。私はへたりこんでしまった」

「おまけにコートの袖に腕は通せても、手が外まで届かない。身につけることはできても、ウェディングドレスみたいに引きずる。余った部分をベルトで体に巻きつけて、ようやく暖かくなった。靴下はひざより上まであったし、ブーツも大きすぎたが、家から履いて出た靴はバラバラ寸前だ。やせた足首の周りを靴ひもで何重にも巻いた。巨大な帽子はかぶりかたを工夫した」

父は軽く声をたてて笑った。「道化師のように見えるだろうなと思った。子供が軍服に半ば埋もれたような格好で、雪をかき分け歩いているなんて。ただ一つはっきりしていたのは、私はあの死んだ兵士に命を救われたということだった」

「そんな状況の中で、よく生き延びることができたね」

父が描いたイメージに驚いて、僕は声をあげた。父は体を乗り出した。「それなら、答えられるよ。生き延びようと考えるな、ただ生きよ、だよ。何か考え始めたら、トラブルが始まる」

「お父さんには創意工夫の才があったんだ」と僕は言った。

僕がほめたので、父はうなずいた。

「私は音には敏感だった。木の小枝が折れる音、木々の葉ずれ、――何にでも危険の兆候はある。どんな瞬間も、警戒心を解けない。夕暮れ近くが、最も怖かった。あらゆる種類の音が聞こえ出す。近くの下生えのあたりで何かガサガサという音。遠くではオオカミのほえ声。そんな音が聞こえると、いまでも鳥肌が立つ」

「危険には、即時に対応しなければならない。私がどうやって逃れたと思う？　できるだけ木の高いところまで登る。そして自分の体を、木の枝と枝との間に挟む。小さいころ、私は家のリンゴの木で木登りを覚えたから、どんな木にでも登れた。だから、オオカミだって、私を捕らえられない。たとえ眠りこんでいても！」

「これも死んだ兵士のおかげだった。木から落ちないように、兵士のコートのベルトで腰を締めて、それから枝に何回も巻きつけた。前に傾いて落ちそうになると、ガクッとして目が覚める。コートの襟が開けば、寒くなって目が開く。全く眠れないときもあった。木の根元の暗闇から、何か物音が聞こえる。そんなときは日の出までじっと我慢する。太陽が永久に顔を出さないのではないか、と思うこともあった」

父が味わった恐怖の話を聞くと、これまでとは全く違う父の像が浮かび上がる。炉辺での物語と違って、勇気や侠気のかけらもなかった。

「そんな長い夜でも、いずれは昼に変わり、歩いて食べ物あさりができるようになる。そして、暗闇がまた戻ってくる。それが私の生活だった。これもあの兵士のおかげだった」――父はちょっとためらってから付け加えた――「それと他の死んだ人たちの」

「他にもいたの?」

父はうなずいた。

「何人ぐらい?」

父は肩をすくめた。「かなりの数だ。たいていは男だったが、遭遇すると、周りで何かいいものが見つかった。ずっとのちに、私が兵隊たちの仲間に入れられて一緒に行動するようになり、気候も暖かくなると、死体の周りや下に野生のイチゴが生えているのがよく見つかった。そんなイチゴは大きく果汁もたっぷりで、見たこともないほど立派だった! 死体が分解して、周りの土が肥沃になったのだろう」

「生きている人間と出会ったことはなかった?」と僕は聞いた。

「遠くで話声が聞こえたり、近くの山道を歩く足音が聞こえたりすることがあった。きこりか百姓だったのだろう。そんなときは、できるだけ早く藪の下生えの中に隠れた。だがある日、ある人に一度だけ会った。その日を境に、私の生涯が永久に変わった」

「前にも言ったように、森の中にポツンと建っている一軒の小屋のところに何度も出て、木立の中から様子をうかがっていた。あるとき、その小屋から女の人が出てくるのが見えた。色物のスカーフを頭にかぶったおばあさんだった。たきぎの山から丸太を何本か抜き取って、家に入って行く。小屋の窓からのぞくと、彼女が一人、大きな深鍋で何かを煮ていた」

「私はドアをノックした。寒さと飢えで、ほとんど狂わんばかりだった。おばあさんの顔が窓から見えた。彼女はすぐドアへ走って開けてくれた。彼女は『まあ、いったい何てこと!』と言って、寒さで震えている私の顔を両手で包んでくれた。長い間、少なくとも生きている人の手に触れていない。手はタコだらけで硬かったが、大変暖かかった」

「彼女は『お腹がペコペコで死にそうだろう』と言って、深鍋からスープを注いでくれた。何杯食べたか覚えていない。食べに食べた。あるところで、彼女は皿を取り上げ、『これでおしまい。これ以上食べたら病気になるよ』と言った。私は野獣のようにうなり、皿を奪い返そうと飛びついた。彼女は後ずさりし、部屋の隅へ行って座った」

「落ちつきを取り戻すと、彼女はスツールを少しずつ近づけ、私のすぐ脇に戻った。彼女は私の髪に触り、洗ってやろうと言った。着ているものを脱がされ、身体全体を洗ってくれた。どんなに幸せだったことか。おばあさんは私の着ていたものを火にくべて、古着を着せてくれた。彼女は、あの巨大なコートとブーツも燃やそうとしたが、私にとって命の次に大切なものだ。絶対に渡すつもりはなかった。気の毒なおばあさん！」と父は声を出して笑った。父がわずかながら涙ぐんだのはこれが初めてだった。

「もう一度会いたいなあ、あの人に」話を始めてから、父がわずかながら涙ぐんだのはこれが初めてだった。


「で、どのくらいその家にいたの？」と僕は聞いた。

「その夜、一晩だけだ」と父は答えた。「おばあさんは、私を火の近くの床に寝かせ、厚いウールの毛布をかけてくれた。こんな温もりを肌に感じたのは、本当に久しぶりだ。私はこっくりしはじめた。何か月も木の上で、枝に体を縛って眠る生活に疲れきっていた。しかし、それが一瞬で激変した。ドアがバタンと開き、巨大な図体の男が入ってきた。母が話してくれた、おとぎ話の人食い鬼だと思った。すごく汚く臭かった」

「男は背負っていたバスケットを投げおろすと、まっすぐ私の方へやって来た。何が起きたのか分らぬまま、耳をつかんで毛布から引きずり出された。おばあさんはとりなそうと、男の腕をつかみ、私を下に降ろすよう頼んだ。しかし、男は怒鳴りつけた。彼女は、怖くて部屋の隅に退いた。この巨人が『母さん』などと呼ぶのが聞こえたから、ノックもせずに入ってきたのは、ここが自分の家で、男が家長なのだと分かった」

「かれは私をグイッと引きよせた。『で、ここにいるのは何という生き物かね。よく見てやろうじゃないか』。かれは大笑いして、野獣が獲物を舌なめずりするように私を眺めた。『森の小さい生き物か？　いやあ違うぞ。ここにいるのは、ちっちゃいユダヤ人だ』」

「男の脅すような口調で、危険が迫っているのが分かった。おばあさんもそう感じたのだろう。彼女は息子の大きなスープ皿をテーブルに置いた。大男はうなって注意をそらした。その瞬間、私はドアに突進した。だが、男は腕を伸ばして私の首をつかみ、フットボールのように部屋の反対側へ蹴とばした。私は意識を失った」

「食事がすむと、息子は、私を木製のかごに入れてくくりつけた。そして『明日は』とつぶやき、手でのどを切るまねをした」

「私は日の出前に目を覚ました。おばあさんが火の近くをうろうろし、息子が寝ているのを確かめると、私の方へにじり寄ってパンを一切れすべり込ませた。しかし、次の瞬間、大男が身じろぎすると怖くなって取り上げ、また自分の隅に引きあげた」

「朝になって息子は起き上がり、私を入れたままのバスケットをひょいと背中からつるして、小屋を出た。おばあさんの顔が窓から見えた。彼女は手をふって、悲しそうに十字を切った。どこへつれて行くのか分からない」

「何時間も歩いたあと、息子はある門の前でとつぜん歩みを止め、小さな学校に隣接する狭い校庭に入って行った。埃《ほこり》っぽい地面には、少しばかり雪があった。かれはバスケットを投げおろし、ロープを解いた。次に私の目に入ったのは、後ろの壁にもたれ、肩を落としている人たちだった。ほとんどが男で、年齢はまちまちだ」

「しばらくすると、全体の様子が分かってきた。校庭の向こう側に一〇人あまり兵隊がいる。何人かは地面にしゃがんで、たばこを吸ったり、笑ったり、仲間内で冗談を言い合ったりして、大きなびんの飲み物をガブ飲みしている」

「兵隊がもう一人やってきた。険しい顔つきの男だ。私の知らない言葉で何か言った。兵隊たちはゆっくり立ち上がり、銃剣つきのライフルを持って整列した」

「二人は、壁ぎわの人々を銃剣で駆り立て、怒鳴り、蹴とばした。そのときおばあさんの息子が私の腰の周りをつかんで校庭を横切り、兵隊たちの前に投げ出して、『もう一人いるよ、森で捕まえたのが』と笑いながら言った」

「私は体をすくめた。目に入るのは兵隊のブーツばかりだ。次に何が起きるのかよく分からない。私は頭をぐっと上げ、兵隊たちの顔をよく見ることにした」

「私は兵隊たちに取り囲まれた。かれらは顔に薄笑いを浮かべて、見下ろしている。一人が私を蹴り、這いつくばって壁のところへ行かせた。私はそこにいた老人の脇に座った。かれは腕を私の肩にまわし、私の分かる言葉で、怖がることはないと言った」

「私は老人にしがみついた。兵隊の一人が全員起立を命じた。もう一人の兵隊の大声の指示で、他の兵隊たちが銃をあげた。私には次に何が起きるのか分かった。私の村で前に見ている」

父はしばらく黙り、それから言った。

「私は『お腹がすいている。もうすぐ死ぬのなら、その前に何か食べたい。パンを食べたい』と思った。そのとき、私の目が一人の兵隊の目と合った。責任者のように見えた。私は老人の脇から飛び出し、『パン、パンをください』と叫びながら、その兵隊のところへ走った。飢えを超えた何かがあったのか、という気もする」

「兵隊が一人突進してきて、手荒に私を元の列に引き戻した。老人は私をなだめようとした。しかし、私の中に何か抑えがたいものがこみあげてきて、また前に向かって走った。今度は別の兵隊が、ピストルを私の頭に突きつけた。今でも、かれは私を撃つつもりだったと思う。しかし、引き金を引く直前、リーダーが何事か叫んだ。その兵隊はピストルを、そして他の兵隊もライフルを下ろした」

「何人かの兵隊はブツブツ言いだした。リーダーの制止で銃撃が中断したのが、不満だったのだろう」

「本能的に私は、この場の雰囲気を少しでも和らげるために、何かしなければならないと思った。そこで、私は一歩前に出て、お腹を突き出し、空腹を強調した。兵隊たちみんなに確実に理解させるため、私はパンを食べるしぐさをしながら、『パン、パン、パン、パンをください』とフシをつけて、ジグダンスを踊った」

「私の行動がおかしかったのか、リーダーの顔を微笑らしいものが横切った。怖かったが信頼した。暖かい目をしていた。私はかれを良い兵隊だと思うようになった。兵隊たちの何人かが爆笑した。私の歌とジグダンスで、注意がそらされたらしい。視野の隅で、壁ぎわの何人かが出口へにじり寄るのが見えた。うまく逃げてくれればいいがと思った」

「しかし、良い兵隊が気づいた。かれはただちに空に向けて発砲した。死のような静けさが戻った。他の兵隊は、逃げだそうとした人々を取り巻いた」

「そのとき、良い兵隊は私の手首をつかんで、校庭の向こう側の建物へ向かった。この兵隊の手中なら安全だと思ったが、激しく抵抗した。かれは私を建物の入口まで引きずって行き、兵隊たちに任務遂行を急げ、という指示を与えた。それから私を校舎の中に引きずり入れ、床に投げ出した。私は激しく蹴りかかった。かれは殴ろうとしたが、私はひょいとかわした。かれはクスクス笑った。つられて私も声をたてて笑った」

「緊張がほぐれた。かれは『パンが欲しいのか』と聞いた。私の使っている言葉だった。私はうなずいた。するとポケットから汚れた布切れを出して広げ、中からパンを出した。その瞬間のパンは、私にとって金より貴重だった！　私は突進し、ひったくって部屋の隅へ逃げ、石のように固い塊にネズミのようにかじりついた」

「良い兵隊は私をパンから引き離そうと、工夫をこらした。手を伸ばして、パンを返してくるかどうか試そうと、私の目を見た。私はパンをしっかり握って、胸に当てた。私は、一面ではかれを信頼していたので、パンを渡した。良い兵隊はそのパンを食べるまねをした。私は必死に奪い返そうとした。しかし、かれは一方の腕で私を抑え、もう一方の手でパンをぶらぶらさせた。笑い声で、これはゲームだと気づいた。私はキャッキャッと声をたてて笑った。自分の村で友だちと遊んでいたとき以来の笑いだった」

「かれはパンを小さくちぎり、一切れずつ渡してくれた。よく噛んで食べられるようにしたのだ。それから水筒をよこした。私は水だと思ってグイッと飲んだ。アルコールだった。内臓が燃え上がって意識を失いそうになった」

「そのとき、だしぬけに雷が炸裂したような轟音が響いた。聞き覚えがあった。私の家族が死んだあの日に聞いた音だ。化石のように凍りつき、校舎の窓へ走った。できればここから逃げたいと思ったが、良い兵隊は私を捕まえて引きずり戻し、『ここにいろ』と怒鳴った。言われた通りにした。かれは部屋の中を行ったり来たりしていた。何か他のことで悩んでいるらしい。急に立ち止まって、私を見た」

「万事休すだ。私を外につれて行って、撃たせるのに違いないと思った。かれは私に近寄り、肩をつかんで、立てと言った。それから私の横にしゃがみ、私が着ていた衣類をゆっくりと脱がせはじめた。私はたじろいだ」

父はとつぜん、きまり悪そうな顔をした。

「良い兵隊は、気が進まない感じだったが、パンツを下げろと指示した。言われた通りにした。検査は一瞬で終わった。私はすぐ隠した。かれは私に背を向けて、『まずい、まずい、まずい』と言って首を振った。私は自分のパンツの中を見て、『何がまずいのだろう』と不思議に思った。何か深刻なことがあることは分かった。かれを笑わせようと、深刻な表情をまねてみたが、笑わない。私のおふざけは、困惑に油をそそいだらしく、私の体を揺さぶり、『まずいよ、このバカタレ！』と小声で語気を強めた」

「良い兵隊は時間をかけて気を鎮め、空の木枠に腰をかけてたばこに火をつけた。それから私をひざに乗せて、何か考えこんだ。今度は、私が静かに待った。何分かすると、かれは私を前に立たせ、険しい顔で『誰にも見せるんじゃないぞ！』と警告した。そして、あごで下の方をしゃくり、いかめしく頭を振った。それから、もう一度『まずい』と言った。そして、ピストルを何度も自分のこめかみに押し当てた」

「私はそれを見て、手でピストルの形をつくって頭に向け、もう一方の手で自分の股間を指さした。私が十分理解したと思ったのだろう、良い兵隊は私をひったくるように窓のところへつれて行き、外をのぞかせた。壁ぎわにいた囚人たちが、みんな地上に横たわっているのが見えた」

「誰も動いていない。兵隊たちが死体の間をつまずきながら、金目のものを探している。良い兵隊はふり返り、近寄りがたい顔つきで私を見た。警告の深刻さが初めて理解できた——もし誰かが私の『まずい』ものを見たら、私の運命が決まるのだ」

「良い兵隊は、私に校舎の中で待つようにと言って出て行った。外側から、かんぬきを差した。私はスツールを窓ぎわに引っぱって行った。かれがさっきの兵隊たちのところへ行くと、部下が周りを取り巻いた。良い兵隊は、他の兵隊たちを説得しようとしているようだ。かれが校舎の方を指さしている。私のことを話しているのだと分かった」

「部下の兵隊たちは不満らしく、荒らげた声が聞こえてくる。頭を激しく振ったり、地面を蹴ったりして、あちこちで土煙が舞った。私をピストルで撃とうとした怖い兵隊が、円陣を離れて地面にツバを吐いた。もう一人の兵隊も加わった。良い兵隊が手で、兵隊一人一人をなだめているのが見える。かれはまた何かを言い、今度は何人かがうなずいた。良い兵隊の提案に同調して、意見を変えつつあるらしい」

戻って来た良い兵隊は、父を肩車に乗せて行進に出発した。陽光の中に出ると、他の兵隊たちも合流した。みんな意味もなく、ふんぞり返って歩いている。酔っ払っているので、怖かった。いまは良い兵隊に肩車されているので安全だが、兵隊の中には父の出現に当惑しているものもいる。

「怖い兵隊は私の方を見て顔をしかめ、とつぜんオオカミのようにほえだした。怖がらせようとしたのだ。他の兵隊も何人か仲間に加わった。かれらを野獣に変えているのは、アルコールのようだった。良い兵隊も、ピリピリしているのが分かる。私の足を強くつかんで、もう片方の手でピストルを握り、とつぜん空に向けて発砲した。みんな静かになって、永遠に動きが止まったように感じた」

「私の問題は、ひとまず沈静した。しかし、良い兵隊が、いつまでも私を守ってくれるか分からない。私は死の瀬戸際まで来ていた。これからも、今後も注意が肝心だ」

僕は父にたずねた。「なぜ、この兵隊がお父さんを守ったのだと思う?」

「分からない。私を見て自分の知っている、他の子供を思い出したのか。単にかわいそうだと思ったのか。いずれにせよ、まともな人間なら、子供を傷つけたいなんて考えないだろう。私は長い森の生活で野生化していたが、かれは私を一人の人間と見てくれた」

「それに、兵隊たちだって私とあまり違わなかった。ずっと体を洗ったことがないようだったし、苔《こけ》が生えているような緑色の歯をしているのも何人かいた。私の歯は生え変わりの時期に入っていたから、緑の歯はほとんど消えていた」

父の話は、校庭の情景に戻った。「そのあと、兵隊たちは自分たちの武器と荷物を集め、私たちは無言で出発した。私は歩きながら、死んで横たわっている犠牲者たちの方をふり返った。不思議なことに、チョウチョウの大群がとつぜん空から舞い降りてきた。それがあまりにも美しいので、私は魅了された」

「美しいだって?」僕の言い方がギョッとしたようにでも聞こえたのか、父はすぐ付け加えた。

「もちろん、私は犠牲者が気の毒だと思っていたよ。とくに私を守ろうとしてくれたあの老人のことは。しかし、かれらはもう死んでいた。どうすることもできない。私は自分のことを考えねばならなかった。私は初めて、自分は安全だと感じた。いや、安全という言い方は違うな。良い兵隊が警告してくれたように、私はこれからも注意し続けなければならない。だが、割礼のことさえ隠していれば、生き延びるチャンスはあると思った。あの時代は、割礼は即ちユダヤ人と受けとめられていたから」と父は顔を赤らめた。

「じゃ、お父さんは自分がユダヤ人だと信じているの?」と僕は聞いた。

父はうなずいた。

では、父がユダヤ人だとすると、僕や弟たちはどうなるのか。僕たちはどこまで、どのようにユダヤ人だ、ということになるのだろうか。

「割礼以外に、お父さんが自分はユダヤ系だと思った記憶はある？」

「一つある。お坊さんのような長いあごひげを生やした人が、わが家に来たことがあった……」

「ラビ（ユダヤ教の聖職者）かな？」

「そう、ラビだ。かれがやってきたのは、小さい弟の何かの儀式のためだった。おそらく割礼だろう」

「お父さんは、自分がユダヤ人だと考えたことがある？」と僕は聞いた。

父は肩をすくめ、少し当惑したように天井を見た。「本当のことを言うと、私はいったい何人《なにじん》なのか分からないのだ。私はユダヤ人として生まれた。私に起きたことは、私がユダヤ人だから起きた。しかしラトビア人は、私をルター派キリスト教徒として洗礼した。私はロシア人だが、これまでの生涯では、みんな私をラトビア人だと信じてきた！」

「兵隊たちと一緒に出発してからは、どんなことが起きたの？」父の記憶に戻ろうとして僕は尋ねた。回想以外の話に入り込んで、この薄暗いキッチンでようやく成立した、父との心のつながりを失いたくない。

「私はまた森に戻った。怖いのは同じだったが、怖さの種類が前とは違った。今度は、私の『まずい』が見つかってはならない。森のオオカミに対する私の以前の恐怖は、新しいずっと陰鬱なものの前に姿を消した」

「最初の夜、兵隊たちは火をたいて野営し、たき火のまわりに座って酒を飲んだ。燃えあがる炎と火がはぜる音で、催眠状態に陥っているように見えた。私は良い兵隊の隣に黙って座った。実のところ、ぴったり抱きついていた。人間の温もりに飢えていた。怖い兵隊がたき火の向こうで、こちらをじっと見ている。私にほほ笑んではいるが、目は鋭い。私は視線が合わなかったように装って顔をそらした」

「しかし、心は震えていた。生き残りたいと必死だった。だから、恐怖に襲われてもいた。私をつれて行軍するのがいいかどうか、兵隊たちには考える時間はこれからたっぷりある。つれて歩くのはまずいと考えるようになったら、どうしよう」

「心ばかりか、私の体も震えていたのだろう。良い兵隊が、腕に力をこめて私の肩を抱いてくれた。かれは、怖い兵隊が私をにらんでいるのに気づいていない。私が怖がっているのも知らない。『寒いな』と言って、自分のスカーフをはずして私を包んでくれた」

「しばらくして私がうとうとしだしたころ、『おい、坊や』と私を呼ぶ声が聞こえた。目を覚ましてそっちを見た。怖い兵隊が背筋をピンと伸ばして座っている。私にもう一度声をかけて、手まねきした」

「何をしようとしているのか見当もつかないが、怒らせるようなことは避けたい。平手打ちでもするのかな、と思って近づいた。ところがかれは、自分の胸を指さして『ヴェージス』と言い、もう一度、繰り返した。何のことか分からない。そのうちにかれの名前だと気づいた。怖い兵隊の名前はヴェージスだったのだ」

「今度は、良い兵隊が私を呼び戻して、自分を指さして『クーリス』と言った。ただちに私は『クーリス、クーリス、クーリス』と繰り返した。かれは『その通りだ』と言って喜んだ。何だか素敵なことをした気分になった。他の兵隊たちも加わってきた。私はたき火の周りをまわって、兵隊の名前を一人ずつ教えてもらった。ローゼス、ウッペ、ウォゾルス、ズィンタールス」

「他に兵隊が三人か四人いたが、名前は思い出せない。クーリスはパンとアルコールをよこせと言い、みんなで私に飲ませた。私はダウン同然になった。『サマゴンカ』と呼ばれるウオツカの濁酒《どぶろく》だった。適量なら麻酔薬のように効く」

「兵隊たちは、私を指さして名前を知りたがった。だが、私は何も言えない。自分の名前を覚えていないのだ。兵隊たちは、仲間うちでかなり時間をかけて話し合い、やがてクーリスが私を前に立たせ、胸を指さして『ウルディス・クルゼムニークス』と言い、復唱しろと命じた。発音は難しかった。妙な発音をすると、みんなは大騒ぎして突っつき合い、背中をたたいて爆笑した。気楽になった。私はこの名前に勝手な節をつけて歌い、火の周りでジグダンスを踊った。こうして私はウルディス・クルゼムニークスになった」

「くたくたになって、私はクーリス軍曹の隣に倒れ込み、寝入った。日の出前に目が覚めた。軍曹以外の兵隊は、まだ眠っている。『急いで起きろ』と軍曹は言って、小さなバケツを手に、私を周りの森につれだした。バケツで小川で水を汲む方法を習い、キャンプに水を持ち帰った。火のたき方、お茶の作り方も覚えた。他の兵隊が起きだしてくると、みんなのマグカップにお茶を注いで回った。私の髪の毛をクシャクシャにし、にっこりする兵隊もいた。私は自分に仕事ができて、みんなの役に立てることを知った」

「朝食のあと、夜のたき火に使う木片の集め方を習った。軍曹は私に『飼料袋』をくれた。肩にかけて、たき火に使えそうな木片をひろう。物覚えは早い方だったから、みんなの役に立つよう励んだ。水と火のことを習ったあとは、誰よりも早起きして元気に動き、お茶の準備をした。独りで森にいた経験から、食べて安全なベリーを摘むこともできた。これでグループの中に居場所が見つかった、と確信できるようになった」

「私のラトビア語も急速に上達した。何かを持ったり、見たりしていると、兵隊たちがラトビア語で教えてくれた。完全に覚えるまで何度も練習した」

「明るいうちは、森の中を移動した。兵隊たちはパルチザンを捜索中だといった。パルチザンとは何か分からなかったが、それを見かけることがあるとも思えなかった。仲間入りして二、三日後、クーリス軍曹が、部隊はベースキャンプに帰還すると話してくれた。あのおばあさんが洗ってくれたとはいえ、仲間入りしたときの私はまだ汚く、異臭を放っていたが、誰も気にしなかった。ここへ来てクーリス軍曹がとつぜん私のクリーニング作戦にとりつかれた。顔と手をごしごし洗い、クシャクシャの髪にくしを入れた」

「次に兵隊らしく行進する方法を習ったが、うまくできなかった。あの道化師の大靴で行進するのは難しい。次は敬礼だった。靴のかかとをカチッと合わせ、同時に大声で『ウルディス・クルゼムニークス』と名乗る。馬鹿げた感じがしたが、かれらは真剣そのものだった。やがて、みんなは満足し、一人の兵隊が私を肩車して行進が始まった——肩車はやがて交代になり、担ぐ順番を争いながら前進して行った」

ついに私たちは、ベースキャンプに到着した。村の外れにある学校だった。

「そのキャンプの名前は？」と僕が聞いた。

「『S』だったと記憶している。それだけだ」と父が答えた。

「フルネームは忘れたの？」

「いや、兵隊たちも『S』としか言わなかった、暗号で話しているみたいに」

「どうしてだろう？」

父は肩をすくめた。「このキャンプで、部隊の司令官に初めて会った。クーリス軍曹が、本館の教室に設けられた司令官の執務室につれて行った。われわれは部屋の外でしばらく待った。かれは私の髪を直し、敬礼とあいさつをもう一度復習させてから、呼ばれるまで入口で待つようにと言った」

「立っていると、通りがかりの兵隊が私に『おい、クルゼムニークス！』と大声で呼びかけてきた。会ったこともない連中だ。部隊の新入り情報がすでに回っているらしい」

「ちょうどそのときドアが開き、クーリス軍曹が入室を命じた。部屋に入ると、私はかかとをカチッと合わせて敬礼し、姓名を誇らしげに述べた。私は返礼があって、すぐ退出を命じられると思い、気をつけの姿勢のまま待った。しかし、私に聞こえてきたのは、大きな笑い声だった」

「私は姿勢を崩し、部屋の奥を見た。男がデスクの向こうに座っている。立ちあがったのを見ると、背は低く、小太りの男だ。真新しい軍服なのだろう、立襟にピカピカのボタン、ズボンにはピッと折り目がついている。しかし、私を魅了したのは空のような、華麗なライトブルーの軍服の色だった」

「司令官はデスクを回って私の脇に来た。ひざまで届く、長く黒いブーツを履いている。ブーツは鏡のように磨いてあり、私の姿が映っていた。司令官は返礼した。それからデスクの縁に寄りかかって、たばこに火をつけた。煙をゆっくりくゆらせ、薄目を開いて、私がどんな人間か判定しようとしている。手ごわい。重要人物だと分かった。『動くな、相手をじろじろ見てはならない』と自分に言い聞かせた。本能的な反応だった。しかし、好きになれそうもない」

「しばらくして、かれは手まねきした。私は少したじろいだ」

「クーリス軍曹は、ためらう私の耳元で『急いで！』と小声でいい、後ろから一押しした。司令官は、近寄った私をつかんで空中に放り上げた。私は司令官に支えられて空中に浮かんだが、顔をまっすぐ前方に向け、目を合わせないようにした」

「『少年よ』と司令官は私に直接話しかけてきた。返事をするには、視線を下に向けるしかない。ほほ笑んでいるが、目は鋼鉄のようだ。『私が誰だか知っているかね』。かれが兵隊たちの言葉ではなく、私が村で使っている言葉を完璧に話したのに驚いた。私は首を横に振った。『私は君の司令官だ。ローベ司令官だ。言えるかな』。私はまだ、かれの上空に浮いたままだ。かれの発音通り、完璧にと発音できるまで下ろしてはもらえなかった」

「やがて司令官は、部屋の隅にある長椅子に私を降ろし、一緒に座った。かれはどこかから鉛筆を取り出し、二本の指の間で回転させたが、次の瞬間、鉛筆が消えた。私はこの手品に吸い寄せられた。そしてそれまでの遠慮はふっとび、司令官の上着を引っぱって消えた鉛筆を見つけようとした。『教えて、教えてください、ローベ司令官』と私は頼んだ。私は司令官の名前をもう一度完全に発音すれば、手品の仕掛けを教えてもらえると思った。かれは期待に応えた。鉛筆はゆっくり司令官の軍服の袖から生き物のように現れた。私はその仕掛けを知って、大笑いした」

「わずかの間だが、司令官に対する私の態度は変わった。私はかれとの間に特別の絆《きずな》があるみたいに、とりこになった。素敵だった。かれのひざの上で抱きしめられる暖かさは、素敵以外の言葉では言い表せなかった」

「かれはデスクの上の紙に手を伸ばし、何か書いた。そして私を抱いたまま、その文字を指して『クルゼムニークス』と言った。鉛筆を持たせてくれたが、持ち方さえ知らない。学校へ行ったことはなく、読み書きを習ったこともない。だが、司令官は驚くほど優しかった。鉛筆を私の手に持たせ、上から自分の手を当てて、最初の何文字かを覚えるのにつき合ってくれた」

「それから一人でやってみるよう、身振りで示した。司令官とクーリス軍曹の二人が話し合っている間、私は二人を喜ばせようと、一心に練習した。二人の話はそのうちに深刻で切迫した響きを帯びてきたので、私は耳をそばだてた。ラトビア語の会話だったが、おおよその見当はついた。軍曹はローベ司令官に、私を部隊に残すよう説得していた」

「司令官は、クーリス軍曹に熱心に耳を傾けていた。ときに疑わしそうに、ときにはにこやかにうなずきながら。私は、司令官の視線がときどき私の後頭部に向けられているのを感じた。私をどうすべきか、冷静に見きわめていたのだろう」

「とつぜん司令官は自分の腿《もも》をたたき、私の腰をぎゅっと締めつけた。軍曹が安堵したのが

ローベ司令官

分かった。司令官は立ち上がり、クーリス軍曹は私に敬礼するよう指示した。私は飛び上がって気をつけの姿勢をとり、完璧な兵隊になる決意をした」

「司令官は退出を命じた。退出のときに私が最後に見たのは、かれが何かに心を奪われたような表情で、デスクの電話に手を伸ばしているところだった」

「執務室の外に出ると、軍曹は私を肩に乗せ、構内を競走馬のようにギャロップで走った。他の兵隊たちも歓声をあげて一緒に走り、その音はどんどん大きくなって行った」

「私は声をたてて笑った。重大な事が決まったのだ――私はもう一斉銃殺の対象にならない――クーリス軍曹は私のために何かを計画し、ローベ司令官はそれに同意した。しかしその段階では、私の前途に何が待ち構えているのか、知る由もなかった」

「けたたましい声を上げて、私はわめきちらした。ローゼス伍長は、氷のように冷たい水をはった金属製の洗い桶に私をつけて、パンツを脱がせにかかった。私は必死でパンツをつかみ、徹底抗戦した。クーリス軍曹の警告が、頭にこびりついている。狂ったように足をばたつかせ、部屋中に水しぶきをとばした。私は水が大嫌いだ。何か月も森の中にいて、不潔な生活には慣れている。体など洗わないでいる方が、安全な気がしていた」

「それに私の小さな心の拠《よ》り所を放棄するわけには行かない。ローゼスは私の大騒ぎにへきえきして『分かったよ、どうしても嫌だと言うのなら好きにすればいいさ！』と言った」

そう言って、父はクックッと笑った。

ローベ司令官の決定で、父は部隊に残されることになった。父が話しているのは、そのすぐ後に起きた出来事だった。話にはずみがついて、僕はほとんど聞き役だ。

「私は石鹸を塗りたくられ、寒さで震えていた。伍長は洗い桶の脇にしゃがみこんで、シャツの袖をたくし上げ、私をごしごし洗おうとした」

「とつぜん洗い場のドアがバタンと開き、クーリス軍曹が飛び込んできた。『静かにしろ！　お前の声が兵舎全体に轟いているぞ』と怒鳴り、ローゼスに任務終了を言い渡した。伍長はホッとして、洗い場から出て行った。軍曹は、洗い桶の横にスツールを引き寄せた」

「私はまだムスッとして、濡れたパンツをつかんでいる。軍曹は大満足で笑顔をみせ、『よしっ』と言った。そして、私を桶から引き上げ、乾いたタオルでゴシゴシ水を拭きとった。肌がひりひりして、生き返ったようだ。母親にやってもらったときみたいで、つかの間だが、これまでの惨めな体験を忘れた。軍曹も満足して、私の全身をこすりながら笑い、タオルで包んでくれた」

ローベ司令官が入ってきたのは、まさにその瞬間だった。顔を見るのは、面接のとき以来だ。司令官は、濡れた私のパンツに目をとめて、ちょっと当惑した。何か言おうとしたとき、軍曹がとつぜん立ち上がり、大げさに気をつけの姿勢をした。

「注意をそらそうとした効果はあった。司令官は口を出すのをやめた。こいつは何を考えているのかという顔つきをして、休めを命じた。それから私の方を向き、満面の笑みを浮かべて、心から再会を喜んでいるという顔をしてみせた」と父は言った。

「司令官は抱えてきた包みを出して、君へのプレゼントだと言った。開くと、ライトブルーの上着が入っていた。サイズは小さいが、兵隊たちと同じ色の軍服だ。部隊記章、ボタン、バッジもついている。磨き上げた黒のブーツと乗馬ズボンもあった。ただちにそこで着用せよと命じられた。私のための特注で、サイズもぴったりだった」

「膨れ上がった私の足を、黒光りするブーツに入れるのに少してこずったが、何とかおさまった。私の外見は、小ぎれいで洗練されたものになった。もうバカでかいブーツと巨大なコートの道化師ではない。ローベ司令官のミニ版だ」

「司令官は、厚い革製のベルトを持ち出し、バックルで留めた。ピカピカの小型ピストルをホルスターに装着し、数歩下がって出来ばえを眺めた。私は誇らしかった。同時に、こんな格好にされて、落ちつかない気分もあった。心の奥底では、これは自分ではないと感じてもいた」

「司令官は満足して、正規の敬礼をした。私は返礼しようとしてよろけた。重い軍装、ベルト、ピストルを合わせると、おそらく私の体重を超えている。強い兵士を気どっても、実際はぶざまで不器用な子供にすぎなかった」

「司令官は、箱型カメラを取り出し、私を壁の前に立たせた。言われた通り、胸を張り、あごを前に突き出す。そのポーズのままで何度もシャッターを切るが、なかなか満足しない。『こっちを向いて』『次はあっちを』と声がかかり、そのたびにシャッター音が響く。『ピストルを持って』と命令され、『狙え！　そのままの姿勢で動くな』。またシャッター音の雨だ。この連続で、疲れきった」

「その夜、兵隊たちは近くの町の小さなカフェを接収し、祝賀パーティーを開いた。私が主賓だった。長いテーブルの上座で、クーリス軍曹のひざに座った。テーブルは食べ物と飲み物であふれていた。みんな早々に酔っ払い、陽気になったのはいうまでもない。大声で愛国的な歌やナンセンスソングを歌い、他の客の迷惑には目もくれなかった」

「じゃあ、お父さんは、一方では兵隊たちと一緒にいるのが好きだったけど、もう一方ではこの連中はバカだと思っていたわけ？」と僕は聞いた。

「バカじゃなくて、ずいぶんヘンな連中だとは思った。それまで知っていた人たちとは、全く違う。言ってみれば、えーと……」と父は天井をにらんで、ふさわしい言葉を探した。「トンマかな。そう、不器用なトンマだ。それに、私が兵隊たちと一緒にいるのが好きだったというのも、正確じゃない。私はかれらに感謝してはいた。そのうえ、かれらの目から見ても、私が感謝していることが分かるようにふるまわねばならない。だから、一緒に笑い、手をたたいていた」

「ローベ司令官が遅れてやって来た。ただちにクーリス軍曹から私を取り上げ、テーブルの上に立たせた。そして私のために乾杯の音頭をとり、兵隊たちはグラスを上げた。そこで私は、みんなを喜ばせようと、テーブルの上でちょっぴりジグダンスを踊った。みんなは大きな拍手をした。スターになったようだった」

「テーブルから、這うようにして降りた。兵隊たちが次々にウオツカを飲ませるので、私は眠りこんでしまったらしい。次に覚えているのは、軍曹が軍服を着たままの私を、兵舎の寝棚に押し込んでいるところだった」

父は話を続ける。「翌朝早く目が覚めた。ひどい二日酔いだ。そのまま寝棚にいて動きたくなかったが、兵隊が引きずり降ろしに来た。食堂へ向かう途中、兵隊になりたいなら、酒に飲まれないようにすることだな、とからかわれた。幸いなことに、朝食の味のないオートミールと濃い紅茶で、体力は回復した」

「朝のうちにパトロールに出た。森の中を重い足どりで、休みなく歩き続ける。行進はきつく、次第に遅れた。先を歩いていた軍曹が戻ってきて手をとり、『遅れるな。正規の少年兵のようにふるまえ。お前に支給された特注の軍服を見ろ』と言った。私は力をこめてうなずいた。兵隊たちをカッカさせるようなことはしたくない。一緒に行動するようになってから短い間のうちに学んだのが、兵隊たちを怒らせてはならないということだった」

僕は聞いた。「どんなときに兵隊たちは怒るの？」

「予測はつかない。酔っぱらって爆発することが多かった。だが、いつだって要警戒だ。兵隊たちのやり方に巻き込まれてはならないと、いつも自戒していた」と父は言った。

「その日の昼には、鉄道の引き込み線のところに到着した。前線への補給物資を積んだ貨物列車が、出発準備に入っている。クーリス軍曹の説明では、われわれの任務はパルチザンに警戒し、列車爆破を阻止することだという。すぐ不安になった。パルチザンとはどんな顔をしているのか知らない。どんな人間だってパルチザンである可能性はある」

「一〇人ぐらいの兵隊のほとんどは、車両の屋根ですでに配置についていた。クーリス軍曹は私を肩に乗せ、列車の屋根にいた別の兵隊に預けた。その兵隊は、私をロープで自分の腰に縛りつけた。そしてライフル――これがまた、私よりも大きくて重かった――をよこして、使えと言った。子供にこんな大きな物が持ち上げられるはずがない。まして発砲だなんて。それに気がつくと、兵隊はひざの間に私をはさみ、ライフルを持ち上げて照準の定め方を教え、引き金を引いた」

「発砲の衝撃は、誰かに肩を蹴とばされたような感じだった。音は、あの日の村を思いださせた。列車の屋根を這って逃げようとした。ロープにつながれていなかったら、飛び降りて森に逃げ込んだだろう。体の骨が全部折れてもかまわない。兵隊たちは私を捕まえられない、森のことなら私の方がよく知っている、森は私の家だ、と思っていた。しかし、だめだった。犬のようにつながれている。兵隊は手綱を引きよせ、私の恐怖の表情をまねて嘲笑した。かれのひざの間に戻ったとき、耳に一発、おまけのビンタをくらった」

「私がどうしてそんな恐怖に襲われたのか、この兵隊が勘づいた気配はない。列車はスピードを上げ、私は必死で屋根に張りついた。この列車の旅は少なくとも二時間は続いたが、一人のパルチザンも見かけなかった。列車は別の町に着いて止まった」

「何という町か覚えている？」と僕は尋ねた。

父は、首を軽く横に振った。「私の第一印象では、『S』より大きかった。兵隊の数もずっと多く、駅のまわりは混雑していた。何人かが私を目にとめて、車両のすぐ下へやって来た。みんなロープを見て笑った。腹が立ったが、解いてくれるのを待つしかない。地上に降りたとき、誰かが『おい、君の名前は何だ？』と尋ねた。クーリス軍曹が『ラトビア警察旅団、ウルディス・クルゼムニークス一等兵だ』と答えてくれた」

「それを聞いて、多数の兵隊が私を取り囲んだ。握手しようと手を出すもの、一緒に写真をとりたがるもの――そこにはなぜか、三脚と大きなカメラを持った人物もいた。たぶん陸軍の公式カメラマンだ」

「いずれにせよ、この男がカメラを据え、私を前列に立たせた。誰かが私にライフルを下げさせた。別の兵隊グループは、半円形に私を取り囲み、得意そうにポーズをとった。一人が自分のピストルを私のベルトに差し込み、腕を回してきた。撮影が終わると、町の方へ向かうよう命じられ、次のグループと交代する。これがしばらく続いた。注目の的になって、いい気分だった」

やがて、クーリスが撮影中止を命じた。「かれはしゃがんで、深刻な表情をして私の顔をのぞき込み、再び『パルチザン』と言った。それから私の手をとり、町の方へ行進した。他の兵隊も同じ方向へ進んで行く。何かが始まることは、分かった。兵隊たちが酒瓶をやり取りし、サマゴンカをガブ飲みしている。規律は消えていた」

「薄気味悪かった。兵隊たちは騒々しかったが、騒音の裏に死のような静寂があるようにみえた。町の中に人影は全くない。住民は家の中にこもっている。行進して行くと、窓のカーテンがピクッと痙攣《けいれん》するように動いた。恐ろしかった」

「クーリス軍曹と一緒に先頭を歩きたくはない。手を離したが、気づかない。かれはこの先に控える事態に、極度に注意を集中している。私は少しずつペースを落とし、列の最後尾に下がって行こうとした」

「やがて十字路に出た。兵隊たちの足元を透かして前を見ると、道路の端から少し下がったところに建物がある。私が見たこともないくらい高く、間口も広い——二階か、ひょっとして三階建てだったかもしれない」と父は言った。

「建物の外には何百人もの人たち——老人、婦人、子供が、身を寄せあっている。その人たちの顔が、何人か見えた。村の知り合いの人たちを思い出した。もっと悪いことに、この人たちの表情には、あの殺戮の日に村で見たのと同じ恐怖が見てとれる。体がすくんだ。しかし、私はまた混乱した。軍曹はこの人たちをパルチザンと呼んでいる」

「私は少しずつ列からはずれ、急に回れ右をして逃げようとした。そのとき後衛にいた兵隊が、私を見つけて呼んだ。肩をしっかりつかんで前に立たせ、顔を前方に向けた。太陽がまぶしいので目を細めているように装った。しかし、目に入ってくるものまでは、避けられない。兵隊たちは人々をせかして建物の中へ追い込み、別の一隊は建物の窓に木の厚板を打ちつけている」

建物の外側のドアに、かんぬきを差す音が聞こえた。「兵隊たちは、火のついた木の棒や枯れ木の枝を、建物に立てかけた。瞬時に火が回った。一分かそこらの間、死のような静寂が訪れた。聞こえるのは、火がはじける音だけだ。炎は急速に広がり、やがて恐ろしい悲鳴や、長く高く続く大きな悲嘆の叫びが響き渡った」

「悲鳴が高く上がれば上がるほど、兵隊たちは静まり返った。笑うものは誰もいない。空に向かって高く、高くのぼって行く炎に、誰もがわれを忘れた。私の肩をつかんでいた兵隊も、その場に凍りついたまま、燃え上がる炎に魂を吸い取られたように立っていた」

父は再び一息入れた。落ちつきを取り戻そうと、何度も大きな息をついている。そして「たぶん兵隊たちは、その瞬間、自分の魂が燃えているのを見たのだろう」と低い声で言った。

「そのときだった。何かがはじけて、現実の世界に引き戻された」父の声はほとんど聞き取れない。パニックに陥ったと見えた次の瞬間、父は激しくあえぎ、いまにも息がつまりそうになった。

「お父さん、そのまま続けて。見たことをそのまま……」僕は優しく励ました。

「とつぜん建物の中から、何かが飛び出してきた。なんと、女の人だ……」父は、声にならない叫びのようなものを口にした。いま、その光景を目の当たりにしているようだ。

「全身火だるまだった。彼女は巨大な炎の壁の中から走り出てきた。子供が二人、後ろを追ってくる。この二人も全身、火に包まれている。音は全くしない。サイレント映画を見ているようだった。何が起きているのか、私にも十分つかめないうちに、パンパンという鋭い音が聞こえ、その女性と子供二人が倒れた」

動かない。三人とも死んでいた。しかし、三人の身体からは、炎がまだ立ちのぼっている。音の方に目をやると、クーリス軍曹と他の二人の兵隊がライフルを下ろしているところだった。

「クーリスは、見守っていた兵隊たちの方に目をやった。私は後方にいたが、かれは私を見つけた。そして、自分の行動を説明するかのように、私に向かってほほ笑み、手を振って、『パルチザン』と叫んだ」

「私は何も考えず、後ろを向いて逃げだした。軍曹が私を呼ぶ声が聞こえたが無視した。ふり返る気はなかった。通りを抜け、町並みの外に出た。小さな農家の庭があった。私はそこの納屋の裏手でうずくまり、両手で耳をふさいだ。燃え上がる建物からの悲鳴はどんどん大きくなって、私が隠れている納屋の中にまで届いた」

「その瞬間、私は、クーリスと他の兵隊たちを憎悪した。自由になりたかった。しかし、次の瞬間には、挫折感だけが残った。戻る以外にどこへ行けるというのか。私は落ち込んで、死がどこかへつれて行くことを願った。この惨めな状態から抜け出たかった」

「見上げると、憤怒と憎悪をたぎらせた男の顔があった。納屋の持ち主に違いない。逃げようとするところを力いっぱい蹴られ、庭の反対側までふっ飛んだ。痛みは感じない。私の内部は麻痺し、蹴られて当然と思った。軍服を着て、兵隊たちと一緒にいたのだ」

父はちょっと休んで、また続けた。「私には、兵隊たちのところへ帰るしか、選択はなかった。独りで森にいた方がいいと口では言っていたが、心の奥底ではそうじゃなかった。私は怖がりの小さな子供だった。町への道を戻った。兵隊たちはまださっきの場所――あの建物の残骸の前にいた。悲鳴はやんでいた。聞こえるのは、木材がくすぶり、燃え尽きて崩れる音や、水がかけられて出るシューシューという音だけだった」

「あの気の毒な人たちが逃げ出そうとして、燃えるドアに爪を立て、声を絞り出している悲鳴が、いまでも私の耳に残っている」父はそう言って、またしばらく黙った。

「クーリス軍曹が私を見つけて、やって来た。手を私の肩においた。ぞっとした。触ってほしくなかった。憎らしかった。かれがやったことは、どこかの兵隊が私の家族にしたのと同じことだ。全く違いはない」

「兵隊たちは、ゆっくり駅の方へ歩きだした。いつもは規律正しくみえるヴェージス伍長がおかしくなり、農家のニワトリを道で追いかけて、フットボールのように蹴った」

「これはどこで起きた事件だろう?」と僕は尋ねた。父に話を進めるよう迫っておきながら、こんな質問をするのは気がとがめた。

「兵隊たちは、私の前ではいっさい地名を口にしなかった。私たちはどこにいても、おかしくない。ただ、のちに兵隊たちが、私を見つけたのはロシアだったと教えてくれたことを考えあわせると、現場はロシアのどこかだという気がする。しかし、兵隊たちと一緒になるまで、私が距離にしてどのくらい森の中を放浪していたのか。一緒になったところからパトロール部隊の仮宿舎までの距離は、どれくらいだったのか。そこからベースキャンプまではどれほどか。そしてこの日の事件の現場まで、列車で何キロ進んだのか。それが全く分からない」と父は言った。

「季節はいつごろ?」

「兵隊たちの仲間に入れられてから、そんなにたってはいない。かれらは、私を見つけたのは一九四二年五月の終わりごろだと言っていた。そうなら七月の初めごろということになる」

「じゃあ、夏だね」

「その通り。だが、そこで訳が分からなくなる。私の印象では、兵隊たちの仲間に入れられたのは寒い時期で、地面には雪があったと思うのだが」

「かれらがお父さんをひろった時期についても、うそをついていることはないだろうか」と僕は言った。

「しかし、なぜかれらがそんなうそを」と、父はキツネにつままれたような顔をした。

「おそらくこの虐殺に加担したことを隠すとか」と、僕は思いを巡らした。「もし、ラトビア軍の動きについてもっと調べることができれば……」

「たぶん『コイダノフ』とか『パノク』とかは、私が生まれたところに関する鍵なのだ。もしそうなら、私と兵隊たちの動きをもっと知ることができる」

「その建物についてはどうなのだろう。何の建物だったのだろうか」と僕は尋ねた。

父は肩をすくめた。「当時、あの建物が特別どうだとか、とくに考えもしなかった。でもいま思うと、ひょっとしてあれはシナゴーグだったのではなかったかと」

「僕もそれを考えていたんだ」ホロコーストに関する僕の限られた知識からしても、ユダヤ教礼拝堂のシナゴーグは、その種の迫害がよく起こった場所だった。「そこにいた人たちはユダヤ人の可能性が高いね」と僕はつけ加えた。

父は一瞬、当惑した表情で「クーリス軍曹は『パルチザン』という言葉を使ったよ」と言った。

「ナチスは森でユダヤ人狩りをするとき、その言葉を使った。ボルシェビキとも呼んだ」

「それは知らなかった」と父は言った。ショックだったのだ。「正直言って、私の村の人でも誰がユダヤ人で誰がそうでないかなんて、考えてみたことも全くなかった。わずか五歳か六歳だったし。ただ、この人たちは私の村の人に似ているなあ、という感じはした。いま考えると、かれらがユダヤ人だったのは確かだろう」

僕は、事件の前にその町で撮影していたという写真に興味があった。その種の写真が例のケースの中にないのだろうか。

「一枚もない。兵隊たちが自分の記念品にしたのだろう。誰も私にくれようという気はなかった。別の写真ならあるが」と父は言った。僕を喜ばそうとしてか、父はケースに手を伸ばした。聞きなれたカチッという音がした。しばらくして父は写真を一枚出してきた。軍服を着た父の、胸から上の写真だ。初めて見るものだ。

「驚いた」と僕はつぶやいた。

「黒白だから分からないだろうが、軍服はブルー、きれいな空のような青色だ。私の最初の軍服だ。私はくすんだ色の、他の軍服に比べて、これが一番好きだった」と父は言った。

「他にも軍服があったの？　他の色の？　全部で何種類？」

「三種類だよ、全部で。まずこのブルーのやつ、それから薄い茶色――」

「それはいつ？」

「きちんとした日付は、分からない。しかし、最初に変わったのは、青い軍服をもらって六か月ぐらいしてからだったかな。私のためにいつも新しいミニサイズの軍服が用意されていた。そのとき、君たちはもう『警察部隊』じゃない、いまやラトビア陸軍の一員で、『国防軍《ヴェアマハト》』の一部になったのだ、と説明されたのを覚えている」

「それが薄茶色の軍服に変わったときだね」

　父はうなずいた。

「どのくらいの期間、この軍服を着ていた？」

「えーと」と、父は目を細めて思い出そうとした。「一九四三年の夏だったと思うなあ、ローベ司令官が再編成された旅団と一緒に私を北方へつれて行くと決めたのは。そのとき、私の軍服は緑色に変わった。カーキグリーンより少し明るい色だ」

「緑の軍服を着ていた期間はどのくらい？」

「私がラトビアを離れた一九四四年までだよ」

「ちょっと待って」と、僕は手を上げて父の話をさえぎった。そして軍服の変化の事実関係の細かい点を繰り返し、頭に刻みこんだ。これは刑事の仕事と同じだ、父の話の微妙な細部までを記録しておくノートが絶対に必要だ、と思った。

　少し沈黙したあと、父は再び話しだした。少し不安な気分になっているのが分かった。

「別のときにも、兵隊たちが残虐行為をしていたのを見た」と、父はためらいながら言った。「部隊の後衛に配置されていて、音だけしか聞こえないときもあった。ひどいことに変わりはないが、……かれらは私を保護しているつもりだったのだろう。私にかれらの蛮行を目撃させなかったという意味では」

父は沈黙した。またも落ち着きを失っている。「私は兵隊たちが悪いことをしているのを知っていた。もし、私がもっと――」

僕はさえぎった。「何ができたというの？」

「やめさせるべきだった」

「何だって？　お父さんは子供だったんだよ」

父の答えはなかった。しかし、納得していないことは分かった。

「兵隊たちとの暮らしは、地獄みたいなものだったでしょう、お父さん」

「私は慣れていた」

人はどうやったら、地獄の生活に慣れることができるのだろう。人生のよき記憶や経験がほとんどない子供の方が耐えやすいのか。僕は黙ってそんなことを考えていた。

父の声が僕の思考を中断した。「かれらはパーティーをしたくなると、私を使って村の娘を集めさせた。小さい子供でかわいいから、娘たちが喜んで集まって来ると思ったのだ」

「あるとき、私たちは農家の大きな納屋で一夜を過ごすことになった。兵隊たちはかなり酔っぱらい、手に負えなくなっていた。パトロール中も手製の原始的な醸造器具を持ち歩いて、サマゴンをつくっていた」

「おそらく農家の娘だろう、せいぜいで一四、五歳に見える少女が、全員の食事を持ってきた。彼女が食事を配っていると、ヴェージス伍長がキスしようとした。少女は笑ってふざけたようにみせて突き放し、急いで出ていった」

「伍長は、私を呼び、軍服の乱れを直して、ついて来いと命じた。行きたくなかったが、かれともう一人の兵隊がつれだし、途中で、私に野草の花を摘ませた」

「村の広場に着くと、伍長ら二人は荷馬車の陰で村人の出入りを見守った。若い女性が一人、農家の戸口に姿を見せた。そのとき、ヴェージスは私を押し出し、あの娘に花を渡せと小声で命じた。気性の激しい伍長の命令には、そむけない」

「娘は私を見て驚いた。小さな軍服姿の少年がふらつきながら、玄関に立っている。花束を差し出すと、彼女の心が動いたようだ。私は頭で伍長の方を指した」

「遠くからなら、兵隊は二人とも無害な若者に見えただろう。娘は私の手をとってかれらに近づいた。兵隊たちと話していたが、広場を横切って姿を消したと思うと、他の娘三人をつれて戻ってきた。そして一緒に部隊が一夜を明かす納屋へ向かった」

「女性たちはサマゴンカをすすり、ほろ酔い機嫌になって兵隊たちに踊りを披露した。兵隊たちも何人か、よろけながら踊ろうとした。他の連中は、はやしたてた」

「どちらかと言えば陽気なパーティーだった。その雰囲気がとつぜん変わった。ヴェージスが力づくで、一人の女性を自分のひざに座らせようとした。彼女は抵抗し、私を引き寄せて抱きしめた。嫉妬に狂った伍長は、私を乱暴に部屋の反対側へ放り投げた」

「伍長は彼女にキスをしようと突進したが、逃げられた。他の兵隊らは手をたたき、歓声を上げて騒ぎを眺めていた。そのあと何が起こったかは、想像できるだろう」

父は首を振り、不快感を示しながら、静かに言った。「私は納屋の隅に隠れた。何も目にしたくなかった。しかし、あえぎや悲鳴が耳に届くことまでは防げなかった」

「私の意識が戻ったときには、兵隊たちのいびきだけが聞こえた。かれらは泥酔してぶっ倒れ、人事不省になったらしい。納屋の向こうの端では、女性たちが身体をぬぐっていた。着衣は引き裂かれ、ひどく殴られていた」

「女性たちを納屋へおびき出すオトリに、私が使われたのだ。いまになれば、それが分かる。それでも私は、あの夜、彼女たちに起きたことに、いまでも責任を感じている」。父は気がめいるような顔をして、虚空をにらんだ。

僕は体が震えた。気まぐれと意図的な残忍性が支配している世界に、どっぷり浸らせられている子供が、いかに肉体的、精神的に傷つけられやすいか。どうやってこのような環境を乗り切ってきたのか。それを考えると、僕は打ちのめされてしまう。

父は、目立たず、注意を引かず、兵隊たちの言うことにあえて異を唱えず、かれらのポルノ的急襲からは尻込みする、などと自分に言い聞かせて、身を守ってきたという。だが、ポルノ的急襲とは何か、わずか六歳か七歳の子供に分かるはずもなかっただろう。父をコントロールし、食い物にしたこの連中──父を操っていたこの兵隊どもについて、僕はもっと知りたいと思った。

しかし、僕はそのとき不意に、何とも克服しがたいパニックに襲われた。父が味わわされた、苦痛に満ちた恐怖の体験のことだけではない。父の語る信じがたい苦境の物語を、世間は果たして事実として受け入れてくれるだろうか、そんな懸念に圧倒されて、逃がれることができなくなったのだ。

父の物語は、小さな子供が記憶していた血と虐殺の物語だ。──自分の生まれた村の住民が家族もろとも目の前で絶滅され、別の街では人々が焼き殺されて行くのを目撃したという、自分が体験した話だ。しかし、その物語には、正しさを裏付けることのできる具体的な人間の名前も、事件が起きた日付も、起きた場所の地名さえも登場してこないのだ。これが父の話でなければ、信じろといわれても、僕だって信じただろうか？

これまでの話で、父の話の中で具体的なものは、わずかばかりの人名と「S」という頭文字、それにパノクとコイダノフというミステリーじみた言葉だけだ。それ以外は、自分の目を通して見た事件の印象と五官で感じ取った感覚にすぎず、それも血なまぐさい暴力と、自分の正体が露見しはしないかという、恐怖の中での記憶なのだ。

僕は壁の時計を見た。午前四時近い。家の中は静まりかえり、母のいびきも聞こえてこない。家中の壁が、父の話に心を奪われているようだった。僕と同じように、壁も父が話をさらに続けるのかどうか、待っているらしい。

僕は立ち上がり、疲れた体をほぐそうとストレッチをはじめた。暗いキッチンの窓に自分の顔が映った。僕の目の前で、父もストレッチに立ちあがった。恥ずかしそうに僕を見てほほ笑んでいたが、かれの目には疲労の影は全くない。それどころか、たったいま長い眠りから覚めたように、いつもの生きいきした濃いブルーに光っていた。

第6章　ジェーニス家

父と僕は、再びテーブルについた。今度は、公式インタビューの再開といった感じだ。

「お父さんはどのくらいの期間、兵隊たちとパトロールしていたの？」

「私が仲間に入れられたときから、一九四三年の終わりまでだ。でも、その間ずっとパトロールしていたわけでもない。クーリス軍曹がラトビアの首都のリガへつれて行ってくれたこともあったし」と父は言った。

「何回ぐらい？」

「少なくとも二回。あるいは三回だったかな。軍曹が許可をもらったときには、いつもだ」

「兵隊たちが一緒だったという期間は、お父さんの記憶とも一致している？」

「ああ。最初の冬は、兵隊たちに捕まるまで森の中に独りでいた。二度目の冬の厳寒期は、兵隊たちとパトロールに出ていた。短い間だけど、リガへつれて行ってもらったのは、その後の一九四三年の晩春だった」

「一九四三年のことはよく覚えている？」

「覚えているよ、とくにリガに着いてからのことは。あそこの暮らしは、ずっと安定していた。兵隊たちとパトロールしていたころは、誰も日付とか、時間とか、気になんかしていなかった。混沌《こんとん》そのものだった。リガへ行ったときは、いくらか年齢も重ねていたので、誰かが口にした日付なんかも記憶に残った。読み方も習いはじめていたから、新聞や雑誌に書いてある記事も理解できた」

「それが正しいとすると、お父さんの村が絶滅させられたのは一九四一年ということになる。村がどこにあるか、分からないけど」

「一九四一年の後半だよ」と父は言った。

「どうして四一年の後半だっていえる？」

「寒くなって、日差しも短くなっていた」

「お父さんの村が、ロシアのどこにあったのか、いろいろ想像してみているのだけど」

「兵隊たちは、自分たちがどこにいるか、いっさい口にしなかったよ」

「ベースキャンプの『S』は、リガからどのくらい離れていたの？」

「分からない。クーリス軍曹と一緒に行ったリガへの列車の旅は、永遠に続くような気がした。少なくとも一度は列車を乗り換え、一晩は車中泊だった。──楽しい旅じゃなかった。軍曹にぴったり寄り添って、大きな軍隊コートに包んでもらった」

「リガではどんなことをしたの？」

「本当に楽しかったよ」父の顔が輝いた。「戦時中で物資が少ないときだったろうに、ずいぶん歓待してくれた。子供がしたがるようなことは、全部させてもらった。クーリス軍曹は、私をつれて両親の家に泊まった。婚約者のウィルマとも長い時間を過ごした。天気のよい日には、公園にも行った。公園では、とくに男の子が注目した。私の軍服をうらやましがって、いつも『どうしたら軍隊に入れるの？』と聞いてきた」

「リガ滞在が長くなると、私は次第に街の有名人みたいになった。クーリス軍曹とウィルマが私をつれて、アイスクリームを買いにカフェに入ると、何人かの客が立って拍手してくれた。いまでもそのときのアイスクリームの味を覚えている。ストローベリーだった。村を逃げ出したあと、アイスクリームなんか口にしたことはなかったから」

「その言い方だと、もうクーリス軍曹が嫌いじゃなくなったみたいだね」

「さあ、よく覚えていない。ただ、あの建物が焼き払われた日のかれの行動は、絶対に忘れも、許しもしていない。かれはローベ司令官の命令で、私の担当になった。私はそれを最大限に利用した。だから、クーリスや他の連中とは、うまくやった。物覚えは早い方だったから、兵隊たちやリガで会った人たちと、ラトビア語でペチャクチャやるのにも、そんなに時間はかからなかった」

「じゃあ、お父さんはすっかりラトビア人の少年になっていたんだ」と僕はからかった。

父はぎこちなく笑った。「違うよ。私はラトビア人じゃない。かれらは私をかわいがってくれた。でも、ラトビア人になりたいとは、全く思わなかった。心の中ではいつも、この連中から自由になりたいと思っていた。一九四三年の春の終わり近くになって、クーリスが『二人でもう一度リガへ行くことになった』と言ったので、いつものような旅行だと思い、あの町で待ち受けている楽しいことを思い描いていた」

「だが、列車がリガ駅に着いたとたん、この旅行の裏には何かあると感じた。駅にウィルマの姿はない。代わって黒光りする巨大なリムジンが、駅の出口の舗道の脇で待っていた」

軍曹は、私のリュックサックをまとめ、車の方へつれていった。軍服を来た運転手が直立不動でドアを開けた。車内の豪華さは信じられないほどだ。座席は皮張りで、小さなカクテルバーまであった。車のエンジン音がほとんど聞き取れないくらい静かで、滑らかにリガの市街を進んで行く。窓の外には、これまでのリガ旅行で目にしたような光景は何一つ見えない。訪れたことのない地区だった」

「私はクーリス軍曹の横顔を見つめた。かれは私の手を握ったままだ。『ここはどこ？』と問いつめる。『もうすぐ着くよ』と答えるが、どこか落ち着きがない。これまでと違って、バスで実家に行くような気軽さはなかった」

「車は、街路に面してそびえる高いビルの前に寄せた。私は村の子供だ。こんな建物なんか見たことがない。魔法の宮殿ではないかと思った。色とりどりの電球が輝いて、入口の上の『ライマチョコレート』という文字を照らしている」

「そのとき、建物の入り口に近い日陰に、男が一人立っているのに気がついた。運転手が降りて、私の側のドアを開けた。なぞの人物が、朝の明るい日差しの中を歩み寄ってくる。仕立てのよい、光沢をおびた生地の背広を着て、背筋をぴんと伸ばし、両手を後ろで握っている。礼儀正しい、育ちのよい人のようだ」

「男は車に近寄ると、握手の手を伸ばしてきた。私は体を引いて、後から出てくるクーリス軍曹の手を握ろうとした。軍曹は私を無視して、この紳士と握手した。それから『ジェーニスさんだ。あいさつしなさい。今後はジェーニスさんが君の世話をしてくださるのだよ』と言った。何かよくないことがある、という予感は正しかった。でも、まさか自分が他人に引き渡されるなんて……」

「軍曹は、この怖そうな人物にあいさつさせようと、ひじで私をつついた。しかし、私は黙りこくったままだった」

「軍曹はとつぜん私を道路から抱き上げ、ギュッとハグした。そして『さようなら、小さな友よ』と言って下に降ろし、足早に歩き去った。まるで子供扱いだ。私は自分を抑えきれず、兵士であることも忘れて、地団太を踏んだ。クーリス軍曹の方がいい。どんなに美しい宮殿に住んでいても、このジェーニス氏じゃない。この瞬間の自分と軍曹が私に言った別れの言葉を忘れるものか、と私は心に決めた」

「ジェーニス氏は私を引きずって、車に戻ろうとした。私は激しく抵抗したが、気を取り直した。問題を起こしてはならない、と自分に言い聞かせた。そのくらいの分別はあった。舗道で一息つき、軍曹の姿がどこかに見えないかと目を走らせたが、だめだった」

「なぜ兵隊たちのところから離れるのが、いやだったの?」と僕は聞いた。

「私はかれらに慣れていたし、かれらが面倒を見てくれるやりかたにも慣れていた」と父は答えた。それから肩をすくめて「私にそんなことをしてくれる人間は、他に誰もいなかったのだよ」と付け加えた。

「リムジンは、また動き出した。今度はジェーニス氏と一緒だ。ジェーニス氏と同じで、車窓から見える街の光景も、前にクーリス軍曹と一緒に行った地域に比べると、高級に見えた。店のウインドーは、明るいさまざまな色のディスプレーで飾られ、舗道を歩く婦人たちも幸せそうで、身なりもよい」

「車はメーンストリートから狭い脇道に入り、ヴァルデマーラ通りという標識の少し先で止まった。手入れの行き届いた、高層アパートメントのブロックだ。さっきの宮殿と同じくらい堂々としている。縁石から表玄関のドアまで、長い小路が通じていた。玄関の片側にはナチ党の巨大なかぎ十字（スワスチカ）の旗、もう一方にはラトビア国旗がひるがえっている」

「ジェーニス氏と私は、手をつないで建物に入った。ビル入口の大広間の天井には、シャンデリアが宝石のようにきらめき、サイドテーブルに飾られた美しい花がかぐわしい香りを漂わせている。ジェーニス氏は、急がなければと言った。『みんな待っているのだよ、君を』。みんなとは誰なのだろう？　なぜ私を待っているのか？」

「私たちは階段を登り、最上階のアパートメントの入り口に着いた。ドアの前でジェーニス氏は私の髪を整え、軍服を直してくれた。それからドアを開けて、中へ足を踏み入れた。ジェーニス邸のエントランスホールは、明滅する柔らかな灯火で照らされ、私には空想のアラジンの洞窟のように見えた。そのすぐ後に起きたことも、また夢のようだった」

「美しく化粧をした女性の顔が、どこからともなく現れ、私の前にかがんで、息もできないほどキス攻めにした。香水の匂いが漂った。原綿を敷きつめた、深い井戸の中に落ちて行く感じとでもいうしか、私には表現のしようがない。次の瞬間、もう一人、別の美しい女性にしっかり抱きしめられ、甘いささやきと、潤んだ目で、ほほ笑みかけられた」

「思いもよらないことが、続きすぎた。この女性の腕からもがいて逃げだし、気をつけの姿勢をして、乱暴に敬礼した。ジェーニス氏は厳しい顔をして、君は礼儀正しくふるまうべきだと注意した。私の気分が落ち着いたところで、ファーストレディーが紹介された。キス攻めにした女性が夫人のエミリーだった。『私をおばちゃん《アンティー》と呼んでね』といい、すでに私の話で盛り上がっていた、もう一人の女性に会話を譲った」

「彼女は、背が高く魅力的で、年のころは一八歳ぐらい。名前はジルドラといい、ジェーニス氏の長女だった。彼女の美しい笑いは、水の流れがきらめくようで、優しい性格の持ち主だと、すぐ分かった」

「その後ろに、もう一人少女がいた。私より五つぐらい年上だろうか。ジルドラとは全く違う性格だと、見てとれた。私を歓迎する気などさらさらない。それどころか、眉をひそめて軽蔑をあらわにしている。ジェーニス氏の一番下の娘で、アウスマといった」

「アンティーは、ジルドラとアウスマはあなたのお姉さんになる。二人の間にもう一人ミルジャというお姉さんがいるが、気分がよくないので今夜は部屋で休んでいると言った。後に分かったことだが、ミルジャは子供のころ小児まひにかかり、どこも悪いところは見つからないのに、原因不明の痛みに苦しんでいるらしい。三人の娘とも、ジェーニス氏の離婚した前妻との間の子で、アンティーとの間には子供がいないこともやがて知った」

「その夜、ジェーニス家はこの自邸アパートで豪華なパーティーを開いた。主賓は私だった。しかし、それに先立って、ちょっとしたドラマがあった。ジルドラはパーティーの前に、私を風呂に入れようとした。だが、私はクーリス軍曹の警告を、忘れてはいない。大騒ぎになった。ジルドラは、私の軍服を脱がせようとし、私は逃げ回った。客が到着する時間が迫ってきたので、あきらめた」

「ジェーニス家にとって、パーティーは大成功だった。私が会場に入って行くと、客がみんな立ち上がって拍手した。自分に何が期待されているか、分かっていた。直立不動で立ち、誇り高く四方に向かって敬礼した。出席者は大変面白がってくれた」

「招待客の多くは軍服姿だった。夫人同伴のラトビア軍やドイツ軍の将校もいた。ドイツ軍の将校が一人、前に出て私にナチス式の敬礼をした。そのときジェーニス氏が私の耳元で、あれほど重要な地位にある将校が君に注目している、感謝すべきだとささやき、返礼を促した。私はその通りにして、またも喝采を浴びた」

「しばらくすると、ローベ司令官が現れた」

「じゃあ、お父さんはジェーニス家のパーティーで、ローベと再会したんだね」と僕は言葉をはさんだ。

「そう」と父は答えた。「かれは上機嫌で、私を見て喜び、ひざに乗せてラトビア語で会話をはじめた。ずいぶん早く私が言葉をマスターしたので、驚いていた」

「お祝いパーティーのさなかに、男が二人到着した。ドアのところでうろうろしているのに気づいたローベが合流した。一人はアーノルド・シュミッツというジャーナリスト、もう一人の名前は聞かなかったが、カメラマンだった。二人はパーティーでの私のスナップを何枚か撮影し、さらにジルドラがしゃがんで私を抱いている写真をとった」

「私が恥ずかしがって、身をよじったので、客はみんな面白がった。私は女の人と一緒にいると緊張する。司令官は、君は魅力的な女性と一緒の撮影に慣れておいた方がいいぞ、君をスターにする大計画を温めているのだから、と言った。何のことか分からなかったが、『スターなんてご免だ、いつも女にキスされる役目なんて』と思った」

父は、リガへの長旅の後で、大勢の知らない人に会って疲れていた。ジルドラのひざで眠りこんでしまい、目を覚ましたら、客は帰ったあとだった。「私は飛び起きて『同志のところへ帰らねば』と叫んだ。自分は兵士だ、という考えから抜け出せていない。ジルドラは手を伸ばして私を落ち着かせようとしたが、押しのけて走った」

「その瞬間、ジェーニス氏がドアを開けて、部屋へ入ってきた。『待ちなさい。君はこれから私たちと一緒に、ここに住むのだよ』と言った。私はパニックになって泣き出した。ジルドラが飛んできて、『心配することは何もないわ。私が世話してあげるから。私はあなたのお姉さんなのよ』と優しくささやいた」

「ジルドラの声には親切心があふれていた。私は本能的に信頼したが、同時に『お姉さん』という言葉が、私の心の中の何かを触発したらしい。私はしゃくりあげ、『本当の妹が欲しい。それに本当の弟も。あなたじゃない』と声をあげて泣いた。部屋はとつぜん、シーンとなった。ジルドラは私の顔をのぞき込み、『家族があるの？　どこにいるの？　知っているの？』と聞いた」

「張りつめた部屋の空気は、一触即発となった。そこに想像もしなかったことが起きた。私の涙にうんざりしたアウスマが『どうしてこの子を家におかなければならないの？　家族がいるなら、送り帰したらいいじゃないの』と言った。さらに彼女は何かを思いついたらしく、不機嫌に『それにひょっとしたら、この子はユダ…』と口にした」

「ジェーニス氏は部屋の向こうから飛んで来て、アウスマの頬をぴしゃりとたたいた。彼女はソファに背を向けて倒れ、頬を手で押さえて金切り声をあげた。ジェーニス氏は怒りに震えていた。『馬鹿もの！』と、かれはアウスマにツバを吐いた。その荒々しい行動に、彼女も私も驚いて、泣くのをやめた。部屋全体が衝撃を受けて沈黙した」

凍りついたような部屋の空気を破ったのは、ジルドラだった。「『もうお休みの時間よ』と彼女は言い、香水の匂うハンカチで私の目をふいた。それから手をとって部屋へつれて行き、ベッドに腰かけさせた。『心配することないわ。私たちはあなたの家族が帰ってくるまで世話をしてあげるだけ。家族は見つかるわ』。わびしかった。私は家族に何が起きたか、この目で見ている。みんな死んでしまった。誰一人帰って来ることはないのだ」

父の顔を、悲しみの色が走るのが見えた。しかし、次の瞬間、父は顔をゆがめながらも、明るい微笑で苦痛を隠そうと、急いで物語を続けた。

「ジルドラは枕の下に手を入れると、小さな青い包みを引っ張りだした。『新しいパジャマよ。さあこれを着ましょう』と、ほほ笑みながら優しく言った」

「それまでの数か月はパトロールで野宿続きだった。柔らかく、暖かい、清潔な夜具は、願ってもないものだ。しかし、ジルドラを近づけるわけには行かない。私がユダヤ人ではないかと口走るアウスマがいる。自分を守るため、いっそうガードを固めていなければならない」

「ジルドラは私の着物を脱がせようと、しばらく奮闘した。だが、最後は私の方が強かった。私はズボンを、最後まで頑固に握り続けた。彼女はあきらめた。そしてベッドの反対側の端に座り、『じゃあ、今夜は軍服を着て眠るのね』と言って、ベッドカバーと毛布をめくり、シーツをポンポンとたたいて、私が横になる場所を示した」

「彼女は、私の額にお休みのキスをしてくれた。私は目を閉じ、眠りに落ちたふりをした。彼女が明かりを消し、ドアをそっと閉める音が聞こえた」

「私は興奮しすぎていた。起き上がって部屋をさらによく調べようとした矢先、足音がドア近づいて止まった。ドアの掛金が開く音が聞こえた。また、寝たふりに戻る。薄目を開けると、ジェーニス氏が部屋の中をのぞいていた。ドアをそっと閉じた。たぶん私が逃げ出して、本当の家族を探しに行くのを恐れていたのだろう」

「私は、しばらくベッドの縁に座り、真っ暗な部屋の中を見た。パジャマの誘惑に抗することができず、着ても安全だろう、と心を決めた。明日の朝、誰よりも早く起きて軍服に着がえなければならない。音をたてないようにパジャマに着替え、軍服をていねいにたたんで、枕の脇の手のすぐ届くところにおいた」

「部屋のずっと向こうの隅に、光の筋が見えるのに気づいた。小さな窓からの光だ。そこへ行って、カーテンを開けた。明るい月の夜だった。下の通りから、何かをかき寄せる音が聞こえる。見下ろすと、二人の男が道路を清掃していた。上着はみすぼらしく、森で私が着ていたものよりひどい」

「次に、別のものが注意を引いた。コートの袖についている黄色い星だ。夜に、しかもこんな遠くからでも見える。『道路清掃人は、あのきれいな星をつけて何をしているのだろう?』。不思議だった。実際、うらやましかった。私の軍服の腕に縫いつけてある、ラトビアの赤いバッジより魅力的に見えた」

父は皮肉で、辛辣《しんらつ》ともいえる笑い声をあげた。「不可解というしかない。私の本能はラトビアの象徴よりも、黄色い星の方を好んだのだ。間もなく、黄色い星の意味するものが分かるようになった。遠目に見えたような宝石どころか、私が属する人々につけられた呪いだった。またベッドに戻った。そしてベッドカバーを自分の顔が隠れるまで引っぱり上げた。これが、私の新しい家族との最初の夜だった」

「ジェーニス家の誰かが、お父さんの家族の運命について知っていたと思う？」と、僕は尋ねた。

「かれらが知り得ることができたとは思えない」

「アンクルは、お父さんがユダヤ人だと知っていたのだろうか」と僕は尋ねる。アンクル（おじさん）というのはジェーニス氏のことだ。小さいころから僕はかれをそう呼んでいた。

「知らなかったのは、確かだよ……」

「アウスマに対する厳しいやり方を見ると、可能性がないわけではないけど」と僕は言った。「かれがクーリスから聞いたとか、クーリスがローベに打ち明けて、そこからジェーニスに伝えられたとか？」

父は明らかに当惑していた。「殺すと言われても絶対にしゃべるなと、軍曹は私に言ったのだよ。それにクーリスがユダヤ人をかくまっていたと分かれば、かれ自身が危険になる」と父は肩をすくめた。「どうであれ、アウスマは私のことを何も知らなかったのは間違いない。どうしてそんなことが彼女に分かるのか？　彼女は当時としてはもっともひどい侮辱の言葉を、私に投げつけただけだと思う」

僕は流しへ行き、紅茶のやかんに水を足した。「ずっと後になってからは、どうだった？　お父さんがユダヤ人だって知っていたよ、と誰かがほのめかしたとか」。僕は台所の食器棚に寄りかかって、お湯が沸くのを待ちながら聞いた。

父は立ち上がって僕に近づき、冷蔵庫に軽く寄りかかって僕に向きあい、両手を背中にもっていった。「絶対にない」と父は力を込めて言った。しかし、誰か知っていたのではないかという考えに、心は乱れているようだ。父の目は、いまだに自分の秘密が露見するのを恐れでもしているように、不安な感じであちこちへ動いた。

第7章　ヴォルホフ沼地

「ジェーニス家には、落ち着けなかった。第一に、アンクルとアンティーが私の軍服姿をやめさせたがった。しかし、私はきっぱり拒否した」と父は言った。

「次に学校の問題があった。私は自分の村でも、学校には行っていない。行きたくもなかった。まして兵隊と一緒にパトロールしているときだ。学校に行かなければならない理由が分からない。アンクルは、軍服の件では妥協する気はあったが、学校への抵抗は許さなかった」

「学校は、最初から悲惨なものだった。私は問題児だった。他の子と違って、机に向かってじっとしていることができないし、その気もなかった。担任の先生の言うことにも、逆らい続けた。先生を泣かせてしまったことも一度や二度ではない」

「入学から二週間あまりで、アンクルとアンティーともども、校長から呼び出しを受けた。『全く救いがたい。個人教師をつけるか、兵隊に戻すかした方がよいだろう』というのだ。これで、本やインクペンや乳くさい教室の匂いから解放される。うれしくなって頭を上げたら、目の前に怒りで真っ赤になったアンクルの顔があった。あわてて下を向いた」

「アンクルが私に手を上げたことは、一度もない。しかし、この日は、ぎりぎりまで行った。校庭を後にしたとき、アンクルはきわめて厳しい口調で、君は私の名に恥をかかせた、と言った。家に戻るリムジンの中で、二人は私の今後について何か熱心に話している。悪かったという顔をしているしかなかった」

「二人の話の中で、アンクルの口からローベ司令官の名が出た。アンティーがアンクルの意見に同意せず、何か説得しようとしている気配だ。しかし、家に戻るころには結論が出ていた。アンクルから、罰として今日のランチは、自分の部屋で独りで食べることと申し渡された」

お昼が終わると、アンティーがつれだしに来て、「アンクルはライマに戻ったわ。出てきていいのよ」と大げさにささやいた。二人でリガの繁華街へ繰り出した。

「アンティーは、私のお気に入りのカフェへつれて行き、好きなだけストローベリーアイスクリームを食べさせてくれた——学校から追い出されたのに、アイスクリームのご褒美にあずかるなんて、訳が分からない」

「それだけじゃなかった。映画にもつれて行ってくれた。下らないドイツのロマンスもので、ちっとも面白くなかった。ドイツ語だったが、話の筋は理解できた。パトロールでドイツ兵と協力していたし、部隊指揮官にもかなりの数のドイツ人がいたからだ」

ここで父はとつぜん話をやめた。平手打ちを食ったみたいに、驚きの表情が浮かんでいる。

「ちょっと待った！　いまここまで出かかっているのだが」

父の目は鋭くあちこちに動く。「アクン？　違う、アクンじゃない。が、近い何かだ」

「一体、何が――」と僕は言いかけたが、父は手を上げて黙るよう合図した。「アイツム！」と興奮して言った。そしてもう一度、「アイツムだ」と繰り返した。

「アイツムって？」

「いま、とつぜん出て来た」と父は言った。「アイツムは、ドイツ人将校の名前だ。アイツムだ。私たちがパトロールしたとき、かれも一緒だった。一緒に写真を撮られたこともある」

「あの日、あの虐殺の日に？」

父は首を振った。「確実なことは言えない。そうかも知れないが、確かじゃない。写真を撮られたとき、私の横に立っていた。私の背丈は、かれの腰までしかない。腰のピストルに見とれていたら、私のベルトに差してくれた。だが、それがいつ、どこでのことか、どうしても思い出せない」

両手で頭を抱え、床を見つめている。それから顔を上げると、「そのうち思い出すかもしれないが」と言った。気落ちしているのが、手にとるように分かった。

父はジェーニス家での出来事に、話を戻した。「滑り出しはまずかったが、アンティーとの午後は素晴らしかった。夕食のころには、アンクルの気分も好転していた」

「翌朝、目を覚ましたら、女中が部屋にいた。クーリス軍曹がくれたカーキ色の小さなリュックに、私の乏しい所持品を詰めている。アンクルが来て、私と並んでベッドに座った。ローベ司令官は第二ラトビア師団と呼ばれる新しい部隊の責任者に任命されたという」

「そして夢にまで見ていたニュースが、伝えられた。司令官は、私がこの新旅団に加わり、新たな任務につくよう求めているというのだ。『普通の』子供の時代は終わり、再び兵士になる。私は大喜びすると同時に、救われたような気がした」

「でも待てよ、とも思った。アンクルはこの二週間で私を持てあまし、これ以上の責任はご免だ、という気になったのではないか。そう考えて、手に負えなかった自分の行動を思い返してみた。アンティー、アンクル、それにジルドラも親切にしてくれた。まずかったかなと、ちょっぴり反省もした」

「アンクルは『君の以前の同志たちと、また一緒に活動するのだ。君も幸せだろう。もちろん任務のないときは、この家で一緒に暮らすのだよ。さあ、急いで着がえて。朝食がすんだら出発だ。司令官を待たせるわけには行かないから』と言った。納得がいった。決定が下ったのだ。最善の解決策だと思った。リガではいろんなごたごたを起こしていたから、慣れているところに戻る方がよかった」

「これは何年のこと？」と僕はたずねた。

「一九四三年の夏ごろだよ」

「ということは、お父さんは七歳、もう八歳近くなっていたころだね」

「そのとおりだ」

父は、また話に戻った。「ライマチョコレートの工場に着いたら、アンクルのオフィスで、ローベ司令官が待っていた。正規の敬礼をしたが、司令官は軽く手を振って応えただけだ。昔からの友人のアンクルに対する態度と同じだ」

「司令官は上機嫌で、自分のソファの横を軽く手でたたいた。座ると、まるで長年の親友みたいに私のひざをピシャリとやった。そして内ポケットから紙を一枚取り出して、目の前にある低いテーブルに広げた。軍事地図だった」

「『ほらここがリガ、これがレニングラード（現サンクトペテルブルグ）だ。われわれが進軍するのはここ、ヴェリキエ・ルーキだ。どう思うかね』と言った。私に何か意見があるわけではない。うれしい気持ちを伝えようと、ほほ笑んでみせた」

「しかし、次のニュースには躍りあがった。『君を一等兵から、伍長に昇進させることにした。君はクルゼムニークス伍長だ』と司令官は言った。まだ子供なのに伍長だなんて、とても想像できない。誇らしかった」

父はその瞬間を思い出して、うれしそうに顔を輝かせた。

「しかしそのとき、私はアンクルの心境の変化を感じた。アンティーやジルドラと同様、私にこんなことをさせていいのか、と疑問を抱きはじめたらしい。『この子はまだ小さいのだよ、カーリス君』と言った。しかし、司令官は『危険にさらすようなことはないさ。前線には出さない。かれの任務は部隊の士気を高めることだ。ペットの子犬みたいにね、それだけだよ』と答えた」

「司令官は立ち上がって、これからSS（ナチス武装親衛隊）本部に行って、新しいSSの軍服の採寸をする、とアンクルに告げた。以後、私はSS突撃兵《シュトゥルマン》クルゼムニークスになるのだ」

僕は愕然《がくぜん》とした。ナチス武装親衛隊の隊員だなんて！　父に何たることをさせたのか。ショックだった。それがそのまま表情に現れたのだろう。しかし、父は僕が表情を変えた理由を取り違えたらしく、弁解をはじめた。

「私は志願したわけでも、選択したわけでもないよ。この旅団に配属するという決定が下っただけなのだ。選ぶとか、自分の意見を出すとかの余地もなかった」

しかし、そう言う父の声からは、歌うような、いつもの響きと活力は消えている。まるで僕が驚いて、父をナチスの共犯者だと断罪したみたいな感じになった。父はフーッと深いため息をつき、回想の続きを話そうと、記憶をたどった。

「アンクルは、司令官と私を見送りに、ライマの玄関ロビーに降りてきた。別れぎわに、ポケットから小さな包みを引っ張りだして、『ライマからのプレゼントの板チョコだ。全部一度に食べないで、少しずつね。君の仲間たちに盗まれたりするんじゃないよ。かれらもライマチョコレートの特配を受けているのだから』と言った」


「SSの本部はライマの工場のすぐ近くだったので、歩いて行った。途中でローベは私の肩に腕を回し、にっこり笑って、『もう一つ。サピラ隊で、君は同志のクーリス軍曹と一緒に勤務するのだ』と言った。サピラとは「先駆者《パイオニア》」という意味だ。これを聞いて、私は軍曹に抱いていた怒りを忘れ、昔のように一緒にパトロールする光景を思い描いた」

「ローベの司令部に着くと、私はそのまま、秘書が待つ小部屋へつれて行かれた。隣の部屋のテーブルには、私の新しいSSの制服を入れた箱が置いてある。軍服は明るいカーキ色で、デザインにあまり違いはない。乗馬ズボンの上に着用する長いブーツもあった」

父はじっと目を凝らした。ローベの執務室にいる、自分の過去の姿をのぞき込んでいるみたいだ。軽くうなずき、「それから、あれ――何といったかな。そう、記章だ。あれが軍服に縫いつけてあった。腕と袖と襟とに」。そう言って、その場所を示そうと、左の腕を少し上げた。

「ここだよ」と肩に近い二の腕を指さし、「『国防軍』の制服と同じように、盾の形をした赤い地色の両端から、白い帯が斜めにクロスしている。その上にラトビアとあった」と言った。

「で、袖は？」

「SSの記章だ。君もよく知っている、二つのSを稲妻形にデザインしたやつだ。もう一方の袖口の記章は、羽を大きく広げたワシのデザインだ。きれいだったな――」

「きれいだって？」僕は口をはさんだ。父は何という言葉の使い方をするのか。だが、次の瞬間、子供の目で見た記憶とそのときの感覚を表現しているのだと気づいた。

「そうだよ。しかし、私のお気に入りは、上着の襟章だった。首のどちら側にも黒い襟章がついていた。片方は私の突撃兵の階級を示すストライプ、もう一方は太陽の輪郭の中に三つの星が入っているラトビアSSのシンボルだ。私はこちらの方が好きだった」

「しかし、何といっても最高はローベ司令官の勲章だった。ドイツ軍から贈られた最高の金十字勲章だ。リボンで首の周りに下げるやつだ。司令官が許可してくれたので、退屈なときはそれをおもちゃにして何時間も遊んだ。アンクルの話だと、ローベ司令官はベルリンへ出向いて、ヒトラー自身からこの勲章を授与されたのだそうだ」

ローベについて、父は一方では恥じ入りながら、他方ではその業績に強く感銘を受けている。僕は仰天した。無邪気な少年は、自分がおもちゃにしている勲章にどんな意味があるのかにも気づかず、ローベの恐ろしい犯罪に対して授与されたものだと知らずに、遊んでいたのだ。

「一九四三年の夏至のころだった。私たちの部隊はリガを出発して、ロシア戦線へ向かった。最初の寄港地はドイツ占領下のヴェリキエ・ルーキだった。そこまでは司令官と一緒だったが、軍事案件で忙殺されたので、クーリス軍曹の手に戻された」

「そのころになると私は部隊の中で、ちょっとした名士になっていた。リガの新聞が私のことを取り上げ、ローベ司令官と一緒の写真を掲載したからだろう。私のことを知っている兵隊がかなりいて、相手にしたり、自分の周りにいてほしがったりした。あまり声がかかるので閉口したり、疲れてむずかったりすると、クーリス軍曹が追い払ってくれた」

「ヴェリキエ・ルーキには、一か月ばかり滞在した。ここはわが旅団のベースキャンプで、前線出動に備えた追加訓練に時間を費やした。軍曹は昼の間は、ベースキャンプの外での軍事活動にたずさわっていた。夕方戻ってくると、一緒に兵舎入口の外階段に座った。軍曹は黙ってたばこをくゆらせ、私は隣でかれの靴の乾いた泥をかき落とした」

「私には通常任務もあった。兵隊たちが日々の訓練に出かけた後の、兵舎の整理、整頓などが中心だった。日中は、ほとんど自由にまかされ、非番の兵隊たちとおしゃべりをした。まれに許可が出たときは、ローベ司令官の執務室を訪問した。司令官は喜んで私をひざに乗せ、君は有能な伍長の役割を果たしているか、などと尋ねた。しかし、忙しく何かに没頭しているときは、部屋の隅でおとなしくしているように言われた」

「やがて、北方のノヴゴロドへの進軍命令が出た。私たちは占領下のノヴゴロドに短時間とどまり、列車を乗り換えて北方のヴォルホフへ向かった。数日のうちにヴォルホフ地域に到達した。そこは単なる鉄道の連絡地点で、思い出すような町も村もない。おもちゃのような小さい狭軌の無蓋車に乗り換え、ヴォルホフ沼地に最も近いところまで進む。そこから先は沼の上に渡された幅の狭い厚板の上を歩いて奥へ向かった」

「不気味だった。周りにあるのは、まっすぐに立っている木の幹だけだ。木には枝も葉もない。骸骨が空に向かって背伸びしているみたいだ。幽霊を探してパトロールしているようだな、と兵隊が冗談を言った」

「沼地の中心部は、私が森で独りで生きていたときでさえ、経験したことがないものだった。ひどく不快で、すべてが泥で覆われ、息苦しいまでに湿度が高く、耐え難い。湿度は昼も夜も、下がるとは思えなかった」

「そのうえ上空には蚊の大群が飛びかい、どんよりとした雲に覆われているみたいだ。着いてから数時間で、外気にさらされた皮膚は虫にさされ、斑点で真っ赤になったり、腫れ上がったりした。顔も例外ではない」

「夜は四人ずつに分かれて、待避壕の中で眠った。底には一〇センチほどの水がたまって、ぬかるんでいる。夜になって下に降りて寝ようとすると、ネズミの赤く光る目が見上げている。撃ち殺すか、手投げ弾を投げ込み、死体をつかんで外へ放り出すしかない」

「キャンプの炊事場には、巨大な釜が据えつけてあった。来る日も来る日も、日に三度、その中に汁気の多い粥《かゆ》のようなものが、とろとろと煮立たせてある。食事の時間になると、大きな横長の桶のようなものに注がれ、兵隊たちが集まってくる。油焼けしたような味がするので、みんなはいつも小声でこぼしていた」

「私は、何時間も独りで放っておかれることがあった。誰も監視していないので、キャンプを抜け出て、かなり遠くまでぶらつくこともできた。しかし、いつも銃声が聞こえる範囲にとどまり、それで方向を判断して日が暮れる前にキャンプに戻ることにしていた。どんな厄介ごとにも巻き込まれたくなかった」

「だが、キャンプを抜け出したある日、私は一種の狂気に襲われた。『さあ、お前のチャンスだ。お前がいないからといって寂しがるものは、どこにもいない。沼地へ直行して旅団から離れろ』。どこへ行こうと、生き延びることができるはずだ。以前、森でそんな経験をしたではないか」

「夕暮れが迫る中を、沼地の奥へ奥へと重い足どりで進んで行った。太陽は後ろにあったから、東に進んでいるのは分かった。日の光は次第に薄らいできたが、立ち止まらず、ふり向きもしなかった」

「かつて森で独りになったとき、怖れや絶望はあっても、次第に慣れた。しかし、今度は違った。渦巻く霧の中から奇妙な形の樹木の骨格が立ち上がり、聞いたこともないキィーキィー、ヒューヒューという音が耳に入ってくる。なぜかおびえた。鳥の鳴き声も聞こえない。おそらく戦争で鳥は逃げたのだろう。逃亡というのは、あまりよいアイデアではなかったのではないか」

「パニックになった。回れ右をして、今度は夕陽に向かって走った。これなら兵隊たちのところへ戻れるだろう。私は這いつくばり、沼や折れた木の間を抜けて戻ろうとした。一息つこうと立ち止まったころには、たそがれが迫っていた。近くにキャンプがある気配は全くない。銃声も聞こえない。方位判別ができる位置標識も見当たらなかった。完全に迷ったことが分かった」

「歩き続けるしかない。気持ちを落ちつけ、独りぼっちだと感じないように、私はラトビア語で自分に話しかけ、思いついた歌を次々に歌った」。そう言って、父は小声でハミングした。僕には言葉は分からないし、メロディーにも心当たりがない。

「それはどこで習った歌？」と僕は聞いた。

「分からないなあ。ただ、知っていた歌だよ」

僕は父の記憶に興味をそそられた。母親が歌っているのを聞いて覚えた歌ではないのか？　そんな好奇心がわいて来て、尋ねようとしたら、父はまた話の続きに戻った。

「何かが遠くにあるのに気がついた。最初は単なる想像だろうと思った。枯れ木ばかりで灰色の荒れ地に、緑の木立を見たと思ったからだ」と父は小声で笑った。

「近づくと、私は狂ってはいなかった。実際に木立があった。救われた。森の中なら、私は危険を避けるすべを知っていた」

「豊かな下生えの中に飛び込んだ。そして止まった。またパニックだ。『もし、この緑の森が、外側から取り囲んでいる幽霊のような木々に支配されているとしたら？　私を捕え、食べるためのワナだったとしたら？』」

「夜のとばりが降りる前に、昔なじみの戦略に戻った。木に登り、木の枝の間に自分を縛りつけた。今度は軍服のレザーベルトを使った。その夜、私を脅かすものは、何も現れなかった——木々が生き物に変わることはなかったし、オオカミやクマその他の捕食動物も現れなかった」

「朝になって木の上から周りを見渡し、方位を判別しようとした。驚いたことに、木々のこずえを通して、はるか遠くに都会の輪郭が見えた。クーリス軍曹は、われわれは『ロシアの最も偉大な都市』の近くにいると言っていた。レニングラードに違いない。森を出てそこへ行こうと決めた。『見えているのだから、そんなに遠いわけがない』。私はベルトのバックルを外し、木から降りた。できるだけ早くレニングラードに着きたい。日の出を見て方位角をとって、北と思われる方向へ向かった」

「二〇歩かそこら進んだとき、すぐ近くで人の声と足音が聞こえた。誰か分からないが、こちらにやって来る。私はあわててまた木に登り、息を凝らした。すると私の登っている木のほぼ真下に、六人の男女が来て立ち止まった。みんな銃を下げている。かなり若く、私に分かる言葉で話していた——ロシア語だ」

「お父さんは、自分がロシア人だと知っていたの？」と僕は聞いた。

「私は自分が何人《なにじん》かなんて、国籍で考えたことはない。かつてクーリスがいろんな単語で試したとき、いくつかの単語が分かった。かれは、それはロシア語だと言った。それに、他の兵隊たちもずっと、この子はロシア人だと言っていた」

「それなのにお父さんはラトビア人だと言われてきた。国籍が違うことについて自分ではどう思っていたの？」

父は肩をすくめた。「どうできるというのかね。間違いだと知っていながら、心の一部ではそれなりに受け入れてもいたのだよ。いずれにせよ、自分が何者かという明確な観念が私にはない。だから、他人が私をロシア人と呼ぼうと、ラトビア人と呼ぼうと、国籍が違うと抗議する意味が私にはない」

「しかし、お父さんは、少なくとも自分の家族に何が起きたかを知っている。そして自分がユダヤ人だということにも気がついていた。それを打ち明けることができると思う人は、いなかったの？」

「一人もね。そんなことをすれば、確実に死が待っていた。明らかにクーリスはそのことを口にしたくなかった。私はナチスとラトビア人の、両方の敵だったのだから」

しばらくすると、父はまた自分の話に戻った。「木の下の人たちはパルチザンだ、と私は直感した。兵隊たちが悪罵の限りをつくしていた、あの連中だ。ちょっとでも身動きして見つかったら、そして私のSSの軍服を見られたら、その場で射殺されるだろう。しかし、そのとき、全く別のことも心に浮かんだ――もしパルチザンがラトビア人の敵なら、私はパルチザンの側につくべきではないのか」

「私が木の上で恐怖に身を凍らせながら、どちらが正しいかと考えているうちに、とても不思議なことが起きた。パルチザンの中の女性の一人の顔に見覚えがある。彼女がどこの誰か、最初は分からなかった。そのうちに、私の村の人だと気がついた。裏庭で遊んでいるとき、家へ来たことがある。私を見てにっこり笑ったというはっきりした記憶もよみがえってきた。木から落ちそうになった。飛び降りて、『私を覚えていますか？』と直接、尋ねたい気持ちを、抑えることができなかった」

「しかし、そうはしなかった。そのとき実際、私に何が起きたのか、はっきりとは思い出せない。自分の故郷の記憶で、頭がいっぱいだったのだろう。なぜなら、私の次の記憶は、意識が戻ったとき、かれらが地上に置いた包みを取り上げ、静かに立ち去って行くのに気づいたことだったからだ。挫折したように感じた。それでもまだ決めかねていた。追いかけてかれらを探すべきか、木の中に隠れているべきか？　私は苦しんでいた」

「もし、私がかれらの前に姿を現していたとしたら……」と父は言った。いまでも、その機会を失ったことに、打ちのめされているようだった。

「森は死んだように静かだった。目をこすった。なかば夢の中にいたような気がした。『これは本当にあったことなのか？』。それとも昨夜から疑い続けていたように、森は何かの邪悪な魔法をやってのけたのか？　かれらは幽霊だったのか？　見覚えのあるあの女性は、私が家族を見捨てたのを罰するために、ここに戻って来たのか？」

「あれは現実だったのか、幻影だったのか、――私にはどうでもよくなった。木から降りると、一目散に反対の方向へ走った。どこへ向かっていようとかまわない。その直後、私は師団から私の捜索を命じられてやってきた二人の兵隊の腕に抱きとられた。病的なほど興奮していた。兵隊の一人が頬を思いっきりぶん殴って、正気に戻さなければならなかった」

「私の姿が、二日近くも見えなくなったので、みんな心配していたと聞いた。どこかで死んでいるに違いないと思ったものも、多かったという」

「兵隊たちは、あんなによくしてやったのに、恩知らずだと言った。しかし、私は自分の体験に圧倒されていて、何も言えなかった。二人は手荒に引きずるようにして、私をキャンプにつれて帰った。この先、何が待ち受けているのか、恐ろしかった」

「そのまま、クーリス軍曹のところへつれて行かれた。カンカンだった。ドイツ軍将校の一人は、罰としてすぐヴェリキエ・ルーキへ送還せよと命じた。軍曹はただちに私の所持品をまとめ、前線任務を解かれて帰還する一個小隊とともに、沼地を離れることになった。クーリス軍曹にさようならも言えなかった」

「小隊は数日後、ヴェリキエ・ルーキに着いた。私は腹ぺこだったが、食堂で朝食をとることも許されず、ただちにローベ司令官の兵舎に出頭するよう命じられた。兵舎へつれて行った兵隊は、私をドアの前に押し出し、自分でノックしろと言った。『入れ』という声が聞こえた。司令官は浴室で胸をはだけ、ひげをそりながら、鏡に映った私をじろりと見た。『お前は』と軽蔑するような口調で言い、私を見下ろして、そのまま無言でひげをそり続けた。私は気をつけの姿勢のまま、立っていた。司令官は休めの号令もかけず、顔を洗い、私を無視して執務室へ入っていった。私など目にも入らないようだった」

「私は直立したままだった。何も食べていないし、寝てもいない。眠気に襲われた。気がつくと、司令官の顔が目の前に迫っていた。ギョロリと見開いた目は、血走っている。顔は紫色だ。凶暴な犬のように私に向かってうなり、吠えた。私は恐ろしくて取り乱し、震え、何を言っているのか、ほとんど耳に入らなかった」

「司令官は直立し、鋼鉄のような冷やかな目付きで見下ろし、『何をしようとしていたかは分かっている』と言った。私が軍隊から逃走しようとしていたことを、知っていたのだ。かれは顔を近づけると、手を上げた。私は身構えた。しかし、殴らなかった。代わりに私の上着から伍長の襟章を引きちぎった。『お前はもう伍長ではない』と鋭く言った。『一等兵に戻す。もう戦地勤務もない。リガへ戻るのだ、ジェーニス家へ』」

「退出を命じられた。退去しようとしたとき、呼びとめられた。ふり返らざるをえない。『もう一度やったら、殺すぞ』と司令官は言った」

「私の名誉は失われた。兵士ではなくなった気分だ。子供のような小さな存在で、司令官の脅しでおろおろする自分が、あまりにも情けなかった」

「即日、護衛つきで列車に乗せられ、リガへ戻った。護衛は、途中で一言も私に口をきかなかった。裏切り者だと疑っているようだった」

「アンクルはリガ駅で待っていた。家に戻っても、お祝いはなかった。かれも私の行動について知らされていた」。父は過去の記憶に疲れ果てたように、一息入れた。

「あれ以来、クーリス軍曹にも会っていない。いつか訪ねて来るだろうと思っていたが、来なかった。私もかれについて、尋ねたこともない。自分の失敗を思い出したくなかったし、他の人にも思い出してほしくなかった」

「その後、かれがどうなったか、知っている？」と僕は聞いた。

「長い間、私はかれが戦争で死んだと思っていた。しかし、一九五〇年代の後半、つまりジェーニス一家が私をオーストラリアへつれて来て、かなりたってから一通の手紙が届いた。青天のへきれきだった。クーリス軍曹からだ。ニューヨーク市の郊外から投函されていた。ラトビア軍人のネットワークを通じて、私の所在を調べたのだ。戦後もかれは、この組織と連絡があった。短い手紙とともに、自宅のリビングルームで七、八歳の男の子をひざに乗せた軍曹の写真が入っていた。その手紙がこれだ」

父は例のケースに手を伸ばすと、黄色く変色した封筒を出した。老眼鏡を鼻の頭に乗せて、読みはじめた。次のような手紙だった。

〈一九五八年六月七日。親愛なるウルディス、私が君と最後に会ってから、かなりの年月がたった。しかし、私はしばしば君のことを思いだす。妻のウィルマと私は、何度も君のことを話題にし、君がわれわれのことを覚えているだろうか、と語り合ったものだ。君がリガへ送還された日から、もう一五年もの年月が過ぎた。神は私に幸運を恵みたまい、戦争を生き延びることができた。いま私はアメリカに住み、建設業で働いている。私には君が私と別れたときと同じ年齢の息子がいる。もし君が私と連絡をとることに興味があるならうれしい。私はオーストラリアで君がどうしているのか、どんな暮らしをしているのか、知りたいと思っている。私はいまでも君を、私の息子だと思っている。いまでも君を養子にしなかったことを悔やんでいる。心からの気持ちをこめて、ヤーカブス・クーリス〉

「すごい。返事は出したの、お父さん？」と僕は聞いた。

「いや」

「連絡をとってみようとしたことは？」

「全然」

「どうして？」

「私は未来に向かって生きたかった。過去をむし返したくなかった。この手紙をケースに入れ、ずっと鍵をかけたままにしておいた。手紙を受け取ったことも、クーリスという人物がいたことさえも、忘れていた。このケースはいささか不吉なしろものだ。そうだろう？　何が出てくるか、分からない」

僕は頭を冷やそうと立ち上り、無意識にキッチンの裏のドアをちょっと開けた。冷たい突風が吹きこんできた。

「おいおい！」と父は大声を上げた。僕はすぐにドアを閉めた。当惑していた。ちょっといらだってもいた。父はこんなにもいろんなことを隠していた。ローベに関する数々の事実、ラトビアＳＳ

のメンバーだったこと、クーリスからの手紙、ヴォルホフ沼地であったこと——父とはどんな人間なのか、それを知るうえで息子の僕が知っていなければならないことばかりではないか。五〇年以上も沈黙を守ってきたという事実は、僕の理解を超える。沈黙を守るのに、どれほど超人的な強さを要したことか。この沈黙が、父の内的生活に、どのような重圧を与えてきたのか。

父は全く違う二つの世界に、同時に生きてきたのだ。そして五〇年以上にわたって、その事実について、完全に沈黙を守っていた。一方の世界は「公式の歴史」、過去に都合よく手を加えた、権威ある検定ずみの歴史を身につけた僕の父だ。しかし、もう一方の世界の父は、まだ大半が僕の外にある、未知の人間だ。ろくに人生経験もないうちに、あちこちたらい回しされてきた出自不明の少年兵士であり、近年の歴史の中で最悪の流血の惨事の一つに目を見はった体験をもつ人間なのだ。

父が生きてきた世界の一つについては、容赦なく解明が進みはじめた。しかし、同時に、別の予想もしなかった世界が浮上してきた。

第8章　チョコレートの兵隊

「リガに戻ったのは、一九四三年十月の後半だった。私の計算では、前線にいたのは四か月ほどだ。アンクルは中央駅で待っていた。車でヴァルデマーラ通りへ戻るまで、一言も口をきかず、私の横に座っていた」

「家の空気には、どこか沈んだ気配があった。私の耳に入ってきたのは、玄関ロビーの隅にある凝った装飾の柱時計のチクタクという音だけだ。やがて廊下の向こうから、アンティーの足音が聞こえた。彼女はエントランスホールにやってくると、私によそゆきのあいさつをした。彼女は私と握手したのだ！　こんなことは初めてだった。私が敵前逃亡を試みたのではないかという、司令官の疑惑がすでに伝わっているのだろうか。二人とも、私に裏切られたような気持ちを抱いているのではないか。そんな懸念が頭をかすめた」

「その日の午後、アンクルは仕事でライマへ戻り、アンクルが玄関のドアを閉めて外へ出たとたん、彼女は私を抱きよせ、両方の頬っぺたにキスしてくれた。あなたがいなくて寂しかったわと、アンティーは言った。彼女は再会を喜んでいる。私を愛してくれていたのだ」

「彼女は私の顔をよく観察し、心配そうな表情をした。ずいぶん弱々しくみえる、新鮮な外気にたっぷり触れて、体重を増やさなければ、と言った。その夜、アンティーがアンクルと休暇の相談をしているのが耳に入った。数日後、アンティーは私をリガ北東部の海岸、カルニカヴァにある、ジェーニス家の別荘へつれて行ってくれた。私たちは一週間ほど滞在した」

父はそのときのことを思い出して、顔をほころばせた。子供に戻ったようにみえた。

「私は海というものを、この目で見たことがなかった。ショックだった。海岸線にいつまでもたたずみ、次々に押し寄せてくる波に見とれた。バルチック海だ。のちに見たオーストラリアの大洋の荒々しさは、微塵もない。だが、そのとき感じた海の広大さ、力強さは、どんなに印象的だったことか。ほんのちょっとの間、村の子供のころの海賊遊びで、船長になって海賊船探しをしていたことを思い出した。いま私の目の前にあるのは本物の海だが、海賊ごっこにもう興味はない。私はすでに本物の兵士なのだから」

「アンティーは毎晩、いろんなごちそう作ってくれた。とくに私の大好物は、ヤツメウナギや燻《くん》製《せい》ウナギの料理だった。初秋のじっとりした冷気を追い払うため、夜は二人で暖炉に火をおこした。私はソファに横になり、アンティーのひざ枕で、ラトビアのおとぎ話を読んでもらった。森に住む人食い鬼、いたずら妖精、悪霊などの話ばかりだ。森で暮らした経験のある私にとっては、とっくに経験ずみのことばかりだったが、アンティーにぴったり寄り添っていられるのがうれしかった」

「彼女の優しい声でいつも軽い眠りに誘われた。しかし、寝ついた後で、悪夢におびえて悲鳴を上げた。アンティーは二階の寝室に飛んできて、私を落ちつかせようとし、私の知らないラトビア民謡を歌ったり、おとぎ話をしてくれた」

僕が子供のころ、父はカルニカヴァでの日々を回想して、田園詩のような環境の中で過ごした、幸福で穏やかな日々だったと話していた。そこで撮った写真も見せてくれた。だが、一見したところは無邪気にみえる写真なのに、僕は何か落ちつかないものを感じた。写真の父には、引きこもり、情緒的にも傷ついているような印象があった。自分を守るように、胸の前で腕を組んでいる。最も気になったのは顔の表情だった。シャッターを切る瞬間に悪夢から覚めた、とでもいうような顔つきをしていた。

そのとき僕の中に、アンティーへの言葉にならない感謝がこみあげてきた。親身になって慰め、世話をしてくれる人が、父にもいたのだ。感動した。子供のころの記憶にあるアンティーは、思いやりのある優しい人だった。英語は少ししか話せなかったが、心の暖かさで意を通じることができ、額にとつぜんキスをしてくれる人だった。アンティーは小さい父にも、同じことをしていたのだろう。

だが、父は自分の悪夢から覚めはしたが、自分が生まれ育った家族への愛に目覚めることは、なかったのではないか。父は見ず知らずの他人の間に放りだされた孤児だった。本能的に、また体験を通じて、世の中は非情なものだと知りぬいていた。その父に、世の中はそう捨てたものでもないと安堵させ、心穏やかに立ち向かうよう仕向けることができた人は、いなかったのではないだろうか。僕はそんな思いから、逃れることができなかった。

僕は再び、父の言葉に注意を向けた。

「カルニカヴァから帰った次の週だった。アンティーとアンクルが話しているのが聞こえた。学校へ通うのでなく、アンクルが私をつれてライマチョコレート工場へ出勤し、そこで個人教授を受けることになった」

「何だか訳が分からない。チョコレート工場で勉強だって？　そんなところで何を習うのだろう？

一方で、期待もあった。一日中、好きなだけ、チョコレートを頬張っている光景も想像した。しかし、全く違った。アンクルは、私の毎日のスケジュール、とりわけ午前中の勉強の予定をすべて仕切った」

「リムジンは朝七時四十五分に、工場の入口に着く。私は軍服を着て、受付係に形ばかりの敬礼をし、アンクルの朝の工場視察の後について行く。職工たちは気をつけの姿勢で、機械や包装台のところに整列している。まずアンクルにあいさつし、それから『お早うございます、クルゼムニークス一等兵』と私に言ってくれる。私は返礼した」

「オフィスに着くと、アンクルはいつも『若き兵士よ、任務につけ！』という同じ命令を発し、私は窓ぎわの子供用の勉強机に直行する。机の上にはアンクルがそろえた本が、山積みになっていた。こうして、それぞれの業務が開始する」

「アンクルは、ミス・ノヴァッキスという名の家庭教師を雇った。彼女はラトビア語の読み書きと、ラトビア史を教えてくれる。毎朝のレッスンは、ラトビア語の勉強から始まった。私はつっかえながら、ラトビア語の本を音読する。私は読むのが得意ではない。本との相性も悪い。本をきちんと扱おうとしても、しょっちゅうヘマをやる」

「物覚えは早い方だが、じっくり取り組むのは苦手だ。すぐに退屈し、気が散って集中できない。午前中ずっと机の前に座っているのは、私の年齢では難しかった。まして私のような経験をしてきたものにとっては」

「午後がいちばん良かった。私はライマの王様だった。工場は出入り自由で、仕事の邪魔をしない限り、何をしてもよかった。現場の職工たちの人気者になり、歩きまわっておしゃべりをした。食い意地の張ったチビッコでもあった。上着の左右のポケットに、チョコレートをいっぱい詰め込んだ。倉庫の誰もいない一角を見つけて、そこで気分が悪くなるまで食べた」

「私がリガに戻って何週間かしてから、司令官が予告なしにアンクルのオフィスにやって来た。それ以後、定期的にライマに現れた。司令部はライマのすぐ近くにあったから、大股でこっちへ歩いてくるのが窓から見えた」

「そんなにローベがしょっちゅう来たのは、なぜ？」

「司令官とアンクルは、昔からの友人だった。ずっと以前、二人はボルシェビキ革命（一九一八年）のときに一緒だった。二人はボルシェビキに反対し、ラトビアの独立を目指して戦った。二人はラーチプレーシスという団体に所属していた」

「ラーチプレーシス？」

「そう」と父は言った。「熊を裂く人という意味だ。圧政からのラトビア解放を目指すフリーダムファイター、つまり自由の戦士の組織だ。二人がこのことを話題にするのはきわめてまれだったが、二人ともラーチプレーシス団員の勇敢さと高貴な大義を、熱烈に称賛していた。実際、カルニカヴァにあるアンクルの別荘は、ラーチプレーシス団の勇敢さと団への奉仕に対する褒賞として与えられたものだったと思う」

僕は、この団体についてもっと調べる必要があると思い、その名を記憶にとどめた。(のちに僕は、ラーチプレーシスがラトビアのファシストに近い組織であることを知った)。

「ずっと後になってからのアンクルの話では、ローベ司令官はしばらくライマで働いていたそうだ。大戦が始まると、ラトビア北西部沿岸のヴェンツピルスに勤務していたローベ司令官はドイツの命令に従わなかったとかで、解任された。そこで、アンクルが仕事と住宅の世話をしたという」

「司令官がしばしばライマにやってきたのは、私にも関係があった。前線から帰還を命じられて以後、私は司令官に会っていなかった。『殺すぞ』と脅されたりしたので、顔を合わせるたびに緊張した。だが、司令官は私との関係を、打ち解けたものに戻そうと決意していた」

「司令官とアンクルの会話に、私の名前が何回か登場した日があった。うつむいて盗み聞きすると、私に関係する何かを組織しようと熱心な司令官に、アンクルが抵抗しているらしい。しかし、司令官が強く言い返すと、アンクルは譲歩した。司令官はSSのメンバーだから、たいていはかれの主張が通った。翌朝、司令官は再びオフィスに顔を出した。ミス・ノヴァツキスと勉強中だった私を引き離し、部屋の中央に立たせた。そして、私の伍長復位を宣言し、袖口と襟に伍長の記章のついた、新しい軍服をくれた」

「天にも昇る心地だった。司令官が外出の用意を命じたので、すぐ上着を着用した。ぴったりだった。時間はまだ早かったが、ただちに昼食に出かけることになった。ヤツメウナギとストローベリーアイスクリームのごちそうだった。私が食べている間、司令官は椅子にゆったり座り、私をじっくり観察していた」

「かれは口を開いた。『立派な愛国者になりたいかね』。私はアイコクシャとは何だか分からなかったが、口の中をアイスクリームでいっぱいにしたまま、力強く縦に首を振った。司令官はさらに『ラトビアの役に立ちたいと思うかね?』と聞いた。もっと力をこめて、首を縦に振った。私の名誉挽回につながることなら、何でもするつもりだった。司令官は私の髪をくしゃくしゃになでて、『それでこそ立派な兵士だ』と言った」

「その日で、すべてが変わった。私はローベ司令官と過ごす時間が長くなった。一週間に何度も会うようになった」

「そのうえ、もう一つの出来事があった。司令官が、私を公園につれて行ったとき、年配の紳士が近づいてきて、君はどうやって兵士になったのかねと聞いた。そんな質問は初めてだった。答えに詰まった。司令官のところに飛んで行って、どう答えたらよいか聞いた。かれは不意に立ち上がり、私の手を引っぱって急ぎ足で本部へ戻った」

「かつてクーリスがローベに語った話では、私は無人の村のはずれにあった木の陰から現れたことになっていた。しかし、司令官は、クーリスがでっち上げた物語の一部を作り変えた。改定版では、私は豚をつれてさまよっていた、ロシア人の豚飼いの子供にされた。そして、無人の村のはずれの木陰から現れ、そこにいた兵隊に、両親とはぐれてしまった、一緒につれて行ってほしい、と頼んだことになった」

父はさらに話を続けた。「その日の午後、私はずっと、ひじ掛け椅子に座ったままだった。司令官はデスクで文書を読んでいた。とつぜんかれは大声で私の名前を呼んだ。飛び上がって、気をつけの姿勢をした」

「ローベは私をひざに乗せ、もう一度あの物語を繰り返して、一語一語を間違いなく復唱させた。そして、これからはできる限りこの線に沿って話すようにと言った。それから何日間かは、他の人間がいる場所につれて行ってもらえなかった」

「何日か後、オフィスに座って静かにぬり絵をしていると、司令官がとつぜん私に質問した。かれがでっち上げた物語を、間違いなく記憶しているどうかを、確認するためのテストだった。一語一語きちんと暗唱して見せた。『完全だ』とかれは叫んで手をたたいた」

「そのあと司令官は、私を再びカフェにつれて行き、公衆のいる場でどれだけやってのけるか観察した。SSの軍服を着た子供。注目を集めるのは驚きではない。人々は近づいて来て、質問をしたがった。私は無視してアイスクリームかウナギを食べ続ける」

「やがて司令官がテーブルの下から、つつくか、つねるかして合図をすると、すかさず私が行動にとりかかる。まるで操り人形だ。スプーンをテーブルに置いて、立ちあがり、教えられた物語をできるだけ自然な調子で語る。気分次第で、兵隊たちから習った歌の一節を歌うこともあった」

「ローベは、本当のことを知っていたのかな」と僕は聞いた。

「知らないだろう。私を初めてベースキャンプにつれて来たときから、クーリス軍曹は兵隊たちが村はずれの森の中でこの子を見つけたと話していた。かれが銃殺隊から私をつれ出し、生かしておこうと決意したときにでっち上げた話だ。司令官に真実を話し、かれが私をユダヤ人ではないかと疑っていたら、私の運命は終わっていただろう」

「この物語は、かれらがやったことを隠蔽《いんぺい》したわけだよ」と、僕は軽蔑心をむき出しにして言った。「実際には無実の人々を野蛮に殺した連中なのに、小さい子供を助けた優しい兵隊として自分たちを描き出しているんだ」

僕の言い方は、父にはショックだったようだ。顔が赤らんだ。

「しかし、クーリス軍曹はそんな人間ではなかった」と父は口をはさんだ。「軽蔑に値するようなことをすべてやっていたとしても、かれが私を守ろうとしてくれたことには一点の疑いもない。かれは私に、ユダヤ人のしるしを隠せ、そうしないと殺されると警告してくれた。私を守ろうという気がなかったなら、銃殺隊に戻せばよかった」

「それにかれは、私が本当は何者なのか、絶対に誰にも漏らさなかったと思う。そして他の兵隊たちも、私がユダヤ人だと知らなかったとはいえ、親切だった。子供だったから守ってくれたのだ」

「その点だけど、お父さんがユダヤ人の子供だと知っていたら、かれらはそんなに親切にしてくれただろうか」と僕は言った。

父は、厳しい顔になった。

しばらく間をおいて、僕はさらに追い打ちをかけた。「お父さんは、大変な強い決意の人だよ。同じ屋根の下に住んでいながら、アンクルからもアンティーからも隠し通したなんて」

「強さなんて、何の関係もないよ」と父は答えた。「恐怖だよ、純粋な恐怖！　発見されることの恐怖、何か間違ったことを言いはしないかという恐怖だよ。私はジェーニス家で、一度だけ間違いを犯した。最初の夜のパーティーの後、自分の本当の兄弟姉妹がほしいと言ったときだ。あんなことが、二度と起きないようにしなければならなかった」

いつの間にか、会話が尋問調になっていたのを、僕は後悔した。父は自分がユダヤ人であることを隠すために、沈黙を保つ苦しみを味わってきたのだ。「ひどい話だ」と、僕は同情の気持ちを声にこめた。

おそらく僕の言葉に勇気づけられて、父の緊張がほぐれたのだろう。話を続ける意欲が高まったようだ。

「どこまで行ったかな」と父は大声で言った。「そうそう、話す内容を私がちゃんと記憶しているので、司令官が満足したところだ。かれはその後、戦病者や傷痍軍人の士気を高めようと、私を病院やクリニックにつれて行くようになった。私は一緒に病棟から病棟へと、慰問の旅を続けた。そして『祖国ラトビアは、皆さんの勇気に感謝しています。一日も早い回復を祈ります』と患者たちを称賛する言葉からはじめるよう訓練された」

父は皮肉な調子で笑った。「私は子供だったが、それでもこの言葉がいかに空疎なものかは分かった。あるとき私は、このナンセンスな言葉を、頭から足先まで包帯でぐるぐる巻きにされている兵士に述べた。兵士の目は私をじっと見ていた。この人が回復するとは思えなかった。もし回復しても、この人の人生はどのようなものになるのか。かれのような病状の人はどこにもいた。私はこの言葉を口にするのが、恥ずかしかった」

父はまた例のケースに手を入れて、何かを捜した。そして、ぼろぼろになった小さな紙片を引っ張りだして、僕によこした。

破り取った新聞記事だった。文字は色あせて判読できなかったが、記事の上部にある写真は、父、それもローベのひざに乗り、包帯姿の兵隊や高官らと一緒に写っている父であることは、僕の

新聞記事の写真〈ローベのひざに乗る。右の黒服がアンクル〉

目にも判別できた。写真の父は軍の通常正装で、傍らには父を見守るようにアンクルが立っている。

「驚いた」と僕は言った。「これはどこで手に入れたの？」

「司令官が、新聞からちぎってくれた。下を見てごらん、一九四三年とある」

「これをずっと持っていたの？」

「そう、このケースの中に」

父はケースのふたを、まるでペットのように軽くたたいた。このケースは、子供のころは魔法の箱だった。だが、いまでは悪意の箱のように思える。父からひったくって、地中に埋めてしまいたいという衝動に駆られた。だが、その衝動は次の瞬間には急速に薄れ、一つの疑問が、僕の心の中で形を取りはじめた。なぜ父はこれまで、この話をしなかったのだろうか？

「そのあと、もっと悪いことが起きた。慰問計画がないある日、司令官は私をライマのアンクルのオフィスに帰した。私はゼンマイ仕掛けの人形の役に疲れていたから、うれしかった。私は静かに机に向かっていた」

「とつぜんドアがバタンと開き、司令官が意気揚々と行進してきた。略式の敬礼の後、デスクの隅にドスンと腰をおろすと、アンクルのたばこケースからシガレットを一本引きぬいて吸った。興奮状態で、軍の将校グループが間もなく到着する、実験の手配が必要だと言った。アンクルは仰天したように見えた」

「将校グループが足音高く室内に入って来た。ラトビア人将校が四人ばかり、もう一人はドイツ人の司令官だった。みんな見事な制服の胸に色とりどりの勲章をつけ、強い権限を誇示する空気を漂わせている。かれらはアンクルのオフィスに短時間いただけで、裏の工場の二階の倉庫に入って行った」

「数日後、また同じ将校たちが、ローベ司令官とともにオフィスにやって来た。かれらは真剣な会話に没頭していた。そのさなか、司令官はなにか言いかけて口をつぐんだ。部屋はシーンとなった。私は勉強しているふりをしていたが、好奇心を抑えきれず、ちょっとだけ頭を上げた」

「部屋の真ん中に身じろぎもせず、司令官が立って私を見つめている。次の瞬間、かれは命を吹き込まれたように動き出した。手をたたき、興奮した子供のようにちょっと跳び上がる。浮き浮きと軽やかな足取りでやって来ると、私を椅子からさっと抱き上げ、受賞したばかりのトロフィーを観衆に示すように上にかざした。そして、私をアンクルのデスクの上に立たせ、興奮した調子で他の将校たちに話をはじめた」

「他の将校たちは熱狂的にうなずいた。アンクルだけは全く違った。卒中の発作を起こさんばかりに怒っていた。そんなアンクルを見たのは初めてだ」

「司令官は手を上げ、アンクルを黙らせると、私にぎりぎりまで顔を近づけて、『とても特別な計画の手助けをしたいかね、君は』と聞いた。芝居がかった重々しい言い方だ。私はもちろん首を縦に強く振った。役立ちたかった」

「とつぜん、司令官はデスクの上の私の腰をつかんで抱き上げ、そのままドアに突進して大股で部屋を出た。他の将校たちも続いた。私はアンクルの方をちらりと見た。深刻に悩んでいるように見えた」

「中庭を見下ろす工場裏手の階段に着くと、司令官は私を下ろした。全景が目に入った。驚いた。中庭は群衆であふれている。あらゆる年齢の人がいた。老人、赤ちゃん、女性、子供――みんな自分のバッグやスーツケースを持って、静かに立っている。旅行に行くバスを待っているような感じだ。赤ん坊だけがぐずったり、泣いたりしていた」

「私は、司令官の上着を引っぱった。何のためにこの人たちが、ここにいるのだろう。いやな雰囲気だ。アンクルのところへ帰りたかった」

「司令官は私を見下ろして、にっこり笑い、腕を私の肩にまわして一緒に階段を下りた。他の将校たちも合流した。密集した群衆の中に入ると、小さい私にはほとんど何も見えない。司令官の鋭く厳めしい顔つきだけをまねて、後を追った」

「そのとき、中庭の入り口の門がガチャンという音とともに開かれ、巨大な輸送トラックが二台、ブレーキをきしらせて入ってきた。兵隊たちは、早くトラックに乗れという命令を大声でがなりたてる。大混乱だ。人々は押し合いへしあいして乗り込み、同時に自分の荷物を引き上げようと争った」

「この騒乱の中で、私はどうしたらよいか分からず、少し怖くなって、騒ぎの周辺部へと離れた。そのとき、私より一つか二つ年下に見える小さい男の子が、近くに立っているのに気づいた。一緒にいた母親か誰かとはぐれたのだろう。泣いていた。何かしてやりたい。そこで秘密のポケットから、チョコレートを一個取りだした」

「かれの目の前に差しだした。びっくりしたようだ。泣き声はおさまり、めそめそ声になった。ひどくやせ細っている。やつれた顔から目だけが突出していた。おずおずと手を出し、それからひったくった。飢えた動物のようだった。『あのときの私のようだ。クーリス軍曹があの教室で、私にパンを一切れ出してくれたときの』と思った」

「この子がかわいそうだった。私は、本物の飢えを知っている。お腹に開いた穴が、自分の体をかじって行くのだ。私はチョコレートをもう一個渡した。今度は行儀よく受け取った。それからもう一個、また一個と、時間をおいて、お腹が受け入れても病気にならないように気をつけた」

「そのとき初めて気がついた。上着に黄色い星がついている。もう意味は分かっていた。ユダヤ人なのだ。想像していたより、ずっと私に似ている。弟であってもおかしくない。苦しかった。『この子にもっとチョコレートを与えるか、それとも無視すべきか』。もし、私がこの子に親切心を見せれば、兵隊たちは私に疑念を抱くかもしれない」

「『それとも、この子の逃亡を助けるべきか？』私は苦悩して、少年から目をそらした。本能的に中庭の柵に目をやった。どこかに穴が開いていないか。ほんの一瞬だが、この子と私がその穴をくぐって、一緒に逃げる光景が脳裡をかすめた。ちょうど私が自分の村でやったように……。しかし、私にはいま、それが不可能なことは分かっていた。私は少年に背を向けたままだった」

父は低い声で言った。「あのときのことは、私の全生涯に影を落としている。大げさに言うつもりはないが、かれの面影は網膜に焼きついている。それを背負って、私は生きてきたようなものだ。あの子は生き延びただろうか、大人になっただろうかと、しばしば思う。私がかれに背を向けたときのことを、覚えているだろうか。私はあのとき、自分の分身に背を向けたようなものだ。この問いはいつも結局そこに帰ってくる」

父は物思いに沈んだ。僕には慰めようがない。

「ドイツ人将校が一人、こちらを見ているのに気づいた。私と少年が何をしているか、観察していたようだ。かれは私に、晴れやかな笑みを送ってきた。そして、周りにいた他の将校たちと話をはじめると、全員が首を縦に振った」

「かれらも向こうから私を見ていたのだ。ほほ笑んでいた。そのとき、アンクルが工場の裏ドアのところに立っているのが目に入った。心配そうで、不承知のように見えた」

「そのとき、喧騒の中でドイツ人将校が、大声で私の名前を呼ぶのが聞こえた。パチンと指を鳴らして、こっちへ来いと命じたが、聞こえないふりをして、その場にとどまった。アンクルの方をちらっと見た。かれも将校が私を呼んだのを見ていた。アンクルが急場を救ってくれるのを期待したが、兵隊にさからうべきではないと目配せしてきた」

「私はドイツ人将校のところへ行った。何を求めているのか分からない。かれは指をもう一度、パチンと鳴らした。今度は大きな紙袋を持った兵隊が、一歩前へ出た。上官はその紙袋を私の手に押しつけた。袋の中はライマチョコレートでいっぱいだ。驚いた。私は将校からのプレゼントだと思って、袋の中のチョコレートをかじった。そのとたんビンタが飛び、口のチョコレートは飛ばされた」

「『馬鹿もの、お前のためじゃないぞ』と将校は厳しく言った。それから私をトラックの後ろへつれて行き、気をつけの姿勢で立たせた。そして、群衆に対し、トラックに向かって一列に並べと命令した。私はただちに、何をしなければならないかが分かった。並んだ人たちがトラックに乗り込むさい、チョコレートを一個ずつ渡すのだ」

「ローベ司令官がやってきて、一人ひとりにチョコレートを渡す際、にっこりとほほ笑むよう指示した。私の任務は、かれらの旅が始まる前に、気持ちを和らげることだったのだ。とりわけ、チョコレートが大好きな子供たちの気持ちを」

「私はその通りにした——延々、その日の午後いっぱい続けた。ずっと微笑していたので、あごが痛くなった」

「午後の終わりになって、アンクルは再び階段のところに姿を見せた。気持ちはまだ動揺しているようだった。いま起きていることだけでなく、私がやっていた行為も原因だったのだろう。アンクルは怒ったように一緒に来るよう合図し、私の手をしっかり握って、誰にも何も言わず、工場の中へ歩いて戻った」

「オフィスの部屋に通じる階段を上りはじめたとき、後ろから司令官の大きな声が轟き、止まれと命じた。かれは怒りをたぎらせ、私を放せと言った。アンクルは拒否した。アンクルが私の手を、さらにしっかりと握った」

「ローベ司令官は、私の手をアンクルから引き離そうとした。しかし、アンクルは前に出て、私を自分の後ろに押し込んだ。二人の間の緊張は高まった。激しい言葉が交わされた。恐ろしいにらみ合いだった。アンクルは司令官に何か言った。私には聞こえなかったが、明らかに司令官はショックを受けてたじろいだ。司令官は階段を下りて行き、アンクルは私を引きずるようにしてオフィスに戻った。少なくともこの局面は、アンクルの勝利だった」

「オフィスに着いたとき、アンクルは強い調子で私に勉強に戻れ、ローベ司令官や将校たちが戻って来ても下を向いたままでいろ、と命じた」

「しばらくすると、中庭から出発するトラックの音が聞こえてきた。そのすぐ後に、ローベ司令官と将校たちがオフィスにやって来た。かれらは、思い思いの場所に陣取ってくつろいだ。司令官はアンクルに、全員のビールとシュナップスを注文した。アンクルは、注文はとりついだが、自分が祝杯に参加するのは拒否した。酒がまわるにつれて、将校たちのアンクルに対する態度が厳しくなり、私をかばったと批判した。ドイツ人将校はアンクルに、このようなことは今後二度と許されない、と疑問の余地なく警告した。それを最後に、パーティーは不意にお開きになった。ドイツ人将校は帰り際に、私に向かってドイツ語で『モルゲンス』――明日、と言った。私の仕事はまだ終わっていないのだ」

「その夕方、二人で帰途についたとき、アンクルは沈んでいた。かれは無言で、夕食の間も上の空だった。その夜、私はあのひどい任務のことを考えて眠れなかった。にもかかわらず、この先に何があの人々を待ち受けているのか、全く知らなかった」

「次の朝、私は睡眠不足で目はかすみ、意識もぼんやりしていた。おそらくその方がよかったのだ。将校が一人、アンクルのオフィスに私を迎えにきた。私に選択の余地はない。これから何が待ち受けているのかが分かっていたが、いっさい関係したくはなかった」

「これは何回ほど続いたの？」僕が尋ねた。

「三回だったかな、おそらく。その後は、もうトラックはなかった」と父は一息ついた。このことを口にして、ようやく肩の荷が下りたらしい。緊張していた口元が、わずかばかり緩んだ。

「あれはたぶんアンクルのオフィスで、ローベが思いついたことだ——子供がいれば群衆の心もなごむ、と。それから、私があの男の子と一緒にいるのを見て、チョコレートを利用するという最後のひと筆が計画に加えられたのだ」。父は罪の意識に苦しめられているようだった。「少なくともチョコレートを使えば、計画をスムーズに遂行できる。かれらにはそう見えたのだ」。父はかつて自分も経験した、少年の目を通して語っていた。

父は、次の息を吸いこんだとたん、突如としてその刃を自分に突き付けた。「旅行にチョコレートをだと？　何たるたわごとを言っているのだ。何か後ろ暗いことが進行しているらしいと、感じてはいたのだ。しかし、ローベ司令官は私に、あの人々は国内の別の場所に再配置されるのだと説明していた。しかし、そうじゃなくて、あいつらがみんな殺したんだ。そうだろう？」父は極度の興奮状態を、なんとか抑え込もうと必死だった。

「小さな子供たち。私よりも小さい、私の弟や妹よりも小さい子供たち。そんな子供たちまで、あいつらは強制収容所や森の中へつれて行った——、人里離れた森の中へ——、虐殺するために——、命を、人間としての尊厳を奪うために——、かれらの最終的な行き先がそれだったのだ！」

何かの一撃を避けようとするかのように、父は思わずひるんだ。それから気分を落ち着けようと、何度も深呼吸をした。

「ライマの中庭にいた女性、子供、老人たちに、罪はなかった。ただ一つの罪は、ユダヤ人に生まれたことだった。私は自分のどこかで、ユダヤ人の運命がどうなるか、分かっていたような気がする。クーリス軍曹は、私にユダヤ人のしるしを隠せと警告した。そのしるしは死を意味する、と。それは私にとっても、ただ一つの罪だったのだ」

父は、顔をひきつらせ、蒼白になった。「それでも、私に罪があるのだろうか？　あそこで起きたことは、兵隊でもない私に責任があるのか。ライマの中庭にいた人々は殺された。私はかれらの旅の途中で、つらさを和らげた。銃ではなく、あの、いまいましいチョコレートで。このことを、どう考えたらいいのか」

父はさらに引きこもり、打ちのめされたように見えた。いつもの快活さの片鱗もない。「子供であっても、知っているべきだった。無意識にその知識を、ブロックしていたのだろう。私が何にかかわっていたか分かったのは、ずっと後になってからだ」。父は頭をたれていて、表情は見えない。「あのときは、私には分からなかった」。父の声は弱々しい。「私は動転し、凍りついていた。周りの大人や、自分が住んでいる世界を理解してはいなかった。私は普通の子供と同じで、その瞬間、瞬間を生きているだけだった。食べる物と家と温もりがあれば、それでよかった。それ以上に、私はユダヤ人という、自分の出自が他人に知られるのが怖かった。アンテナを高く、頭を低くして生きていた」

しばらく沈黙した後、父は感情をコントロールしようともがき、悲しみで大きくあえいだ。父は、僕の顔を見上げ、懇願するように言った。

「ここらで、やめよう」

僕もありがたかった。これ以上、この話にどこまで耐えて行けるか、自信はない。

父の感情の高ぶりも、気がかりだった。まるで過去の罪で自分を絞首台へ追い立てようとしているみたいだった。沈黙を続けることで、父はみずから巨大な代償——内面の恐怖——を背負い込んでいたのだ。危険にさらされていたのは、父の肉体的な生存だけではなかったのだ。

僕はため息をついた。今夜聞いた話だけで、もう消耗しきっている。この先、まだいろんな事実が明るみに出てくるのだとしたら——。

「もう五時だよ。少し眠ったら」と父は言った。

「お父さんは?」と僕は言った。僕自身も、父の健康を考えてやきもきしていた。ときどき高血圧の症状が出る。今夜のような重圧にも、安定していてくれるとよいのだが。

「私は大丈夫だ。紅茶のカップを洗ってから、少し休むよ」

僕は父の言うまま、席を立ったが、とつぜん父とこんなに親密になり、自分のすべてをさらけ出してしまったので、きまりが悪かった。父も同じように感じたのだろう。何も言わずに立ち上がって、流しの方に行った。

少しうとうとしかけたのは、日の出少し前だった。その前に、少しばかり紙切れにメモを書きつけた。眠りは断続的だった。うとうとしたと思ったら、妙な夢に邪魔された。僕は沼地に立って、血のように赤い泥にべっとりひざまでつかって動けない。足を上げようともがくが、泥沼にはまってしまう——。

僕の精神はかき乱され、自分でも何がなんだかよく理解できない。すぐに大きく目が開いてしまい、消耗しきってベッドに横になっていた。部屋の外からは鳥たちの夜明けのコーラスと、母が起き上がってキッチンへ向かう足音が聞こえた。

第9章　ある判断

玄関のドアが、バタンと締まる音で目が覚めた。また、うとうとしていたらしい。腕時計を見た。十一時近い。五時間ほど眠っていた。飛び起きて、カーテンを開けた。目がくらんだ。メルボルンの晴れ上がった冬の日だ。空は青く、澄み渡っている。

キッチンへ行ってみた。家には誰もいないらしい。今日は金曜日だと気がついた。母が町へ出て、友人のマリアと一緒にランチを食べ、映画やウインドーショッピングを楽しむ日だ。帰りはいつも、夕方の六時ごろになる。

父の様子はどうかとワークショップの方を見ようとしたら、車がドライブウエーに入ってくる音がする。庭の裏戸が開いて、父がワークショップへ向かうのが見えた。「お父さん、コーヒーは？」と声をかけたら、少し驚いたように、こっちを見た。

疲れ果てて落ちこんでいると思ったら、大違いだ。いつもの平静さを完全に取り戻して、わずか数時間前のことなど、毛ほどもうかがわせない。実に強健だ。こちらへ歩きながら、私のコーヒーには砂糖三個だよと、念を押しさえした。

キッチンテーブルに座ったばかりの父に、コーヒーを差しだした。

「もう十一時過ぎだよ。君だったら、何時間も前に起きていなくちゃならないんだが。私は九時から働いているのだよ」と父はからかった。

「お父さんは、ほんとはスーパーマンなんでしょ、違う?」と、僕はお返しをした。こんな軽口が思わず口をついて出るのも、今朝の暗いうちに聞いた話に、無意識に反応したのかもしれない。僕も、テーブルについた。キッチンは昼の強い光に照らされて、とてもあの深刻な告白がおこなわれた場とは思えない。

父は黙ってコーヒーをすすった。それから神経質な咳払いをした。しかし、予想に反して、父は陽気で自信に満ちた声で話しだした。

「私は全部を話し終えていないのだが、まだ聞く気があるかね?」と反応を探ってくる。

その無邪気さに、僕の方が絶句した。

「僕の頭には、それしかないんだけど」と答えた。父の表情には、安堵と恥じらいが同居している。

「ライマでのチョコレート事件の後、私はローベ司令官のオフィスから部分的に解放され、時々アンクルのもとに戻されるようになった。なぜそうなったのかは分からない。司令官と一緒に病院や施設を訪問する回数も減って、アンクルのオフィスでの勉強の合間に、ポツポツと入ってくる程度になった」と父は語りはじめた。

「ところがある日、司令官は意気揚々としてやって来た。アンクルへのあいさつもそこそこに、私をひったくるようにしてソファに座った。逃げる暇どころか、気をつけの姿勢をする時間もない。そして『わが小さい伍長くん、ご機嫌はいかがかな？　勉強の方は一生懸命やっているかね』と尋ねる。私がうなずくと、司令官はアンクルに向かい、『間違いありませんか、ジェーニスさん？』と聞く。いつものヤーカブス君ではなく、正式に名字で呼びかけた。アンクルはうなずいたが、何も言わなかった」

「司令官は『そうであれば、君はご褒美にあずかる資格があるぞ』と言って、息もつけないほど強く、私を抱きしめた」

「そのご褒美は、私の期待を上回るものだった。カルニカヴァでの休暇だ。それも『帝国の中の重要な子供たちだけのための特別休暇』だという。『同い年の少年少女と一緒に海辺で遊び、ダンスをしたり、運動したりして過ごす、素敵な一週間だ』と司令官は言った。私は期待に胸をふくらませて、うなずいた」

「ローベ司令官は、すぐにも出発すべきだと説明したが、アンクルは『アンティーと二人で私をつれて行く』と言い張った。チョコレート事件の後、アンクルは司令官に用心深くなっていた」

「司令官は肩をすくめ、それからゆっくり、そして重々しく、『そしてな、伍長くん、君はカルニカヴァで特別の役割を演じることになるのだぞ。ベルリンから、君のために特別撮影班が派遣されることになったのだ』と言って、私をびっくりさせた」

「ローベ司令官は、私をひざから降ろし、葉巻をくゆらせながら、オフィスの中を行ったり来たりした。そして、空中で仰々しく手をふり回しながら、『ドイツ帝国のすべての人間は例外なしに、ヒトラー総統ご自身までもが、この映画を見て、ラトビアの偉大なるマスコットの生活を知ることになるのだ。それに選ばれたのは偉大なる名誉だ。すべてのラトビア人は君を誇りとするだろう』と言った」

父はここまで話してから、この映画の撮影のさいに体験した記憶の断片を、できるだけ詳しく説明してくれた。実際には、映画の撮影はカルニカヴァだけでなく、同じリガ湾沿いの海辺の町ズィンターリでもおこなわれた。ズィンターリの景色がカルニカヴァより魅力的だったからだ。

父は、そのとき撮影された、いくつかのシーンもはっきり覚えていた。一つは、自分が逆立ちしている場面、それに他の子供たちと一緒に海岸を走っているところだ。もう一つは花とリボンで飾られたメイポール（五月柱）らしいもののまわりで、伝統的なラトビアの民俗衣装をまとった少女たちとダンスをしている光景だった。それ以外の記憶はあまりにもぼんやりとした「スクリーンを横切る影」みたいなものでしかないと、顔をしかめた。

ただ一つ、確実に記憶していたことがある。ドイツのニュース映画に、この二つのシーンが含まれていたという点だ。司令官はのちに、あれは帝国全土の映画館で上映されたと父に語っていたというし、自分でもリガの映画館で上映されたのを見ている。

僕はこのニュース映画の話に、興味をそそられた。この程度の乏しい記憶だけでも、これまで父から聞いていた話を上回る情報だ。

子供のころ僕たちは、映画に出たという話を父から聞いたことはあった。父は「かれらが私を主役にして映画を制作したので、ラトビアの名士になった」と自慢していた。しかし、僕たちは、父のいう「かれら」とは誰のことかと尋ねたことさえなかったし、その映画の内容を知りたいとせがんでも、細かいことは思い出せないと答えるだけだった。

そのフィルムがいま、どうなっているかは分からない。ずっと若いころ、探してみようと思ったことはあったが、どうすれば所在が突き止められるかも、分からなかった。時が過ぎて行くうちに、家族の養育などにまぎれて、映画のことは胸の奥にしまった。「あの映画は私の前世のことだ、と考えることにした」と父は言った。

僕はロシア、ラトビア、ドイツなどの映像記録保管所と連絡をとってみたらどうだろうと提案した。父はこの話に心から興奮したようだ。気分は高揚し、身を乗り出してきた。

しかし、僕はその前に父に聞いておきたいことがあった。

「お父さんは、その映画に出演したときは、どう感じていたの、自分もラトビア人の一人だと感じていたわけ？」と僕は聞いた。

「どういう意味だね、その『感じていた』というのは？」

「うーん、ラトビア人と緊密な感じになって演技できたとか、この映画を撮影しながら自分もラトビア人の一人であるような気がしたとか」自分の言いたいことが、うまく表現できないので、荒っぽい言い方になった。

僕の質問に対する父の反応の激烈さには、驚くしかなかった。「馬鹿なことを言っちゃ困る。私はかれらの一部だと思ったことなんか、一度もないよ。私は協力しなければならなかった。ただ、それだけだ」

父は、椅子の背に体をあずけた。僕の質問にいらだち、失望して、首を振った。「そのときどんなだったか、君には理解できないだろう。私は自分の置かれた状況を、最大限に利用した。かれらと一緒のときは、できるだけしゃべらないようにした。私は決してラトビア人ではない。心の奥底で、この人々は私の民《たみ》ではないと知っていた。私をかわいがり、面倒をみて、身内として扱ってくれた。しかし、私にとって、かれらは常によそ者――異邦人だった」

「私はどこの生まれの、誰の子かは分からない。しかし、自分が何者であるかは知っていた。ユダヤ人の男の子だ。かれらと一緒にいるときは、常に警戒していなければならない。正体が発見される危険を、絶対に冒すわけにはいかない。分かれば殺される。私にとっては恐怖の生涯だった。恐怖は体に深くしみついていた」

「想像できるかね？　そのような緊張の中で、子供が生き続けて行かなければならないのだ。目が覚めているときだけじゃない。寝ているときもだ。自分の寝言を誰かが聞いたらどうしよう、と悪夢に襲われる。私は熟睡したことがない」

父は表情をこわばらせ、暗い顔で前方をにらんで言った。「初めて言う、いまはっきり理解できた。私は生涯を通じ、おびえて生きてきたのだ」

これこそ、父が不屈なまでに沈黙を守ってきた理由だったのだろう――絶対に発見されてはならないという恐怖から生まれていた。

「逃げることができたとか、そんな次元の話じゃない。それに、どこへ逃げられるというのか。私の村へか？　その村がどこにあるのか。名前も覚えていない。いまでも思い出せない。覚えていたとしても、そこへ行ったら、何があるというのか？　私の家族が埋まっている墓穴か？」

「私の面倒をみてくれるものは、どこにもいない。それが私に配られた、運命のカードだった」

と父は言い切った。そして身を乗り出し、じっと僕を見つめ、聞こえるかどうかの小さい声で「不条理だ」とつぶやいた。父が僕の発言にこれほど真剣に反応したことは、これまでなかった。

僕は父を別の話題へ誘導しようとして、「戦争が終わったとき、そんな経験をどうして他の人に話そうとしなかったの？」と聞いた。

父は深々と息を吸い込んだ。「私が目撃したような、恐怖の物語を耳にしたいものがいただろうか。あのころのオーストラリアでは、みんな自分の人生の成功を願い、昔のことを忘れたがっていた。私も同じ望みを持つことを学んだ。私は自分の目標を、お母さんと君たち兄弟の将来にしぼった。君たちを私の過去から守りたかった」

僕はそれをやり過ごして、「お母さんは何か疑ったりしたことはない？」と聞いた。

父は首を振った。「ないと思う。それが私の望んだことだった。よけいな重荷を負ってほしくなかった。知っての通り、彼女はオーストラリアで、戦争の影響を受けずに育った。親切な性格の持ち主で、残酷さなどこれっぽっちも理解できない。私がくぐりぬけてきたようなことにさらされたら、とても耐えきれないだろう」

「お父さん、それはひどいよ。こんな話を独りで抱え込むなんて」と僕は言った。

父は神経質に咳きこんだ。それからまた話に戻った。

「一度だけ、他の人に話したことがある。一九六〇年の初めごろだ。メルボルンの中心部に住んでいたとき、弁護士事務所の前を通りかかった。名前を見てユダヤ人だと思った。この人に話せば、何かよい方向へ導いてくれるのではないか。そう思って入って行った。弁護士一人の小さなオフィスだった」

「話を聞いてくれるかと聞くと、椅子を勧めてくれた。私は自分の身にふりかかったことを話した。かれは呆然《ぼうぜん》として、延々と続く私の話を止めようともしない。話し終えると、それで私の望みは何なのかと聞いた。私は何者なのか、私の家族はどうで、その出自はどこか、などを知りたいと言った」

「弁護士はしばらく黙っていた。それから『忘れなさい』と言った。『君の話が真実であっても、君に何かをしてくれる人はもういない。生きている人がいても、君は家族とともに死んだと思っている。君を探しに来ることはないし、君がどこにいるかも知りようがない』と」

「かれは、君は未来に賭けるのが一番いいと言った。『君には家族がある。その家族と新たな生活を築いていくことだ。君の過去は、取り返しようがないのだから』と。私は落胆したが、私はこの忠告に従おうと決意した。『この人は教育があり、このようなことに精通している人だ』と自分に言い聞かせ、感謝して家に帰った。それで終わりだった。私は過去を葬った」

「それで後悔した？　お父さん」僕はあえて尋ねてみた。

「正直に言えば、これまでみんなに秘密にしていたのは悪かった。おそらく君には、私が誰も信用していないとか、家族を裏切っていると見えたに違いない」

父の言葉は、僕の急所をついていた。今朝まだ暗いうちに父と話していて、ときに怒りに似たものを感じることがあった。その根っこがどこにあったのかが、次第に分かってきた。父の秘密主義は、家族に対する裏切りだ。僕がそう感じていることを、父は正しく見抜いていた。

父は家族に何も教えないでいれば、家族を恐怖から保護できると思ってきた。しかし、その一方で、長い目で見ると、この秘密主義が父を家族の中で孤立させて行くのではないか、という思いから僕は逃れることができなかった。

「私は、みんなにうそをついてきたんだなあ。家族の外の人たちは、私がラトビア人だと思っていた。それを訂正もしなかったし」と、父は恥じているように首を振った。

「そんなことはないよ。うそをついていたわけじゃない」。僕はそう答えながら、これまでのことを正確に言い表す表現を必死で考えていた。「お父さんは全部を話さなかっただけだよ。一種の半真実というか」

「半真実だって？」と、父は苦笑した。「半真実なんてものがありえるかね？」

「完全には明らかにされていない真実、という意味でね」と僕は言った。

「そんなもの、ありはしないさ」と、父は頑固に挑んできた。

しかし、父は間違っている。がっちり鍵がかけてある、あの茶色のケースのことが頭に浮かんだ。注意深く組み立てた自分の物語を維持していくため、ケースから何を持ち出すかに、父は全権を行使していたではないか。

もし、僕たちが父にもっと強く迫っていたらどうだったか？　父は折れて、いろいろ語ってくれただろうか。悪かったのは、父にもっと質問をしなかった僕たち家族なのだろうか。父が何も説明しなかったのは、僕たちすべてに対する無言の非難だったのか。僕たちの中に、父は何か失望するようなものを見てとっていたのか。僕たちには秘密を打ち明ける価値はないと、父は思っていたのではないか、という感覚が僕に残った。

そんな考えに深くとらわれていたので、父が呼びかける声でわれに返った。

「マーキー？」と父は言った。

「ごめん、少しばかり考えごとをしていたものだから」僕の目が父と会った。「お母さんや弟たちにも話すのでしょう」僕は穏やかに言った。

父は厳しい顔をしてうなずいた。「どうやって手をつけたものか、分からない。だが、いま話さなければならないのは分かっている」。父は脇の床においていた茶色のケースを無意識に取り上げて、胸に抱いた。ケースが自分の守り手であり、最も貴重な所有物であるかのようだった。

僕は腕の時計を見た。「着替えた方がいいな。そろそろお母さんが帰って来るころだ。僕がこんな格好をしていたら、何があったのかと、いぶかるだろうし……」

父はカップを持って流しへ行った。「私は少し修繕するものがあるから」。かれはそう言って、ワークショップへ向かった。

第10章　ビデオテープ

　僕はさらに二週間、メルボルンにいた。父は仕事にとりかかり、一日の大半をワークショップでの修繕仕事につぃやすようになった。意図的に僕を避けているのではないか、と思ったほどだ。しかし、ある意味で、僕は救われてもいた。父の子供時代を知って圧倒されてしまい、どう心の折り合いをつけたらいいか、僕自身も苦闘していたからだ。

　ある朝、気分がすぐれず、早く目が覚めたとき、これ以上メルボルンにいて父の行動にもどかしさを感じ続けるくらいなら、できるだけ早く東京へ行って、調査研究に着手しようと決断した。僕がいなくなれば、父が家族と話す時間と余裕もできるだろう。

　三日後、父はドライブウエーから車を出し、僕を乗せて空港へ向かった。僕は後部座席から窓の外を見ていた。家の前の通りの端に、石油精製コンプレックスが見えた。目に入っても、かつてのような懐かしさは感じなかった。精製施設のフェンスに結びつけられている企業の看板は、有力なドイツの工業コングロマリットのそれだ。看板は以前からそこにあったが、僕はいまになって、全く新たな光の下でそれを見るようになった。最も不気味なシンボル――もくもくと煙を噴きだす煙突――とともに、ドイツがわが町を取り囲んでいた。

ここで僕は育った。通りの一方の端には不滅のドイツの炎が、そしてもう一方の端には偶然とはいえ、ユダヤ人の一家が所有する屠場がある。僕はそのどちらについても、よく考えてみたことはなかった。だが、いまになって見ると、子供時代の光景の中に、暗号のメッセージが埋めこまれていたのに、気がつかないでいたのだとさえ思えてくる。

東京へのフライトは、時おり少し揺れがあった程度で、平穏だった。だが、僕の気持ちは違った。父との意思の疎通は深まったが、同時に、何か不吉な予感のようなものが生まれていた。僕はこれまでの生活から切り離され、いつ荒れ狂うともしれない外洋を漂っているような気分だった。

東京の夏の暑さと湿度は息詰まるほど苦しいので、いつもは自分のマンションに帰るとホッとする。ドアを開けたら、熱の壁が襲ってきた。部屋は窒息しそうで、オーブンかサウナのようだった。部屋を閉じる前に、ドアとガラス窓ががたがた揺れはじめた。最初はほとんど気づかないほどだった。息をのんだ。この振動が地震になるのか。マンションと僕の神経は、ぴりぴり振動した。小さな揺れを最後に、部屋はとつぜん静かになった。僕はエアコンを入れて、動き出すのを待った。

ドアを大きくノックする音がした。一瞬、父ではないかと思った。

「モシモシ、ユービンデス！」外から声が聞こえた。速達の配達だ。

受け取った書籍サイズの小包の外側には、税関申告書と父の筆跡の宛名がはってある。父の異様に肉太の黒い筆跡は、これだけあれば配達まちがいなしとでも言っているみたいだ。外側の包装紙を破ると、発泡ビニールシートで包んだビデオカセットが出てきた。タイトルはない。

暗い部屋に戻って、カセットをプレーヤーに入れ、ボタンを押した。数秒たって、父の上半身が大写しで出てきた。下部に録画の経過時間と収録日が字幕で出ている。三週間前の収録、つまり僕がオーストラリアを出発した日だ。

しかし、ショックだったのは、画面の中の父の顔付きだ。近くで見ようと、ただちに一時停止にした。画面に映っている人物の顔は、父だと分かる。だが、蒼白《そうはく》で生気がない。目はやつれ、いつものような好奇心のかけらもない。顔には動きがないので、ふだんの活気にあふれた表情とはあまりにも違った。

再生ボタンを押した。父の映像が再び動きだした。

画面の外から、男の声が話しかける。「あなたのフルネームを言ってください」。きびきびして、きちょうめんな北欧アクセントの英語だ。

父はあまり口を開かずに「アレックス・カーゼム」と答えた。

僕はマットレスに座り、父が戦争中の子供時代の体験を繰り返すのを聞いた。語っている相手はユダヤ人ホロコースト機関らしい。父は僕に語ったほど、細かくは言わなかったが、画面に登場せず、名前も不明なインタビュアーが、父に体験の全体像を語らせようとするのにあわせて、大筋を述べている。父はインタビュアーの問いに、できる限り答えようとしているが、強い照明と、少し左上方に据えられたカメラの容赦ないアングルのせいで、恥ずかしそうに見えた。

わが家の暗いキッチンにあった親密な雰囲気は、ここにはない。ビデオを通じて父を臨床的に観察するのは、僕にとって当惑する経験だった。

途中から北欧アクセントの強い女性が、インタビューに加わった。父がローベ司令官に触れて、かれが異常で不吉な興味を持ち、自分をマスコットに仕立て上げたと述べると、彼女は生きいきしてきた。僕は二人のやり取りをよく聞こうと、マットレスから前の畳に移って座った。

彼女は、父が司令官と知り合いだったことにショックをうけていた。戦争中のローベの活動についてもかなり詳しいらしく、彼女は、ローベには戦争犯罪人であるという評判があり、数万人のユダヤ人殺害に責任があると主張している歴史家も多い、あなたはそれを知らずにラトビアのナチスの最高幹部と親しくしていたのだ、と言った。父はローベの戦時中の行動に気づいてはいただろうが、彼女から聞かされた真相の広がりに、正真正銘の恐怖を覚えたらしく、しばらくは無言だった。

司令官に関するこの短いコメントを聞いただけで、ローベだけでなく、父の生活をコントロールしていた他の者たちについても、もっと解明すべき点があるように僕には思われた。そのために僕が東京でできることは、ほとんどない。オックスフォードに戻ったら、自分でその調査を進めようと決意した。

間もなく、ビデオのインタビューは終わった。終わる寸前、父が椅子から立ちあがるのが見えた。収録の間ずっと、例のケースを抱いていたことが映像から分かった。

時計を見た。十一時をまわっている。テープを二時間近くも見ていたことになる。メルボルンは真夜中だろう。不眠症の父は、起きているに違いない。電話しようかとも思ったが、呼び出し音で母を起こしたくはない。そう考えて、電話は朝まで待つことにした。

東京の夏は、ふつう夜中には気温が下がって、救われた気分になる。だが、この夜は下がらなかった。眠ろうと努力しても無駄だ。代わりに濃いブラックコーヒーをいれ、窓を開けた。

父に電話するのが待ちきれなかった。しかし、テープの件をどう切りだしたものだろう。父は自分がユダヤ人であることを、とりたてて意識したことはないと言っていた。では、なぜユダヤのホロコースト機関で証言したのか。明らかにこの機関から、コイダノフとパノクに関する情報を期待したのだ。しかし、機関の人間は、そんな言葉を聞いたことがなかったようだ。

父の訪問には、それ以上の深い目的があったのだろうか。自分のユダヤ人性について、もっと知りたいと思ったのか。もしそうなら、その答えはテープにはない。テープは、主としてラトビア人と一緒にいたときの話ばかりだ。自分が生まれた村のことを知っている人がいないか、と思って出かけたのか。それとも単純に、ユダヤ人の機関だから、この人たちからある種の罪の赦免を求めようとしたのか。このテープでは分からない。


朝七時になった。僕は家の電話にダイヤルした。つながると、ほぼ同時に父が出た。しかし、父が自分の過去に関する問題で話したがっている、と想像したのは見当はずれもいいところだった。僕は、上機嫌な父の声を聞いてうれしかった。父の中に五〇年以上も鬱積《うっせき》してきた、背筋の寒くなるような記憶の圧力は、一時的であれ、軽減されているに違いないと想像した。おそらく父は危機を脱したとさえ感じているのだろう。しかし、この小春日和はどのくらい続くのだろうか。

父は興奮気味に、母と計画中の旅行について話した。二人はメルボルンから車で北のロックハンプトンへ行くという。亜熱帯のロックハンプトンには、昔からの友人が何人か、引退生活を送っている。僕は二人を乗せた車が乾燥した自然の荒野の中を、静かに走って行く光景を頭に描いた。父と母は四〇年以上もの結婚生活で、お互いを知りつくし、ほとんどテレパシーで通じ合えるほどだ。

それに続く何週間か、メルボルンに定期的に電話を入れたが、父にビデオテープの話を持ち出すことはできなかった。父は電話に出て、僕の声だと分かると、いま忙しいのでほんの短い時間しか話ができないと言った。

「忙しくて息子と話ができないだって？」と、僕は一度ならずいらついたが、父はものともせず、いま近所の人の頼みを聞いているところだの、大切なビデオカセットレコーダーや壊れたテレビのスペア部品を集めているだの、ときには猫のプリンセスに餌をやっていて待たせるわけにはいかないだのという、馬鹿げた理由まで持ち出して、母に受話器を渡してしまった。

僕のいらだちが募ってくる。自分の過去を話しておきながら、それ以上のことをなぜ話したがらないのか？

そのうちに僕は、東京の友人や同僚と付き合う意欲さえ薄らいできた。父の沈黙を埋め合わせるためだろう、ますます父のビデオテープに深入りし、他のことはほとんどしなくなった。

テープを繰り返しかけ、重要だと思うところで一時停止ボタンを押す。そうすると現実の生活ではありえない方法で、父を観察できることが分かった。僕は父のボディーランゲージと顔の表情を解読するエキスパートになった。やがて僕にとって、画面上の映像の方が、父そのものよりリアルになった。父の言葉に張りつき、メルボルンでやったように急いでノートに書きとめる。不気味な強迫観念だった。誰かがテープの言葉を朗唱してくれと頼んできたら、僕は父の言葉を苦もなく再現できたと思う。

ある夜、ビデオを再生していると、悪夢のような呪縛が思いがけなく解けた。僕は手を伸ばし、父の苦痛がやわらぐようにと、ビデオ画面に映る父の頬に手を触れたのだ。現実の生活ではとてもできなかったことだったのに。

わが「マンション」の二階下で、地殻の底深くから到達する振動がはじまった。これがただの地上の振動だけで終わるのか、それとももっとひどい何かに発展するのか。東京の街はじっと様子を見ているように思えた。僕自身のよって立つ基盤は、すでに取り返しがつかないほど、揺さぶられている。僕の重心は移動しつつあった。

オックスフォードへ戻るときだと、僕は心を決めた。

第11章　漂流

東京郊外の成田空港では、離陸を待つ飛行機が長い列を作っていた。僕の飛行機は、最後尾だ。窓のシェードを下ろし、毛布にくるまって、座席で丸くなった。何か不安な気分に襲われる。東京で経験したことが、この先も待ち受けているような気がした。

僕はあの三人組――ローベ司令官、ヤーカブス・ジェーニス、クーリス軍曹――について、もっと知りたいと思った。三人は戦争中、父の運命に決定的な役割を果たしただけではない。戦後のオーストラリアでの父の新生活にも、かれらの影響は及んでいる。いま僕の頭からどうしても離れないのは、なかでもローベ司令官の影だった。

ビデオテープの女性インタビュアーは、絶対的な確信を持って、ローベはラトビアのナチス高官だったばかりか、残忍さでも悪名高い戦争犯罪者だったと述べていた。かれは自分が犯した罪に対して、何ら処罰も受けてはいない。彼女は、スロニムとルンブラという二か所の大虐殺にも言及した。僕はこの二つの地名を耳にしたこともない。ローベと父の物語の中に、そんな地名が登場することもなかった。

もっと分からないのは、戦争が終わって何をしても自由になったのに、父がローベ司令官の正体に口をつぐんできたのはなぜなのか。自分は兵隊たちに発見された豚飼いの子供だったという作り話を、戦後も捨てずにいたのはどうしてか。父がオーストラリアで受けたという脅しが、父の話以上に幅をきかせ、広がりを持っているのではないのか。

僕は一九八〇年代の初め、ローベを探しにストックホルムへ行ったことがあった。ローベが父にしてくれた親切に、感謝したいと思ったのだ。ロンドンから電話して、その計画を父に話したら、気乗りしない様子で、健康とはいえない老夫婦の平穏な生活を乱すのはどんなものかと言った。それでも会いに行くと言ったら、さらに激しく反対した。だが、その意見は筋が通らないので、無視することにした。

それは、僕にとって初めての北ヨーロッパの冬だった。ストックホルムは雪の毛布をかぶっていた。昼のさなかだというのに、街路はほとんど真っ暗だった。学生でお金がそうあるわけではないが、なんとか中央駅の近くに安宿を見つけた。最初の夜はオーバーコートを着たまま、寝なければならなかった。朝起きたら、毛布には薄い氷の膜ができていた。

次の朝、ホテルを出たとき、道の向こうの公園に公衆電話のボックスがあるのを見つけた。ローベの番号を回してみたが、応答はない。昼の観光の合間にも、少なくとも一〇回以上ダイヤルした。翌日の朝も、またかけてみた。やはり応答はなかった。引っ越したのか、最近死亡したのか。父を森の恐怖から救ってくれた英雄に感謝したいと思っていたので、ひどく失望した。

そこでローベの住所に、直接足を運んでみることにした。そこにまだ住んでいるなら、ひょっとして会えるかもしれない。ホテルのフロントで聞いて、郊外のハンデン方面へ行く路面電車に乗った。停留所の先には、低所得者向けの公営住宅が連なっている。僕はローベの住居のビルを捜し当て、薄暗いエレベーターで、そのフロアに行った。エレベーターの後ろの隅から、強烈な人間の尿の匂いがした。

かれの住居と思われる部屋をノックしたが、応答はない。しばらく待って、もう一度、力を入れてノックした。応答はなかったが、内側で足を引きずって歩くような音が聞こえた。僕はドアに耳をつけた。その瞬間、ドアが手荒に開いた。チェーンはついたままだ。透き間から老人の顔の一部が見え、涙っぽい片目が僕を観察している。

「はい?」と、スウェーデン語で言った。

「ヘル・ローベ?」僕はドイツ語を使った。

老人は、答えなかった。かれの片目は依然として、僕が何者なのか見きわめようとしている。「何のご用ですか?」今度は完璧なドイツ語だった。

「あなたは、ローベ氏ですよね?」と僕は聞いた。

「君は誰です?」

「ウルディス・クルゼムニークスの息子のマークです」僕は、父のラトビア語名を使った。これを耳にしたら、腕を開いて歓迎してくれるに違いない、と思っていた。

違った。驚いたように鋭くあたりを見回し、低い声で「出て行け！」と言った。

「あなたはウルディス・クルゼムニークスを覚えておいでですよね、違いますか？」

「出て行け、と言ったはずだ」かれは吐き出すように言った。

「小さな伍長を覚えていらっしゃるでしょう？」と僕は訴えるように言った。

「出て行け、さもないと警察を呼ぶぞ」かれはそう警告して、目の前でドアをバタンと閉めた。

当惑した。「忘れているはずがない」と思った。僕はまたドアを叩き、「ローベ司令官」と大声で叫び、ドアを開けてほしいと頼んだ。ドアはチェーンつきのまま、また手荒に開き、透き間から食卓用の大きな肉切り包丁が、乱暴に突き出された。僕は飛びのいた。当惑するばかりだ。父の名前を出したのに、なぜローベの恐怖がおさまらないのか。不思議だった。病気なのか。痴呆症なのか。僕は部屋の前を離れた。

エレベーターに乗ったとき、僕は頭から足の先まで震えていた。エレベーターは下の階で止まり、ドアが開いた。待っていた年配の女性二人が、探るような目で僕の顔を見て、二、三歩、後ろに下がった。僕がよほど取り乱して見えたのだろう、手を振って次のエレベーターにすると合図した。しかし、その帰途、僕はある計画を考えついた。

翌朝、起きぬけに、短い手紙を書いた。その中でローベを恐怖に陥れたことをわび、改めて僕が何者であるかを説明した。さらに、父がローベに命を救われたことに感謝したいと思って訪ねてきたと書いて、封筒に入れた。

ハンデン地区に戻ってローベのアパートのドアの下の透き間に差し込み、安全な距離をとって待った。内部で動く音が聞こえた。しばらく時間が過ぎた。

ドアロックを外す音が聞こえ、ドアが開いた。昨日ほど荒々しい調子ではないが、ドアチェーンはついたままだ。ローベの顔が半分ほどドアの透き間から現れた。目には、それほどの警戒心もない。こちらの従順なふるまいに満足したのだろう。チェーンを外す音がして、全身が現れた。

背丈は低く、かなり太り気味だ。長年の軍隊生活で刻まれた、激しい顔つきと深いしわを除けば、どこにでもいる七〇歳代の老人だった。「どうぞお入りなさい」と言って、やや型通りの握手をした。

部屋に入った。内部はこぢんまりして居心地はいいが、かなりみすぼらしい。明らかに裕福な暮らし向きではない。後ろに立っている年配の女性が、ローベ夫人だった。親切そうで、僕の方を見て温かくほほ笑み、アンティーがしたように、少し前に出て僕の顔を両手ではさんで、両方の頬にキスをした。「小さなウルディスだわ！　完全な天使ね」と彼女は叫んだ。

ローベは含み笑いをしながら、「わしが覚えているのは、小さな悪ガキの方だ」と言った。夫人は「お父さんにそっくりだわ、そうじゃない、カーリス？　寒かったでしょ、入ってヒーターの近くにお座りなさい」と言って、中へ案内した。

くたびれた感じのソファに腰を下ろすと、ローベは隣に座った。かれはとつぜん気さくな調子になった。「コーヒーを差し上げようかな。それとも何か強いもの？　シュナップス（スカンジナビア産蒸留酒）！　それなら温まる。ねえ君、グラスを」

ローベ夫人は飲み物を持ってきた。司令官は、君のお父さんのために乾杯しようと言った。その後、父をめぐる雑談になったが、不思議なことに、ローベはオーストラリアでの父の生活や仕事、子供の数や、僕が長男だということまで知っているようだった。

これに続いたことは、当時の僕にとって不可解だったから、ずっと記憶に残った。「僕は、父から自分が発見されたときの経緯を聞きました」と話をはじめたとたん、ローベの警戒心は急速に高まった。隣に座っていた僕にも、緊張が感じとれた。

「そうかね?」とかれは言った。「伍長は何と言ったかな」

そのとき僕が知っていたのは、パトロール中の兵隊が、森の中でボロをまとっていた父を見つけた……といった、父から聞いた話だけだ。それを話したら、かれの体から緊張が消えて行くのが分かった。ローベは僕の話を聞いて、声を上げて笑い、シュナップスをもう一杯注いだ。しかし、かれの意識のほんの一部はまだ警戒を緩めず、冷静に僕の動きを観察している。

ローベは僕の話に、父が自分の名字どころか、ファーストネームすらも覚えていなかったこと、家はどこなのかも分からなかったこと、知っていたのは自分が飼っていた豚に逃げられてしまったことだけだった、などと付け加えた。

「わしとしては、森の中にこの子をさまよわせておくわけには行かなかった。そうしたら間違いなく死んでいただろう。飢え死にでなければ、オオカミに食われるか、はたまた、パルチザンに捕えられてか。あの連中は容赦ない——その場で、のどをかき切っただろう、そこを間違えちゃならぬ」

ローベはすでに酔っぱらっていた。そして、ちょっとばかり開き直って、「今日では、あのパルチザンどもが英雄視されるようになった。わしらではなく、やつらが。戦後、ソ連は、わしらを悪魔に仕立て上げた」と、不平を口にした。それから一息ついて、シュナップスをまたグイッと流し込んだ。

「わしらが悪党だったら、森で見つけた小さな子供のことまで、心配しただろうか。子供の生死に気を配ったのは、誰だったか。わしらだ。いまや悪魔と呼ばれているわしらが、この子供を仲間に入れたのだ」と言って、耳ざわりな声で笑った。

僕が脇にいることなど忘れたように、ローベは戦争についてとりとめもなくしゃべり続けた。部屋の強い暖房で、僕もうつらうつらしていたら、とつぜん手を力いっぱい握られ、「かれはなんと勇敢な少年兵士だったことか」という声が耳に飛び込んだ。

あの父が兵士だったなんて考えたこともない。僕は笑った。僕が笑ったからだろう、ローベは叫んだ。「いや、まさしく兵士だった。軍服を着たかれは堂々としていた。わしらはウルディスを、われらがマスコットと呼んだのだ」と言った。部屋の暑さとアルコールが効いてきたらしく、ローベもとろとろと眠りに落ちた。

僕は黙ってソファに座り、かれのいびきを聞きながら、目を覚ますのを待った。静かに会話に耳を傾けていた夫人が、台所からコーヒーを運んできた。彼女は夫を起こした。しばらくまどろんだので元気を取り戻したらしく、ローベは別の話題に移った。

「わしはいまでも、ラトビアの英雄だと考えられている。世界中の愛国的ラトビア人や、かつての第一八大隊のメンバーから、『なぜ自伝を書かないのか』とか、『ラトビアの独立をめざした闘争における、貴下の武勲を聞きたい』といった要請が、数多く届いた。そこで回想録を書くことにした」

かれは奥の部屋から、古い段ボール箱を抱えて戻り、中から本を一冊取り出して、僕によこした。いま口にした回想録だ。口絵のところに五〇歳代の撮影と思われる写真が載っている。印刷物で見ても司令官の貫録があった。

　ローベは本を手にとって、パラパラめくり、探している部分を開くと、重々しく息を吸い込んで、ドイツ語に翻訳しつつ、大声で読み上げた。父が兵隊たちに発見されたくだりだった。朗読を終えると、ローベは自分のグラスにもう一杯、シュナップスを注いだ。そして「これが、わしらが君の父にしたことだ」と誇らしげに言った。かれはすでに飲みすぎている。また眠りこむのではないかと思った。

　しかし、シュナップスが怒りに火をつけ、自分の評判に傷をつけようとした連中を毒づきはじめた。片手で激しくジェスチャーをしながら、もう一方の手で箱からたたんだ紙を取り出した。それをしっかり握り、親指で繰り返しこすった。ノイローゼのようで、子供っぽいしぐさだ。

「戦後、やつらは、われわれをナチスと呼んだ」とかれは言った。「ナチスが国内に入ってきたとき、ラトビア人はかれらを歓迎した、と。馬鹿なことを！　われわれは、かれらの考え方に追随しはしなかった。ドイツはわれわれの目的、ソビエトの圧制からラトビアを解放するための手段になる、と思っていただけだ！」

「われわれが自国民を敵に回したと、やつらは言う。われわれが敵に回したのは、自国民じゃない。パルチザンだ。ボルシェビキどもだ。ラトビアの裏切り者どもだ！」とローベは言った。僕はそのとき心の中で、「そしてユダヤ人たちも」と思ったのを覚えている。

　ローベは僕に、自分には全生涯を通じて抱いてきた一つの願望があった。ラトビアを解放し、自由なラトビアをつくることだった、それは罪ではない、と言った。そのときの僕は、戦争中にラトビアがどのような役割を果たしていたのか、あまり知らなかったが、かれがラトビアの過去を正当化しようと努めていることぐらいは分かった。しかし、極度に興奮し、夢中でわめき続ける、かれの言葉の奔流をとめるすべはなかった。

かれの発言には、ラトビア語、スウェーデン語、ドイツ語が入り乱れ、理解不能になっている。わめき声は最高潮に達し、混乱をきわめて、卒中の発作かと思われたほどだった。台所で耳をそばだてていたのだろう、夫人が錠剤と水のコップを持って飛んできて、血圧が高いのだから、と心配そうに注意した。

長広舌《ちょうこうぜつ》から休息に移っても、ローベはあの紙片を手に握り締めている。それは何なのですかと僕が聞いたら、かれはびっくりし、不思議そうに見てから箱に戻した。手に持ち続けていたことも、忘れていたようだ。それから僕に顔を向け、「戦争というのは醜い仕事だ。私はその代償を払った」と言った。

僕は若いし、戦争の体験もない。どう反応したらよいか分からない。この場にふさわしいと思われる深刻な顔つきをしてうなずくしかなかった。本当のところ、僕は心からかれに同情し、またかれのために憤慨してもいたのだ。

すでに遅くなりかけていた。そろそろ帰るべき時間だと思った。帰る前に、僕はソファに一緒に座る司令官夫妻の写真を撮った。ファインダー越しの二人は、どちらも精神的、肉体的に傷つきやすくなっている。夫人は弱々しい疲れた微笑を見せたが、ピントを合わせているうちに、脇にいたローベの表情は再び自信たっぷりに変わった。

ローベには戸口まで見送るだけの体力がなかった。握手のために、立ちあがることもできなかった。その代り、かれは座ったまま敬礼し、僕が帰るのを見るのは寂しいと言った。また連絡をとろうとも約束した。

夫人はドアロックを開け、僕を送りだした。後ろでドアが閉じ、ロックの音が聞こえた。かれらの境遇に心が動いた。二度と会うことはないだろう。父とローベとの気さくに見えた関係の裏側には、いろんなことがあったに違いない、だがそれは一体どんなことだったのだろう。そんなことを考えながら、僕はストックホルムを離れた。

スウェーデンで体験したことの真相を父には話さず、ただ、ストックホルムは楽しかった、ローベに会ってよかった、と言っただけだった。父もそれ以上のことを尋ねなかった。いまになって初めて僕は、父とローベの関係の中に何か重大なものへの鍵がある、と確信するようになった。


父の生涯にかかわった他の人物についても、知りたいことがいろいろ出てきた。アンクル、すなわちヤーカブス・ジェーニスは、僕自身が育ったメルボルンの生活の中で、中心的な部分を占めていた。僕にとってかれは、厳格で手ごわい人物だったが、悪意といったようなものを感じたことはなかった。

むしろ僕にとって、アンクルと妻のエミリーは、義理の祖父母のようにさえ思われた。アンクルにはメルボルン郊外にある、一家の休暇用コテージに車でつれて行ってもらったときの楽しい思い出もある。かれを会話に引き入れるために、僕は途中でゲーテやシラー、ハイネの詩をドイツ語で暗唱した。狭く曲がりくねる山道を登る車を運転しながら、アンクルは優しく、暗記や発音の間違いを直してくれた。

子供のころ、僕はジェーニス一家が気の毒だと思っていた。戦争のため、戦場のコマのように運命にもてあそばれたのだと思っていた。同情は消えた。アンクルは自分の正体を欺いていた。そして祖国ラトビアからの脱出も、残酷な運命に見舞われたからというより、本国でのかれらの痕跡を隠す狙いの方が強かったのではないか。

ヤーカブスとエミリーのジェーニス夫妻は、すでに亡くなった。しかし、生存中の親戚などにあたれば、アンクルらが父の過去に対してどのような役割を果たしたのか、もっと多くの情報が得られるだろう。かれらの戦争中の思想動向や組織的な関係を探り出そうとするのだから、よほど慎重に進めなければなるまい。

それに、銃殺隊から父を救った、兵士ヤーカブス・クーリスがいる。かれが生きていれば、七〇歳代か八〇歳代のはじめになっているだろう。いまもニューヨークシティーの近くに住んでいるのか、それともどこかに転居したか。

僕は少しまどろんだが、すぐさま激しい乱気流に巻き込まれ、機体が大きく揺れて目が覚めた。僕は眠ろうとするのをやめた。

その後の果てしなく続くように感じられた間、僕は父のことを考えないようにしようとしたが、結局そこへ戻って行った。父のイメージは逆転した。

一方では、父は依然として父だ。僕が知っていると思っていた人間だ。お互いに冗談を言い、気軽にからかい合う相手だ。他人の目には、良い親子関係に見えるだろう。しかし、父と子の関係によくあるように、お互いが自分のナマの感情をさらけ出すときには、息苦しい沈黙も二人の間にあった。われわれは対決したことはない。そして僕が大人になるにつれ、暗黙の折り合いをつけて、お互い快適に過ごすことができることを知った。

しかし、父が二重の人生を生きてきたのは事実だ。そして僕は、父が本当のところ何者なのか、知らなかった。

なぜ父が僕たちから真実を隠してきたのか。自分の過去の影から僕たち家族を守るためだったという父の説明を、僕は受け入れはした。しかし、それが真実のすべてだとは思っていない。別の筋からの脅しがあるので、父は自分から積極的に話すのを避けているのではないのか。

とりわけ僕につきまとってきた疑問は、この長い年月の間、父は自分の過去を「口に出さず」にどうやって生きてくることができたのか、だった。父はどんなことがあっても、自分の命を捨てたくなかった、だから、生き続けるために沈黙を守りとおしたのか？

飛行中、このような疑問が次々に僕を襲ってきた。これはどんなに時間がかかろうと、父に自らの手で細部を埋めていってもらうしかないことだ。

飛行機は着陸待ちの態勢に入り、空港の西側上空を旋回しながら着陸許可を待った。だが、僕は錨を失い、方向も見失って、過去と現在の間の海を漂流しているような気分だった。父の過去のミステリーが、僕たち一家を襲う危険なスコールの前兆ではないか。そんな危惧が僕の心の中で形を取り始めていた。それが現実になったら、いつ、どこの安全な港に再び避難できるのか、僕には見当もつかなかった。

第12章　オックスフォード

ようやくオックスフォードでの、いつもの生活に戻った。しかし、父の問題が最も重要な要素となったいま、アカデミックな研究は二の次になった。

この町に帰ってからメルボルンに何度も電話したが、東京からの電話で始まった例のノラクラ問答は、いまだに続いている。ビデオテープの件を持ち出すどころか、父の昔の体験について話そうとすると、黙りこくってしまい、不意に話題を変えたり、いきさつを知らない母に急いで受話器を渡したりした。

逃げ回る父を追っかけるのは、うんざりだ。そこで僕は、断片的なものも含め、父の過去に関する情報をできるだけかき集め、何が見えてくるかを考えてみようと思った。例のビデオテープを引っ張りだして、東京のマンションで開発した儀式を再び試みた。週末全部をつぶして部屋にこもり、カーテンを引いたままテープを繰り返し聞く。冷静かつ克明にメモをとった。日曜の夕方には、小ぶりのノート一冊が観察や疑問点で埋まった。

ここは、世界でも有数の学者たちが住む大学町だ。コイダノフとパノクの意味をオックスフォードで調べることから始めるのは、自然の成り行きだった。アカデミックな人間関係を伝って、ホロコースト研究の歴史家たちと連絡をとった。

かれらの反応には失望した。ほとんどの専門家は、父の話に虚心に耳を傾けようとしてくれない。あまりに漠然とした、個人的エピソードの寄せ集めにすぎないというのだ。父の話は、小さい子供にしてはきわめて鋭い。ホロコーストの理解には、そうした体験談こそ重要ではないのか。

生き残った人はほとんどが、父より相当年上の人たちだ。かれらの話には、ホロコーストの中心的シンボルである強制収容所などといった、客観的な道標となる手掛かりが含まれている。父の話にはその種のものはない。だからと言って、それが問題だとは、僕に思えなかった。しかし、間もなく、それがいかに素朴な考えだったかを思い知らされることになる。

教授三人が興味をもち、多忙な時間を割いてくれた。一人とはロンドンで、残る二人とはオックスフォードで会う約束がとれた。僕は会見の前に、父の話の要点をまとめて送っておいた。やがて分かったことは、父の話に対する三人の反応はいずれもこちらが気落ちするほど、懐疑的だったことだ。なかでも高名なオックスフォードの歴史家であるM教授の批評は、最も激越なものだった。

教授に会ったのは、大学の中でも格式の最も高い学寮の中にある、かれのオフィスだった。教授は僕を暖かく迎えてくれた。しかし、握手を終えたとたん、自分は三〇年以上もホロコーストの調査研究を広範におこない、生存者から信じ難い話をいろいろ聞かされてきたが、君の父上の話はその中でも最も信じ難いものだと言った。

僕は父の話を詳しく話した。教授は話をさえぎらず、時おりうなずき、ほほ笑んで聞いた。僕が話を終えたとき、教授は父の話の細かい点について、法廷での反対尋問のように質問をあびせてきた。長いやりとりが終わると、教授は冷たくなったコーヒーをガブ飲みしてから、所見を述べた——コイダノフやパノクという言葉は聞いたことがなく、人の名とも地名とも言い難い、と。

僕はそれを聞いて、この問題を深追いしないでおこうと思った。教授には参考になる情報がないのだ。しかし、僕が感謝の言葉を口にする前に、かれは指を立てて僕の発言をさえぎった。

「私には、父上の話を頭から否定することはできない。そのようなことが全くなかったとは言いきれないが、細かい事実のすべてがそうだとも言えない。いくつかの話は奇想天外で、ありえないというしかない」と述べた。

僕は面くらって、「正確にはどの話のことでしょうか」と尋ねた。

教授は討論にそなえて準備をしてきたらしい。両方の指先を軽くたたきあわせながら、用意したメモをのぞきこんだ。

「最も困惑するのは、君の父上が生き延びたという方法だ。五歳の子供がそんな状況の中で、生き延びることはできない。北ヨーロッパの冬の森で、たった独りだ。兵隊やパルチザンでも、あの凍てついた環境と、略奪・破壊行為が横行する中で持ちこたえるのは、きわめて困難だった。そのうえ、なぜこのナチスがユダヤ人の子供を生かしておいたのか。どんな利益がかれらにあったのか?」と教授は言った。

僕は改めて、自分の知る限り、父がユダヤ人であることを知っていたのはヤーカブス・クーリスだけで、他の誰も知らず、かれだけが父にユダヤ人の証拠を隠せと指示したことを説明した。多くの男の間で、この程度の秘密を守るのはそれほど大変なことではない。しかし、この説明は、教授には受け入れ難いものだったらしい。

「君の父上はこの秘密を守りぬくことはできなかっただろう。誰かがどこかの段階で、見破ったに違いない」と教授はじれったそうに言った。「そんなことでもなければ、この年齢の子供には、自分を守るために警戒を持続する能力はない。肉体的には超人的な努力が必要だし、精神的なストレスも耐えがたかっただろう」

「私の心に疑念を植えつけるもう一つの点は、父上が村から逃げたときの説明だ。率直に言うと、かれの母親が自分の家族を襲う運命を、前の日に知っていたということは絶対にありえない。君が送ってくれた年表に従えば、問題の根絶は一九四一年の秋か初冬にあったことは確実だ。私の歴史の知識を前提にすれば、場所はロシアのどこか、ということになる。この事件との関連で言うと、ここに問題がある。君はヴァンゼー会議のことを聞いたことがあると思うが」

僕はうなずいた。

「ヴァンゼー会議は一九四二年一月に開かれた。このときにユダヤ人の大量根絶の計画と方法が組織化された」と教授は言った

「それ以前は、私がプロトホロコーストと呼んでいる時期で、ナチスは根絶のための、いろんな手段を実験していた。この当時、かれらは東欧の村々から、ユダヤ人の集落を一掃しはじめた。集落の跡地に西欧のユダヤ人を移送し、一時的に再定住させるためだ。かれらはアインザッツグルッペン（行動部隊）として知られる根絶班を投入し、村から村へ速やかに動いた。ドイツに率いられ、

主としてバルト諸国の志願兵や警察部隊などから構成されたグループで、アクツィオーネン（行動）と呼ばれる冷酷無残な活動を遂行した」

「これらの集落に住むユダヤ人は、迫りつつある運命にほとんど気づいていなかった。その鍵は二つある。第一に、大部分の地域では、村と村の通信網が貧弱だった。だから、このような村のユダヤ人が、現実に襲撃される以前にアインザッツグルッペンの存在を知っていることはまずなかった。第二に、村のユダヤ人には、帝政ロシア時代にポグロム（ユダヤ人に対する集団的暴力、破壊、殺害行為）にさらされてきた長い歴史がある。ポグロムでは成人や青少年が殺されることはあっても、女性や子供が対象になることはなかった。だから、父上の言っているのとは違って、母親――父上によると、ふつうの百姓女だということだが――を含む村人が、村の中の男、女、子供を含むすべてのユダヤ人を一掃するという新たな根絶命令が出たことに、漠然とでも感づくことはありえなかった」

教授のこのような断定に、僕はどう応えてよいか分からなかった。教授はこの分野では、世界的な権威だ。しかし、父が自分の記憶を曲げてまでうそをついていると、僕には思えなかった。確かに、父の話術は相当なものだ。オーストラリア奥地での冒険談などには、ちょっとばかり色がつけられていたことは、子供の僕にも分かった。

だが、自分の体験を回想するときの父の顔つきを見て僕が感じた、ナマの苦痛と悲しみは別ものだ。あのときの父は、いつもの能弁で堂々とした話し上手ではなく、自分の体験に命を吹き込もうと、苦闘しながら一言一句をしぼりだしていた。

「僕がこんなことを言わなければならないのは気の毒だが、その話は概して信じがたいね、君」

と、教授は手を振って、否定的なジェスチャーをした。

「父がうそをついているとおっしゃるのですか」。そんな言葉が、思わず僕の口をついて出た。一瞬、教授はびっくりして、落ちつきを失ったようだ。しかし、かれは冷静さを取り戻した。たぶん思い直したのだろう。なだめるような口調で、学寮のコモンルームに場所を移そうと提案した。僕は快諾した。教授の部屋より、中立的な場所の方がいい。

午後も遅いので、カーテンを引いたコモンルームに人影はない。教授は部屋に入ると、後ろの重厚な木の扉を慎重に閉めた。外の世界の音がほとんど聞こえなくなった。深々とした皮張りのひじ掛け椅子に座って、向かい合った。静けさと礼儀正しいムードが漂った。僕は教授が話すのを待った。

「君に少し助言させてくれないだろうか」と教授は言った。今度は、口調に同情の響きがある。

「私は必ずしも根絶があったことを否定しているのではない。しかし私には、君の父上がいうような形で、事柄が展開したとは思えない。そこが私にとって問題なのだ。父上は話を潤色しておられるに違いない」

「なぜ父がこんな長々しい恐怖の物語を、潤色したりするのでしょう。僕にはそこが分かりません。その目的は何なのでしょう。そのとき実際にはどんなことが起きていたと、教授は思われるのですか」僕はつとめて冷静に言った。

「父上だけがご存じだ。非常にありうるのは、父上が心のどこかで、自分が生き延びたことに、罪悪感を抱いている場合だ。そうなら、原因が何であれ、父上は自分が生き延びたのは、自分を超えた何かによるのだと、劇的な形で表現していることはありえる。たとえば、父上が主張する森の逃避行だが、父上の言われるようなことを実行できるだけの手立てを持った子供が――それほど長い期間、森で生き延びるに足る個人的な手段や物資を持った子供が――いただろうか？　それに夜のオオカミ、森の死体、自分を木の枝に縛りつける、そして最後は、きこりに発見される！　いやがうえにも自分の潔白が強調できるだけの、おとぎ話の仕掛けや道具立てが全部そろっている」

「ご冗談でしょう！」僕は怒って言った。

教授は手を上げ、まだ自分の話は終わっていない、という身ぶりをした。「そして、父上が発見されたときの話がある。おそらく自分自身を救うために、兵隊たちと一緒に行きたいと志願した……」

僕が感じた怒りのほどは、はっきり分かっただろう。心臓の鼓動が耳に響いて、自分の言葉さえ聞こえないほどだった。

「もちろん、父は生き延びたかった。誰だってそうでしょう。だからといって、父が意識的に、自由意思で兵隊に加わることを選択したわけじゃないでしょう。五歳の子供が何かに志願することがありえますか？」。僕は声を荒げた。

教授は、両手で私に落ちつくようにというしぐさをした。周りを見渡すと、部屋の奥の隅で、学寮のスタッフが新聞を片付けている。

「そう、おそらく『志願』という言葉は強すぎるだろうね」と教授は言った。理性的に言葉を選ぼうとしているのだろうが、僕はかれの意味論につき合う時間はなかった。

「先生は間違っています。まともな精神の持ち主なら、父のような体験を一瞬でも味わえば、何かをでっち上げようという気にはならないでしょう」

教授はしばらく沈黙を続けた。僕の怒りが治まるのを待っている。「おそらく君の言うことは図星だろう」かれは状況を見きわめようとしているように、ゆっくり言った。

僕は意味が分からない、という顔をした。

「父上は正常な精神状態にはないのだ。私は、君の父上は一種の誤記憶症候群なのかもしれないと思う。話を誇張させてしまう病気だ、父上が話した内容を聞くと」教授は言葉を慎重に選びながら言った。

「父上が意図的にうそをついているると言っているのではない。何かの理由で、父上は話すことを選んだ。そして話を進めて行くうちに、聞く人に対して筋の通るように話したいという強い衝動に動かされた。私はこうした例を、他のホロコースト生存者の場合でも経験している。この人たちは、言葉で表現できないものを表現する方法を、見つけなければならない」

「とりわけ子供の生存者の場合、自分の力の及ばない大人の世界の中で、なぜか生き延びた。だから、かれらには、自分が生き延びたことに対する罪の意識がある。生き残ったのは、自分がどこか知らないところで罪を犯していたせいではないか、と。しかし、それがたとえ真実であっても、自分はその事実に向き合いたくない――そういう屈折した心理の中で、かれらは話の細かい点を誇張するのだ。そんな事実が存在していなくても」

「君の父上も同じだろう。父上がこの物語の中で、自分をどう描写しているかに気づいていると思うが。かわいいマスコットなのだよ、ラトビア人の世界の真ん中の」と教授は言った。

「父がその話をでっち上げたとは思いません」と僕はさえぎった。「かれらは父を保護し、父に愛情と思いやりをそそぎました。僕が送った写真や切り抜きを見ていただいたと思いますが、映画の中で父はスターを演じています。父はラトビアの英雄でした。父はラトビアでの自分の重要性を、過大評価してはおりません」

「そのとおりだ」と教授は言った。「しかし、罪の意識は、生き残った人たちの中に複合した矛盾を引き起こす。君の父上もまた、最もあわれな犠牲者として自分を描き、他の人にもそう見てほしいと思っている。──自分に起きたことは、すべていかんともしがたい運命であり、自分の力の及ばないものだった、自分が生き延びたのはずるさや機転によるものではなかったと、父上は、みんなにそう信じてほしいのだ」

「いいえ、父は生き延びるためにずるく立ち回ったことを、真っ先に認めるでしょう。父は自分がユダヤ人だということを隠し通しました──森の中でかれを捕まえた連中にも、養い親になった人たちからも。生き延びるためにそうしなければならなかったのです」と僕は抗議した。

がっかりしたことに、この後、議論の方向が変わって行った。

「生存者の問題は、複雑な要素をはらんでいる」と教授は繰り返した。「矛盾だらけだ。自分の運命は自分の力の及ばないものだった、と生存者は主張する。しかし、それは同時に、生存者自身の生き残りの戦術でもある。自分の肉体を救うためではなく、今度は道徳的良心を救うためだ。父上の物語の奇想天外な要素は、われわれの関心を、最も大事な問題からそらしてしまう、つまり……」。教授は途中で言葉を切った。かれは目を僕からそらせ、それから言葉を継いで、実務的な口調で「共謀という問題から」と言った。

「父は、いかなるものとも共謀などしていません。あの年齢の子供に、一体どのような共謀が可能だというのですか」。僕は断固として言い返した。

教授は口を「へ」の字に結び、僕をじっと見つめて、沈黙を続けた。かれが言いたかったのは、小さな男の子でも意識的に善悪の判断をする能力はある。だから、父は自分の恐ろしい運命を、部分的ではあれ自分の意志で引き受け、ラトビア軍で活動をしたのだ。その父がいまになって、ラトビア軍での活動は、自からの積極的な意志によるものではないなどというのは、自分の真の役割をごまかすものだ。だから、父は戦争中の共犯関係を直視するのを拒否している、というわけだ。

僕はこの理屈を消化するのに、時間がかかった。そして半分放心状態で教授に、先生は間違っています、と言い続けた。

教授は上着のポケットから紙を出し、僕によこした。数字が書いてある。

僕は眉を上げた。

「気を悪くしないでほしいが」と教授は言った。「これは僕の友人の電話番号だ。父上は彼女の診断を受けるといい。彼女は精神科医で、戦争犯罪の犠牲者と暴力の専門家だ」

「で、彼女はどんな治療をしてくれるのですか。セラピーですか、精神分析ですか」僕は少し嫌味をこめて聞いた。

教授は、僕のいらだちを読みちがえたらしい。「君は父上をとがめてはいけないよ。父上は病気なのだ。過去の体験で傷つき、そしていま、子供時代の潜在意識のために動きがとれないでいる。これは父上にとって、自分の過去を処理する唯一の方法なのだから」

そして一息入れ、それから「究極的に君の父上は、最も重要な問題からわれわれの注意をそらそうとしているのだ」と、威厳をただよわせて言った。

僕は、これ以上議論を続ける意味がないと思った。僕は基本的な情報を求めてここへ来たのに、父の物語への批判と疑問の砲撃にさらされた。教授を説得して、こちらの主張を受け入れてもらえる余地は全くない。これで十分だ。そう思って、僕は帰ろうと立ちあがった。しかし、教授は最後の一言を語ろうと腹を決めていた。

「君の父上は」と、ゆったりしたひじ掛け椅子に座ったまま、教授はたずねた。「ユダヤ人を殺したかね」。ほんの一瞬、識別しにくいほどの満足の微笑がかれの顔を横切った。

僕はその場に凍りついた。教授の独りよがりに対してではない。同じ疑問が僕の心にも浮かんだからだ。

「いいえ」と、僕は断固として答えた。

別れのあいさつはそっけなかった。僕は教授に感謝し、かれは僕に「ご機嫌よう」と答えた。父に気をつけるようと言っているように聞こえた。僕は迷路のような連絡通路をいくつも通って学寮の中庭に出た。そこからは門を出て、オックスフォードの混雑するハイストリートに出るのはわけもない。

茫然としていた。僕は体をすぼめ、そびえ立つ高い建物に囲まれ、自分が小さく縮んだように感じて、大学街と反対の側にある僕の下宿へと向かった。歩きながら、僕はこのところ最大の文壇スキャンダルとしてメディアを賑わわせている、ベンジャミン・ウィルコミルスキ事件のことを考えた。

ウィルコミルスキの詐欺事件について、僕はそれほど知っているわけではない。ホロコーストのころに子供時代を過ごしたというかれの回想録『フラグメンツ』が出版されたとき、八方から称賛があふれたから、僕も人並みには注目した。ホロコースト文学の傑作以外の何物でもないと思われていたし、ウィルコミルスキは、強制収容所を奇跡的に生き延びた無邪気な子供、生き残りの偶像だと賛美した人たちも多かった。

しかし、回想録は捏造《ねつぞう》だったことが明らかになった。ウィルコミルスキはユダヤ人ではなく、育ったのもスイスだった。ホロコーストの経験もなかった。英国の読書界・知識層は、検証可能な標識も含まれていない回想録にだまされたこと、「フラグメンツ」に描き出された印象には、歴史的事実に基づく確固たる根拠がないことを認めたのだ。

僕との議論の中で教授は、父の記憶には検証可能な標識や道標のないものが多すぎると言った。教授はウィルコミルスキと父の話の類似点を比較した。「ウィルコミルスキの場合、世界はかれの確固とした手掛かりのない物語を受け入れるという誤りを犯した。そしてかれはペテン師だったことが判明した。君も注意が……」

かれはその先を言わなかったが、不公正というものだ。父は沈黙に耐えてきたが、自分の記憶を実証できる材料を持っている。クーリス軍曹にリガにつれて行かれた後のことについては、新聞の切り抜きその他の文書もある。すべて、かれのあのケースという隠し場所に保存されていた。そのうえナチスが制作した、自分をめぐるプロパガンダ映画のことも語っている。

教授の言葉は、父の物語が真実であるというなら、実証したらどうかという、僕への挑戦になった。父が映っているフィルムが現存しているのなら、たとえ一部でも発見しなければならない。それができれば、父の物語の真実性はより確実な基盤に立つのだ。

そんなことを考えているうちに、僕は下宿の玄関に立っていた。しかし、僕はポケットから鍵を取り出すのを止めて、近くのポートメドウの緑地に行くことにした。そこに向かって狭い運河沿いの道を歩きながら、これまでになく父と僕は孤立している、という思いが強まった。もう一つのドアが、目の前で閉じられたのだ。

僕は緑地を横切り、テムズ川の方へ歩いて行った。いろいろ反論を並べ立てはしたものの、正直なところ、あの教授の言葉は、僕の心に混乱と疑惑のタネを植え付けていた。父が語ったのは、奇想天外で、信じがたい話なのか。しかし、かれは「潤色」された戦時下の物語を話し続けてきた人ではない。大人になってからは、そんなことにかかわっていたことすら、他人に知られないように努めている。

それに、父がビデオ証言したときの行動がある。証言でも、父は話の内容を弱めたりはしなかった。自分の立場を守るために証言したのではない証拠だろう。父が自分の悲痛な過去を初めて口にしたとき、どれほど苦しんだかも、僕は見ている。

父は戦争時代の自らの過去を公の場に引き出すという、痛みに満ちた作業にとりかかっている。それを決意した以上、不屈に真実を貫くしかないと思い定めてもいるのだ。聴衆に合わせて発言の一部を調整してほしいという圧力は、今後もあるかもしれない。しかし、父は敢然と立ち向かって行くだろう。

なぜ五〇年間も沈黙を守っていたのかと、父の人格の誠実さに疑問を投げかける人間も出てくるだろう。父は自分の過去のトラウマから、妻や子を守るために沈黙してきたと語っている。僕はそれを受け入れはしたが、同時に、父はジェーニスやローベからの圧力に直面していたのではないかと疑ってもいる。自分の出自がユダヤ人であるために、父はこれまで気後れしたり、恥ずかしいと思ったりしていたのだろうか。

そんな中での最大の問題は、どのようにして父が五〇年間も沈黙を守り続けることが可能だったのか、という問題になってくる。僕は、対岸にかかる木製の人道橋に向かって岸辺に座った。午後の温かい日差しにうとうとしかけたとき、家族の間で語り草になっていた一つのエピソードが頭に浮かんできた。

父はツーアップというゲームが好きだった。放りあげた二枚のペニー銅貨の表裏で勝敗を決める、かつては違法だった一種の賭博だ。山奥で働いていたころに覚えたもので、年に一度か二度、とつぜん「銅貨遊びに捕まった」と宣言して、出かけて行った。そんなときは帰宅がよく真夜中をすぎる。僕たちは、父の帰りを待たずに寝かされた。

午前二時ごろ、キッチンで両親が話す声で目が覚めた。父は帰ったばかりで、母が紅茶をつくっていた。僕が忍び足でキッチンの方へ向かうと、弟たちもついて来た。

「それじゃあ、ぎりぎりで逃げられたわけ？　今度はラッキーだったわね」と母が言うのが聞こえた。これを聞いた一番下のアンドルーが興奮して「お父さん、何が起きたの」と叫び、僕たち兄弟みんながキッチンに走り込んだ。母は驚いて「いますぐベッドに戻りなさい」と大声をあげた。

しかし、父は違った。「ああ、それはこういうことだよ」と、僕たちの顔をゆっくりと見て話しだした。「私たちはみんな、スピナー役の周りに集まっていた。スピナーは、コインをトスしようと持ち上げ、みんな静まりかえっていた。そこに鳥の鳴くような口笛で、見張り役のバートが警察の手入れを合図してきた。続いて『サツは、もうドアのところだ』という怒鳴り声。全員パニックになって、一斉に逃げだした」

父によると、誰かが「裏のドアへ」と怒鳴ったので、そこにいた一〇〇人以上が突進し、押し合いへしあいになった。裏庭に出ると、真っ暗やみの向こうで木の柵を越えようと、仲間同士が押したり、引っぱり上げたりしているのが、ぼんやり見えた。後ろからは、警官隊が倉庫のドアを壊す音。「これで一巻の終わりか」と思ったら、誰かが「こっちだ、こっち。ここの厚板が緩んでいる。ここなら柵を抜けられる」と叫んだ。

「それを聞いてみんながそっちへ走り寄る。私が最初に出口にたどり着いたと思ったら、その前に飛び込んだ者がいる。デブのファッティ、柵にはまって抜けられない」

面白がって、キャーキャー歓声をあげると、母がさえぎった。「他の人のことをそんなふうに言っちゃ、いけないわ。その人、重いのは仕方がないのだから」

僕たちはいらいらして、スツールで体をもぞもぞ動かした。話の腰が折れちゃった。

「でも、デブのファッティは、かれのニックネームなんだよ」と父は抗議した。「みんなはそう呼ぶし、本人でもぜんぜん気にしていない。さて、どこまで行ったかな」

「ファッティが抜けられなくなったところだよ、お父さん」と僕が言う。

「そうだ。かれの頭と肩はフェンスの向こう、でっかいお尻や足はこっち側。にっちもさっちも行かなくなった」

「でどうしたの？」と、マーティンはまじめくさって聞いた。

「どうできる？ みんなで押した！ かれの頬っぺたをつかんで力いっぱい向こう側に押したが、びくとも動かない。柵にがっちりはまって痛がって、豚のようにキーキー言った。そこへ倉庫を通って警官隊が裏庭へやってくる足音が。あとほんのちょっとでドアにまで」

　僕たちは、みんな怖くなって目を見張る。

「私は必死で、みんなに最後の一押しを呼びかけた。『さあ、みんな一緒に、イチ、ニッ、サン』。全力をつくして最後の一押しをしたら、何とシャンペンの栓のような音がして、ファッティの体がぬけちゃった。それで私も飛び出せて、自由になったという次第――」

　僕たちは、飛び上がって拍手かっさいした。はっきり思い出した。父はここから表現を現在形に変えて、ドラマを盛り上げていった。

「私は真っ暗な中、警官に見つからないよう裏道を急ぐ。付近に人影は全くない。林の伐採地に突き当たる。向こうは小さな公園だ。車は公園の脇に止めたはず。周りは全く音もない。木々の間に車の姿、雨にぬれて光っている。公園に向かってダッシュする。木立の間を隠れて走る。あとは通りを横切って、キーを差し込むだけでよい。イチかバチかやってみる。息を深く吸い込んで、車に向かって走る。車を動かす。私は逃げる……」

「エイヤッとばかり、ほれここに！」父は指をパチンと鳴らして、にっこりした。

　僕たちは緊張から解き放たれ、ほっとして椅子にもたれた。


　はっきり理解できた。父はツーアップからの逃走事件を語りながら、その中に村からの脱走体験のヤマ場を再現していた。家の裏の柵をくぐりぬけ、村の人々の死体が横たわる広場を抜けて行ったことを――僕は身震いした。

　父は自分の身に起きた事件を、そうとは言わずに語る方法を見つけていたのだ。信じられないことだが、家族との別れという何十年も前に遭遇した幼年期の大激変を、身の周りで最近起きた愉快な事件の中に織り込んで語る。おそらくそうすることで、父の恐怖は変性され、秘密を心にとどめておく重圧が緩和されたのだろう。

父にとって、別の話に混入させるという安全弁がなかったら、子供時代の真実を自分の内に抑え込んだままにしておくのは、はるかに厄介なことだったろう。だからといって、父がいま勇気を出して語りはじめた言葉が、真実ではないという理由にはならない。

最も驚くべき話をするにあたって、父という練達の語り手は、いまや、これまでの手法を放棄しなければならなくなっているのだ。これで大丈夫だと断言できるわけではないが、真実は明らかになってきつつある。

川の中のアヒルたちが羽をばたばたさせる音やガーガー鳴く声が、一瞬のうちに僕を現実に呼び戻した。夕暮れだった。ときたまサイクリストが近道として通るのを除けば、メドウには人影がなかった。僕は起き上がって、埃《ほこり》を払った。

第13章　女学生エリ

　これ以上、父の物語を自分だけの秘密にしておくことはできなかった。学部の学生だったころ、親しくなった友人の中に同じ学寮のイスラエル人女性がいた。初めて会ったのはある日の夕方、学生食堂で向い合せになったときだ。

　僕が仲間と会話していたら、彼女は僕の話にかすかなオーストラリアなまりがあるのを聞きとった。後で僕のところにやって来たので、コモンルームでコーヒーを飲みながら自己紹介した。エリという名前だった。歴史専攻で、ユダヤ教に関連する問題に強い興味をもっていた。

　彼女は僕のオーストラリアなまりをまねて、自分はティーンエージャーのころ何年間かシドニーで過ごしたと言った。父親がイスラエルの貿易会社の役員として、駐在していたのだという。しかし、それ以上の話はしなかったから、親しくなっても、彼女のオーストラリア生活がどうだったのかは知らないままだった。

僕はエリを探した。彼女なら僕の苦境を、理解してくれるかもしれない。新学期はまだ始まっていないが、ひょっとしてエルサレムの自宅から帰っているなと、思って電話した。

彼女はすぐ受話器をとって、「あらあ、帰っていたの！」と言った。

僕たちはお互いの旅行について情報を交換し、それから近くコーヒーでも飲まないかと誘った。

エリは僕の声から何かを感じ取ったらしい。

「何か心配ごとがあるみたいね。万事オーケーなの？」と言った。

「今度会ったときに話すよ」

「いいわ」

僕たちは、ハイストリートの喫茶店で会うことにした。

二日後、約束の時間に店の奥の方で待っていると、入口の小さな鈴が鳴った。目をあげると、エリがドアを押して入って来た。学術的な専門書や雑誌を持ち歩いているのか、パンパンに膨らんだ大型バッグを抱えている。

僕は夕方までかかって、父の話とそれに続く一連の出来事を整理し、首尾一貫するようにエリに説明した。ローベの正体、ユダヤ人根絶を目撃した父の記憶、それにコイダノフとパノクの意味を解き明かすことができなかったことなども含めて話した。

エリは、父の話を詳細な点まで理解しようと、大変な努力をしてくれた。僕は感銘し、感謝した。しゃべり続けで僕は疲れたが、彼女はしばらく沈黙し、明らかに何かを考えていた。それからテーブル越しに両手で僕の手をとって、しっかりと握った。

「心配することはないわ」と彼女は言った。声に思いやりが感じられる。「解決できると思う。第一に、あなたのお父さんがユダヤ人なら、心の中に残っているのは、おそらくユダヤ系か東欧のイディッシュ系の名前だと思うの。あなたを助けてくれそうな人を知っている。ユダヤ文化を専攻している系図学者のフランクよ」

僕はそのチャンスに飛びついた。エリはその場で、フランクに電話し、翌日の朝に会う約束を取りつけてくれた。

翌朝、僕がジェリコカフェの窓際の席に着いた直後に、窓の外にスクーターが止まり、四〇歳代後半の異常にやせた男が降りたった。僕がお目当ての人物だと見当をつけたらしい。

かれは窓の外側から手を振ると、にっこりと知的な微笑を浮かべ、エネルギッシュでちょっと緊張した表情で入って来た。コーヒーを飲みながら、僕はかれに父の物語をした。フランクは、この問題で僕が悩んでいるのを見てとった。

「僕の両親も、戦争で家族を失ったんだ」とかれは言った。「その影響は、僕にとっても厳しいものがあったけど、光の中で生きて行くことを学ばなければならないよ、マーク。過去の暗闇にさいなまれることなく、ね」

フランクは僕に、自分が興味を抱いている系図学と東欧のユダヤ人の方言について話してくれた。かれが第二次大戦前に東欧にあったシュテトルと呼ばれる、ユダヤ人の小さな集落に格別の興味をもっていることが分かった。話はやがて、パノクとコイダノフに移った。この二つの名前は父の家族の名字ではないかという僕の質問に、フランクはすぐさま否定的な反応をした。僕があまりにも落胆したのに気がついて、もっとよく調べてから結果を教えると約束した。

翌朝早く、僕は電話のベルで起こされた。ボーッとしていたので、最初は誰からの電話か分からなかった。

「僕が間違っていたよ。パノクという家族がいたよ」。フランクの声だった。あまりの興奮で、あいさつも何もふっ飛ばして話していたのだ。僕は即座にしゃんとなった。

「ユダヤ人にはほとんどない名前だ。だが、社会学でいう複合家族に分類されるユダヤ人家族集団の中に、そういう名前があった。主としてベラルーシの首都ミンスクの郊外に住んでいた」

かれは息もつかずに続けた。

僕は抑えがきかなくなり、震えだした。ショックだった。さらに良いニュースがないのだろうか。

「コイダノフは？」と僕は聞いた。歯が軽く音をたてて震えていた。

「まだカケラも見えてこないね。でも調査は続行中だ。何か分かったら、すぐ知らせるから」とかれは言った。

僕はフランクに感謝の限りをつくして、受話器をおいた。

ベッドに戻って、寝ころがった。楽観的な気分になるのは、本当に久しぶりだ。「父はパノク家の一員だったのだろうか」と声を出して言ってみた。きっと父はミンスクの出なのだ。ベラルーシ人だ。僕はその国については何も知らない。では、コイダノフは？

僕の頭はぐるぐる回転しだした。もう一度、眠る気にならない。そこで町の中心部にある、大学のボドリアン図書館へ行くことにした。あそこならベラルーシの詳細な地図を探すことができるだろう。

僕はシャワーを浴びようと浴室への階段を上りかけた。そこへまた電話が鳴った。ちょうど八時だ。普通の電話がかかってくるには早すぎる。「またフランクだろう。他に何か手がかりがみつかったのかな」。受話器を取り上げた。最初は、向こうの電話口に人がいないのかと思った。それから耳慣れた声が聞こえた。

母だった。何か悪いことがあったのか、と思った。母が自分でオックスフォードに電話してきたことはなかった。

「マークなの？」と母は二度も繰り返した。

「お母さん？」

「お父さんのことよ」彼女はささやいた。心配そうだ。

「どうしたの？」僕は短く言った。何か最悪のことが飛び出すのではないか。

彼女はためらった。僕の耳には、母が何かを口にしようと苦闘している息遣いが聞こえる。「あの人は泣き続けているの」彼女はちょっと言葉をつまらせた。「お父さんが、二日間も泣き続けているの。どこか悪いの、と聞いても、首を振って、『昔の記憶が全部よみがえってくる。止められない』というだけ。同じことを何度も何度も。他には何にも」

「あの人はここ数か月、落ち着きがなくて。最近はずっとひどくなって」

母は小声で、すすり泣きをはじめた。「何がどうなっているのか分からない」とつぶやいてから、気を取り直して言った。「何か心当たりはない？」

「いや、何も」と僕は静かに言った。

父は母にまだ、何も告げていないのは明らかだ。母の恐怖を和らげるためだけなら、知っていることを教えたかった。しかし、本当のことを知ると、母が大ショックを受けるだろう。父は僕をぎりぎりのところに追い込んでしまった。

母はまた言った。「お父さんは、あなたと二人だけで話したいというの。ここに戻ってきて」

僕はこの日、ボドリアン図書館へは行かなかった。地図は急ぐことはない。その代わりに、その日の夕方、再び帰郷の長い旅のために、ヒースロー空港へ向かった。

第二部　空白の地図

第14章　再び郷里へ

何か月か前と同様、父はメルボルン空港の到着ロビーで待っていた。前のときほど快活ではない。家への途中もずっと黙っていた。二人の間に働いている磁石はいまや、あのビデオテープだ。テープの話を持ち出すまで、お互いに話すことはほとんどない。

わが家のドライブウエーに車が入ると、どこかで見たような光景が僕を待ちうけていた。母はポーチで待っていて、朝食を食べさせようと僕をキッチンへ連れて行く。オックスフォードに戻らず、ずっと家にいたような気分だ。父は自分の過去について、まだ母にも誰にも話してはいない——少なくともその一点で、全く違いはない。違っているのは、父がホロコーストセンターで証言し、それをビデオテープにおさめていたことだ。

機中でよく眠ったので、時差ボケは全くなかった。オーストラリアの春、九月の朝の明るい日差しは、僕を活性化していた。母と少しおしゃべりをし、父の紅茶のカップを手に、「お茶が入ったよ」と言いながら、僕は庭を横切ってワークショップへ向かった。

父は僕の方を振り向いて、何か言おうとした。

「はいはい、砂糖はちゃんと三つ入っていますよ」と先取りした。

「まるで私の甘さが足りないみたいだなあ」と、父の冗談が返ってきた。

僕はワークショップの柱に寄りかかって、テレビの裏側に顔を突っ込んで修理をしている父を見た。ときどき顔を上げて紅茶をすすっている。目が合ったときをとらえて「いまどうなっているの、お父さん?」と聞いた。

「どういう意味かね」。父はこちらを見ないで答える。

「お母さんが心配しているよ。電話してきたんだ、僕のところへ」

「私は大丈夫さ」と、父は修理中のテレビの陰に顔を隠した。

「お父さん、僕に話してよ。電話では僕を避けているでしょう。だから、遥々ここまで飛んできたんだ、お父さんが僕に話したいことがあるっていうから。何が問題なの?」

父は顔を上げ、肩をすぼめてみせたので、いまどれほど緊張し、心の内側が渦巻いているかが、分かった。

「君に送ったビデオテープのことか……」

僕はうなずいた。

オーストラリアの自宅

「あんなもの作らなければよかった」

「どうして？」

「うまく行かなかった……」

「お父さんは、何のためにセンターへ行ったの？」

父は首筋を掻《か》いた。「本当のところ、何を考えていたのかなあ。それほどはっきりしていたわけじゃないんだ」

「でも、何か考えていたに違いないよ」僕はちょっと声高になった。

父は渋い顔をして、深いため息をついた。「答えを探していたんだよ」

「何の？」

「私がまだ知らない問題についての答えだよ」父は苦々しそうに笑った。「私に起きたことは、いわゆるホロコーストというやつの一部だろう？　だからユダヤ人なら、私に起きたことについて他の誰よりも理解してくれると思った。それに、ひょっとしてセンターの誰かが、『コイダノフ』と『パノク』という言葉を、知っているのではないかと思って」と言って、僕を見つめた。

「何か分かった？」と僕は聞いた。

父は力なく首を振った。フランクがオックスフォードで調査していることを教えようかとも思ったが、まずセンターでのインタビューについて、聞いておこうと思った。

「ユダヤ人だから、何か教えてくれるかと思っていた。ところが正直なところ、センターの関心は、私がユダヤ人であることをどう感じているか、という点にあったらしい。聞いてきたのは、ユダヤ人であることについて、あなたはどんなことを知っているかとか、自分をユダヤ人だと考えているか、といったようなことだった」

父は肩をすくめ、少し当惑したような表情で、「私がどう感じているかは、君も分かっているだろう？」と言った。

「とにかく、センターにいた人間は、私の話を少し聞いたあとで、それをすべて証言すべきだと言った。かれは証言することの意味を説明してくれたので、私は同意した」

「で、どうなったの？」

「私は自分の記憶があまりにも漠然としているので、ときどき欲求不満に陥った。インタビュアーもそう感じたと思う。しかし、仕方がない。当時の私は結局、まだ子供だった。鮮明な記憶もあれば、そうでないものもある」父はさらに、何かを言いかけたが、途中でやめた。

「どうしたの？」と、僕は聞いた。

「最近は、様子が違って来たんだよ」と、父は少し考えこみながら言った。修繕中のテレビセットの上に腕を組んで、頭をのせている。

「まるで私の中に、二人の人間がいるみたいなんだ。一人は五〇年以上眠り続けていて、いま起きてきた。だが、この二人はあまり仲が良くない」

「どんな風に？」

「目を覚ました方が、おとなしくしていない。私の耳に何度も繰り返して、『自分が何者かを見つけろ、いますぐ』とささやき続ける。だから私はその助言に従っている。単純な願いだよ――私は自分が何者なのか知りたい。誰にだってその権利はあるだろう？」

僕は黙って床を見つめていたが、凝視している父の視線を感じた。

父は、とつぜん体をピクッとさせて棒立ちになった。そして抑制のきいた低い声のまま、奔流のように言葉を吐き出しはじめた。「残酷な運命だ。私は毎日、なぜ私にこのようなことが起きたのか、なぜ私は生き続けたいと決意したのか、と自分に問いかける。時には、目覚めなければよかったのに、家族と一緒に墓場へ行っていた方がよかったのに、と思う。私が生き延びたことに、どんな意味があるのだろう、と思う」

父の言葉には、自らを憐れむような口調はない。語り続ける父の顔には、当惑だけが見て取れた。「私は一体、どこ出身の何者なのか。出自は子供のときに奪われ、大人になったいまも、取り戻せていない。どこかに私が生まれながら属していた場所があるはずだ。私はユダヤ人なのか？ロシア人なのか？ ラトビア人なのか？ 私に起きたことは私の責任なのか、そうでないのか。自分の過去を話せば話すほど、分からなくなってくる」

言葉の奔流は、始まったときと同じくらい、とつぜん停止した。そして、父はその航跡の中に、みじめに残されている。

僕はようやく、父が何を考えてユダヤ人社会に接近して行ったのかが、理解できた。コイダノフとパノクの意味を知りたいという、燃えるような願いに駆られただけではない。いま口にした父の疑問は、生涯を通じて念頭を去ることはなかったのだ。長い年月をかけて作り上げてきた自己という存在が、解体されて漂流して行く。その中で、沈没からまぬがれるために、父はこの古いユダヤ人という出自にしがみつき、あがいていたに違いない。父はホロコーストセンターへ何かを探しに行った。だが、理由は何であれ、そこでは求めるものが見つからなかったのだ。

第15章　リガからの脱出

　自分の出自の謎を何とか解きたいという、父の願いに協力しよう。僕はそう決意した。その他のことは、すべて後回しだ。そう決めた最初の夜、他の誰にも聞かれる心配のない暗いキッチンで、父は再び僕に語りだした。

「第二次大戦の終わりについて話そう。私たちがリガを逃れ、ドイツに避難したときのことだ」

　父はそう言って、ケースの中を探しはじめた。僕の子供のころ、戦争中のヨーロッパの話を何度も聞いた。しかし、その中で父が「逃れる」とか「避難する」といった言葉を使うのを、耳にしたことはない。

　実際、戦争が終わってからオーストラリアに着くまでの間、父がどこで何をしていたのかも、もう一つのブラックホールだった。これまで父から聞いていた話は、アウトラインといえるかどうかすら怪しいもので、まず魔法で戦後ハンブルク郊外の難民キャンプに浮上し、次いで手練の早業で明るい陽光のオーストラリアに出現した、というに等しいものだった。

そして奇妙に聞こえるかもしれないが、誰かがその時期の父の生活について、突っ込んだ話を聞きたいと迫ったこともなかった。僕たちは、父が語る物語の断片を、そのつど有難くいただきはしたが、ちゃんと消化しようとしたことなどなかったのだ。

「ほら、これだ」と父は明るく言って、ケースの中から紙を一枚出してきた。

「なぜ、そんなものを探していたの?」と僕は聞いた。

「正確な日付をチェックしたかったからね、ドイツに到着したときの。ここに書いてあるはずなのだが。えーと……」父は老眼鏡に手をやった。

「じゃあ、見てあげるよ」と、僕はその紙を取り上げた。父が文句を言うとか、取り戻すとかの余裕はない。

黄色く変色した文書だ。父の名前と国籍(ラトビア人)、生年月日、出生地が記されている。出生地はリガになっていた。いちばん下に一九四四年十月二十一日という入国日付の公印が押してあった。父は、ほぼ九歳になっていた。

僕は聞いた。「なぜリガから逃げ出したの?」

「ソ連軍がリガにやってくる前に、逃げなければならなかった」父はただちに、話の続きに戻った。「まさに混沌そのものだった。家のいたるところにスーツケースが積み上げられていた。アンクルは腕時計を見ながら、うろうろしている。私は静かに長椅子に座っていた。誰かの邪魔になってはならない。誰かが『どうしてこの子をつれて行くの? 自分たちが食べるだけでも大変なのに』と言い出したら困ると思っていた」

「だから、私は前の晩アンティーが部屋に持って来てくれた、新しいセーラー服を着て、帽子をかぶって座っていた。彼女は私に、もう兵隊じゃないのよ、これからは兵隊というのはとても危険なの、と言った。私は自分が伍長なのが誇りだったから、不愉快だった。しかし、家の中の緊張は感じていた。騒ぎを起こしてはいけない。アンティーは前の夜、キッチンのストーブで最後の火を起こし、私の軍服を一つ残らず焼いた、と後に聞いた」

父はちょっとの間、感慨にふけって「私のこのケース、これもリガから持って来た。アンクルが持ち物を入れておくようにと、新品をプレゼントしてくれたのだ。私と同じで、もとはずっと格好よかったんだが」と言ってニヤリとした。

「中央駅へ向かうと、通りの光景は驚くほど変わっている。人間の顔と同じで、道路も不気味で、薄汚く見えた。クーリス軍曹にもローベ司令官にも、別れのあいさつをしていない。アンクルにつれて行ってほしいと頼んだが、かれは、だめだ、でも間もなくドイツで会えるだろうと言った。気持ちがおさまった。『ドイツか。みんながいつも天国のようだ、夢がかなうところだ、と話していた国だ』と私は思った。司令官とクーリス軍曹もドイツにいるというのは、自然な気がした。周りのラトビア人たちも、みんなそこへ行くらしい」

「リガ駅は大混乱だった。空席を探して、みんな右往左往している。悪夢のようだ。アンクルは指定席券を持っていたが、他の人間が占拠して動こうとしない。前方の車両に空いた自由席を見つけたので、みんなが来るまで見張っていた。私はアンティーのひざで眠りに落ちたらしい。ちょっと目を開けたとき、向かいの座席に座っているアンクルが、外の暗闇を見つめている顔が窓に映った。疲労と心労がにじんでいる。そんなアンクルを見たのは、初めてだった」

「着いたわ」と言う、アンティーの声が聞こえた。

「ドイツだね！」と私は叫んだ。

「まさか。ここから、あの船でドイツへ向かうのよ」

汚れた列車の窓を透かして見ると、港だった。船というよりフェリーという感じのものだ。バルト海沿岸のドイツの港ゴーテンハーフェン（現ポーランド領グディニャ）へ向かうのだ。タラップを上がって、デッキに出ると、船荷の箱や旅行カバンで足の踏み場もないほどだった。廊下や食堂の床にまで寝ている人たちの脇を通って、船室に行った。

アンクルはそれなりの地位の人だったのだろう。スチュワードが、一家全員が入れる広い船室に案内した。他の大部分の人の部屋より、ずっと広い感じだ。

「朝食のとき、アンクルが、夕方にはドイツに着くだろう、と言った。私はその話にわくわくしたが、ドイツに行ったらどうなるか考えると、急に不安になった。自分の秘密がドイツ人に発見されはしないだろうか。リガでは何人ものドイツ人に会っている。かれらはいつも私をおびえさせた。横柄だったし、人が何を考えているかも全部分かる、といわんばかりだった。私がユダヤ人だと判明するのは、わけもないだろう」

父はデッキに戻り、渦巻く霧を通して、陰気な海を見ていた。船がどこかに入港したら、脱走しようかと考えたりした。しかし、自分の頭が混乱しているので、実行を計画するにしても、状況を見きわめてからだと決めた。午後には、霧は次第に濃くなってきた。

夕方になると、港の灯りが霧の中から見えてきた。デッキにいたらアンクルがやって来た。かれは手すりから身を乗り出して、目の前に少しずつ形を現してきた町の光景をじっくり見て、「ゴーテンハーフェンだ」と言った。ゴーテンハーフェンとは、皮肉なことに、神の避難所という意味だった。

それから数か月の間、逃亡者のように、泊めてくれるところなら、どこにでも泊めてもらった。アンクルのビジネス上の関係者と思われる家族が、長短の違いはあれ、受け入れてくれたらしい。誰がどうやってアレンジしたのかは分からない。リビングの床でも、レンガのオーブンの脇でも、体を寄せ合って眠れるところなら、どこでもよかった。食べ物は、世話してくれた人が用意してくれたものを分け合った。

「たしか、ジーゲルさんといったと思うが、しょっちゅう移動していたから間違っているかもしれない。しかし、その家に一か月ばかり、泊めてもらったことがあった。そこで私たちは久しぶりに、自分の部屋で眠ることができた。そこにいる間、アンクルの姿をほとんど見なかった。何日間も続けて留守にした。私たちだけで住めるところを確保するか、さらに遠くへ移動できるよう、当局者と交渉していたのではないか。遠くまで出かける用事がないときは、夕食の時間までに戻ってきていた。そんなときは、ジーゲル一家と一緒に、こみ合った食卓で食事をした」

「ジーゲル夫妻には、私と同じくらいの年齢の男の子が二人いて、私と一緒にゲームやふざけっこをしたがった。しかし、私はそんな遊びに興味はなかった。もっと重要なことをしなければならない。この町の様子を見て、駅のあたりをうろついた。子供に注意を払うものはいない。私はそこでおこなわれていることを観察し、闇市の仕組みを頭に入れた」と父は言った。

「しばらくすると、ジェーニス家もジーゲル家も、物々交換できそうなものを持ってきて、私に定期的に物々交換をさせるようになった。私は衣服や貴重品を持って行って、食糧や薬品と交換した」

僕はちょっとの間、ディケンズの小説の主人公オリバー・ツイストみたいに、汚れた顔で群衆の中を飛び回る、街の浮浪児姿の父を想像した。だが、オリバーと違って、父はボロではなく、セーラー服を着ていた。

「ある夜の夕食の席で、私たちが間もなくジーゲル家からお別れする、とアンクルが伝えた。行先は不明だが、当局者が私たちのためのアパートを約束したという。二日後、一時間で荷物をまとめるように言われ、午前中には凍てつく寒さの駅で、列車を待つことになった。その駅には、われわれと同じような状況の避難民が、長い列を作っていた。食べる物もなく、どこへ行くことになるのかも分らぬまま、一日中、待っていた。そしてついに一人の役人が来て、行き先はエッセンだと告げた」

その夜、私たちはエッセンに向けて出発した。どんな狭いところでも、自分たちだけで住むところがあればと願っていた。しかし、エッセンにはほんの数時間いただけで、ドレスデン行きの列車に乗せられた。列車が到着する寸前、ドレスデンの町は激しい爆撃の包囲にさらされた。一九四五年二月だった。当局者は他の場所の方が安全だと考えた。そこでみんな下車し、ドレスデン郊外のモリッツブルク城の構内に避難した。

「そこは毛布にくるまり、体を寄せ合っている人々の群れであふれていた。子供の目で見ても、何千人もの人がいるようだった。私たちも同じように地面の一角を見つけ、できるだけ暖かくなるよう体を包んでいることにした。アンティーは、自分の傍にいるようにと言った。しかし、私は群衆の間をうろついた。国籍はいろいろだった。ラトビア人だけではない。リトアニア語、エストニア語、ドイツ語――それ以外の知らない国の言葉も耳に入った。かれらはみな、連合国軍から逃げてきた人々に違いなかった」

ドレスデン爆撃は、夜に入って一段と強化された。町からかなり離れたモリッツブルグ城でも音はすさまじく、空は真昼のように照らし出された。みんな恐怖に包まれているのが表情から見てとれた。パニック寸前の人も少なくなかった。

父は僕をじっと見ている。

「私がそれから何をしたか、分かるかね?」と言って、僕の答えも待たずに話しだした。「私は石段を上って行って、みんなが座り込んでいる敷地を見下ろし、大声で叫んだ。『落ち着いて、私を信頼してください。私たちは安全です』と。それ以上に驚いたのは、かれらが私の言うことに耳を傾けてくれたことだ。怖がっている羊の群れのようだった。まだ子供でしかない私が、自信に満ちて語るのを聞いて、みんなは落ち着きを取り戻した」

父は、信じられないと言わんばかりに首を振った。「しかし、私は本心では、みんな爆撃されればいいと思っていた。全員が爆撃され、忘却の中に消えて行けばいい、と。本当はそう思っていたのだ」

「お父さん自身も?」

父はうなずいた。「私は、もうたくさんだった。戦争、戦闘、ドイツ国内でのあてどない移動、どこへつれて行かれるかも分からず、あちこち動き回らされるだけで……」父はまたケースの中をまさぐった。「ほら、ここにモリッツブルク城での私の写真がある」と、写真を一枚出してきた。

画像は少し不鮮明だが、父であることは分かる。九歳ぐらいで、セーラー服の上着、ズボンに帽子だ。カメラに向かって、恥ずかしそうにほほ笑んでいる。六〇歳代のいまもここで同じようにほほ笑んでいる、まさにその父だ。僕はびっくりして、じっと眺めた。

「一日置いて、私たちはまた移動した。今度はドイツ北方のシュヴェリーンだ。そこで、ついに自分たちの住処《すみか》を得た。だが、そこはまさにゴミ置き場というしかなかった。暗くじめじめした一間、料理に使えるのは部屋の隅にあるガスコンロ一つ。暖房は役に立たず、バス、トイレは、同じ階の少なくとも六家族ぐらいの共同使用だった。それでもアンティーは心地よく住めるよう、全力を尽くした」

「私は、戦争が終わった夜のことを覚えている。私たちの階に住む全員が、ラジオのある家族の部屋に集まった。みんな黙って、アメリカの軍事放送に耳を傾けた。放送は、町が連合国軍の手中にあると伝えていた。厳粛な雰囲気だった。私はアンクルの顔を見上げた。かれの表情は全く変わらない。他の人たちも同様に、表情は凍りついていた。何を考えていたのだろうか。みんなが口にしていたように、年貢の納め時だと思っていたのではないか」

「アンクルは、とつぜん立ち上がって部屋を出て行った。アンティーは私たちに、部屋に戻るように言い残して、後に続いた。私たちは、部屋の暗闇の中で黙って待った」

父の回想は続く。

「私は眠れずに、暗闇の中で考えていた。これからどうなるのだろう。連合国軍に捕まったら、自分の過去が分かって、最悪の裏切り者と見られるのではないか。私を壁の前に立たせて銃殺するのは、今度は連合国軍になるのかも。それも元ナチスのユダヤ人少年として……」

「アンクルとアンティーが帰って来たのは、日の出の少し前だった。おそらく他のラトビア人たちと、行く末の展望を話しあっていたのだろう。二人は、私たちを起こした。アンクルは私の肩に腕を回してベッドに座らせ、自分はしゃがんで私の目を見た。『以後、君は何者かとたずねられたら、私のいとこの息子だと言うのだよ。相手が誰であってもそう答える。いいね？』と言った。両親は戦争で死んだから、私たちが世話をしている。そう覚えておくんだよ」

「アンクルは、アメリカがシュヴェリーンをソ連側に引き渡す方針だという情報を聞いてきた。それではわれわれラトビア人は、再びソ連の圧政のもとに戻されてしまう。最悪の事態だ。この夜の会合で、ラトビア人たちは、さらに西のハンブルクへ向かうことで一致したということだった。『ハンブルクはイギリス統治地域だ（終戦でドイツは、米、英、仏、ソの四つの統治地域に分けられた）から安全だろう』という。必要最小限のものだけを持って、ただちに出発しなければならなかった」

「近くの路地でトラックが待っていた。すでに何家族もが乗り込んでいて、スシ詰め状態だ。その中へ割り込む以外に、方法はない。私は隅に押し込められたが、少なくとも空気は吸えた。板の透き間から、外の景色を見ることもできた」

トラックは速度を上げ、シュヴェリーンの外へ出た。そこで、古いバスに乗り換えた。「急な話だったので、私は自分のケースをしっかり握っているのが精一杯だった。それでも椅子に座れて、普通に呼吸ができるようになったのは、素晴らしかった。私はアンティーの肩に頭を寄せて眠ってしまった。バスがどこかで止まって、初めて目を開けた。故障だった」

しばらくすると、ジープに乗ったアメリカ兵が二人現れて車を引き継ぎ、全員をバスから降ろした。かなり暑い日だった。みんな道路わきの木陰に向かった。別にすることもなくぶらつき、不便だとか、暑いとか、ときどき不平を口にするだけだった。

父がバスのところに戻ると、二人の兵隊と運転手がエンジンの修理をしていた。間もなく、ジープがもう一台やってきた。黒人兵が乗っていた。父はその場に凍りついた。

「私は黒い人を見たことがなかった。近くでかれを見て、すごいショックを受けた。黒いのは汚いからではない、黒いのはかれの肌の色なのだ！ 私はその場に立ち尽くした。その黒人兵は私に気づいて、声を出して笑い、ほほ笑んだ。歯はまばゆいぐらい真っ白で、ヨーロッパ人のように黄ばんだり、虫歯になったりしてはいない。どこか天国のようなところから来たに違いない。『それこそ私が行きたい、アメリカというところだ』と私は自分に言った」

「その兵隊はポケットに手を突っ込み、何かを引っぱり出すと、私を手招きした。ずっと以前、クーリス軍曹があの校舎で私にしたのと、同じしぐさだ。今度はためらわなかった。安全だと分かっていたので、兵隊のところへ行った。板チョコだった。うれしかった。リガではこれで生きていたようなものだ。兵隊はジープにもたれ、私がチョコレートをがつがつ食べるのを見ていた。リッチでクリームが濃く、ライマ製よりずっと上等だった」

「親切な人間だと分かった。私はまだ皮膚の色に当惑してはいたが、話をしてみたかった。ありがとうと言おうとしたが、かれは私が何を言っているのか、全く理解できない。しかし、私の何かを感じ取ったのだろう。私の髪の毛をなで、暖かい笑顔をみせて、チューインガムをくれた」

「それから黒人兵は、紙切れを出して何かを書きつけ、そのメモと自分の胸を交互に指さして、『アメリカ』、『イリノイ』と繰り返した。何のことか分からない。『イリノイなんて、ずいぶん妙な言葉だ』『アメリカ語というのはむずかしいな』と思った。いま思うと、この兵隊は、アメリカの自分の住所と名前を紙に書いてくれたのだ」。父は真面目な顔つきになった。「あの騒ぎの中で、そのメモをなくしてしまった。私に親切にしてくれたあの兵隊に、もう一度会わずに墓場へ行くのは残念だよ。もし私がアメリカへ行って、かれを捜しあてていたら、私の人生もどうなっていたか分からない」

僕も同じことを考えていた。一九五〇年代のオーストラリアは、戦争難民を受け入れてはいた。しかし、当時、この国には、アメリカのような企業家精神が欠けていた、と言った方がフェアだろう。父はオーストラリアを愛しているが、かれの気質と冒険精神にはアメリカの方がふさわしかったに違いない、と僕は思う。

「どこまで話したかな?」。父がそう言うのが聞こえた。

「バスが……」と僕。

「そうだった」と父は言った。「修理はようやく終わり、全員が乗りこんだ。私はジープの後ろに隠れた。ラトビア人たちと合流したくなかった。私は新しい友人の兵隊と一緒にいたかった。そのとき、アンクルが私の名前を呼んでいるのが聞こえた。私がバスに戻っていないのに気がついたのだ」

「兵隊たちは、私が隠れている場所を見つけ出した。黒人兵は私をちょっとつついて、外へ出した。私はかれと一緒にここにいたい、自分が兵隊生活に必要なことはみんな知っていると言おうとした。行進しながら銃撃するまねもした。だが、冗談だと思ったらしく、大声で笑い、私と握手してから、腰をつかんで抱き上げてバスへ運んだ。バスはそれからハンブルクへと出発した」

バスの旅は、永遠に続くように思えた。道路は、乗用車や戦車や兵隊の護送車両で、あちこち渋滞していた。人々は西へ東へと避難していた。国防軍の軍服を着たドイツ兵士までが、両手を上げて降伏しているのが見えた。

「甘いようで苦いような気分だった。私はドイツが負けてうれしかった。同時に、初めてくやしさも感じた。私の周りのラトビア人たちは、死んだように黙りこくって前方を見つめている。バスはゆっくり前進を続け、やがてハンブルク郊外で、イギリス軍兵士に停止を命ぜられた」

「イギリス軍兵士はゲースタハト（ハンブルク南東約三〇キロのエルベ川沿い）へ行くよう指示した。『そこにはキャンプがある』と将校の一人が言うのが聞こえた。何人かのラトビア人はパニック状態になって、バスから逃げだそうとした。『キャンプ』という言葉が、強制収容所という、最悪の連想をかきたてたのだ」

「将校は通訳を通じて、ゲースタハトは英国によって管理されており、食料も衣料もベッドもあって赤十字が運営している施設だ、と伝えた。そして、そこはキャンプ・サウレス（ラトビア語で太陽の光）という名前だと説明したので、動きはようやくおさまった」

「大部分のラトビア人は、まだバスの通路に立ったままだった。何人かは、後部座席にいるアンクルの方を見た。かれが無言で首を縦に振ったので、バスのラトビア人の気持は静まり、座席に戻った。バスはゲースタハトに向かった」

第16章　自由へ

そろそろ午前三時だ。家の中は静まり返っている。聞こえるのは、キッチンの壁時計のチクタクという音だけだ。父には、疲労の気配は少しもない。水門が開かれたいま、記憶の奔流はとどめようがないようだ。

「このあと何日にもわたって、多くの人たちがキャンプに到着した。このキャンプはラトビア難民専用に指定されていることが、そのうち分かってきた。収容された難民の数はキャンプ全体で一〇〇〇人は超えただろう――私たちのバラック41号には、七〇人ほどが住んでいた」

父は話を続けた。「到着初日には、長い列ができていた。自分たちが住む小屋の割当てや、食糧の支給を待って、数百人がうろうろしている。列の先頭に達すると、イギリス人将校と赤十字の担当者が面接し、書類を点検した。私を見た将校は、アンクルに『あなたの息子か』とたずねた。かれは少しためらい、それから『違います。この子の父は、私のいとこです。父も母も戦争で死にました。私はこの子の後見人です』と言った」

「将校は別に不審とも思わなかったようだ。というより、この説明にとくに関心を持ったわけではなかった。ただ、関係書類の提出を求めた。驚いたことに、アンクルは文書が詰まった書類入れを取り出し、『これが一九四三年のリガ孤児裁判所発行の文書です。同裁判所より、私はこの子の養育権を付与されております。名前はウルディス。私の家族はこの子の世話を続けたいと考えております』と言って提出した」

父はケースのふたを開き、書類を一枚引っぱり出して、「これがその証明書だ」と僕に寄こした。僕は書類を見た。日付は一九四三年だが、ラトビア語なので一部しか判読できない。文書の中で最も目を引いたのは、この裁判所の住所だった。不吉なことにヘルマン・ゲーリング通り（ナチスの幹部で空軍総司令官、ニュルンベルク国際軍事裁判で絞首刑宣告後に自殺）とあった。「知らなかったなあ、アンクルがお父さんを正式に養子にしていたなんて」

「違うよ。これは親権者証明に近いものだ。アンクルは何度も私を養子にしようとしたのは事実だ。本気で私を息子にしたかったのだよ」

「ではなぜ、そうならなかったの？」

「正直なところ、分からない」と父は言った。「アンクルは私の同意がなくても、養子にはできた。しかし、何かの理由で、私の同意を条件にした。だが、私は同意しなかった。アンクルは少なくとも三回、同意を求めてきたが、そのつど私は拒否した。かれはショックで、不機嫌になった。しかし、同意せよと強く迫られたことも、理由をたずねられたこともない。そのうちアンクルはあきらめたようだ。いずれにせよ、私自身も、拒否する理由をうまく説明できなかったのだが」

「いまならできる？」

父は苦痛に顔をゆがめた。

「かれらラトビア人は、わが民《たみ》ではないということだ。もし養子になったら、完全にかれらに屈することになる、と心の中で思っていた」

「ここのキャンプにいた期間は、どのくらい？」

「四年以上だ。どこかの国が受け入れてくれるのを待つしかなかった。でも、キャンプ自体は、そんなに悪くなかった。学校に通えと言われたことを除けばね。たまに行ったが、ほとんどはサボった。兵隊たちと暮らしたあとでは、落ちついて机に座ってなんかいられなかった」

父のそんな話を聞かされても、驚きではない。僕の知る限り、父はじっと落ちついていることなどなかった。子供向けの小冒険をいろいろ思いつくのが好きだったし、ときには僕たち子供以上にそれを楽しんでいた。そうやって、自分が失った子供時代の埋め合わせをしていたのか、それとも子供時代とはこうあるべきだと想像していたのか。

父と一緒に遊ぶのは楽しかった。一緒だと、子供のころに経験するような厄介ごとを、避けることができた。父が気難しいことは滅多になかったし、しかったり、禁じたり、罰を与えたりするような父親でもなかった。

金銭が与えてくれる現実の効用より、心や体で感じる喜びや楽しみの方を、いつでも大切にした。弟たちを含め、多くの知人が、父は金銭面では締まりがないと厳しく非難したのも、無理からぬことだ。

父はどこかで知り合った、ミシェルとしか知らないフランス人を頭から信用して、長年の蓄えを渡してしまったことがある。この男は、父にビジネス話をもちかけ、成功は絶対に間違いないとそそのかした。そして、その金を渡したとたん、かれは姿を消した。信じられないことに、父はそのフランス人に契約書も、いかなる保証書も要求していなかった。そのために僕たちは、その日暮らしの生活を何年間も続けるはめになった。

僕自身も、父の過ちは許しがたいと感じていた時期があった。とりわけ、金銭的に行き詰まった家計のやりくりに腐心していた、母に同情した。彼女は、父に対する憤激を抱えながら、その一方で聖人のような努力で父の無鉄砲を抑え、僕たちを守る努力をしていた。僕たちが楽しみを求めて父の方に顔を向けるとすれば、母の方へ顔を向けるのは、自分がトラブルに直面したときであり、愛と好意を求めるときだった。これこそが、父および僕たち息子に対する、すべてに抜きんでる母の愛のあかしだった。

昔の父の生活を知るのは、万華鏡をのぞくようなものだった。色と形が千変万化するさまは、何時間も続けて僕たちを魅了する。しかし、変化のパターンを見つけようと凝視し続けると、目が痛くなってしまう。父のいろんな行動の中で、とりわけ金銭に対する態度は、一種の「狂気」の症状なのではないかと、僕は思うようになった。――カネというものは容易にやって来て、また去って行く、人生と同じように一種の博打のようなものだ、と父は見ているのではないか。

しかし、何かにうつつをぬかして、自己を失ってしまう貧しい魂の狂気ではない。父の狂気は同じ人間の中に、なぜか子供と大人を共存させているのだ。父の中には、いまだに五歳の子供が――自分の家族の根絶を目撃する寸前の五歳の子供が、瞬間凍結されて生きている。僕はいま、そのことがよく分かった。

父は写真を二枚取り出して、テーブルの上においた。まず手近な方を手に取った。サウレスのバラック41号に住んでいたラトビア人の集団写真だ。父は前列の一番端に他の子供たちと一緒に座り、大人は背後に立っている。

僕がまず受けた印象は、写っている人たちの中で、父はよそ者かアウトサイダーに見えたことだ。写真の外枠に最も近いところにいるからだけではない。父の物腰や服装が、他の人たちと大きく違うからだ。ラトビア人が厚手のウールのオーバーコートを着て、やつれて生気のない顔つきをしているから、季節は冬だと分かる。しかし、父は短ズボンをはき、裸足だ。ボディーランゲージで、父が凍えていることは分かる。背中を丸め、体温を保とうとしている。それにもかかわらず、父の小さな顔は、写真の中で決然と笑顔を浮かべている。

僕は父に、この写真の中の自分を見てどう感じるか、じかに聞いてみたかった。しかし、内心に立ち入りすぎるような気がして、気後れした。僕はもう一枚を手に取った。

こちらの方も、僕たちが子供のころ父が話してくれた、難民キャンプの牧歌的な描写とは違う印象を伝えている。この写真は、前に一度だけ見たことがあった。以前、父が僕たちにときどきお話をしてくれていたころ、事前に用意していた別の写真の裏にくっついていた。それを父がうっかりケースから引き出したとき、床に落ちたのを僕がひろいあげた。父は驚くほどの力で取り上げたが、その前に一瞬だけ見ることができた。それを見たとき、なんだか不安な気分になったことをいまでも覚えている。

その写真をいま自由に見ることができたので、不安な気分になった理由が分かった。一見すると無邪気な表情の父のスナップ写真だ。一〇歳か一一歳か、花を飾ったテーブルに独りで座っている。だが、よく見ると、この少年はとても不幸そうで、平静を保とうと最善の努力をしているのに、その仮面が小さな顔からずり落ち、恐ろしい傷をあらわにしている。その表情はあまりにもナマなので、直視することそのものが、僕には苦痛だった。

父にこの写真についても尋ねたかったが、またも自制した。これ以上、父の苦痛に立ち入りたくなかった。

そのとき、僕はふと、アンティーがキャンプ・サウレス時代の話の中で、父がたびたび夜中に悲鳴をあげて目を覚ました、と話していたのを思い出した。そして、いま見た二枚の写真の父の表情に、その悪夢の後遺症が表れていたのだ、と思い至った。

父は自分の苦難を忘れているのだろうか。この二枚の写真を僕に見せたら、どんな効果があると思ったのだろう。アンクルとアンティーを含む、キャンプにいたすべてのラトビア人に対して、僕は怒りを感じた。

父はまた話しはじめた。

「小屋の生活は、狭苦しかった。どの家族も、上から毛布を下げて仕切り、部屋らしいスペースを作った。私たちのところも、二段ベッドと小さなテーブルしかなかった。室内にいるときは、このテーブルの周りに何時間も続けて座っていた」

「アンクルはキャンプの事務所で働いていた。アンティーに言われて、アンクルのもとへ何かを届けに行くこともあった。私がいつ立ち寄っても、アンクルは忙しいようには見えず、大きなデスクの向こう側で、事務所のラトビア人たちと談笑していた」

父はここで話を休み、興奮したように僕の顔をのぞき込み、「そこに誰がいたと思うかね」と聞いた。そして答えも待たずに「どう見てもあれはコンラード・カレイスだった。最近のニュースで報道された、あの戦争犯罪人の」と言った。

カレイスのことは聞いたことがある。かれは、ラトビアの悪名高い根絶部隊だったアライス奇襲隊のメンバーだった。旧態依然たるラトビア人右翼ですら、とてもこの奇襲隊のことを弁明することなどできない、とさえいわれたものだ。カレイスは身元が暴露されるまでは米国で、その後はオーストラリアで自由に生きた。そして恥ずべきことに、オーストラリア政府は、かれを戦争犯罪人として訴追するのに二の足を踏んだため、法の裁きを受けぬまま余生を全うした。

キャンプ・サウレスでも、父は闇市での物々交換に励んだ。「私が学校をサボったときは、いつも闇市で商売をした。その日の戦利品を持って帰ると、大報告会を開いた。たきぎを集めるためにクーリスからもらったような飼料袋を逆さにして、チョコレート、たばこ、ときには紙幣やコインなど、その日の物々交換の成果を並べると、アンクルもアンティーもほほ笑んで見上げた」

二人は、父の仕事を喜んだ。

アンクルは「君は本当に、えーと、英語で何といったかなあ、そう、ウィーラー・アンド・ディーラーだ、本当にやり手だよ！」とほめた。まだミルジャが一緒に住んでいたころ、そのほめ言葉を聞いて憤激し、「あの子にはユダヤ人の気があるに違いないわ」と言ったことがある。ベッドに入ろうとしていた父は、かつてアウスマが自分を侮辱したときのように、平手打ちの音が聞こえてくるかと半ば期待したが、何も起きなかった。ユダヤ人であることは、犯罪ではなくなっていた。しかし、そんなことを言うのは明らかに侮辱だった。

「お父さんは、かれらに『自分はユダヤ人だ』と話そうと思ったことは、一度もなかったの？もうユダヤ人であるのは犯罪ではなくなっていたのでしょう？」

「どういう意味だね」

「かれらはそれを知っていたら、受け入れただろうか？」と僕は追い打ちをかけた。

父は答えなかった。父のボディーランゲージは、この問題を話題にしたくないことを、はっきり示していた。いまでもこの話題は不安をかりたてるらしい。なぜ父がこのことを避けたがるのか、僕には分からなかった。

「キャンプにどんな種類の人間がいるか、誰かに話したいと思ったこともなかった？」と僕はたずねた。

「正直なところ、そんなことを考えたことは全くない」と父は言った。「そのころ、私はまだ別の世界の住人だった。ふり返ってみると、私に起きたのは一体何だったのか、このキャンプにいたのが、実際にはどんな連中だったのか、そんなことについても全く知らなかった。戦争中の経験におびえ、傷つき、動揺していた」

「戦争が終わって数年の間、ヨーロッパは混沌としていた。だから私はジェーニス一家にくっついていた。かれらは、どこか分からないが、自分たちの最終的な行き先までは私を連れて行く、と約束してくれていた。一家は私にとっての錨だった。かれらの同胞に関する情報を、私が誰かに流すことができるわけがない」

「それに、黙っていたもう一つの理由がある。キャンプを管理していたイギリス人は、本当にラトビア人が好きなように見えた。そこが分からなかった。昨日まで戦争していたのに、翌日には私たちの面倒を見ているなんて！」と父は言った。

「イギリス人たちは、キャンプにいたラトビア人がどんな連中なのか、知っていたのだろうか？」

と僕は聞いた。

「その種のことには、目をつぶっていたのかも知れないな。不思議なことに、この連中についての質問は、いっさい出なかったし、かれらには何か特別の地位と優先順位が与えられていたようでもあった。ラトビアが占領されてもいないのに、ナチスに協力していたことは連合国側も知っていたのだが」

「ラトビア人は自分たちの過去を巧みに取りつくろい、まんまと乗り切ったように見えるなあ」

と僕は言った。

「あのローベ司令官については、戦争犯罪の容疑で捜査がおこなわれたのだよ」

「いつのこと？」

「一九六〇年代の前半だ」

「どこが捜査を？」

「スウェーデンだ。ソ連の要請によるものだと思う。ソ連は、ローベが虐殺を命じたと主張していた。かれらは、私がどのような記憶をもち、何を供述するかに興味をもった。私は、ある文書に署名した……」

「ローベを告発する内容の？」

「いや、逆だ。ローベの弁護のための……」

「それがあのロンドンの地下鉄の駅で言った、やつらにやらされたという、あれ？　アンクルと

「ローベに？」

父はうなずいた。

「うそをついたの？」

父は、あまりにもストレートな僕の言い方に、驚いたようだ。

「私には分からない、うそをついたのか、そうでないのか」。父の表情が固くなった。「前に言った通り、私には根絶事件を目撃した記憶がある。しかし、ローベ司令官が現にそこにいたという記憶はない。実際に知っているのは、かれがルベニス大尉とともに第一八の担当だったということだけだ。ルベニスと私はほとんど関係はなかったが」

「その文書の問題について、きちんと話してくれる？」と僕は父に頼んだ。かれは深いため息をついて椅子に座りなおし、うなずいた。

第17章　宣誓供述書

「一九六三年の後半だったと思う。そのころには、私はメルボルンに住んでいた」と父は語りはじめた。座り直して、体を楽にした。

「ある日、アンクルから手紙が来た。できるだけ早く会いたいという。私はエルスターンウィックのかれの家へ向かった。郊外の小さな白いコテージが並ぶ道だった。アンクル宅は、杭を打ち込んだ柵で囲んであり、前庭にそびえる美しいシダレカンバが、ラトビアで兵隊たちとパトロールしていた森を思い出させた」

わずか一度ノックしただけで、アンティーがドアを開けてくれた。薄いブルーの目の親切な表情に変わりはない。いきなり私を抱いて、両方の頬にキスしてくれた。

「お入り、ウルディス、お入りなさい」とアンティーは暖かい声で迎え、リビングルームへ案内した。中へ入ると、昔が思い出された。内装や調度は、リガのアパートメントから運んできたのかと思わせた。オーストラリアの強い日差しをさえぎるためにカーテンは引かれ、サイドテーブルのランプが部屋の中を柔らかに照らしている。一方の壁は本の棚で覆われ、隅の柱時計が抑えた音をたてていた。

花と熟したリンゴ、それに家具のワックスが入り混じった、あの甘い匂いが漂っているのも、リガの家と同じだった。

「さあ、お座りなさい。あなたが来たとアンクルに言ってくるわ」。アンティーはちらりと神経質な微笑をこちらに向けると、アンクルの部屋に入って、ドアをぴったり閉じた。しばらくすると、ドアがまた開いた。顔を上げると、アンクルがそびえるように立っていた。「のんびり第一主義」がモットーのオーストラリアに住んでいても、アンクルは、堅苦しいオーラを失っていない。腕を広げて近づいてきたので、立ち上がって握手した。

アンティーは、アンクルの後ろでそわそわしている。アンクルと父が再会を喜びあうかどうか、気を遣っているらしい。二人の間で緊張が生じるようなことは、これまではまずなかった。なぜそんなに気にするのだろう。アンクルがコーヒーを注文したので、彼女はキッチンに消えた。

何分間か、アンクルと父は、何も言わずに座っていた。アンクルは父を冷やかに瀬踏みしている気配だ。アンクルにはいつもの落ち着きがない。原因が何なのか、全く見当がつかなかった。

「健康そうだね。頑健というべきか。それにいくらか太ったようだ」アンクルは、ついに口を開いた。

「オーストラリアの食べ物がいいからですよ」と父は答えた。

アンクルはちょっとほほ笑み、また沈黙した。父は少しいらいらしてきた。そのとき、アンクルが言った。

「君はなぜ、ここに来たのかね」

父はびっくりした。「はあ?」というのが精一杯だった。来てくれというから来た、と思っていたのに。

「何をしに?」と、アンクルはたたみかけた。

「あなたとアンティーに会いに」。頭に血が上って、なぜ自分がここにいるのかも分からなくなった。

「私たちは、もう二度と君に会うことはないと思っていた。あれがあった以上は……」と、アンクルはゆっくり言った。父の反応は、アンクルには織り込みずみだったのだろう。

「しかし、あなたは私に親切でしたし、アンティーは私を自分の子供のように愛してくれました」と父は答えた。アンクルの体がこわばったのが分かった。

「そうだったかね?」とアンクルは言った。礼儀正しく座り、まっすぐ前を向いて、いささかよそよそしい響きがあった。

幸いなことに、そのときアンティーが戻ってきた。「あなたに会えてうれしいわ、ウルディス。そうでしょ、ヤーカブス」と、彼女はコーヒーを三人のカップに注ぎながら言った。「健康そうだし」

アンクルは、二人に向きあったまま、石のように黙りこくっている。自分がいると落ちつかない様子だったので、父はすぐ帰ろうとした。アンティーは驚き、せめて夕食を食べてからにして、と強く迫った。父はここで騒ぎを起こしたくなかったが、彼女は引き下がらなかった。

彼女は夕食に、父が子供のころ大好きだったラトビア料理のフルコースを出した。もちろん、ウナギとヤツメウナギもあった。食事の間、アンティーはおしゃべりになり、オーストラリアへ来てからの生活ぶりや、まごついた習慣などについて話し続けた。この年齢になって新世界に慣れるのは難しかったと言ったが、それでも彼女はここが好きなのは、明らかだった。

ここを訪れるたびに、父はオーストラリアでの体験談を披露し、彼女を楽しませた。その中には、楽しかったり、びっくりしたりで、彼女の目を輝かせるものがいくつもあった。彼女はとりわけ、山奥の作業場から父が脱出したときの物語を好んだ。目の前を通り過ぎるトロッコに飛び乗り、行き先も分からぬまま暗闇の中を走った話だ。

アンクルが父をリビングルームへ誘ったのは、アンティーが食事の後片付けをはじめたときだった。かれは細い葉巻を静かにくゆらせたが、父には勧めなかった。校長に呼び出された悪ガキのような気分で、父はアンクルが話しだすのを待った。しばらくしてアンティーが加わった。父はそろそろ帰る時間だと思って、上着に手を伸ばした。ただちに彼女が止めた。

「あなたは、ずいぶんお酒を飲んだわ。今夜はここに泊ったら?」と彼女は言った。

夕食の間、アンクルは父にウオッカを注ぎ続けていた。父は翌日の仕事のことを口にしたが、彼女はアンクルの方を向いて「今夜はここに泊まるべきだわ、ねえ、アンクル」と言った。かれは同意した。アンティーはリビングのソファにベッドをこしらえた。アンクルと父は黙って座っていた。

最後は、アンクルと父の二人だけになった。誰も邪魔するものはいない。アンクルは、好物のブランデーを二人のグラスに注いで、「クルゼメ大隊の同士に乾杯」と言った。それから父の顔をのぞき込んで、「かれらと一緒だったときの記憶はいっぱいあるだろう」と言った。父はこの発言に驚いた。戦後のアンクルからは、過去のことは二度と語りたくないという印象を受けていたからだ。

「ええ、少しは」と父は小さな声で言った。

「あれは、われわれにとって良い時代だった。そうじゃないか？　こんな地球の裏側の、荒れ地に住みつくことになるなんてなあ」とアンクルは言う。

父は、礼儀として笑ってみせた。しかし、アンクルの意見に、同意したわけでは全くない。父は、ここの生活を愛していた。父にとって、戦争で破壊されたヨーロッパこそ、荒れはてた土地だった。あそこへ帰りたいとは決して思わなかった。

しかし、アンクルは「いい思い出がいっぱいだろう、そうじゃないか？」と探りを入れてきた。

「君が初めてリガへ来たときのことを覚えているかね。みんな、どんなに困ったことか。あの家へ君をつれて来た。みんなそこにいて君を歓迎した。しかし、君はあそこにはいたくないと言った。『私は兵士だ、わが部隊と一緒にいなければならない』と。そして君をベッドに寝かせるまでの、大変だったこと。君が本当に好きだったのは、カルニカヴァだけだった」

父はうなずいた。そして主としてアンティーと一緒だった、カルニカヴァでの楽しい思い出をアンクルに語りはじめた。しかし、アンクルは話題を変え、ローベ司令官を覚えているかね、とたずねた。

「妙な質問だ」と父は思った。アンクルとクーリスを除けば、司令官は父にとって最も接触が多かった人物だ。忘れることなどあるはずがない。

「かれは立派な兵士だったし、いい人物だった」とアンクルは言った。

「司令官は私に親切でした」と父は言った。それ以上、何か言うことがあるだろうかと考えながら。

「君にだけじゃない。かれはすべての人間に寛容だった」とアンクルは言った。

そして、しばらく沈黙してから、言葉を継いだ。「かれがこのところ抱えている問題のことは、耳には入っていないと思うが」

「いいえ、何も。戦争の後、司令官と会ったことはありません」と父は答えた。

アンクルはそのことも知っていた。アンクルがなぜ司令官の問題を、こんな風に持ち出したのか、不思議だった。「私が知っているのは、スウェーデンへ行かれたということだけです」と父は答えた。

「ストックホルムだ、夫人と一緒に」とアンクルは言った。

「お二人は元気なのでしょうか」と父はたずねた。

かれは父の質問を無視して続けた。「幸いなことに、かれもソ連の暴政を逃れた。われわれは、ときおり手紙を交換している。とくにラトビア独立記念日には、必ず交換する習慣だ。つまり君の誕生日だよ、覚えているかね?」

父はうなずいた。

「ところが、しばらく前から手紙がこなくなった。何週間か前に、その理由が分かった。第一八クルゼメ大隊が、まだ警察所属の部隊だったころの一九四一年冬、ベラルーシのユダヤ人虐殺事件にかかわったという容疑で、捜査要求が出されていたのだ。『スロニムの虐殺』とかれらは呼んでいる。第一八大隊に所属していたが戦後ラトビアから脱出しなかった元兵士たちが逮捕され、ソ連によって裁判にかけられた。かれらは有罪を宣告され、処刑された。この悲惨な結末について聞いたことがあるかね？」

父にはショックだった。初耳だった。

「アンクルは処刑された人間のうち、誰かの名前を言ったの、お父さん？」と僕は聞いた。

父は苦しそうにうなずいた。「ティレルス、ウッペ、私はウッペの方をよく知っていた。かれは私を捕らえた兵隊の班にいた」。いまでも、父は信じられない様子だ。

父は、アンクルとの話を続けた。

アンクルは「ソビエトの連中はうそつきだ。すべては、裁判という名の見せしめのショーだった。記録によれば、第一八大隊はそのとき、スロニム近辺にはいなかった。事実、第一八は一九四二年三月まで、ベラルーシに到達していない。だから、かれらが到着する何か月も前に虐殺を実行したとして、責任を問うのは筋違いだ」。ソ連はラトビア人、とくにラトビア人の高官をナチスとの協力の罪で処罰したがっている。ラトビア人は純粋に愛国心にかられておこなっていたということが、ソ連の連中には理解できない。「ラトビア人はナチスのイデオロギーを共有してはいなかった。ただ独立を望んでいただけだった」とアンクルは言った。

アンクルはさらに「いまスウェーデンは、ローベの経歴、素性に関心を抱いている。ローベが第一八の司令官だったからだ。もし、かれが万一、ラトビアへ強制送還されるようなことがあれば、疑いなく処刑されるだろう。ソ連にとって、ローベは第一八大隊の常任司令官ではなかったとか、常に全権を掌握していたわけではないとかは、どうでもいいのだ。第一八のベラルーシ遠征行の間に別の任務によりリガへ呼び戻されているとき、ローベはルベニス大尉と指揮権を共有していた。君はルベニスを覚えていないかもしれないが」と言った。

父は、それを聞いて驚いた。「だが、同時に、私の心の中のもやもやが、消えたのも事実だった。私には、誰に第一八の指揮権があるのか、よく分からないところがあった。私はいつもローベ司令官がその地位にあると思っていたが、もう一人の将校ルベニスも、時に最高指揮権者の地位にあったことを思い出した。かれが大尉の肩書で呼ばれているのを聞いたことはある。だが、私が知っているのはそれだけだ。かれは私に興味を示したことは全くなかったから、私がかれを見かけることも、ほとんどなかった」

父によると、アンクルは「やつらはローベではなく、おそらくルベニスを捜査すべきなのだ」とも言ったという。「私は耳を疑った。死に物狂いになると、忠誠心も消えうせるのか。アンクルは司令官を守るため、ワラにもすがろうとしている。かれは、第一八が当時ベラルーシにいたことを否定しながら、他方で同じ大隊の別のメンバーに犯罪の責任があるかもしれないと言っている。妙な話だ。大隊はベラルーシにいたか、いなかったか、そのどちらかだろう。アンクルは口にしなかったが、当時の第一八の動きについて、かれ自身の方がずっと詳しく知っている、と私は思った。しかし、アンクルが語るままにしておいた」

「『一体、どうして第一八がやったと言えるのか』とアンクルは繰り返した。私は、ぼんやり聞き流していた。アンクルの話を聞きながら、もっと重要なことに思い当ったからだ。もし第一八が、かれが言うよりも早くベラルーシに入っていたらどうなのか？　私には、ソ連がうそをついているというアンクルの主張は、妥当とは思えなかった。もし、第一八のベラルーシ入りの時期についいて、ラトビア側がうそをついているとすればどうだろう？　その方が犯罪の痕跡を隠すことになって、かれらの利益にかなうのだ」

「それを裏付けるような文書の偽造など、さほど難しいことではあるまい。そう考えていると、また一連の別の思考が、頭をもたげてきた。もし、第一八が私を救出した時期が、兵隊たちから教えられていたのと違って、スロニム虐殺の前だったらどうなのか。ローベ司令官はいとも簡単に私が救出された状況をつくりかえた。それなら、かれの部隊が私を見つけた日付を変えることだって、ためらうはずがない。もし、私がこの部隊と一緒にスロニムにいたのだとしたら……」

父の話は、少しとぎれた。

「第一八の公式記録はどうなっているの？」と僕は聞いた。

「それそのものが、改ざんされている可能性もある。第一八の名声を守るために」と父は推論した。しばらく考え込んでから、父は続けた。「もちろん、私は子供だったし、時間の経過というような意識もなかった。しかし、私が腑《ふ》に落ちないのは、あの凍てつく森の中で、そんな長い間、本当に独りで生き延びることができたのか、という点だ。これだけは、私自身ですら完全に納得しかねている」

「見つかるまで、森の中に六か月とか九か月とか、いたということ？」と僕は聞く。

父はうなずいた。「数週間というなら想像できる。しかし、六か月というのは、どうだろう？　数週間だったら、私の印象とも合致する。クーリスが私を銃殺隊の列からつれ出したとき、地上には雪があった。しかしその一方で、私にはなぜかそのとき、チョウチョウを見た記憶がある。死体のまわりにチョウがいたのか？　一九四一年の冬だったのか、兵隊たちが言うように一九四二年の五月ではなかったのか。それを考えると、クーリス軍曹と一緒にいたとき、シナゴーグで人々が焼き殺されたのは——覚えているだろう？　いつか話したあの事件だ——もし、あれがスロニムだったとしたら？」

「それにもう一つある。私の村の根絶が……一九四一年の冬の初めだったとしたら」と、父は付け加えた。

「それが正しいような気がするなあ」と僕は同意した。オックスフォードの教授が、同じように推定していたことを思い出した。

「もし村の名前が分かれば、そこで一九四一年の後半に、根絶が実際にあったかどうかが分かるだろう。スロニムがあったのは、その後だ。そうだとしたら、私が目撃したのが、スロニムの虐殺だった可能性が出てくる」と父は言った。

「そして第一八が、お父さんを見つけたところから、スロニムまで移動することが可能かどうかも、判明する」と僕はつけ加えた。

「私の村が、私の過去を発掘する出発点になるのだ」と父は断言した。

父の生気はよみがえり、顔をほてらせて、再びアンクルとの話に戻った。

「シナゴーグでの虐殺、そしてその現場に私を含めた第一八がいたこと——このことはアンクルに正直に言わねばならないし、自分自身に対しても正直でなければならないと思った。自分が抱いている疑惑を、どのように持ち出せばよいのか。あれこれ考えたすえ、私にはある町であった虐殺を記憶している、と切り出すことにした」

「アンクルは、ただちに警戒を強めて、『何を覚えているのだね』と尋ねた」

「私は記憶している限り、正直に自分の見たことを話した。かれは私の話す内容に熱心に耳を傾けていたが、語り終えたとたん、手を振って否定的な身振りをした。そして、『単なる印象以上のものではない』と言った。それから『もっと明確な記憶である必要がある。それに、その記憶が真実であることが確実でなければならない』とも付け加えた」

「このアンクルのコメントに、私は驚き、戸惑った。私の記憶は不完全だが、想像で作り上げたものではない。いつもはクーリス軍曹が、最悪の光景が私の目に触れないようにしていたが、この虐殺は、私自身がこの目で目撃したものなのだ」。父は頭を抱え、自分はうそを言ってはいないと声を強めた。

「後になって気づいたことも、私はアンクルに伝えた――この犠牲者たちはユダヤ人に違いないと、思うようになった。ずっと後になって、頭の片側から長い髪を垂らして、大きな黒い帽子をかぶった老人がいたという記憶もよみがえってきた。犠牲者の中にユダヤ教のラビが含まれていたと思う――と」

「しかし、アンクルは、私の言うことを信じていないように見えた。『この人々について君はどうしてそんなことが言えるのか』と、激怒しているような声で言った」

視野をはっきりさせようとするみたいに、語りながら父はこぶしで目をこすった。

「私の言ったことは、間違っていない。以前、この話を君にしたとき、君はその描写を聞いて、その建物はシナゴーグだと確信しただろう」と僕に言った。そしてまた、アンクルとの話に戻った。

「アンクルは私をにらみつけて、言い放った。『そのとき、ローベ氏が君と一緒にいたという記憶はあるのかね？　かれがあの人々に対して暴力を振るうところを、君は見たのかね？』と。私はアンクルに対して、正直でなければならない。その現場で司令官を見た記憶はなかった。『では、君が確実に知っているのは何なのか？　君は自分がスロニムにいたかどうか知らない。ローベがそこにいたかどうかも知らない。では、何を知っているというのかね？』とアンクルは重々しい口調で聞いた」

「その一点では、アンクルは正しかった。私は旅団と行動をともにしている間に、あまりにも多くの暴力を目撃し、ときには人の顔や場所の記憶が混乱していることがあった。あの虐殺の日に私が確実に記憶している兵隊は、火だるまになった人たちを銃撃したクーリス軍曹だけだ。だから、第一八はその日、間違いなく、そこにいた。『そこ』がどこであるかは別にして」

「私はアンクルの質問に『ノー』、つまり、そこではローベ司令官自身は見かけなかった、と答えるしかなかった。アンクルはこのチャンスに飛びついて、私に警告した。『もし君が混乱しているのなら——私だったら過去のことを話すに当たっては、念には念を入れ、慎重に言葉を選ぶよ。結局のところ、君はまだ子供だった。子供が何かを記憶できるものなのかどうか』と。私がこの家に着いて初めて、アンクルの緊張が解けたようだった。私は打ち負かされたような気がした」

父は僕に「いま考えてみると、アンクルは、ローベにスロニム虐殺の疑惑がかけられているという以上に、もっといろいろ知っていたのではないだろうか」と言った。

「ありうるなあ。アンクルは、お父さんが兵隊たちに救出された前後の詳しい経緯を、知っていた可能性もある。だから、実際にどの程度のことを記憶しているのか、試したのかもしれないね。

アンクルは自分と司令官の両方のためにも、お父さんの記憶の中に、司令官の弁護を危うくしかねないような、客観的な情報があるのかどうか、知っておかなければならないと思ったのだろうねえ」と僕は同意した。

父はうなずいた。「たぶんアンクルと司令官の二人は、私にはどんな記憶もない、とタカをくくっていた。何かあっても、きわめて混乱したものだろう、と。だから、事件についての私の印象が、あまり強烈なので困惑したのだ」

「君と話していて気がついたのだが、アンクルの行動は意図的だったのだね。最初はよそよそしくして私を当惑させ、次にきちんと話すときには、言うことを聞くように仕向ける。その心理操作が効果をあげたことは、認めなければならない。私には、ラトビア人に対する忠誠心が深く植え付けられていることを、かれは知っていた」

父はしばらく黙った。そして「もし私がアンクルに抵抗していたら……」と苦しそうに言った。

「でも、お父さんには、それだけの記憶はなかったでしょう。いまだって抵抗なんかできないよ」と僕は言った。

「なぜできないのかね。現場にいた他の人間のことや、私が見た他の詳しいことも覚えているのだよ。もし私が忘れることにしたらどうなるのか。心の奥深くで、私がローベや他のラトビア人に対して忠誠心を感じているからといって、いろんな記憶を心の中にブロックしたままにしておくとしたら」

「お父さんは、ローベや他の兵隊が怖かった。忠誠心じゃなくて、恐怖心から記憶を封印していたんじゃないかなあ」と僕は言った。

父はうなずいた。しかし、心から納得していないのは、明らかだった。父はアンクルの家で起きたことに話を戻した。

「アンクルは『アンティーと私に対するのと同様、君はローベ夫妻にも好意を示すことができるのだ』と言った。そして、私が何か言うのを待たず、『君はかれらを傷つけたくはないだろう』と、ほほ笑んでみせた。『ローベ司令官は、スウェーデン当局に提出する抗弁書面を準備中だ。もし、君がローベ氏に対する支援を表明してくれるなら素晴らしい。スウェーデン当局に、ローベ氏は何もしていないと伝えるのだ』とアンクルはゆっくり語った」

その話で、アンクルの意図が見えてきた。アンクルは言った。「われわれの中には、すでにローベ氏の立派な人柄を証言する陳述書を出したものも何人かいる。ローベ氏は君の助けが必要だ。簡単なものでいい。当時、純真無垢な少年だった君の陳述なら、かれの弁護に大いに役立つ」

父は、アンクルをまたまた怒らせたくなかった。同時に、うそもつきたくなかった。

そこで「私がどちらかの立場をとるのは難しい」と言った。

「捜査当局に対し、ローベ氏が君にどんなに良くしてくれたか、どのようにして君を救出してくれたか、それを供述するだけでいい。司令官が何か悪いことをしたような記憶は何もない、というので十分だ。こんな状況の中では、誰だって君の言うことを信じる。君は五歳か六歳の子供だった。うそをつくわけがない」とアンクルは迫った。

アンクルはすでに何か御膳立てをしていて、自分にも協力させようとしているのだろう、と父は思った。

アンクルは「単刀直入に言おう。ローベ氏は、君の命の恩人だ。君は司令官に命の借りがある。

今がそのお返しをするときだ。かれには君を生かしておく義務はなかったのだ」と、理の当然のように言った。

「ショックだった。私は、自分が生かされていることに感謝していた。しかし、自分の命に値札が、それもこんな身もふたもないやりかたで値札がつけられるとは、思いもよらなかった。それで思わず、『さきほどローベ司令官は暴力的な人間ではないと言われました。しかし今度は、司令官は私のような子供でも、不都合になれば殺すことだってありえたとおっしゃった』と口走った。

それなりに筋は通っていた。しかし、それを口にしたこと自体はおろかなことだった」

アンクルは怒った。何を小賢しいと思ったのだろう。

かれは、鋭い口調で言った。「ローベ夫妻には、ほとんど資力がない。気の毒なローベ夫人のことを考えてみたらいい。彼女はもうトシだ。ご主人に何かあったら、どうやって生きて行くのか。君が助けの手を差し伸べないのは、残酷というものだ。そのうえ漠然とした印象で、年寄りを非難するのは不正直な行為だ」

父の意志はくじけた。「正しいのは、兵隊と一緒にいた私が目撃した事実だ。具体的な日付や場所は分からないが、私の受けた印象は漠然としたものではない。それどころか、今でもそれから逃れられない。しかし、私は同時に、この争いに終止符を打ちたかった」

「私のためにやるんだ。君の命が救われたのは、私のおかげなのだぞ」とアンクルは大声で言った。その激しさに仰天した父は、「何を書いたらいいか分からない」と逃げた。

「それは私にまかせなさい。明日、アンティーが起きる前にやろう」とアンクルは言いきった。そのころには、アンクルの怒りはおさまっていた。立ち上がって父の手を取り、お休みと言った。

父は受け入れた。

父はソファに横になり、アンティーが用意してくれた毛布と枕で休もうとした。だが、なかなか寝つけない。アンクルの勝利は動かしがたかった。

翌朝、父は早く目覚めた。外はまだ暗い。アンクルの書斎の少し開いたドアの透き間から、一筋の光が漏れていた。父はソファに横になったままでいた。ドアの透き間から、アンクルがすでに着替えをすませているのが見えた。机に座って何かを点検している。

父は起き上がり、書斎の方へ行って、ドアを軽くノックした。アンクルはすぐ立ち上がって、入れと手招きした。朝のあいさつもしないうちに、アンクルは紙を一枚、父の手に押し付けて言った。「この供述書を送付する前に、君の署名と、これが君の宣誓供述書であることを証明する、警察官の連署が必要だ」

「私はその文書を読んだ」と父は言った。「文書には、私がスロニムもしくはその他の事件について、いかなる知識も持っていないと明白に述べてあった。さらに戦争期間中、私は数年間にわたって司令官と近しい関係にあったとし、その上で、私の見解として、ローベ氏は善良な気質の持ち主であり、同氏が暴力的な人物であるとの記憶はいっさいない、また同氏が人を殺すのを見たことはないと書いてあった」

父の気分はまた沈んだ。

「その文書のコピーはある?」と僕は聞いた。父のケースの中身に期待したからだ。

父は首を振った。「アンクルはくれなかった。私も、もらおうなどと考えもしなかった。私は落ちつかず、一刻も早く処理が終わればよいと思っていた。アンクルは私に、この文書をメルボルンのラトビア人弁護士に自分で届け、ローベの控訴を支える証拠として回送するのだと言った」

「その弁護士って誰だろう」

父はいすに背をもたれさせ、名前を思い出そうと目を凝らしていたが、「エグライス。そうだ、エグライス氏だ」と言った。

「かれはまだ健在なのかなあ」

「生きているとしても、もう九〇歳は超えているだろう」と父は言った。

「かれがどうしているか調べてみよう」と僕は言った。

「なぜ?」と父は驚いた。

「もちろん、お父さんの供述書を見るためさ。証拠の一つだから」と僕は言った。

父は不安な表情をした。「誰をどうするための証拠なのかね。なぜ証拠を手に入れたいのかね」と言った。

「特定の誰かに、何かをするための証拠じゃないけど、これはお父さんの物語をめぐる、ジグソーパズルの一部なのだから」。父の不安をなだめようと、僕は言った。

父は僕の説明を受け入れたようで、宣誓供述書をめぐる出来事に話を戻した。

「『近くに地元の警察署がある。そこで警察官から宣誓立会人の署名をもらおう』とアンクルは言った。私はただちに同意した。他に選択はなかった。私は共犯者だったのだろうか。私はアンクルを尊敬していた。いつもアンクルの言うことに従ってきた。そしていま、かれは貸しを返せと言った。ラトビア人は私の命を救った。自分を育ててくれたかれらの手を、噛みたくはなかった。今日この日まで、この件では私は有罪だと思っている」

父は絶望的で、ほとんど懇願に近い表情で僕を見た。

「アンクルがお父さんを威圧したのですよ、その日は。かれはお父さんに生きているのが罪だといわんばかりに思わせて」と僕は父を慰めた。

父は両手を、キッチンテーブルの上において僕をじっと見ている。力を入れて握りしめていたので、指の関節が白くなっていた。

「戦争の間、ずっとお父さんに沈黙を強いたのは、かれらですよ」と僕は言った。「そしてお父さんの出自を抹消し、マスコットに仕立て上げたんだ」

「ローベは確かに、お父さんを救った。しかし」と僕は続けた。「いまの話を聞いて、かれらは自分たちの利益のために、お父さんの命を救ったのだと思うようになった。戦後、情勢が自分たちに不利になったときに、かれらラトビア人たちはお父さんを、自分たちの立場を有利にする証拠として使おうと考えていたのではないか、とね。もし、ナチスへの協力のかどで召喚されたら、自分たちの罪を申し開きするのに、純真無垢な子供の証言以上のものはないだろうから」

父はショックを受けたようだった。僕の分析だけでなく、僕のラトビア人に対する辛辣《しんらつ》な非難も衝撃だったのだろう。父はしばらく無言だった。それから言った。

「最悪だったのは、アンクルが一刻も早く、私を家から追い出そうとしたことだ。アンティーにさようならを言う時間も与えなかった。『警察署では、そんなに時間をとらないだろうから、そのまま帰るのもいい。さあ、荷物を持って。アンティーには、君が早く帰りたがったと言っておくよ。彼女は分かってくれるよ』と」

「警察を出ると、アンクルは、私を早く追い払いたがった。これ見よがしに腕時計を見て、家で別の緊急の用事があるので、と言った。握手さえしようとしなかった。おそらく私と同様、あの宣誓供述書をめぐって、気まずい思いをしていたのだろう。かれは私から、せかせかと歩き去った。とくに考えがあったわけではないが、声をかけたら、立ち止まって振り返った」
「『私は、毎日、過去のことを背後に追いやっています。そして誰にも、妻のパトリシアにさえも話していません。こんな話は二度としたくありません。あなたとも、誰とも。そのくらいは知っておいていただきたい』と私は言った」
「アンクルは一言も言わなかった。私の何かを心にとどめようとでもするように、かれはしばらく私を見つめた。それから手を上げて、ちょっとだけ振った。私は、かれが角を曲がって姿が見えなくなるまで見ていた。それから自分のケースを持って、反対側にある駅の方へ向かった」

スロニムの虐殺の現場にいたのかどうかが、父に影を投げかけていたことが分かった。自分の署名した供述書が、犯罪の疑いをかけられていたローベを無実にしたかもしれない。そう考えて気がとがめていたのだ。かれの不完全な記憶が裁判を誤らせたのだろうか？

ローベがスロニムにいたかどうか、父には確かではなかった。もっと言えば、父が目撃した虐殺の場所が、スロニムだったのかどうかも確実でない。それにもかかわらず、あの宣誓供述書は、父に共犯の意識を引き起こしていたのだ。父の心に決着をつけるためにも、スロニムをめぐる真実を明らかにしなければならないと僕は思った。しかし、その真実が明らかになっても、父は自分自身を容易に許さないのではないかと、僕は恐れた。

第18章　追いつめられて

「宣誓供述書は、スウェーデンに届いたのだろうか」と僕は聞いた。

「そう思うよ。ローベ司令官は嫌疑なしという結論になった、と聞いたから」

「このことについて、アンクルは後に何か言った？」と僕。

「全く何も」と父は言って、黙りこんだ。

「お父さんは、おそらく第一八がスロニムにかかわった可能性が高いと思っているのでしょう？」

と僕は続けた。

「それでなければ、ソ連が追及するわけがない。私がアンクルの家に行ったとき、直感したのだ――第一八旅団とローベ司令官が虐殺の現場にいたことをアンクルは知っているな、と」と父は答えた。

「ローベは、自分の部下が戦後も自分を裏切ることはない、と確信できた。兵隊も同罪なのだから。しかし、この事件を覚えていて、いつか裏切るかもしれない人物がいるとしたら……」と僕は言った。

二人とも黙った。答えを知っていたからだ——それは父だ。

父はじっと考えこみ、やがて口を開いた。「だが、まだ問題は残っている。私の家族の根絶が一九四一年の冬の後半以前だったのかどうか？　兵隊たちは私をどこで見つけたのか——スロニムの近辺だったのかどうか？」

「僕の部屋に地図帳がある。スロニムを調べよう」僕はそう言って立ち上がった。

二人はテーブルに体を乗り出して、地図帳の東ヨーロッパのページに目を走らせた。スロニムはベラルーシ中央部の南西にあった。

「ということは、もし第一八が虐殺に加わっていたとすれば、一九四一年の末にはスロニム近辺のどこかにいなければならない。もしお父さんがその少し前に兵隊たちに捕まったのだとすると、村はそれほど遠くないということになる」と、僕は言った。

「その通り。二週間や三週間で、そんなに遠くまで行けるはずがない。それに私には、同じ場所の周りをぐるぐる巡っていたという記憶もある」と父は言った。

父は地図帳を近くに引き寄せた。かれはとつぜん動きを止めて、地図上の一点を指さした。「この町を見ろよ」。かれは興奮して言った。「ストルブツィ。スロニムの北東だ」

父がなぜその一点に興味をかきたてられたのか、僕には分からなかった。

「覚えていないかい？」と父は言った。「私が見つかったとき、第一八は『S』というところに配置されていた、と言っただろう？　私がローベ司令官に初めて会ったところだ。『S』はクーリス軍曹が私を銃殺隊から引き離してくれた校庭から、ほぼ一日の行軍だった」

父は地図の一点に指を置いたまま、僕をじっと見た。それからストルブツィの周辺をたんねんに見ながら、地図の上に指を這わせた。

「司令官と兵隊は、その場所を呼ぶときも、正規の名前を使わず、『S』としか言わなかった。わざわざそんなことをするのは、何らかの理由で部隊の動きを意図的に隠すため以外にないだろう……。『S』がストルブツィだったら、そして、もし私の村がその近辺のどこかだとすれば、ねえ、マーキー？」父は、自らを抑えきれないように言った。

「コイダノフの意味を見つけなければならないね。見せてよ、僕の目はお父さんよりいいから」

地図帳に目を凝らしたが、ストルブツィの近辺にコイダノフという地名は見当たらない。

「地図帳に載せるには、小さすぎるのかな。よほど小さな村落や、シュテトルと呼ばれるユダヤ人の集落なのかもしれない」と、僕は楽観的な口調で答えようとした。「もっと詳しい地図を手に入れる必要があるよ」。オックスフォードでそれをやろうと思っていた矢先に、メルボルンへ呼び帰されたことを思い出した。

僕は椅子の背にもたれた。見ると、父も同じ格好をしている。二人とも笑った。父は眼鏡を持ち上げて、目をこすった。

「疲れているでしょう、お父さん」

「いや、ちっとも」と父は眼鏡を鼻先に戻して、自分の手を見つめた。

「で、ジェーニス家との関係を除けば、その宣誓供述書問題の後は、ラトビア人たちとの関係は切れたのでしょう」と僕は言った。

父は顔をしかめた。「それほど単純じゃなかった。私はその後、ローベとはどんな関係も持ちたくなかった。しかし、ラトビア人社会で何か話が広がったらしく、圧力めいたものが私にかかって来た」と言った。

「司令官は、すべてのラトビア人にとって国民的英雄だった。オーストラリアのラトビア人社会で、批判めいた言葉を口にするわけにはいかない。脅しは、ほとんどが抑えた調子のものだった。司令官に対して私が果たすべき義務にそれとなく触れるとか、ローベや他の兵隊が、私に対してどれほど親切だったかとか、ラトビア人会館の社交行事などで昔の兵隊たちに会うと、そんな話になる。かれらは兵隊時代の思い出にふけり、私の方に向かって『そうじゃなかったかい、ウルディス？』と言ったりするのだ」

「お父さんと一緒に、昔の思い出にひたっているだけじゃないの？」

「馬鹿なことを言っちゃ困るよ！」と父は反論した。「私にはニュアンスが分かる。お前もわれわれの一員なのだぞ、初めから最後まで一緒に現場にいたのだぞ、と言っているのだ。もっと直接的な脅しもあった。——郵便で届いた匿名の手紙には、ローベ司令官と戦時中の大隊の過去について沈黙を守れという、警告が記されていた」

僕にはショックだった。これはスパイ小説やスパイ映画の次元の話で、父の生涯とは無縁のはずだ。「その手紙はとってある？」

父は首を振った。「届くと同時に焼いた。そんなものが、お母さんの目に触れてほしくない。私のこのケースだって安全じゃない、とさえ思った。オーストラリアへ移住した昔の兵隊がよこしたものだろう。だが、それで終わりじゃなかった。お母さんと結婚してメルボルンに住むようになると、いっそうひどくなった」

「いちばん露骨な態度に出てきたのは、アーノルド・シュミッツという男だ。戦時中に会ったときはリガの新聞のスポーツ記者で、ローベ司令官に協力し、『ユダヤの毒虫どもは、ラトビアのスポーツ界から排除されるべきだ』などと馬鹿げたことを書き散らしていた」

戦後、メルボルンに移住したシュミッツが父をたずねてきたのは、一九五八年か五九年のことだった、という。玄関先に現れたとき、父はただちに何かあると思い、家に入れたくないので立ちはだかって、母には聞こえないところで応対した。

シュミッツが持ち込んできたのは、父のラトビア時代を扱った連載読み物だった。

「私はその話を聞いて即座に、協力する気は全くないと言った。かれは『君を知らない人たちに、自分の話を読んでもらいたいとは思わないのかね』と言った。かれが書こうとしていたのは真実ではなく、公認の表向きの物語だ。そこで私は『そんな話はみんな、うそっぱちだ。ローベはラトビア人が信じているような英雄じゃない』と言ってやった。かれはせせら笑い、私がいくら反対してもこの記事は書くと断言し、その通りやってのけた」

父は黄色く変色した新聞の切り抜きを引っ張り出し、「ほら、シュミッツと私だよ」。何十年も前に印刷されたものらしく、ようやく父と分かる人物ともう一人が背中を丸めてチェスボードに向きあっている。父はメルボルンで、シュミッツと同じチェスクラブに入っていたのだ。

「私を見張ろうとして、シュミッツが同じクラブに入ってきたのかどうかは知らない。だが、クラブで顔が合うと、かれはいつもゲームを挑んできた。私はつねに勝った。第一八で兵隊からチェスの手ほどきを受けて以後、私は負け知らずだった。シュミッツは自分の戦略に集中するには静かなどころが必要だと言い、クラブルームの一番奥で、他の指し手からできるだけ遠い隅に座ろうとした」

「ゲームが佳境に入ると、かれはシャレコウベのような笑いを浮かべ、真のラトビア人を批判するような君の言葉を信じるものはいない、今後もラトビアやラトビア国民の信用を傷つけようとするなら、悲惨な結果を招きかねないぞ、などと私に警告した。チェスボードをひっくり返し、公然と非難してやろうかと思ったほどだった」

戦後のオーストラリアは、バルト諸国からやってきた何千人もの移民を歓迎した。スターリニズムを逃れてやってきた難民だから、オーストラリア陣営の人間だと思われていた。政府当局もとつぜん政策を変更し、戦争犯罪者の摘発に乗り出して、各方面からの非難を招くようなことはしない時代だった。

「シュミッツの記事が発表されると、この公式のローベ物語に外堀を埋められたような気分になった。これと違う話は、口にしにくい。自由なオーストラリアに遥々たどり着いたのに、自分が平和に生きる権利を取り上げられたような気持ちだった。恐れていたようにこの元ラトビア軍人たちは互いに連絡を取り合い、それぞれ自分のやり方で私に立ち向かっていた」

「私が最後に脅しを受けたのは、もう二〇年も前になる。そのころには私も発言しなくなっていたから、この先も何も言わないだろうと思ったのかもしれない」

オーストラリアへ来た当初、父はここで新しい人生を切り開こうと決意していた。しかし、ここにはラトビアから脱出してきた民族主義者たちの集団がいた。過去と決別することもできず、虚心に向き合うこともできない、この元兵士たちは、父のまわりに触手を伸ばし、ワナに陥れようとしていたのだ。

父も同じようなことを考えていたのか、「私にも悪い点があったのだよ」という声が聞こえた。「私はここで新生活のスタートを切ることを期待していた。だが、かれらとの絆を完全に断ち切るのをためらったのだ。善かれ悪しかれ、かれらは私にとって、過去に結びつく唯一の絆だった。なぜだか分からないが、私はかれらの誰かが私の本当の名前を知っているのではないか、私をあわれんで、その名前を教えてくれる日が来るのではないか——そんな幻想を勝手に抱いていた。かれらとの関係を絶ちたくなかった。だから、私を自分たちの持ち物のように扱うのにも耐えた。私の心は真二つに引き裂かれていた。それが真実だよ」と父は言った。

「お父さん、そんなこと、僕たちに一言も言わなかったじゃない。お母さんにさえも」

父は僕の言葉を無視して、深いため息をついた。「老兵がみんな死んだいまでも、墓を見るたびに、このなかの誰かが私の本当の名前を知っていたかもしれないなあという気持ちが、私の気持ちをさいなむのだ。私は幼稚だったなあ、そうだろう？」

僕の心を探るような目つきで言った。

第19章　ストックホルム

時間が過ぎて行くが、父は全く気にする気配はない。キッチンの壁の時計にチラリと目をやったら、もう朝の四時近い。しかし、父がようやく沈黙を破ったのだ。疲れきっていても、ここで会話をやめるわけにはいかない。

「ここまで話を聞くと、これまでの断片的な話や体験が、それぞれどんな意味を持っていたのか、見えてきた」と僕は言った。「ローベは、裁判も国外引き渡しも免れた。しかし、いつ、いかなる形で報復をうけるかと、常にビクビクして生きていたんだ。僕がストックホルムを訪問したとき、かれがとった行動の意味が、これではっきりした」

父は不審そうな顔で僕を見た。

「何が起きたのかね。君はあのとき、訪ねていってよかった、と言っていただけだが」と父は言った。

「具体的なことは何も言わないことにしたのですよ。だってお父さんは、あのとき僕が会いに行くこと自体に、強く反対していたでしょう」

父はうなずいた。僕はあの訪問について話しはじめた。

僕はまず、あの日、ローベのアパートであったことを、詳しく父に説明した。父は一言も口をはさまず、熱心に耳を傾けた。

「ローベ宅を出たあと、僕は団地の外へ急いだ。興奮して、都心に戻ったらメルボルンに電話しようと思っていた。しかし、電車を待っている間に、いろいろ腑《ふ》に落ちないことが心に浮かんできて、会えてよかったという気分が薄らいできた」と僕は言った。

「何よりも僕を警戒させたのは、前の日に僕がドアをノックしたときのローベの反応だった。僕がドアの下に手紙を差し入れたあと、なぜ大変わりしたのか。その意味が、いまの話を聞いて初めて分かった。ローベとは何者か、お父さんがかれのところで何をしていたのか、僕は何も知らなかった。僕が書いた手紙を読んで、それがローベに分かった。初めはあれほど疑い深かったローベが、手のひらを返すように、大げさな歓迎をしてみせたのも無理はない。加えてかれの半狂乱のような、ナチズムについての長広舌。僕はローベ個人がどれほど強くナチスに結びついていたのか、それ以上に、お父さんがどの程度のかかわりがあったのか、と考えはじめた」

「それに、お父さんが兵隊に発見されたときの状況についても、ローベとお父さんの描写に、なんだか妙なところがあった」と付け加えた。

父は少し緊張して、椅子にまっすぐ座りなおした。「それは何かね?」

「気味が悪かったなあ」と僕は言った。「お父さんの表現とローベの表現が、同じくらいそっくりだったことですよ。もう一つ、ストックホルムの寒風の中で思い当ったのだけど、兵隊たちに救われたときのお父さんの視点、自分が発見されたときのことを語るお父さんの話は、子供の側から見た話じゃなくて、どう考えても兵隊の側からの、つまり子供が木の陰から歩いて出てきたのを見つけた兵隊の描写なんだ。木の陰から顔を出したら、ライフルや銃剣を持った兵隊がそこにいたというような、怖がっている子供の目じゃない。その子供を見ている外側の目なんだ」

「前に話したように、ローベ司令官は、その表現を私にたたき込んだ。かれの一語一語を丸暗記し、正確に繰り返すしかなかった。そこに気がついたなんて、君はさすがだ」と父は言った。

「でもそれに気づいたときは訳が分からないし、説明がつかない。だから、ストックホルムの都心に戻ったとき、僕は心の中にしまっておくことにした。本当のことをいうと、ロンドンでお父さんが僕にあの話をするまで、思い出しもしなかった。あの話で、ローベやアンクルとお父さんの間には、何か複雑なものがあるんじゃないかと気がついた」

「もちろん、最初に僕がローベに会いに行くと電話したとき、なぜお父さんがあんな反応をしたのか理解できたのは、いまになってだけど。あの電話のとき、お父さんがうろたえたのは、僕がローベから第一八大隊と一緒にいたときのお父さんの生活の真相や、大隊の兵隊たちがどんな連中だったかを聞きだすのではないか、と考えたからでしょう」

父は黙っている。僕の最後のコメントが非難めいて聞こえたのだろう。父はこれ以上、この問題を話したくないのだ。僕は、話を父の宣誓供述書に戻した。

「かれの側の証人として、私に供述書を提出させるかどうか、ローベはいろいろ迷ったに違いない。私があのころ何を目撃していたのか、その内容が自分の有罪の証拠になりかねないものかどうか、と。私がメルボルンのアンクルの家を訪ねたあと、アンクルは司令官に対して、私の記憶の内容はかれを有罪にしかねないものだと、伝えたに違いない」と父は言った。

「だから、私があの供述書に署名はしたが、私が事件を目撃していた事実は、司令官の心にずっと影を投げかけていただろう。それを上回る記憶がよみがえってくる可能性も忘れるわけにいかない。私が供述書に署名したからといって、今後も忠誠を守り続けると信じるわけにはいかなかったはずだ」

僕はうなずいた。「だから僕がローベ家の玄関に姿を現し、お父さんの息子だと名乗ったとき、かれは最悪の事態を予想した。お父さんが息子の僕に真相を話した、だから僕が何かを求めてやって来た、と考えた。報復だろうか？ それ以外に、ウルディスの息子がやって来ることは、考えられるだろうか？」

父は同意した。「そういうことだろうな。それ以外にかれの反応は理解できない。一つだけ明らかなことは、ローベは国外引き渡しを免れたが、その後、かれは戦々恐々《せんせんきょうきょう》として余生を過ごしたのではないかということだ。誰かがいつか、自分を捕まえにやって来るのではないか、と」

「かれは、また連絡を取り合おう、と僕に約束したが、その後、なんの便りもなかった」と僕は言った。

父はきまり悪そうな顔をした。「君がストックホルムを訪問したあと、青天のへきれきのように一通の手紙が届いた。封筒を見ると、ローベ司令官からだ。かれから手紙が来たことなど一度もなかったのに」

父はケースのふたを少し開き、いつもの巧みな手つきで封筒を取り出した。そして紙を一枚出して、テーブルの上でシワを伸ばした。視線を下に向け、英語に訳しながら、読みはじめた。

〈親愛なるウルディス・クルゼムニークス、

最後に会ってから、ずいぶん時間が過ぎた。君が達者でいることを望む。折にふれて、君の生活ぶりをジェーニス氏から聞いている。私は君が成功し、家庭を持ったことを知って喜んでいる〉

父は一息入れた。そして「時候の挨拶みたいなものは飛ばして、話の核心に進もう」と言った。

僕は、父が文面に目を走らせるのを見ていた。「ここだ、ここだ」と言って、また読みはじめた。

〈最近、君の息子のマークに会えてうれしかった。立派な青年だ！　われわれは戦争について語り、私は君との特別の絆について話した。わが小さな伍長よ、このことについては改めて君に語るまでもあるまい……〉

父は頭を上げて僕を見た。「信じられるかね」と、少し驚いてかれは言った。「かれはこの手紙で、私を伍長と呼んでいる。まるで私がまだあの大隊に所属し、かれが司令官であることを思い出させようとするみたいに」。父に対して、改めてそんな注意を喚起する必要はありそうもない。ローべが軍籍を離れて数十年もたったのに、父はいまだにかれを「司令官」と呼んでいる。父はまた手紙に戻った。

〈われわれはみんな君が好きだ。ジェーニス氏は君を愛し、自分の息子にほしがった。夫人のエミリーも君が大好きだった。家内も私もそうだった。私がリガで君にさようならを言ったとき、われわれは過去を葬ることに合意した。しかし、伍長よ、君がその約束を忘れる日が近く来るのではないか、と私は懸念している。君がいまその記憶を口にするなら、私の君に対する生涯をかけた信頼を破ることになる。そのうえ記憶というものは不思議なものだ。記憶はいたずらを仕掛け、われわれが記憶しているものとそうでないものとを、不確かにしてしまうこともある。君はわれわれの名声を、本当に破壊したいのだろうか。われわれの多くは、君のために尽くした。君はそれを裏切ることはできない。君の借りは忠誠心によってのみ返済できる――それ以外の何物でもなく！〉

父はここで、読むのを止めた。「こんな風なものだ、多かれ少なかれ」。そう言って父は手紙をゆっくりたたんで、封筒に戻した。

静寂がしばらく続いた。母の軽いいびきが、表の通りに面した寝室から聞こえてきた。キッチンの壁の時計が、とつぜん父の注意を引いた。

「うわあ！　マーキー、午前六時だよ。昼と夜が逆転したぞ。お互い少し眠らないと」と、父はテーブルから立ちあがった。

「一つだけ、お父さん……」と、僕はかれを引きとめた。

父は予期していたように僕を見た。

「僕は正しかったのかな」と僕は言った。

父は、面食らったような表情をした。「正しいって、何が」

「お父さんは報復をしたかった？」

「報復だって？」。愕然として、父は首を振った。ためらいはなかった。「報復なんて、どんな価値がある？　自分の心を、つらく悲しくするだけだ――自分がかれらと同じになることだ。私は誰かを非難したいと思って始めたわけじゃないよ」

「じゃあ、社会正義はどうなるの、お父さん」

「正義？　あんな病気の年寄りに、正義というものが何か意味をもっているのかどうかさえ、私には分からない。自分にいささかでも良心があるなら、かれらが自分で向きあえばよいことだ」

僕も立ち上がった。

ちょうどそのとき、キッチンのドアが開いて母の顔がのぞいた。キッチンでの話声が彼女に聞こえたのだろう。

「二人とも、ずいぶん早起きね」

第20章　恐れ

父は、母にまだ全く何も話していない。母は疲れやすくなったようで、早い時間に自分の部屋に引き揚げることが多くなった。父はテレビを消し、寝室のドアの外にかけておいた例のケースを取りに行く。それを手に父は、僕のいるリビングルームを通りぬけてキッチンへ向かう。

その週の週末近く、キッチンに入ると、父はテーブルの上で分厚い本を開いていた。額にシワをよせ、目を凝らしている。父の注意はその中の一ページに集中している。僕が入って行ったのに、いつものようなウムという声も出さなかった。

「それは何の本？」

表紙を見せて、「地図帳だよ」とつぶやいたが、自分も表紙を見たのは初めてらしい。

「コイダノフとパノク？」

かれは黙ったまま、僕の顔を見た。

「最も重要なのは、この二つの言葉が何を意味しているのか見つけることなんだが」

卓上のスタンドが照らし出す小さな光の中に、父は気落ちしたような表情で座っている。

「お父さん、僕は調査に協力するって、ロンドンで言ったでしょう」と言った。

父はうなずきながらも、地図帳から目を離さない。

僕は、オックスフォードで独自に調査を始めたことを、まだ父に伝えていない。了解もなしに、あちこち掘り返していると思われるのもよくあるまいと思ったからだ。

「何か見つかった？」と僕は聞いた。

「いや、むだ骨のようだな。干し草の山から、針を一本探すみたいで」と父は答え、夜更かしした子供のように、こぶしで目をこすった。

そしてフゥーッと大きな息をつき、僕の方を見ないで、地図帳を押してよこした。「二三、二四ページが東ヨーロッパだ。コイダノフかパノクがあるか、見てくれないか」とボソッと言った。

僕はそのページを見た。見慣れない地名がびっしり、ゴチャゴチャに印刷されている。

「必要なのは虫眼鏡だねえ」と僕は声を上げた。なによりも気分をほぐさなければ。

父は笑わない。

父の反応がさめていたので、僕はもう一度、顔を地図帳に突っ込んで、「もっと詳しい地図が必要だなあ」と言ってみた。

そろそろオックスフォードでフランクが発見してくれたことを、話す時期だろう。そこで「どちらにしても、パノクはこのページに出てこないはずだけど」と口にした。

父はけげんな顔をしてこちらを見た。

僕は一瞬、ためらった。フランクの話を持ち出すには、よほど用心が必要だ——メルボルンに来てから、フランクからの連絡はない。それに父がパノクの一員だと証明できるものもない。父が自分はパノクかもしれないと信じて飛びつき、後になって何も証明できないので激しく失望するようでも困る。

「話してくれよ」と父はしびれを切らした。

僕は父に対して用心しつつ、フランクが発見したこと、つまり第二次大戦前にミンスク近郊に、パノクという名のユダヤ人家族が住んでいたことを話した。すると、恐れていた通り、父の顔が興奮で赤らんできた。

「ほら、言っただろう?」と、父は椅子から立ち上がり、部屋の中を歩き回りだした。「この言葉は、それなりの理由があって覚えていたんだよ。私の名前だよ。私はパノクに間違いないよ」

父は行ったり来たりしながら、パノクという言葉を味わうように、何度も繰り返した。そしてまた、座った。このニュースに感動して、体全体が小刻みに震えているのが分かった。僕は思わず、父の手首をしっかりつかみ、こちらを向かせようとした。

その瞬間だった。父はのけぞってポケットからハンカチを取り出し、頭を後ろに倒して鼻に当てた。ハンカチは大量の血で真っ赤に染まった。このニュースがプレッシャーになったのか。

「ティッシュを」と父はくぐもった声を出した。

鼻血が止まると、父は血まみれのハンカチを持ったまま話を続けた。

「私は、パノクに違いない。それ以外、私がこの言葉を覚えているわけがないだろう?」と力をこめた。

僕はかれを見てほほ笑んだ。しかし、必ずしも心からの同意ではないことに感づいたらしい。抜け目なく、「何が気がかりなのだ」と聞いた。

「僕は早まってフライングはしたくない、それだけですよ。一歩ずつ進めて、お父さんがパノクかどうか確かめていかないとね」

父は僕を見た。そして慎重な態度を却下するように、地図帳に手を伸ばし、「ミンスクと言ったね。それは一体どこだね」と、目の前のページをにらんで言った。

「ベラルーシ」と僕は答えた。父を気落ちさせるより、期待しているようにみせる方がいい。僕は地図を指差して、「ここだよ」と言った。

フランクの発見から、急にメルボルンへ飛び立つまでの間に、僕はベラルーシについて少しばかり知識を詰め込んでいた。それを話しだすと、父は熱心に耳を傾けた。

「この国は、ばらばらに崩壊しつつある」と、僕は説明をはじめた。「ベラルーシはかつてソ連の衛星国だったが、いまは共産主義の専制的独裁者アレクサンデル・ルカシェンコが支配している。ルカシェンコはこの国を経済的にも文化的にも、ロシアという主人と同盟させて行く道を選び、その結果、東ヨーロッパの国々の中で、ソ連帝国の崩壊で利益を得なかった唯一の国だとみられている。依然として貧しく、ほとんどが未開発で……」

父の関心は、僕の話からすぐにそれた。「コイダノフに戻ろう。それが私の故郷かもしれない。そしてもし私がパノクの一員だったら、どこか、ここの……」と、父はまるでダイヤ商人が宝石を見るように、背中を丸めて地図帳をのぞき込んだ。しかし、何分かすると「だめだ」と言ってのけぞった。楽観主義は、とつぜんしぼんだようだ。

父に話すべきだと思っていたテーマを持ち出すのは、いまだと思った。「名前が分かる可能性が少しでも見えてきたのだから、お母さんや弟たちにも話さなければならないよ。それも、いま」といった。僕がここまで父に言えるとは、正直思わなかった。

父は肩をすくめ、僕の視線を避けて、前方をまっすぐ見ている。奇妙な気の抜けたような沈黙の中で、何か言うのを待った。だが、結局、最後に口から出てきたのは「そのうち、早いうちに言うよ」だった。

「いまじゃ、なぜだめなの？」と僕は迫った。

父は聞こえなかった振りをして、何かを探すように地図帳のページを繰った。

「こんな調子でいつまでも続けるわけにはいかないよ。みんな、知っていなきゃいけないことだよ。お父さんは、僕の言うことを聞く気はないの？」

「君の言うことが聞こえなかった」と、父は高飛車に言い返したが、聞こえていたのは言うまでもない。

僕は閉口して、「いつまでも、僕がかばい続けている訳にはいかないよ」と言った。それからなだめるように「何が心配なの？」と言ってみた。

父は座りなおした。地図帳を閉じ、ケースに手を伸ばして蓋を閉じ、僕との間のテーブルにおいた。それから、重罪を自白するように頭をたれた。

「それは私が……、分かるだろう」と言った。

僕はその先を待ったが、続きはなかった。

「お父さんが、何だっていうの？」

「ユダヤ人で」

父は、「ユダヤ人」という言葉を口にするとき、顔をゆがめた。

僕には理解できなかった。

「みんなは受け入れてくれるだろうか。お母さんは、私がユダヤ人だと知らずに結婚したのだよ」

と、父はまるで恥じ入るように言った。

「そんなこと、お母さんはちっとも気にしないと思うけどね。彼女の心配は、お父さんがこんなに長い間、過去を隠してきたことの方だと思うよ」と僕は言った。

父は僕に鋭いまなざしを向け、それから沈痛な表情でうなずいた。「彼女は、それに耐えられるかどうか。いま、そんなに健康ではないんだ」

僕も気がついている。母の気分がこんなに沈んでいるのを見たことがない。「どこが悪いのか、分かっているの？」と僕は聞いた。

父は首を振った。「力が入らないし、息をするのがつらいというんだ。医者はおかしいところはないというのだが」

母の不調は、父がどこかおかしいという直感が原因になっているのではないか。僕にはそう思えた。母は父に誠実につくす人だ。父と対立するとか、問題を明るみに持ち出すなどということはしない——感情にまかせたものの言い方が得意ではないし、そんなことで何かが解決すると信じてもいない。彼女は、それを内向させる道を選んだのだろう。

「マーティンとアンドルーは大丈夫だけど、かれらにはいつ話す？」

父は祈るように自分の手を合わせ、それからケースの上に乗せた。

「それなら、今週」と父は決心したように言った。「お母さんに話すのと同じときに。マーティンがどんな反応を示すやら……」

僕の当惑した表情に、父が気づいた。

「考えてみろよ。マーティンはドイツ人と結婚したんだよ」と父は言った。かれの妻が不快に思うかもしれないという不安は、僕にも分かった。父は顔をゆがめた。

「お父さんのせいではないんだから」と、僕はそっけなく言った。

「私はマーティンを気まずい立場に置きたくないのだ。この問題では、他の誰をもね。アンクルの家族を考えてごらん。それから私を助けてくれた他のラトビア人たち。かれらは、私に親切にしてやったのに裏切ったと言うだろう。それに、ラトビア人民族主義者たちもいる——君にも言ったことがあるが、昔の兵隊の中には以前、私を脅した連中もいた」

気が進まない父の気持ちは、よく分かる。それに、かれらがしばしば高言する母国ラトビアへの愛国心が、真実を曇らせ、非難の声を上げさせることだってありうる。場合によっては、父が子供のころから知っている唯一の家族ともいうべき、ジェーニス家の最後の人々を失うことにならないという保証もない。しかし、真実が明らかにされるべきだという願望は、僕の向こう見ずな姿勢をあおっていった。「お父さんは何も悪いことはしていないんだ。かれらが受け入れないというのなら、それまでだよ」僕はきっぱり言った。

父は首筋に手をやった。

「それだけじゃないでしょう?」と僕は言った。

「何が」

父はうなずいた。「私には説明できない」と父は低い声で言った。ひじをテーブルにつけ、頭を両手で抱えている。

「ユダヤ人であることについて……」

「ユダヤ人であることが怖いの？」

父は頭を上げ、僕を鋭い目で見た。触れてはならぬ神経にさわったのだ。

「分からないのだよ。私が一緒にいた兵隊たちはいつも、ユダヤ人は害虫だ、邪悪なやつらだ、と言っていた。それを来る日も来る日も聞かされる——私は黙って聞いているしかない——それが続くと、私の魂にまでそれがたたきこまれ、ユダヤ人であることそのものが恥ずかしいと感じるようになってしまった」と父は言った。

このような侮辱に加えて、さらに恐ろしかったのは、反ユダヤ人の直接行動「アクツィオーネン」だった。これによって、ラトビア兵や他のラトビア人がユダヤ人に加えていた暴力は、その渦中にいた小さな子供を恐怖に陥れた。いや、おそらく恐怖を超えて、骨の髄まで辱められた。ユダヤ人という自分の出自を、他人から隠さなければならなかっただけではない。この長い年月の間、自分自身からさえ隠し、目をそむけて生きてこなければならなかった。恐ろしい自己抹消だった。

父はためらいつつも、さらに何か別のことを語ろうと苦闘していた。

「私は勇気をふるいおこして——それとも馬鹿力を発揮してと言うべきか、いずれにせよ、ホロコーストセンターへ行った。そこへ行けば、自分に染みついている恥の感覚がぬぐえるだろうと思った。しかし、だめだった。どういう訳か、私にとってセンターは、居心地のよい場所じゃなかった。まるで私がユダヤ人であることを裏切っているみたいで。ユダヤ人には生まれたが、自分にはその価値はないのではないか。自分がそうであると発言する権利はないのではないか——センターを出るころには、自分はいったい何者なのかと考え、逃げようとしても、のがれられないワナに、完全に捕えられていることに気がついた。自分の運命によって二重に呪われていると感じた」

子供が自分の出自を隠して生きるために、どれほどの苦難を乗り越えなければならなかったのか。それをかいくぐってきた父は、五〇年以上たったいまでも、まだ自分を取り戻そうとあがき続けている。僕は、抑えきれない怒りに襲われた。

「センターのインタビュアーたちはどうだった？　お父さんが乗り越えてきた苦難を、理解しただろうか？」と僕は聞いた。

「かれらは自分たちの質問をしただけだよ」と父は言った。

父は、僕を一心に見つめている。

「結局のところ、これまで沈黙を守ってきたのは、賢いことだったな、おそらく……」と父は言った。

「分かるよ。ビデオテープを見ていて、インタビューを中断して退席した方がいいと思った瞬間が、何度もあったもの」

「君もそう思ったか？」父の顔がいくぶん生気を取り戻した。僕が支えたいと思っていたと知って、救われた気分になったらしい。父はテーブルに置いた手を見た。

「耐えられなかった。息もできない感じだった。だから、ただ逃げた。その後、何が起きたか、よく思い出せない。意識が途切れたわけではないが、ボーッとしていた」

「次にはっきり覚えているのは、道路に立っていたことだ。反対側に駐車しておいた車に行くだけの精神状態にはあった。鍵を開けて乗り込み、内側からドアをロックした。しかし、運転できる状態にはない。そのとき誰かが、車の窓をたたいた。女性だった。アリス・プロッサーと自己紹介した」

「彼女に会う気はないかい?」と父は聞いた。「彼女はウクライナのオデッサ出身のユダヤ人だ。政治難民として、一九七〇年代の初めごろ、オーストラリアに来た。彼女は自分の体験は、あまり語りたがらない。ただ、ウクライナで逮捕され、好ましからざる人物とされて、ただちに国外追放された、というだけだ。いろんな国を、たらい回しされて、とうとうこの国に落ちついた」

父はちょっと間をおいてから、静かに「彼女は拷問を受けたのは確かだと思う」と言った。「アリスはセンターのボランティアだ。彼女は私に何と言ったと思う?『あなたは生き残った人間の、真の精神を持っているわ』って。私は自分のことを、そんな風に思ったことはない。自分もいろんな苦難を通りぬけてきた彼女が、そう言うんだよ!」

「インタビュアーたちが、そこまで同情的な口ぶりでなかったのは、がっかりだよ」と僕は思ったことを、そのまま口にした。

「かれらは、質問すべきことを質問したまでだよ」と父は繰り返した。

僕は納得できなかった。

「あの人たちも自分たちが受けた苦難のせいで、手厳しくならざるを得なかったんだ。かれらのせいではないよ」と父は穏やかに言った。

父の寛大な精神に驚きはしなかったが、僕は受け入れたくはない。父が自分自身に対してもっと寛容であってほしかった。

「彼女に君のことを話したら、会いたいって言っていたよ」

父はすでに、僕をアリスに会わせる工作を始めているらしい。困ったものだ。

「会ったらいい。後悔はしないよ」と父は言った。

何か月か前、父がとつぜんオックスフォードにやって来てからというもの、父の過去への遍歴だけが支配する世界へ、僕はゆっくりと引きこまれている。そのアリスがセンターの入り口で、僕から入場券を受け取って座席に案内し、父の物語の残り部分を最後まで鑑賞させる――そんなイメージまで思い描いてしまう。

僕はため息をついて、「連絡していいよ」と言った。

「朝になったら電話しよう」と父はうれしそうに言った。

父はキッチンの壁の時計を見た。

「見ろよ。もうそろそろ午前二時だ。さあ、寝なさい、いたずら坊主くん。私をこんな遅くまで付き合わせたりして」と、父は愛情をこめてささやいた。

第21章　アリス

翌朝、遅く起きたら、父はキッチンでコーヒーを飲んでいた。僕の足音を聞いて顔を上げ、「着替えておいで、マーク。アリスが午後に会いたいってさ」。セントキルダのアクランド通りで待っているという。メルボルンの中心部から少し離れた海岸沿いだ。

「二時、カフェ・シェヘラザードだ。私はいつもそこで会う。彼女は『あそこはユダヤ教の戒律に基いて処理された食事（コーシェル）しか出さないから』といって好むのでね」と言った。

シェヘラザードは、ユダヤ料理と大戦前の東ヨーロッパを思わせる雰囲気で知られ、メルボルンのユダヤ人社会のメンバーが、コーヒーとケーキを食べに集まってくる。小さいころ、僕はアクランド通りのどの店より、シェヘラザードのショーウインドーに引きつけられた。店は、父が最高の味だと言ってチーズケーキを買いに行くモナークケーキ店への途中だ。通りがかりに店頭のウインドーの前をぶらつき、中をのぞくと、店内の快活な女性たちの姿が目に飛び込んで魅了された。

僕は二時ちょっと前に、シェヘラザードに入った。子供のころより、内装がモダンに変わっているが、昔の記憶に比べると古ぼけて見える。ランチタイムの最後の客が帰って、がらんとしたメーンルームの奥に座り、コーヒーとお決まりのチーズケーキを頼んだ。

ほんの少しして、ずんぐりした六〇歳代後半の女性が入ってきた。背丈は、小びとかと思われるほど低く、ステッキで傾いた体を支え、もう一方の腕で、衣服や本や新聞やスープの缶詰などでパンパンにふくらんだ買い物バックを、大事そうに抱えている。自分の持ち物を全部持ち歩いているみたいだ。

「やれやれ！　これがお父さんの変わった友人というわけか」というのが、僕の第一印象だった。

彼女はにっこり笑いながら、僕の方へまっすぐ手を伸ばして歩いてきた。

「私はアリス・プロッサー。あなた、マークでしょ、写真で知っているわ」

僕は驚いた顔をしたらしい。

「そうよ。お父さんは、あなたの写真をいつも持ち歩いているの。とても誇りにしているわ、息子がオックスフォードで勉強しているって」

僕は、照れ隠しに笑った。この瞬間、オックスフォードは、僕のいまの生活からは遥か遠くに離れている。

僕はアリスと、少しばかり時候のあいさつなどで雰囲気をほぐそうとしたが、彼女はつまらぬ世間のしきたりに時間をついやす気はなさそうだ。そこで僕はすぐ本題に入った。「あなたは父と、ホロコーストセンターで知り合ったそうですね」

アリスはうなずいて、「残念なことに、最高の環境での出会いじゃなかったけどね」と重苦しく言った。

彼女を見つめて、次の言葉を待った。

「お父さんから、センターで何があったかは聞いたでしょう？」

僕は肩をすくめた。

「本当のところは、何があったの？」

注文のコーヒーがきた。アリスはゆっくりとすすり、持ってきたバックの中から、小さな皮製の刻みたばこ入れを出した。たばこと巻紙でシガレットを巻いて火をつける。

コーヒーを持ってきたウエートレスが近づいて、アリスを見下ろし、すまなそうな笑顔をした。アリスは見上げて、「何か問題があって？」とたずねる。

「シガレットですよ、マダム。失礼ですが、ここは禁煙カフェですので」

アリスは唇をゆがめ、渋い顔でうなずいて、空いたチーズケーキの皿でもみ消した。

ウエートレスは皿を手に取り、まだ有毒な煙が出ているといわんばかりに、体からできるだけ離して持って行った。

アリスは少しばかりテーブルに体を乗り出した。

「ここへ来ると、いつでもあの子ら同じことを私に言うの、禁煙だって。昔のソ連より悪いわ。少なくとも、あそこではどこだって、たばこは吸えたもの」。うんざりしたように言う。

彼女がタバコ入れを買い物袋に戻すのを見ながら、その頑固さに舌を巻いた。

「センターは、あなたのお父さんの性格にふさわしい場所ではなかったわね」と、アリスは謎めいた言い方で、ようやく僕の質問に答えた。

しばらく黙り、それからいちだんと声を落として話を続けた。「私はあそこのインタビュールームの裏で仕事をしていたら、お父さんがインタビュアーとやってくるのが見えたの。気がつかないわけには行かないわ。顔つきが顔つきだから。私の言っていること、分かるかしら、……悲しい道化役みたいで、物言いたげな青い目をして」

何を言おうとしているか、僕にははっきり分かる。父のことをそう表現した人は、彼女が初めてではない。以前に働いていた巡業サーカス団の友人のところへ、父が僕たちをつれて行ったことがある。そのサーカスで道化を演じているザッキーニ兄弟は、なかでも父のお気に入りだった。舞台上の兄弟は、僕が目にした最も悲しい人々のように見えた。かれらはイタリア生まれの戦争難民で、ユダヤ人の四人兄弟だ。

それからというもの、僕たち兄弟はずっと父に、今の仕事を辞めてザッキーニの五人目の兄弟になればいいのに、と言い続けた。父も笑って相槌をうちながら、「あれは私だよ、君たち。私も悲しい道化なのだよ」と言ったものだ。

「私は、お父さんが証言をしにやってきたのだと思った。普通はそうだもの」とアリスは言った。「私はセンターのボランティアだから、あそこの仕事は何でもする。あの日、お父さんの証言の一部が耳に入ってきて、驚いたわ。あんな話、聞いたこともない。子供があんな風にして生き延びたなんて！　聞いていると、お父さんがインタビュアーに、明快な表現で説明しようと悪戦苦闘している。何とも気の毒になってきて」

アリスはガチャンと音を立てて、コーヒーカップを置いた。店の客が何人か、鳴りをひそめて僕たちの方を見た。彼女はお構いなしだ。

「でも、生き延びてその話をするのが、あなたのお父さんの運命だったのよ」と彼女は宣言して、黄ばんだ目玉をむいた。アリスが深刻な問題を語っているのに、言い方が芝居がかっているので、笑いをこらえるのが一苦労だった。

「なぜセンター訪問が――僕は言葉を探しながら言った――うまく行かなかったのだろう？」

「こんな風に言ったらいいかしら。あなたのお父さんは、センターでは居心地がよくなかったというか、なんとなくしっくりこないというか。お父さんは、ユダヤ人として育てられなかったから、ここは自分向きではないと思ったのかもしれない。分からないわ。私はあそこのボランティアだけど、お父さんにいちばんふさわしい場所じゃなかった、とは思う。それ以上は言わないけどね」

僕はアリスの言葉が、父の言い方と響きあっていると思った。アリスはまた話し出した。

「短い時間でお父さんのことが、分かったわ。あんな人は、滅多にいない。人生を前向きに受け止めている。だからといって、苦しまなかったわけじゃない――絶対に子供が経験すべきじゃないものにさらされて、いまでも苦しんでいる。でも、あなたのお父さんは、それにこだわって生きるようなタイプの人じゃない。自分の話をしておきたいだけだと考えているけど、それも自分のためだけじゃない。インタビューの後で私に言ったわ、自分の体験は、残酷さというものについての全人類に対する教訓だ、ユダヤ人であるなしに関係なく――ってね」

アリスはもう一本シガレットに火をつけた。深々と吸いこんで、それから急いでもみ消した。

「そのうち、インタビュールームに、誰もいなくなったのに気がついた。で、廊下で会ったインタビュアーに聞いたら、ほんの少し前に証言が終わったっていうじゃない。私はあなたのお父さんの証言を聞いて、気の毒になっていたから、探してみた。うまく行けばまだ構内にいるかな、と思って」

「よかったわ。まだ、展示室の方にいたから。展示物を見て、恐怖を共有するみたいにして歩いていた。子供のころの暮らしを思い出したとか、戦前のシュテトルの写真で気持ちが乱れたとか。運命によって奪われたものが、どんなに大きかったか痛感していたのでしょう。私が近づいたとき、軽く震えているのが分かったもの」

「私は、お父さんの肩にそっと触って、『私を覚えていらっしゃる？　ここの裏で働いているものですが』と聞いた。お父さんがうなずいたので、私は手を差し出した。ぎこちない沈黙だった。言葉を失っていたけど、問題じゃなかった。私にはどんな思いで見ていらしたか、分かったから。私が気づく前に、お父さんは弱々しい微笑を浮かべて背を向けて、離れて行った。虚ろな目で、ボーッとして」

アリスはこの話をしているうちに、自分まで動揺して息がつげなくなった。

「アリス、大丈夫？」

「大丈夫じゃありませんよ、もちろん」と、アリスは重苦しい感じで答えた。そして、しばらく沈黙し、息を整えてから続けた。「お父さんが出て行くのを見て、大丈夫かどうか確認しようと思ったの。道の向こう側に車が止めてある。乗り込んでエンジンをかけたのに動きださない。だから私は見に行った」

僕はアリスが片方の手で杖をつき、もう一方の手に買い物袋をぶらさげて、足を引きずりながら道路を横切ってゆく様子を頭に描いた。

彼女が運転席のところまで行くと、父はまだショック状態で、前方を見つめていた。周りの世界などは目に入っていない。近づいても、気づきもしなかった。ウインドーを軽くたたくと意識が戻り、窓を下ろしたが、誰だか分からないようだ。

彼女は「私はアリス・プロッサーですが」と正式に名乗り、車に乗り込んだ。何か話したそうな気配を感じたので、一緒に海が見渡せる駐車場へ向かった。寒々とした午後で、人影はなかった。そこで「証言の一部を聞きました。センターの部屋の仕切りが薄っぺらなので、聞こえてきたものだから」と言って、父の証言内容を信じると言った。

「そうしたら、お父さんはよほどびっくりしたようで、『私の言うことを信じるかね』と二度か三度たずね、さらに『私の記憶が断片的なのに』と言った。私も『記憶というのは、妙なものよ、アレックス』と言うと、『それは知っている。私はいまでも、母親が作ってくれたケスの味を、まるで昨日のことのように覚えている。それなのに、母親の顔といった大事なことを全く覚えていないのだ』と答えたわ」

「私は、あなたが使ったケスという言葉は、イディッシュ語ですよと言ったら、お父さんは当惑した。そして『その言葉は誰から教わったのかな。きっと私が子供のころ耳にしていたのだな』と言って、『ケス、ケス』と繰り返し、自家製のチーズそのものを味わっているようだった」

「『あの味を覚えているかね、君も』と、お父さんは興奮して私にたずねた。ケスの味への郷愁で、お父さんの目は潤んでいた。私がうなずいたら、私も自分と同じ過去を経験していたと知って、感情の高ぶりを抑えきれないようだった。たぶん、もう自分は独りじゃないと分かったのね」

アリスは、座りなおして、悪い方の腰にかかる体重を減らした。

「その瞬間よね、私が疑いをいっさい捨てて、お父さんが言っていることは真実だと確信するようになったのは。だから後は、その真実を発掘することだけよ。あの後、お父さんとはここで二度ばかり会ったわ。私はお父さんに細かいこと、例えばユダヤ人であることとか、シュテトルの暮しとか、ユダヤ教の儀式とか、そんなことを話してあげたら、興味津々で聞いていたわ。アレックスがやがて立派なユダヤ人になるかも知れないし、あなただって立派なユダヤ人青年になるかも知れないわよ！」

僕は笑った。

アリスは、僕の反応を誤解したのか、当惑の表情をみせた。

僕は少し身を乗り出して冗談を言った。「父と僕はもう二匹の老犬でね。芸を仕込むには遅すぎますよ」

アリスは冷たくなったコーヒーを口に入れて、顔をしかめた。

僕たちは何分間か、黙って座っていた。

ようやく彼女は立ち上がって、テーブルの上に出したものを買い物バッグにしまい、近くまた会いましょうと言った。

「私はお宅へうかがいたいと思っているの。そしてお母さんに会いたいわ」

僕は黙っていた。

「お父さんは、まだお母さんに何も言っていないの？」

僕はうなずいた。

アリスは軽く舌打ちした。

「さあ、行かなきゃ」と彼女は言った。
僕は、彼女がステッキに頼りながら、カフェを出て行くのを見守った。

僕はシェヘラザードにしばらく残って、アリスとの話を思い起こしながら、コーヒーをもう一杯飲んだ。東ヨーロッパの深い森のどこかから姿を現した、魔法の小びとと一緒に過ごしていたような気分だった。僕は、彼女の話の意味をきちんと頭に入れようとした。

ウインドー越しに見るアクランド通りは、夕方の客で込み合っている。父が生涯を通じてここの活気に満ちた街の生活にひかれていたのは、子供のころのシュテトルにあった共同体の空気を思い起こさせたからかもしれない。父がいま住んでいる郊外に、そんな雰囲気は全くない。

アクランド通りに対する僕の立場も、子供のころとは一八〇度転換しているのに驚く。あのころの僕は、子供として、このシェヘラザードのウインドーを外側からのぞきこむだけだった。しかし、いまや、同じ父親の息子でありながら、一人の成人男子として、店の内側からウインドー越しに外の通りを見ている。

第22章　手紙

ドライブウエーに車で戻ったら、家の中が暗い。父や母はどこへ行ったのだろう。ウイークデーの夕方に、そろって外出することは滅多にない。

車を止めて家に入る。リビングルームの電気をつけずに、声をかけたが、返事はない。ひじ掛け椅子に腰を下ろし、前の道路を通り過ぎて行く車のライトを見ながら、車が戻るのを待った。

暗い中に独りで座っていると、弟のマーティン、アンドルーと三人で、父が仕事から帰るのを待ちわびていたころを思い出した。とつぜん両親の車が入って来た。

母は、どこか沈んでいるようにみえる。「すぐ夕食の用意をするわね」と、静かに言ってキッチンへ直行した。夕方のニュースの時間だった。父はテレビをつけて、僕の向かい側の椅子に腰を下ろした。

「どこに行っていたの？」と僕は聞いた。

「ちょっとミルジャのところに」と父は言った。

「何か話があった？」

「まあ、あれやこれやと」と、父は言った。

夕食の後、三人でテレビを見た。誰もあまり興味がなさそうだ。いつもの夜と違って、軽い冗談が口をついて出ることもない。母は帰ったときと同じで元気がないし、父も落ち着かない様子だ。父は部屋の真ん中の床で何かの修繕を始めたが、あれこれ必要な道具を探しに何度も立ち上がる。そのうちに母が、疲れたわ、おやすみなさいと、部屋に引きとった。

父は床に座って古いカメラを修理している。僕はテレビの警察ドラマを眺めて、なんとなく筋を追っていたが、ついに画面から目を離した。

「アリスはどうだった。なかなかいい女性だろう」と、父はうつむいたまま聞いた。

「そうだね」

「彼女と何を話したかね」

「まあ、あれやこれやと」と、僕も父の反応をまねた。

父がいらだったのは分かった。仕方がない。父が秘密主義なら、こっちもだ。

二人ともまた沈黙し、間もなくおやすみを言いあって、部屋へ引き揚げた。


その真夜中のことだ。いつも眠りの浅い僕は、廊下で人の動く気配に目を覚ました。父だろう。また、昔の悪夢に見舞われているに違いない。

このところ、父が悪夢に悩まされる回数が増えている。夢から覚めると、キッチンへお茶を飲みに行く。その音が聞こえると、僕も水を飲みに行くふりをして、跡をつける。そこで、父を見つけて驚いてみせると、ゆっくりと心を開き、夢が呼び覚ましたらしい記憶を僕に語るようになっていた。

この夜も、起き上がって、キッチンへ向かった。しかし、キッチンは暗い。「お父さん？」と小声で呼んだが、返事はなかった。そのとき、隣の収納室から、何か音が漏れてくるのに気がついた。収納室は真っ暗だ。押し殺したような音は、次第に大きくなった。

ドアに耳をつけた。

母だった。小さな声で泣いている。父が話したに違いない。ドアに手を伸ばしたが、開く勇気はなかった。

僕は立ちすくんだ。父のビデオテープを初めて見たとき、僕も同じような気持ちを味わっている。ちょっとした身振りか、慰めの言葉をかけるかして、こちらの気持ちを母に伝えれば、母の気持ちも少しはおさまるだろうと、頭では分かっていた。それなのに何もしなかった。どう接したらよいのか、慰めれば母は立ち直れるのか、それが分からない。恥ずべきことに、僕はおびえた母を残して、その場を離れた。

僕はベッドに戻って、母が部屋へ帰る足音が聞こえるまで眠らずにいた。

翌日は朝からすっきり晴れ上がり、メルボルンの春の初めには珍しい温和な日だった。

朝食のとき、母はきびきび振る舞ってはいたが、表情はやつれている。父は、母とも僕とも話すのを避けている気配だ。朝食のシリアルの残りを飲み込むようにして終えると、すぐ立ち上がってワークショップへ出て行った。

母と僕はキッチンに、向かい合って取り残された。

「すてきな日だよ、お母さん。ウィリアムズタウンビーチへ行こうよ」と強く誘った。

僕たちの家は、メルボルンでも最も古い地区の一つ、ウィリアムズタウン沿いの湾に近い。なぎさの近くに車を止め、母が選んだベンチに向かって歩いた。腰を下ろして、小さなボートに打ち寄せる波の音に耳を傾けていたら、だしぬけに母が口を開いた。

「ビデオテープを見たわ。お父さんが何を悩んでいるのか分かった。これまでずっと、そんなことを一言もいわなかったのに」

僕がアリスに会いに出かけたあと、父はキッチンのテーブルにビデオテープを置いて、用事があるから出かける、留守の間にテープを見ておいてほしいと言った、という。

「お父さんは夕方四時ごろまで、帰ってこなかった。そして、そのままワークショップにこもってしまった。話をしようとしても、あのことついては一言も口にしない。だから放っておいた。分かるでしょ、あの人の頑固なところ。自分が話す気になるまでは、一言もしゃべらないのだから」

母によると、その後しばらくすると、マーティンとアンドルーから、相次いで電話がかかってきた。弟たちは二人とも、父がやってきたとき家にいた。父はあいさつ抜きで、ただ玄関先でテープを渡して行ったという。テープの内容の説明もなかったという。

確かに、父は用心深い人間だ。テープの内容が、精神的なトラウマになりかねないものであることを知らないはずはない。そうは言っても、僕らに自分の過去を教えるのに、ビデオテープを渡すだけというのは、あまりにも頑迷なる寡黙というものではないか。

「マーティンとアンドルーの反応はどうだった?」と僕は聞いた。

母は、湾の風景に向けていた視線をこちらに移した。表情がよく分かった。心の動揺を隠せないでいる。

「アンドルーはあまりに動転して、ほとんど話ができなかった。本当にショックだったようよ」

と静かに言った。

「で、マーティンは？」

「マーティンは、あのことについて、ほとんど一言もしゃべらなかった。テープについてちょっと言ったあと、話題を変えたわ。でも、あれはマーティンのやり方ね。問題を一人で抱え込んでしまう性格《たち》だから」

母は僕の方を見ながら、「分からないのはね。テープを見ると二か月以上も前に録画されているでしょう。どうして、もっと早く話してくれなかったのかしら。二人が知り合ってから何十年もの間、秘密にしていた。そのうえインタビュアーたちに録画させたあとも、まだ黙っているなんて」

と言った。

僕は質問に対して答えることはできなかった。

「いつからこれを知っていたの、あなたは、マーク？」

僕はふたたび困った立場に立たされた。父がオックスフォードにやって来たことは母に話したくはない。父が自分の過去を沈黙していたことに問題があるにしても、そのうえ地球の裏側へ秘密の旅行をしていたことまで分かれば、罪状はますます重くなる。

「僕も今週だよ」と答えるしかなかった。

「善し悪しはとにかく、私たちは、もうみんな知っているわけね。でも、お父さんはただテープを渡すだけでなく、もっときちんと説明すべきだと思うわ、どう？」

　僕はうなずいた。

「おかしいのよ」と、母は思いめぐらすような口調で言った。ウィリアムズタウンからの帰り道だった。「お父さんが、ずっとチョコレート好きだったのは知っているでしょ。誰にも分けようとはしなかったし、分けるとなったら、全部自分で仕切って、一切れずつしか渡さなかった」

　父はずっと「チョコ中毒」だった。チョコレートをいっぱいため込んで、家のあちこちに隠していた。僕たちは、それで父をよくからかった。

「二、三週間前、お父さんはそれを全部、放棄したの、一気に。ある日、家に帰ってきたら、あの人がいろんな隠し場所を掃除している。板チョコ、箱入りチョコなんかが、宝物のように積み上げてあって、気がおかしくなったんじゃないかと思ったほど。『いったい、何をしているの？』と聞いたら、『捨てているのだよ。欲しかったら持って行ってもいいよ。なんなら孫たちにやってもいい』だって。『だけどまた、どうして？』と聞いたら、肩をすくめて『チョコが欲しくなくなったのだよ』と言ったわ」

　僕たちは家のドライブウエーに入った。「お母さん、大丈夫？」と僕はたずねた。他に何とも言いようがない。

「私は大丈夫よ、完全に立ち直ったわ。すべてを受け入れるのに時間がかかるだけ」と彼女は答えた。

　僕は彼女の態度に感嘆した。しかし、母が「もう大丈夫」なのかどうか、疑わしい。彼女はくすんだ感じで、仕方ないというように首を振り、「この世の中は……」とつぶやいた。

母は何でもないという顔をしていたが、完全に回復しているとも思えなかった。しかし、いまになってみると、母の感情の変化に気をつかってばかりいるより、僕が平常心でいた方が、母もよほど気楽に父の問題に対応できたのではなかったかという気がする。

母と家族のみんなが父の過去を知るに至ったいま、短い小春日和が訪れたようだった。カーテンが開かれ、窓もあけ放たれて、新鮮で穏やかな外気がわが家に入ってくるような気分だ。

父がすべてを話すと決意したので、僕の調査も他の人の協力を求めやすくなった。その二日後のことだ。リビングルームで新聞を読んでいたら、家の前で小さな爆発音がした。

「あれは、いったい何?」母がそう叫びながらやって来て、カーテンの透き間から外をのぞいた。僕も一緒に見た。オンボロの車が、ブルルンと車体を振わせて止まった。

運転席のドアが開いて、アリス・プロッサーが出てきた。助手席においた大きなバッグを引っぱり出し、足を引きずりながらドライブウエーを歩いて来る。丸く巻いた大きな地図と何冊もの本を脇の下にはさんでいた。

「お気の毒に、あの足がだいぶ痛むようね。誰なのかしら。お父さんに何かを修繕してもらいたくて来たのね」と母が言った。

明らかに、母はアリスが何者なのか知らない。

「窓から離れなさい。私たちがのぞいているのが見えたら、失礼だわ」母はそう言って、僕を軽く、つついた。「お父さんに言ってくるわ。お相手を頼むわね」

「アリス!」僕はドアを開けて叫んだ。「これは驚きだ。さあ入って」。そのとき、父がキッチンに入ってくる音が聞こえた。

ぎこちない瞬間だった。僕ら二人が親しくしている、おとぎ話の子鬼のようなこの女性は、いったい誰なのだろう。母は不思議そうな顔をしている。

「妻のパトリシアだ」と、部屋に入ってきた父は言った。アリスは母に手を伸ばした。母は当惑したようだ。

母パトリシアと父アレックス

「アリスは、私の過去を調べるのに協力してくれているんだ」。母の顔に不審の色が浮かんでいるのを見て、父は言った。

「あら」と母は言い、気を取り直して椅子を勧めた。

「たばこを吸っていいかしら」とアリスが聞いた。母がうなずいたので、たばこ入れを取り出し、刻みたばこでシガレットを巻いた。

「コーヒーかしら、アリス？」母はたずねた。

「ええ、パトリシア。あなたのこと、パットと呼んでいい？」

「どうぞ、どうぞ」アリスに向けていた不審な態度が、母から消えた。

アリスは、持ってきた本の山に手をのせた。

「この本に目を通す機会がまだなかったの。ターゲットはコイダノフね。みんな、それに専念しなくちゃ」とアリスは言った。

「私は、そんなお利口さんじゃないから、飲み物とサンドイッチを作るわ」。母はコーヒーを準備しながら、声をかけた。コーヒーを出したあと、母はキッチンカウンターと反対側の、コンロと流しに近い方に引っ込んだ。

結論から言えば、コイダノフは驚くほど容易に見つかった。コーヒーが終わると、アリスは何冊もの本の中の一冊に手を伸ばした。イディッシュ語かロシア語の本だ。彼女は老眼鏡を鼻の先にのせ、耳にペンをはさんで仕事にかかった。

「えーっと、コイダノフっと。クイドノフ……コイダニェフ……」。彼女はいろんな綴りの可能性を調べながら、たどって行く。一〇分ほどで彼女は、これまで出版されているザムルブーフのリストでコイダノフの記述を発見した。「ザムルブーフというのは、歴史的な情報を収集したものなの。写真、逸話、エッセー、回想録――東欧のユダヤ人のコミュニティーの多くの町や村で保存されてきたものを集めてね」

「ここよ」と、彼女はリストの中の言葉を指さして言った。「ベラルーシのミンスク地区にコイダノフと呼ばれる村がある。ああ、どの地図でも見つからなかったわけが、いま分かったわ。第二次世界大戦の直前に、村の名前がジェルジンスクに変えられた、と書いてある。ソ連最初の政治警察、あの悪名高きチェーカー（KGBの前身）の創設者ジェルジンスキーの名前を取ってつけられたのよ。スターリンはこの場所に、もっとソビエトの匂いを与えようとしたに違いないわ」

何日か前、父と夜中に地図帳であちこち調べていたとき、僕はジェルジンスクという地名に遭遇していた。

アリスは、本の山の中の別の一冊に注意を向けた。この本には、大戦前のヨーロッパの地図が何枚も載っている。その一つで、コイダノフは難なく見つかった。みんなはアリスの周りに集まっ

て、彼女が指をおいている場所を見た。それで正しいのかどうか、僕には分からない。地図のコイダノフは、ストルブツィから北東のかなり離れたところだ。ストルブツィは、兵隊たちが「S」と呼んでいたベースキャンプの場所ではないか、と父は推測している。そして、兵隊たちが父を「発見」した場所だと教えてくれたところからも遠くはない。

しかし、可能ではある。とりわけ、父がラトビア警察部隊にストルブツィ近辺で「発見」されるまでの数か月間、大きな円を描くように、森の中を歩きまわっていたとすれば可能だ。そこで見つかった父は、クーリスにつれられてストルブツィに行く。そしてローベの許可をえて、部隊のマスコットに採用され、身ぎれいにされて軍服を与えられる。それからスロニムへ派遣され、そこで虐殺が起きた、ということになる。この筋書きが成り立つには条件がある。父が見つかった時期が、兵隊たちが父に語っていた時期より前でなければならない。

オックスフォードのM教授は、父がもしスロニムの虐殺を目撃していたとすれば、父の村の根絶は一九四一年十二月以前でなければならない、と推定していた。ソ連当局は、スロニム虐殺が起きた日として、一九四一年後半以後のいくつかの日付を挙げている。しかし、これはローベ司令官ならびにラトビア警察部隊に対するソ連当局の告発内容が正しいとしての話である。ローベなどが主張しているように、父が一九四二年の（五月末か）六月（初め）に発見され、ラトビア部隊の仲間に入れられたのだとすれば、父が目撃したのはスロニム虐殺事件ではなく、何か別の知られざる無名の事件だったのだろうか。

僕は地図をよく見て、さきに父と僕が発見した点を再確認した。ストルブツィの西南にスロニムがある。この二つの地点の距離は、第一八があえて任務を遂行する距離として、遠すぎるだろうか。

父の顔をちらりと見た。かれはすでに僕の方をじっと見ていた。同じ思考をたどっていたのだろう。僕はこのことを口に出しそうになった。そのとき、父はほんの少し顔を動かし、目配せをまじえて何も言うな、と合図してきた。

幸いなことに、アリスはわれわれの動きに気づいていない。彼女は、地図の上の地名を見つめている。その地名を凝視していると、昔と現在のコイダノフが見えてくるとでも思っているみたいだ。コイダノフが現実に存在する地名だったという発見に、私たちは勇気づけられた。アリスは、もっとコイダノフの情報を集めようと、他の本の関係ページを次々にめくっている。僕たちは期待をこめて、彼女のまわりでそわそわしていた。

母はアリスに、濃いブラックコーヒーをもう一杯作った。テーブルに置くと、アリスは喜んですすり、別の本に移った。今度はロシア語だ。彼女はその中に、ジェルジンスクで一九四一年十月二十一日に起きた虐殺事件の、短い記述があるのを見つけた。大祖国戦争のさなか、一六〇〇人の愛国者がファシストの手によって殺された、とある。

アリスは「つまりこのソ連公式用語を翻訳するとね、ユダヤ人一六〇〇人がホロコーストで殺されたということなの」と、閉口したように言った。

「どういうことかね？」と父は聞いた。

「ソ連はホロコーストというものを認知していないのよ」とアリスは説明した。「この種の根絶は、単に愛国的市民に対する犯罪と言われているわけ。そして第二次世界大戦は『大祖国戦争』と呼ばれているの」

彼女は椅子にそり返って、コーヒーをすすった。「今度は、コイダノフと連絡を取る必要があるわね。私はミンスクに連絡相手が一人いるわ。現地のホロコースト調査センターで働いている、ミセス・ライズマンという歴史家で、二度ばかり手紙をやり取りしたことがある」。そう言って、バッグから住所録を引っぱり出した。

「これだわ。コイダノフについて情報を知りたかったら、まず連絡すべきは、このフリーダ・ライズマンよ」

アリスはシガレットをもう一本巻いて、深々と吸い込んだ。

「いま手紙を書きましょうよ」と彼女は言った。

「いますぐにかね？」。父は急な話に驚いた。

「英語で何と言うんだっけ？　何とかは熱いうちにとか……」と、アリスは僕を見て聞いた。

「鉄は熱いうちに打て」と僕は言った。

「それ、それよ。あなたの話を全部細かく手紙に書いて、彼女に送るのよ」とアリスは言った。

父の顔は明るくなってきた。突破口が開けるかもしれない。父はうなずいた。

キッチンの方から僕を見ている、母の視線を感じた。目が合うとほほ笑んだ。特有の慎重さを失わないながらも、彼女なりに興奮していたのだ。そして、キッチンカウンターの下の引き出しから、便箋と封筒を出してきた。


僕はリビングルームに独りで座り、父とアリスが文面を作りながら、小さい声で話しているのに耳を傾けていた。僕はミンスクへの旅に必要なものを、頭に描きはじめている。アリスが僕を呼んだので、中断した。キッチンに入って行くと、父が彼女の脇で、これでいいのかなと、心配そうな顔で座っていた。

「終わったわ。読んで、どう思うか教えて。あなたは教養ある青年だから」とアリスは僕を見て言った。

僕は笑ってリビングルームに戻り、手紙を校正した。よくできている。これまで話し合った問題をできる限り詳細にカバーしていて、「コイダノフ」と「パノク」にも触れ、父が村で目撃した虐殺も描写されている。

アリスが杖をついて、磨き上げたキッチンの床を歩きまわっている音が聞こえる。彼女の顔が入口に見えた。続いて父の顔も。

「それでいい？」とアリスが聞いた。

「もちろん」と僕。

「すごいよ、アリス」と父が言った。

アリスは二人がほめたので喜び、恥ずかしそうにほほ笑んだ。

「自分でポストに投函しなきゃ。それこそ象徴的でしょ」とアリスは言った。

「何か返事がくると思うかね」と父が言った。言葉に期待がにじんでいる。しかし、アリスは肩をすくめた。

「待てば分かるわ」

「私が、いますぐ郵便局へ持って行こう」と父は言った。もう玄関のドアに向かっている。「すぐ戻るから」

「一緒に行くよ」と声をかけて、僕も上着を取った。

僕は父の歩くペースに合わせようとした。恥ずかしいことに、父の体力の方が上だ。

「どうしてスロニムのことを、アリスに言っちゃいけなかったの？」と僕は聞いた。もう軽く息が切れている。

「アリスに、私がその種のものに関係があると思ってほしくないのだよ」と父は言った。歩く速度は少しも落ちない。

「お父さんも殺したのではないか、という疑いを持たれたくないんだね？」

父はうなずいた。

「殺さなかったんだよね。そうだよね、お父さん?」

それこそ僕が、父にたずねるのを最も恐れていた質問だった。二人ともまっすぐ前を向いて歩いているので救われた。父の顔を見なくてすむ。

「絶対に」と父は言った。首を横に振るのが見えた。「絶対に、そんなことはしていない。兵隊たちが私にやらせようとしたが、一度だって、他人に手をかけたことはない。いつもすくんで逃げ出して、笑われていた」

僕たちは並んで歩き続けた。

「ある事件があった。最悪のやつが」と、父は声を落とした。近隣の人に聞かれはしないかと怖れているみたいだ。「森のパトロールをしていたときだ。場所は分からない。兵隊たちがユダヤ人の若者を捕まえていた——パルチザンと一緒にいたのだろう。せいぜいで一六か一七歳ぐらいだった。手を縛って、キャンプにつれて来た」

父は続けた。

「私たちがそこに着いたとき、若者は長いロープで木に縛られていた。兵隊たちは足元の地面にピストルを撃ち込み、かれが必死に逃げ回るのを見て、ゲームのように笑い転げていた。見ていられなかった。若者の顔に恐怖の色が走った。そっと抜け出そうとしたとき、兵隊の一人がピストルを手に押し付け、『撃て!』と大声を上げた。他の兵隊たちもみんな手をたたき、『撃て』の大合唱が始まった」

父はこの少年と同じくらい恐怖にかられた。動きがとれない。逃げ道もない。

「私が思いついたのは、若者の足を狙って、撃ち損じることだった。その通りにした。弾は、少年が縛られていた木の幹の中ほどに当たった。兵隊たちは失望の声を上げた。一人の兵隊が私にピストルの狙い方を示してみせた。私は自信を持ってうなずき、撃ち方が分かったふりをした」

父は、訓練の射撃演習では優秀な成績をおさめていた。しかし今度は、意図的に、木の向こう側に立っている兵隊の頭上に向けて撃った。

「兵隊は首をすくめた。当たらないことは分かっていた。何人かの兵隊は、私に悪口を浴びせた。しかし、クーリス軍曹は、私がわざと照準を外したのを見抜いたらしい。ちらりと私を見ると、大股で歩いてきて耳のあたりに一発くらわせた。そして『こいつは馬鹿だ。もっとピストルの訓練が必要だ』と聞えよがしに言って、私を兵舎の方へ押し出して、危険から救った」

クーリスは危地を逃れさせた。しかし父には、これが自分の意志力とわが班への忠誠度のテストだったと分かった。「私はそれに落第したのだ。私には、ユダヤ人であれ誰であれ、人を殺すことはできなかった。そんなことに抵抗する何かが、私の中にあったのだろう」と言った。

父と僕は、郵便局の入口に立った。

「兵隊たちは、手当たり次第に誰でも殺した。こんなことを立て続けに目撃していたせいで、私自身も殺人者だと感じるようになった。かれらと一緒だったのだから。あのインタビュアーたちは、おそらく正しいのだ。私はユダヤ人の殺害者だ。文字通り手を下していなくとも、そこに立っていながら何もしなかったのだから」

「お父さん、そのときは五つか六つだったんでしょう。何ができたというの？　そんなことをしたら、逆にお父さんに銃が向けられ、殺されていたよ」と僕はなだめた。

父はうなずいた。「私の運命の解決には、その方がよかったのかもしれない。いまになってかれらの憎悪と糾弾に合うより、子供として死に、忘れられ、誰も知らない殉教者で終わる方が、よい解決法だったのかも知れない」と言った。

静かだった。

「その若者はどうなったの?」と僕は聞いた。

「その日、遅くなって戻ったら、ロープはまだ木に結ばれたままだった。しかし、若者の姿はどこにもなかった」と言って、父は首を振った。

第23章　夜ごとの悪夢

手紙を投函した直後の高揚がさめると、父の気持ちに緩みが出てきた。ある朝、父がキッチンに独りで座り、暗い表情をして虚空をにらんでいるのを、僕は目にした。

「もしコイダノフが私の村だったとしても、一握りの思い出以外に何があるのだろう。思い出なら、私のここにあるわけだし」父はそう言って自分の胸をたたいた。

「じゃあ、あの手紙から、何を期待しているの？」と僕は聞いた。

「正直いって、分からない。ワラでもつかもうとしているのか。そんなところで、私を覚えている人や、待っている人がいるだろうか。私の家族はすべて死んだのだよ……あの根絶の現場に、父親がいたという記憶はないが」

その答えは僕にない。ミンスクに送った、あの内容の乏しい、雲をつかむような手掛かりだけでは、いくらフリーダが有能でも、探索しようがないのではないか。僕はそうも考えていた。

とりわけパノクの問題は、もう一つピンと来ないところがあって、もどかしい思いがしていた。フランクがようやく連絡してきて、パノクとコイダノフ村との間に決定的な関係は見つからなかったという、最終的な調査結果を教えてきた。では、なぜ父の記憶の中で、この二つの言葉がそれほど強く結びついていたのか。フランクの話では、戦前にミンスク周辺に住んでいたパノクを名乗る家族は、ホロコーストですべて死滅したということだった。もうパノク姓を名乗る人間を見つけることはできないらしい。

しかし、父はパノクをめぐるミステリーを、容易に忘れようとしなかった。何度か、自分の名字はパノクに違いない、と言い張ることもあった。その直後に、禁欲的なあきらめの境地に陥って、自分が何者であるかに興味はなくなったと、言ったりもした。

このような父の精神的、情緒的なもろさも、僕には気がかりになってきた。

ミンスクからの返事を待つ間、わが家はどんよりしたムードに覆われていたが、少なくとも日中は、正常にみえる生活の形を保っていた。両親とも日常の生活パターンに戻ろうと努めた。父はワークショップで修繕に時間を過ごし、日曜日には母と一緒にランチに出かけたり、友人を訪問したりした。二人は世俗のシナゴーグともいうべき、カフェ・シェヘラザードへもしばしば足を運んだ。母はそこでコーヒーとチーズケーキを頼んで、女性雑誌をひろい読みした。父は落ちつきなく椅子に浅く腰かけ、他の客の行き来を眺め、熱心に（母の観察によれば、必死に）自分の体験を聞いてくれそうな顔つきの人はいないか、と探しているようにみえた。

僕は図書館で、調査に何時間も費やしていたので、いくぶん気が紛れた。父の運命をもたらした歴史的な事件の前後の関係がどうだったのかを、頭に描こうとしていたが、資料によって同じ事件に全く相反する説明が出てきたりするので、欲求不満に陥ることもあった。このため大まかな画布の上に、疑問の余地のない歴史的証拠だけに基づいて、事実関係を再現することしかできなかった。

例えば、記録が示すところでは、ハインリッヒ・ヒムラー（国家秘密警察長官）は一九四一年七月にミンスクを訪れている。表向きの目的は、西欧から東方へ移送される、ヨーロッパのユダヤ人のための「生活圏」確保の促進を図るためとされていた。しかし、ヒムラーはその実現のために、ベラルーシのユダヤ人を根絶することに熱意を燃やしていた。かれがベラルーシでアクツィオーネン、すなわち行動を開始するよう命じたのは、この時期だった。

（これは一九四二年一月のヴァンゼー会議以前であり、最終解決、すなわちガス室と死の収容所という、根絶の効率化を図るシステム的な政策が導入される以前のことだ。ヴァンゼー会議に先立つ時期には、東ヨーロッパの町や村に住むユダヤ人を一掃するために広く採用されていたのは、一人ずつ射殺し、集団墓地に放置するという方法だった）。

殺害はアインザッツグルッペンによって遂行された。この行動部隊を構成していたのは、バルト諸国の警察部隊およびその他の軍事部隊など、雑多なグループだった。これらのグループは、究極的にはドイツSS司令部の指揮下にあったとはいえ、組織の内部統制は現地司令官の手にゆだねられていた。さらに、アインザッツグルッペンが白ロシア（現ベラルーシ）の各地、とりわけミンスクの周囲の地域に入り込んでいたこと、一九四一年の晩夏から初秋にかけてアクツィオーネンを開始したことも分かった。

さらに調べを進めると、この地域でのラトビアの軍関係組織の動きについても明らかになった。ローベ司令官とルベニス大尉の共同指揮下にある警察部隊が、一九四一年十一月から十二月にかけて、「掃討任務」と「パルチザン」狩りの支援のため、この地域に派遣されていた。「パルチザン」という言葉は、「ボルシェヴィキ」という言葉と並んで、ユダヤ人を遠回しに指す婉曲語として使われていたのだ。

これらの事実は、自分が兵士だったとき、部隊にはローベとルベニスの二人の司令官がいたという、父の混乱した記憶と完全に一致する。また、父が当初の段階で、自分の部隊はユダヤ人ではなく、「パルチザン」だけを捜索していたと強調していたこととも符合する。五歳の子供だった父は、兵隊たちが教えたことを、額面通りに受け入れていたのだ。さらに、スロニムの虐殺に関して最も重大なことは、この事件当時、ラトビアの警察旅団が現場に存在しえたかどうかをめぐって、相矛盾する説や見解が入り乱れ、いまだに確定できないでいることである。

一九四二年半ばに、父の第一八旅団は、国防軍に編入され、第一八大隊となった。同部隊は一九四三年の晩春にリガへ召喚され、短い期間ののち再編されて、カーリス・ローベ指揮下のSS部隊であるクルゼメ大隊となる。同大隊は一九四三年七月、ロシア戦線に派遣され、レニングラード南方のヴォルホフ沼地と呼ばれる前線に送られた。同沼地は、ヴェリキエ・ルーキの北方にある。父が正確に記憶している通りだ。決定的に重要なのはこのクルゼメ大隊の編成替えにともない、少なくとも制服が二度にわたって変わったことだ。これも父の記憶と一致している。

僕の調査の結果、多数の情報源に基づき、コイダノフの町で根絶が実際にあったこと、その日付は一九四一年十月二十一日であることも確認できた。

毎晩、夕食が終わって、母が皿を洗うか、アイロンがけをし、父がキッチンテーブルで黙って座っているとき、僕は顧客に報告する私立探偵よろしく、その日の調査で明らかになった不愉快な事実を伝えることにしていた。

そんなある夜のこと、コイダノフの虐殺の調査結果を父に報告していて、きわめて不吉なことが僕の頭に浮かんだ。

「もしかして……」と僕は言いかけて止めた。

「もしかしてって、何が？」。父は敏感に反応した。

僕が何を考えていたかは、父に知ってほしくなかった。ひょっとして、ラトビア警察旅団がコイダノフの虐殺を遂行していたのではないか。言い替えれば、父を養育し、世話をしてくれた、まさにその連中が、父の母や弟や妹を殺し、一族の者を絶滅に追い込んでいたのではないか、と考えたのだ。

僕は戦慄《せんりつ》した。ローベやクーリスが父の家族を殺していたかもしれない、という恐ろしい可能性――それこそ、父に考えてすらほしくないものだ。

結局、僕はこの疑惑を口にしなくてよかった。後になって、コイダノフ根絶はラトビアではなく、リトアニア第二旅団の犯行だったことを知ったからだ。この旅団も、一九四一年にミンスク南西部の多くの村で活動していた。

この調査の過程で、僕はラトビア警察旅団の行動をめぐる論争にも遭遇した。アンクルが父に語ったことや、記録を見ると、クルゼメ大隊は戦後、連合国側によって、スロニムで一九四一年後半（先に述べたように、発生の日付については各種の説が交錯して確定できていない）に虐殺を行なったとして訴追された。その結果、ラトビアから脱出しなかった大隊のメンバー数人が戦争裁判で有罪を宣告され、処刑されている。しかし、ローベを含む他の大隊関係者は、大隊が虐殺に関与したことはないし、スロニムの近郊にいたこともないと主張している。

僕が文献を研究して判断した限りでは、かれらがスロニムに関与したかどうかは、歴史家にとっても、ラトビアの愛国者たちにとっても、いまだに論争の対象であり、決着はついていない。その中で、僕の注意を引き、また判断に苦しんだのは、スロニム虐殺に関する何人かの目撃証言だった。目撃者たちは、犠牲者はユダヤ人であり、老人、女性、子供がシナゴーグの中へ追い込まれ、生きながら焼かれたと証言している。これらの証言は、父が僕に語った記憶と完全に一致する。そして、それは、父が列車の屋根で別の兵隊に縛られ、旅団とともに地名不詳の場所へ行かされた日に起きている。それはまた、制服を着た珍しい少年兵士と写真をとってもらおうと、父の周りに兵隊たちが集まった日でもあった。

父はその日、実際にスロニムへつれて行かれ、そこで虐殺を目撃していたのだろうか。

その質問を持ち出したとき、父は言葉を濁した。

「別の時、別の場所だったかもしれないよ」

それは、十分ありうることだ。部隊が卑劣な行為をして回った先々で、多くのシナゴーグに火がつけられたことも間違いない。

しかし、その時、父は考えを変えた。

「私を見つけたのは、一九四二年五月の終わり近くだったと兵隊たちは言っていた。しかし、もしそれより早かったら、ずっと早かったら、スロニムの前だったらどうだろう。鍵はどれだけの期間、私が凍てついたロシアの森にいたかだ。そして、まるまるひと冬も、たった独りで、ずっと森の中にいたとは、私自身、信じられない。そんな、すべてが奪われた状態で、子供が生き残れるだろうか？」

そして続けた。

「兵隊たちがどうやって私を見つけたかを話してくれたのは、ローベ司令官だった。それも夏になってからだ。おそらく時とともに、私自身が混乱していったのだろう。クーリスが私を銃殺隊から救ってくれたことは、はっきり覚えている。しかし、それが夏だったように思うのは、ローベが繰り返しそう言ったからだ。君に話したように、私が銃殺隊の前に投げだされたとき、地上には雪があったような印象がある。だから分からなくなる。私の問題は、私が実際の記憶と、後から記憶するよう言われたことが、ごちゃまぜになっていることなのだ」

父は一息入れて、「かれらは、なぜそんなことで、うそをついたのだろう」と聞いた。

「自分たちの痕跡を隠すためですよ。お父さんは、現場にいたすべての兵隊の行動に関して目撃証人になりうるから。その日に撮られた写真がどうなっているのかなあ。兵隊の誰かが持っていないかなあ」と僕は答えた。

父は肩をすくめた。「戦争犯罪人にされかねないような証拠を、保存している酔狂な人間が、どこかにいると思うかね？」

わが家のもろい静寂は、父が寝ている部屋からの沈痛な嘆きと叫び声で、ほとんど毎晩のように破られた。母の眠りを妨げないように、父は別室で寝ることにしていたが、だめだった。父の眠りを脅かすどのような夢が、その夜にやって来るのか。僕は毎晩、恐怖と期待を混じえ、うつらうつらしてベッドに横たわっていた。母と僕が父の部屋の外ではちあわせし、室内で苦しむ父の様子に耳をそばだてることもあった。

ときどき、父が目を覚まして、部屋の中を歩きまわる音が聞こえることもある。そんなとき、母はドアを軽くたたき、「アレックス、大丈夫?」と、ドアのすぐ向こうに立っているのが父かどうか分からない、といったような感じでささやいた。するとき、「大丈夫だよ。いやな夢を見てね。部屋に戻ってお休み」と、くぐもって物憂そうな父の答えが聞こえてくる。

僕がドア越しに「紅茶でも飲む?」と言うと、父が「分かった。すぐ行くよ」と答えるときも多かった。しかし、ベッドに戻れというときもある。父には自分のプライバシーが必要なのだ。父が人に話せない夢とはどんな夢だろう。

たいていは、僕がキッチンで紅茶を入れていると、何分か後に父が現れた。自分の夢から覚める段階が必要なのだろう。

このような夜ごとの緊張が続くと、見せかけの陽気さすら、保っていくのがだんだん難しくなってくる。

しかし、いつも不安をつのらせる夢ばかりではなかった。コイダノフを発見してからというもの、父は興奮しやすい局面を通り越して、村で暮らしていたころの楽しく懐かしい思い出や夢にも道を開くようになった。しかし、そんなときでも、自分が失ったものがいかに大きかったか、なぜ自分だけが生き残ったのかなどと考え、トラウマに襲われることもあった。

ある夜のこと、僕がキッチンへ行ったら、父が流しのところで、お湯が沸くのを待ちながら、窓に映る自分の姿を見つめていた。さらに近づくと、自分の姿ではなく、外を見ているのが分かった。

「お父さん」と僕は小声で言った。かれは手をあげて、静かにと合図した。

何が起きるのだろう。父はとつぜん口を開いた。「リンゴの木だ！　夢に見たばかりだ。裏庭のリンゴの木に、登って、遊び、実をとって母親に渡した」

気分は高揚している。「目の前に自分の手が見える。登ろうと幹につかまっている。枝や葉の間から、地面を見下ろしている。地面は何キロも下にあるみたいだ。母親は下から私を見上げている。私は手を伸ばして、リンゴをもぎとり、そっと投げ落とす。彼女はそれをエプロンで受ける。受けそこなって地面に転がるリンゴもある」

父は、夢の説明を過去形ではなく、現在形で、いまこの瞬間に起きていることのように語っている。過去に戻って、そのときの体験をそのまま、生きいきとリアルに語っている。

「母親の唇が開いて、ほほ笑むのが見える。エプロンがリンゴであふれ、笑っている。大声で叫んでいる。『十分よ、これで十分！』。しかし、奇妙なことに彼女の声が聞こえない。どんな音色かも分からない。私の名前を呼んでいるが、私には聞こえない。彼女の顔を見ているのに、顔のつくりも目鼻立ちも見えてこない。はっきり形を結ばない。ほんのちょっと、別の方向に目を向けると、何かが私の注意を引く」

父は僕の腕をしっかり握った。「下の方だ。少しばかり左。小屋だ。男が一人、中で動いている。

何をしているのだろう、よく見えない」。小屋の中をのぞこうとするように、頭を動かす。

「ちょっと待った」。僕が口を開こうとしたら、父は手を上げて止めた。「母親と私の笑い声が、男に聞こえた。小屋の入口にやってきた。私の方を見上げた。私の父親だよ、マーク」。父は興奮したように言う。

「顔が見える？」

「いや、あっちへ行っちゃった。いま小屋の中が見える。皮だ、動物の皮だ。父親の後ろに、皮がぶら下がっている。仕事の材料だ。これでいろんなものを作っている。村の人がやってきて、かれの作ったものを買っている。靴屋か、皮なめし工に違いない」

「夢はそこで終わりじゃなかった」と父は話を続けた。「とつぜん私は、空高く舞い上がった。通りの家が全部見えた。私の家とリンゴの木と小屋が見えた。木の小屋で、それに沿って横に十分な幅の馬車の引き込み場があった。これが私の住んでいる家だ」

「私は天使のように舞い下り、屋根の少し上あたりの、空中に浮かんでいる。普段着の村の人たちが歩き、お互い言葉を交わし、仕事に精を出しているのが見える。しかし、ここもまた、死のような静けさだ。顔を見たいができない。見えるのは頭のてっぺんだけだ。でも、間違いなく、この人たちを知っている。しかし、自由に飛ぶことができない。とつぜん木のところに戻されていた……」

父は眼をこすった。夢から覚めたばかりみたいだ。悲しみが、手に取るようだ。

僕は父にいろいろ質問を始めた。何か他に覚えていることがないか。一つでも確実な手掛かりでもあれば、役に立つ。しかし、それは父の不興を誘っただけだ。

「いや、通りの名前とか、そんな標識は何も見なかった。町の名前とか、どこの国だったかも分からない」と父はうんざりしたように溜息をつき、頭を抱えた。

「それは町だった？」

「分からない。その場所が大きいところか、小さいところかも分からない。小さく見えたが、空高く飛んでいたからかもしれない。でも、その家と地域を実際に見たら、絶対にこれだ、と断言できる」

　僕は心配になった。これは父の想像が生み出した夢ではなのか。眠りによって、過去の記憶がよみがえってきたのか。

「コイダノフでその家を見つけられるだろうか……」僕はそう言ったが、すぐに反応はなかった。父は、物思いにふけっていたのだ。

「あの木は私にとって、幸福を連想させてくれる。いつも登っていた。友だちと遊ぶところでもあったし」と言って、微笑した。その物の言い方がうれしい。どれほどささやかであっても、父に幸福の感覚を取り戻してほしかった。

「ミンスクへの手紙の返事を待たねばなるまい、このミステリーが解けるためには」と父は冷静に言った。

　この数週間、アリスはこの家にやってくると、わが家にみなぎっている深刻な空気にすぐ屈してしまう。父が前夜に見た夢の記憶を語る間、彼女はキッチンのテーブルに向かい、背中を丸めて座り、顔をしかめてシガレットを巻きはじめる。

彼女は、父のほんの少しの思い出にも反応した。父が話している間、鋭い観察眼を向けて、かれの手を軽くたたいた。父は彼女に、自分の家の夢の話をした。

「そういう細かいこともただちにフリーダ・ライズマンに送らなきゃ。どこにどんな幸運が隠れているか、知れないわ」と彼女は言った。

僕は心配して口を出した。「少しずつ情報を送るのじゃ、調査する側もやりにくいでしょう。どこの村のどのリンゴの木か、分かりはしない。ロシアには裏庭にリンゴの木がある家は、いくらだってあるだろうし」

「あなたは悲観主義者をやってなさい。私はフリーダ・ライズマンに電報を打って、リンゴの木と皮なめし工の情報を知らせるわ」と彼女は言った。

アリスはそれまで吸っていたシガレットをもみ消し、残りをタバコ入れに戻した。

第24章　電報

ミンスクのフリーダ・ライズマンへ手紙と追加情報の電報を送ってから、六週間以上が過ぎた。土曜日の午後だった。両親と僕がシェヘラザードにいたら、父の携帯電話が鳴った。「はい？」と答えた父の顔が、とつぜん赤らんだ。「本当に？　私たちは近くにいる。いつものところだ。オーケー、じゃすぐに」と言って、電話を切った。

「アリスだ。息を切らしている。ここにいてほしいそうだ。ミンスクからのニュースだ」

父の様子がとつぜん、興奮から懸念に変わった。僕たちは、黙ってアリスを待った。父は携帯をいじりながらそわそわし、母はあらぬ方向を見つめて、指でテーブルを軽くたたいている。

やがてアリスが、ガラスドアの向こうに姿を見せた。にんまり笑っている。足を引きずりながらホールを横切り、紙片をテーブルにパシンと置いて椅子に座った。

「電報よ、ミンスクからの」。ついに来たわ、といった調子だ。

僕たち一人ひとりが、わずか数語の電文を一語一語、味わうように読んだ。

《コイダノフ出身の数奇な運命をたどった男性に関する件。
　家族のメンバーの可能性あるやに思われるもの、ミンスクに在住。後続のアレックス・カーゼム宛て書簡を見られたし》

「誰が見つかったのかな、正確には。いとこ？　おばさん？　誰？」と僕は叫んだ。

「こんな気をもませるやり方でなく、もう少し情報をよこしてくれればいいのに」と、母もじれったそうに言った。

アリスも同意してうなずいた。

父はいつものことだが、最も冷静だった。「ただ忍耐強く待つしかないよ。一歩ずつだよ、一歩ずつ」

「あら、アレックス、一刻も早く知りたくないの？」と母は言った。

「でもまあ、《家族のメンバーの可能性あるやに思われるもの》と言っているだけだよ」と、父は電報に手を伸ばして言った。「機が熟するのを待とう、急《せ》いては事を仕損ずる、だ」

母と僕は、がっかりして目を白黒させた。しかし、この遅れで、どんな便りが届こうと、それを受け入れるだけの心の準備ができる。父はそれがありがたいと感じていることが、僕たちにも分かった。

一週間後、父が修繕の仕事で家を出た直後に、ミンスクからの手紙が配達された。

「開くべきだろうか」と僕は聞いた。

「落ちつきなさい。お父さんはそろそろ戻るでしょう」母は手紙をしっかり握りしめて言った。

しかし、母も同じくらい興奮していることは、僕にも分かった。

父が家に入ってくる音が聞こえたとき、僕たちはキッチンにいた。

「郵便がコーヒーテーブルの上にあるわよ」と母が言った。

隣の部屋は、しばらく静かだった。数分後、父がキッチンに入ってきた。封筒を空中にかざしている。

「ミンスクからだ。それはもう分かっているだろうが」と父は言った。

母と僕は小学生のように興奮し、息を殺して待った。父は不器用に封筒をいじくりまわしていたが、意を決して僕によこした。

「ほら、お母さんと私に読んでくれよ」

僕は異を唱えた。まず父の目に触れるべきものだ。

「でも、老眼鏡が見つからないのだよ」父はそう言って眼鏡を探すふりをした。「どこに置いたかなあ」

時間稼ぎをしているのは確実だ。

「紅茶が一杯ほしいな」父はそう言って母の方を向いた。

母は急いで作って、父のところへ持ってきた。

「さあ、もういいですか？」と僕はたずねて、封筒に手を伸ばした。

「いや」と父は言った。「もう一つ。アリスにすぐ知らせなければ」父は電話に手を伸ばした。

「アリス、君へのメッセージだ。できるだけ早く来てほしい。ベラルーシから手紙がきた」と父は言った。

「取りかかろうか」と僕は言った。もう待ちきれない。

僕が手紙の封を切ったとき、中から何かがひらひらと落ちた。写真のようだったが、僕が動く前に、父がさっと拾い上げた。父はそれを見て顔色を変えた。しかし、何も言わずにシャツのポケットに入れた。

「そこに何を入れたの?」と母は聞いた。

「たいしたものじゃない。後で見せるよ」

父は椅子に腰かけ、紅茶をすすった。母は父の後ろに立ち、椅子の背をつかんでニュースにそなえる態勢を整えた。

僕は手紙を引っぱり出した。ロシア語で書いてある。アリスが着くのを待つしかない。今度は、僕がアリスの携帯にかける。彼女はすぐ出た。

「お父さんのメッセージが入っていたから、いまウェストゲート橋を渡っているところ。もうすぐ着くわ」

僕は携帯を切り、アリスが間もなく着くと二人に伝えた。

父は消耗したように見え、自分の部屋で休むことにした。

「でも、アリスは間もなく来るよ」と僕は言った。

「心配しなさんな。あのオンボロ車のバンバンが聞こえたら、すぐ行くよ」

母と僕は、キッチンでアリスを待った。間もなく彼女の車が、バンバンを轟かせながらドライブウエーに入ってきた。そのすぐ後に、父がアリスと話している声が聞こえた。

「何がどうしたって？」。アリスは足を引きずりながらキッチンに入ってきた。彼女の服装には驚いた。一風変わった私立探偵とでもいえば通じるだろうか。レインコートをだらしなく着て、超大型サイズのトートバッグをぶらさげ、シガレットを唇の端にたれるようにくわえている。そのうえ、意図的なのかどうか、黒い大きなフェルトの中折れ帽をかぶり、帽子のシルクのバンドに黄色い羽根をはさんでいた。

深々とたばこを吸いこんでから、彼女は静かな声で翻訳しはじめた。

〈親愛なるアレックス・カーゼム。あなたの問題がミンスクのわれわれに届いたのは、神のなせるわざでありましょう。私の名前はフリーダ・ライズマン。当地のホロコーストセンターの歴史家であります〉

〈三週間前の朝、ドアがノックされ、私あての手紙が届いたとき、私はセンターのデスクで自分の本の原稿に目を通しておりました〉

「三週間前にようやく？」と父は口をはさんだ。「彼女のところに届くまでに、時間がかかったのよ」とアリスは口に指を立て、読み進んだ。

〈私は手紙を開いて読み始めましたが、間もなく自分が読んでいる内容が信じられなくなりました。私があなたの驚くべき物語を読み終えたとき、しばらくは、ただ座って考え込むだけでした。そのとき、またドアをノックする音が聞こえました。私の本のプリントアウトを届けにきた印刷・出版者のエリック・ガルペリン氏でした。エリックと私はすぐ仕事にかかり、一段落して休憩しました。私はエリックとは最近知り合ったのですが、あなたの驚くべき手紙を読んだばかりだったので、誰かに話さずにいられませんでした〉

アリスは、フリーダの手紙を続けた。

〈私はエリックに、オーストラリアにいる人から自分の身元を知りたいとの照会がきている。かれは手掛かりになるかもしれない二つの言葉を覚えていて、それはコイダノフと……、と最初の言葉を口にしたところ、エリックはすぐ口をはさみ、「コイダノフだって？」と驚きました。「私はそこで生まれたのです。私の家族はそこの出身です」というのです。二人とも本当に偶然の一致に驚きました〉

〈エリックの父の家族は、コイダノフの根絶で全員が死亡しました。エリックはあなたの恐ろしい運命ならびに、あなたの家族が自分の父の元の家族と同様に殺害された事実、そして最悪の場合、同じ集団墓地に埋葬されている可能性まであることに、強く動かされました〉

〈戦前、コイダノフは、一つの村以上のものではありませんでした。ですから、もしあなたがコイダノフの出身であれば、あなたの家族は、自分の父の最初の家族を知っているかもしれない、とエリックは言っています。近所であったかもしれず、付き合いがあったかもしれません〉

〈エリックによれば、虐殺があったとき、あなたが五歳だったのなら、虐殺で死んだ、自分の父の三人の子供を知っているかもしれない、とも言います。父の一番上の子供の年齢に近いからです。この子供の名前はイリヤ・ソロモノヴィッチといいました。あなたとイリヤが一緒に遊んでいたかもしれないし、最高の友だちだった可能性もあります〉

〈私はエリックにあまり希望を抱かないようにと言っておきました。しかし、何がどうなるか分からないものです。それから私はエリックに第二の言葉、パノクについて聞きました。エリックは聞いたことはあるが、どこで聞いたか思い出せないと言っています。かれはあなたの家族について、もっと知りたいと言いました。そこで私はあなたの父は皮なめし工だったかもしれないと言いました。アリスが追加情報を送ってくれたのは幸運でした〉

アリスは僕を見て、やっぱりという顔をしてみせた。

「ほらね、細かいことが役に立つって、言ったでしょ」とアリスは言った。

僕は両手を上げて、降参のサインをした。

アリスは長い鼻の先の眼鏡の位置を調えた。

「さて、どこまで行ったんだっけ」と彼女は言ってから、読み続けた。

〈再びエリックは口をはさみました。かれは驚いて、自分の父のソロモンも皮なめし工で、靴直しもしていたと言いました。コイダノフは小さなところなので、革なめし工は二人もいらない。二人の父親はお互い競争関係にあったとしても、よく知りあっていたに違いない〉

「そう。よく知っていただろうな」と父は口をはさんだ。

「次を聞いてよ」とアリスは言った。

〈エリックによれば、ソロモンの仕事場は家の隣にあった。そこでかれは皮を扱っていました〉

アリスはメガネの縁の下から目をのぞかせ、「ちょうどあなたの家の小屋みたい……」と言った。

「そうだ！」

アリスは手紙を置いた。父の表情にショックと喜びが混じり合っている。

「この先を読みます？」とアリスは聞く。

「頼むよ」

アリスは手紙を目に近づけた。

〈エリックのアイデアにより、かれの父の写真を同封します。エリックはこの写真を見れば、あなたが子供のころ会ったかどうか、思い出すかも知れないと言っています〉

アリスは封筒を探した。「ないわ」と封筒を大きく振って言った。

「私が持っている」と父は言って、ポケットから写真を出した。父は写真をちらりと見てから母に渡した。母はひと目見てギクッとし、手を震わせて僕に回した。

僕は小さな子供と一緒に写っている男の写真を見て、茫然とした。そして急いでアリスに渡した。アリスは腕を長く伸ばして眺め、次に近くに引き寄せてじっと見た。彼女もこの写真に釘づけになった。小さな拡大鏡を取り出して写真の上にかざし、入念に調べた。そして視線を上げた。

「こんなに似ている人を見たことがないわ」と彼女は言った。

部屋はしばらく静かになった。

「この写真について、フリーダは他に何か情報を伝えてきていないのかな」と僕は言った。

アリスは手紙に目を通しながら、

「この人はエリックの父、ソロモン・ガルペリン。——それは分かっているわ——撮影は一九六一年。戦争の期間を除くと、一生をコイダノフで終えたみたい」と言った。それから、手紙の続きを読みあげた。

〈あなたはまだ小さな子供でしたが、この人の顔

を覚えておられるでしょうか？〉

父は写真をしばらくじっくりと見つめていたが、首を横に振った。

「じゃあ、ガルペリンという名前に心当たりは？　何か思い当たるような気がする？」とアリスは聞いた。

父は首を振った。

僕はみんなが考えていることを口に出した。「この写真の人は、あなたのお父さんだと思うよ」

「見てごらんなさい、似ていること。あなたにそっくりだわ」と母も言った。

父はためらわず、うなずいた。「しかし、私は父親の顔を全く覚えていない。母親の顔も。あんなにたくさんの兵隊の顔や戦争の情景を覚えているのに、親の顔が思い出せない。どうして自分の家族を覚えていないのだろうか」

父は不意に別のことに思い当った。「この写真が一九六一年に撮影されたというのなら、この人は絶対に私の父親ではありえない。一九六一年よりずっと前に父親は死んでいる。母親の話によれば、父親は、母親や弟や妹が殺される以前に死んでいた」と、鋭く言った。

とつぜんアリスは手を上げ、静かにという合図をし、「これを聞いてよ」と言った。

〈エリックによると、父親のソロモンは戦争を生き延びました。ソロモンはコイダノフを逃れ、パルチザンに加わりました。しかし、捕えられてアウシュビッツに送られ、のちにダハウに収容されました。かれは熟練した靴作りだったので、生き延びました。戦争が終わって故郷に帰りましたが、家族全員が死滅したことを知り、再婚し、新たな妻との間に、一人息子のエリックが生まれました〉

「じゃあ、エリックはあなたの異母兄弟、あなたとエリックのお父さんは、同じソロモンかもしれないわね」と母は結論を出した。

「お父さんの父親は、戦争を生き延びることができたの?」と僕は聞いた。

父は顔を手で覆った。完全にうろたえている。「では、なぜ母親が私に、父親は死んだと話したのだろう?」

アリスの注目は、手紙に戻った。彼女はまだ手に持ったままの二ページの手紙に、素早く目を走らせた。

「すごい」と彼女は言った。

アリスの目は父から母へ、そして僕へと移った。

「エリックがフリーダのオフィスに顔を出した同じ日にあの手紙が届いて、デスクの上にあったなんて。あなたは宝くじに当たるより強運なことよ」

「こうなると、ブランデーが必要ね」と母は言って、急いでグラスを用意した。

母が飲み物を注いでいる間、アリスは手紙を下に置き、ゆっくりシガレットを巻きながら手紙を見ていた。

「フリーダは、エリックの電話番号を書いてきているわ。かけてみない?」

「いますぐ?」と父は聞いた。

アリスはうなずいた。

父は、度肝をぬかれたようだ。

「鉄は……なんだっけ?」とアリス。

「熱いうちに打て、だよ」と僕。

アリスは僕を見てにやにや笑った。

「電話には遅すぎる時間じゃないかね」と父は希望をこめて言った。

「そんなことないわ」アリスは腕時計を見て断言した。

電話での話は、スムーズとは行かなかった。アリスはこちらの言うことが相手に伝わるよう、怒鳴り続けた。一〇分もしないうちに、電話は終わった。

「電話にひどい雑音が入って」と彼女は不満を述べた。

「エリックはどんな風だったね？」と父は熱心にたずねた。

「一言では難しいわね」とアリスは言った。「分別のある人よ。あなたがソロモンにそっくりだと言ったら、どぎまぎしていた。不思議なことに、向こうも同じことを考えていたの。もし、あなたがソロモンの息子だったら？　つまりイリヤ・ソロモノヴィッチよ。みんなが死んだと信じていたガルペリンの長子だわ。根絶のとき、あなたと同じ五歳ぐらいだった。ソロモンはしばしばイリヤのことを話し、イリヤと妻と他の子供たちのために、集団墓地に花束をささげていたそうよ。エリックはこの考えに興奮して、すぐにもベラルーシに来てほしいって言っていたわ」

アリスは、言葉を継いだ。

「エリックによると、あなたのために出来ることがいろいろあるそうよ、アレックス。コイダノフへつれて行って、あなたのお父さんやあなたの子供時代を知っている人たちに紹介するとか。昔のことなら、エリックよりもよく知っている人がいるからって。そのあと電話線がおかしくなった。最後に聞こえたエリックの言葉は『来てくれって伝えてほしい。全部分かるようになるから』

だったわ」

あの手紙の重大さと、いまのこの電話の意味を考えて、僕たちは黙って座っていた。僕たちは父の過去に、初めて直接に触れたのだろうか？

ちらっと父の方を見た。興奮しながらも、むっつりしている。「私はガルペリンの一員だとは、まだ確信できない。私が何者なのか分からない。しかし、分かるときがくるのだろうか？」そういう父の声には、抑えきれない極度の高揚が感じとれた。

しかし、父の心はまた揺れた。「もしこれが本当なら、私には弟がいる。エリックは私の弟になる」そう言って父は、期待するようなまなざしで、僕たちの顔を一人ずつ眺めた。

父は「弟」という言葉を味わうように繰り返した。

次にまた、慎重さが頭をもたげた。

「いや、そんな訳がない。おそらくパノクが私の名前だ……」

ついにアリスが言った。「方法は一つ。アレックスをコイダノフへ行かせることよ」

それから、彼女は僕の方を見て言った。「何かアイデアがありまして？　オックスフォードさん」

父と母はそろって僕に期待をこめた、まなざしを向けた。

「ちょっと考えさせて……」と僕は少しひるんで、口ごもった。

「あら、そんなに時間をかけないで。行動あるのみ、いますぐ」。アリスは決然と言った。

手紙と電話は、父の魂に火をつけたようだった。夢の中に閉じこめられていた過去の事件や印象が、時間を問わず、父の前にひらめき、現れるようになった。

ある夜のことだ。両親と僕が家でテレビを見ていた。暖炉の前の床に寝ころがっていた父が、とつぜん背筋を伸ばし、床に座りなおした。卒中の発作のように顔が赤くなって、目をカッと見開いた。

「アレックス、どうしたの?」と母が叫んだ。

母の声で父は落ちつきを取り戻した。父は立ち上がって、ひじ掛け椅子に座り、首を振って、何かの記憶を呼び覚まそうとしていた。

「私がベッドで寝ていたら、何かで目が覚めた。すぐ脇にもう一人子供が寝ていた。弟に違いない。それから何か音が聞こえた。天井からだった」

父の目は、熱っぽかった。そしてまた、現在形で語りだした。

「『ママ』と私は大声で叫ぶ。母親が部屋にやってくる。部屋といってもカーテンで仕切ってあるだけのスペースだ。『何かが聞こえる』と私は言う。『いいえ、何か夢を見ていたのよ。お休みなさい』と母親はささやいて、額にキスをしてくれる。私は、彼女が部屋を出て行くのを見ている。また上の方で何か音が聞こえる。何かがあそこで動いている。カーテンの透き間から影が見える」

父は違うアングルから透き間をのぞこうとするように、無意識に頭を一方に動かした。

「脚だ!」と父は叫んだ。「誰かの……男の脚だ。天井から出てくる。ズボンにブーツをはいている。分かった。父親のブーツだ。なぜ、天井からぶら下がっているのか?」

「今度は、何か別の音が聞こえる。男たちと母親が小声で話している。私のところからは見えない。起き上がって、つま先立ちでカーテンの方へ行く。母親がいる。そしてあごひげの男、そして父親も。私は混乱する。父親にはずっと会っていない。母親は、父親は死んだと話していた。でも、違う。違う。ここに父親がいる。私の目の前にいる。幽霊なのか？　夢を見ているのか？　私は恐ろしくなってベッドへ戻る。そこなら安心だ」

父の話は続く。

「今度は足音が私の方へ近づいて来る。目を開ける。暗い中でも父親だと分かる。父親の顔が私の上で動いている。幽霊じゃない。私の髪をなでている。『パパ？』と呼んでみる。答えはない。私の頬っぺたに触る。私の額にキスをする。『さようなら』とささやく」

「父親は私から去って行く。かれが部屋から出て行くのが見える。何が起きているのか？　私は起き上がり、カーテンの方へ行く。透き間をのぞく。はっきりと見えない。目をこする。あごひげの男はまだいる。顔は知っているが、誰だか思い出せない。母親はいまドアのところにいる。彼女は誰かに手を振って、さようならをしている！　待って！　父親とあごひげの男だ。こんな夜中にどこへ行くのだろう。母親はドアを閉める」

「『ママ？』と立っているところから、半分カーテンに隠れて叫ぶ。彼女は振り向く。

『パパ、僕はパパを見た』

『パパは、ここにいないのよ』。彼女は私をベッドにつれて行く。私をしっかり抱きしめてくれる」

母と僕は、あぜんとして沈黙するだけだった。父は疲れ果て、ぼんやりとあらぬ方向を見つめている。かれは、過去と現在に捕えられ、どちらからも抜け出すことができないようだ。

母はあくまでも現実的に、黙って立ちあがってキッチンへ行った。しばらくすると、紅茶を入れたマグカップを持ってきて、父に渡した。父はそれを受け取り、むさぼるように飲み干した。ただちに現実に戻るための、魔法の秘薬を飲んでいるようだった。

「私はコイダノフへ行かなければならない」と父は言った。

「できるだけ早くね」と母は言った。

第三部　五〇年後の旅

第25章　写　真

ミンスクからの手紙が届いて二週間後、僕はメルボルン空港でオックスフォード行きの便を待っていた。見送りの父母も一緒だった。僕が一足先にオックスフォードに戻って、ベラルーシとラトビアへの旅の準備をする。それができたら二人は、僕とオックスフォードで合流し、一緒にベラルーシへ向かうことになった。

こんなときに父母を残して出発するのは、最悪のタイミングのように思えた。父の記憶が生みだした廃墟の中に、二人を置き去りにするようなものだ。行き先にラトビアを含めたのは、父の強い希望だ。父はジェーニス家と一九四四年にラトビアから脱出した後、リガへは一度も戻っていない。

三〇時間近くたって、僕はオックスフォードの下宿のドアの鍵を回した。くたくたになって荷物を玄関に投げ出し、水を飲んでソファにひっくり返った。留守番電話のメッセージランプが点滅している。僕は三か月近くも家を空けていた。

ボタンを押した。一〇本ほどのメッセージが録音されている。重要なのは最後の一本だけだった。

父の声だ。

「マーク？　まだ帰っていないのかな？　着いたら、電話をくれないか」

時計を見た。メルボルン時間の夜十時だ。両親はまだ起きているだろう。ホッとして受話器を取り上げた。母が出た。声にいつもの歌うような響きがない。その瞬間、何かがあったことが分かった。「無事に着いたのね」

「大丈夫だよ、お母さん。お父さんから電話があったようだけど、いま話せる？」

「眠っているのよ」

「分かった。じゃ、起こさないで」

「ちょっと神経が高ぶっていたようなので、鎮静剤を飲ませたの」

「何が起きたの？」僕はもうパニック状態だ。

「何も言わない方がよかったかしら。でも、大丈夫、心配ないから。明日話すといいわ」

受話器を置いたが、気にせずにいられるわけがない。まどろんだり、ゆっくり荷物を整理したりしながら、メルボルンが朝になるのを待った。

メルボルン時間の朝八時に、また電話した。ベルが鳴ったとたん、父が出た。声に力がない。咳をしてから、話を始めた。

「何者かが電話をかけてきた。お母さんと空港で君を見送って、家の玄関に戻ったところだった。受話器を取り上げ、同時にスピーカーフォンのスイッチを入れた。男の声だった。誰だか分からないが、アクセントでラトビア人だと見当がついた」と言った。

父によると、会話は次のようなものだった。

「君はラトビア軍兵士に助けられた、あの少年だろう、違うか？」と相手は聞いてきた。自己紹介もなしだ。

「はい、そのようですが、どなたでしょう？」

しばらく沈黙してから、相手は再び話しだした。「ダウガヴァと呼んでくれ」。ダウガヴァはリガを流れる河の名前だ。

「どうやって私のことを知りました？」

「大勢のラトビア人が君のことを知っているさ。このところの話題は、君のことと、コンラッド・カレイスのことで持ち切りだよ。君はわれわれラトビア人社会のよい評判を壊そうとしている、というものがいるし」

「いったい私に何が起きているのです？」

「これ以上話を進める前に、君の約束がほしい――この話を他人に漏らさないと」

「努力するとは言えますが、保証はできません。何の話です？」

男の態度がためらいがちになった。電話を切ってしまうかもしれないと思ったので、圧迫感を与えないよう辛抱強く待った。うまくいったらしい。男はまた話を続けた。

「最近、私はリガへ行ってきた。ある夕食の席で、私がメルボルンに住んでいる人間――君のことだ――、君のラトビアとの関係について話をした。ラトビア人は君に親切だったろう、君の面倒をみてくれた連中は？」

「そうですね。私はいつもそう言ってきましたが」

「私がその話をした席にいた女性が、若い少年兵士がラトビア兵、ドイツ兵と一緒に写っている写真があると話した。亡くなった夫は戦時中、ドイツ軍の高官だったが、その写真を持って復員した。そのさい、『この少年は幸運のお守りだ！』と言ったということだ」

「それは私かもしれません。ずいぶん多くの人が私の写真を撮りたがりました。写真を見せてもらえませんか。いつあなたに会えますか」と聞いた。

するとと相手のムードは一変した。気が進まないらしい。いきなり、そこまで押すべきではなかったのか。相手は「もう切らなければ」と言って、とつぜん電話を切った。

父は眠れない一夜を過ごした。

ところが翌日の朝一番に、また電話が鳴った。声ですぐに分かった。父は「ダウガヴァさんですね」と言った。ただちに勝負をかけよう、相手は写真を見せるかどうか、決めかねている、そうでなければ、また電話してくるはずがない。

父は、穏当な言い方で持ちかけた。「途中で切らないでください。あなたの苦しい立場は理解しているつもりですし、あなたも私の立場がお分かりでしょう。写真を見たいのです。私にも見るくらいの権利はあるでしょう」

相手は長い間、沈黙した。電話を切るのか。重いため息が返ってきた。

「分かるだろう。私には難しい問題だよ。君を助けたいさ。でも、どんな問題にも巻き込まれたくないからね」

「どうしてです？　たかが写真じゃないですか？」

「ショッキングな写真だよ。君が武器を背負っている物騒な写真だ。誰かに見せたら、質問攻めに会うのは間違いない——この小さな少年と一緒にいるのは誰なのか、この連中は何をしているのだ、何を考えているのだ、どうしてこの子供が真ん中にいるのか、かれらは根絶部隊のメンバーなのか、と。分かるかね？」

「二人だけの秘密に、ということでは？」

相手は考え込んだ。それから「そんな危険は冒せない、悪いがね」と言った。

「最後まで聞いてくれませんか。それは私の過去の写真です。私はあのころのものは、ほとんど持っていません、写真も何も。私の面倒を見てくれた兵隊たち、私を自分の子供みたいに可愛がり、保護してくれ、食べ物も水も最初に私にくれた人たち、かれらはみんな仲間でした。夏のパトロール中には、私は大きなイチゴを摘んであげた。だから裏切るなんてありえない。そんなことをしたら、自分を裏切ることになります」

「考えさせてくれ。約束するよ、また電話する」

「いつ？」

「今日午後三時前に。信じてくれていい」

この男は約束を守り、昼食の後に電話してきた。かれは父の頼みに合意した。しかし、写真は見せるが渡せない、という条件付きだった。男はその夜に父に会うことに同意した。だが、なぜ見せるだけで、くれようとしないのか。

父は会ったうえで、交渉することにした。ダウガヴァを名乗る男は、地元の遊園地、ルナパークの入場口の外で会おうと言った。ウイークデーの夜は、パークは閉園で周辺の人通りはない。蒸し暑い夏の夜だった。土砂降りの雨だ。車の外はほとんど見えない。ワイパーを動かし続けていると、車が一台ゆっくりやって来た。背の高い男が車から出て、遊園地の入口の方へ向かうのが見えた。

そこで父も車から出て、近くに寄った。会ったことのない男だ。一言もしゃべらずに、コートの内側に入れていた封筒から写真を取り出した。父はただちに手を伸ばしたが、男は後ずさりして首を横に振った。

「でも、君に渡せない」と、かれは言い、父に見えるように写真を頭上高く掲げた。遊園地の入口のライトで、すぐ自分の写真だと分かった。近くで見たいが、男は絶対に触らせようとしない。

「なぜか分からないが、これは私の写真だ、私のものだという思いに襲われた。私のものなのに、この男は寄こそうとしない。私は写真をひったくって自分の車に戻り、ドアをロックした」

男は怒りで息を切らして、車のところへやって来た。しかし、父は写真を返すのをきっぱり断った。やがて男は断念した。「かれの車の尾灯が遠くに消えて行くのを見てから、反対方向へ発進させた。お母さんは起きて待っていた。私は写真を出して見せた」と父は言った。

「写っている人間の中で、誰だか分かる人はいた？」

「私のわきに立って腕を回しているのは、記憶に間違いなければ、アイツム、アイツム大尉だ」。

僕はペンを取り上げ、その名前をノートに書き取った。

「他には？　クーリス軍曹とか？」

「いや」

「ローべは？」

「いや。……だからといって、かれらが付近にいなかったというわけではない。誰にも分からないよ」

父は一息入れた。

「この写真は、シナゴーグが焼かれた日に撮影されたうちの一枚だと思うのだ」

「背景に何か見えるものがある？」と僕は聞いた。撮影場所を特定できるような何かが写っていないか？

「何もない」と父は答えた。「客車の側面が写っているだけだ。ひどい写真だ。ないよりましだが、私の過去の断片だ」と父は苦々しそうに笑った。いずれ適切なときに現物を見ることができるだろう。

「一つだけ確かなのは、他の人にこの写真を見せるときは、よほど注意してかからないとね、お父さん」

父は同意して、「私を非難するために、利用する連中もいるだろうな。その写真の背後にどんな真実があるかとは関係なくても」と冷静に言った。


オックスフォードに落ち着くと、僕は父母との旅行の手配にとりかかった。準備が整うまでどのくらい時間がかかるか、見当もつかない。いまは冬で旅行向きではない。ベラルーシとラトビアへの旅は、気候がよくなる四月か五月にしたいと思った。

留守中の情報を知るため、エリに連絡したのは、そのころだった。ブラックウェルズ書店のコーヒーショップで会うことにした。僕は彼女より少し早く着いて、ブロードストリートを見下ろす窓際の小さな空きテーブルを見つけた。

とつぜんテーブルを影が横切った。見上げると、エリだった。

「あらあ、また会えてうれしいわ」。彼女は、僕の腕に温かく触れた。「心配していたのよ。大変なプレッシャーを受けていたようだから」

「しばらく静かなところにいられるのは、救いだね」と僕はつぶやいて、ほほ笑んだ。

「最近、ご両親はいかが？」

「何とか生きているよ」

「残酷な言い方だわ」

僕はコーヒーカップをもてあそびながら、うなずいた。

「私にできること、何かあったら……」

「あるんだ」。僕はあの写真について、彼女に話すことにした。

エリは、いつものように大変な聞き上手だった。僕が話し終えたとき、彼女はしばらく黙っていた。「その写真のコピーはないの？」と彼女は聞いた。

「ない。でも、春には両親がここに来るから、父がいいと言ったら見せるよ」

「お父さんが厳重に守っていないとね。それが誰かの手に入ったら……」。その先は口にしなかった。

彼女は時計を見た。「もう行かなくちゃ。写真について何か動きがあったら、教えてね」彼女は、かがんで僕の頬に軽くキスするまねをして出口に向かった。

そのすぐ後、僕が下の通りに目をやると、彼女がブロードストリートを急いで渡って行くのが見えた。スパイをするつもりはなかったが、彼女はボドリアン図書館の前の階段で待っていた二人の男性のところで立ち止まり、あいさつしているのが目に入った。握手を交わしてから、三人で活発に話しながら、ハイストリートの方へ行った。

ほんの一瞬だが、エリはこっちの方を振り返った。驚いたような、疑ってもいるような顔つきだった。僕は窓ぎわから顔を引いた。彼女を信頼していないと思われたくなかった。


何か月か過ぎて、翌年の早春になった。僕の関心はベラルーシへの訪問、なかでも最も重要なコイダノフに絞られた。アリスを何とか旅行に引っ張り込むことができないか。相談したいと思って、メルボルンに電話した。

父は電話にすぐ出たが、いつもの陽気さがない。何か警戒しているような口調だ。

「どうしたの？」

「何も」

「ほんとに？」

父はためらった。「誰かが電話をかけてくるのだ……」

「またダウガヴァ？」

「いや。今度は名乗らない」

僕は深く息を吸った。「一人？」

「いや。違う連中だ」

「何を求めているの？」

「ラトビア人について沈黙を守れ、という警告だ。食べ物を与えた人間の手を噛むようなことをするな、と。世間は君をナチ党員だと判断するだろう、と言うものまでいた。私や家族がそんな状態に耐えられるだろうか？」

父はうんざりしたように、ため息をついた。「で、お母さんは電話に出なくなった」

「警察に言ったの？」

「いや。警察に何かできるかね？」

「まず逆探知ぐらいから始めて」

父は神経質に咳込んだ。「大丈夫だよ……」

「警察に言うべきだよ」

「誰も危害を加えて来はしないさ」

僕は父としばらく口論したが、僕が言えばいうほど、父は頑固になる。しまいには、僕もお手上げになった。

「誰であれ、そのうちこんな馬鹿げた行為には飽きてくるだろうよ」と父は断言した。

父が正しいことを望むしかない。

次の日、メルボルンと歩調を合わせたように、僕にも謎の電話がかかってきた。受話器を取り上げても、ただ沈黙が続く。そんな電話が一〇回以上もかかった。気になって、父の話と関係があるのか、例の写真との関連はどうか、などと考えてしまう。

次の週になると、問題はエスカレートした。怪電話がストップしたちょうどそのころ、僕はボドリアン図書館で、妙な人物に遭遇した。

僕はコピー機の順番待ちの列に並んで読書に熱中していたので、周囲に全く注意をはらっていなかった。とつぜんすぐ後ろで、アメリカアクセントの男の声が聞こえた。

「最悪の時間だねえ」とかれは言った。

「えっ、何が？」本から目を上げた。

「この長い列」

僕は何となく調子を合わせて軽くうなずき、また本に戻った。しかし、その男が背中からにらんでいるような、異様な何かを感じた。

「歴史の本を読んでいるの？」という声が聞こえた。

僕は後ろを向いて、またうなずいた。

かれは本のカバーを見て、「『第二次大戦における警察旅団』か、これは特殊研究の分野だねえ」と言った。

「自主研究だよ」

「君はベラルーシ人？」

「父はね」

「じゃ、家族の小さな歴史というわけだ」

「まあね」

「僕の家族はウクライナのユダヤ人だった。ウクライナで活動していた警察部隊の手で多くの人間が殺された」

「それはお気の毒に。僕の父の家族も同じような状況の中で、ベラルーシで死んだ」

「お父さんはミンスクの出かい」

「いや、おそらくそこからそう遠くはないところ。ジェルジンスク」

「おそらくって」

「長い話だよ」と言って、僕はかれとの話を打ち切った。ずけずけと個人の問題に入り込んでくるのが、不愉快だった。

「かまわないよ。でもまたそのうちにね?」とかれは言った。

僕はうなずいて、読みかけの本へ戻った。

するとまたかれの声が聞こえ、僕の前に手が出てきた。「僕の名前はサミュエル・シュウォーツ」

「マーク・カーゼム」

そのときコピー機が空いたので、急いでそちらに向かった。かれとの接触が切れて、ホッとした。

三〇分ほどして、図書館の階段を降りてきたとき、誰かが呼んだ。サミュエル・シュウォーツだ。僕に追いついてきた。

「やあ、また会ったね」。かれは陽気そのものだ。腕時計をちらっと見て、「何かちょっと小腹に入れたいとは思わないかい?」

僕は食べたくなかった。しかし、不意をつかれた感じで、すぐに言い訳が出てこない。「それもいいね」と答えるしかない。

かれは周りを見渡して、「キングズアームズは？」と言った。

僕たちは道路を横切って、反対側の角のパブに入った。

この時間、キングズアームズは学生でごった返していたが、シュウォーツが飲み物を買いに行っている間に、僕は何とか静かなコーナーを見つけた。

かれは僕のいるテーブルを見つけ、運んできた二パイントのビールを置いた。コーラを頼んだのに、僕にもビールだ。かれは僕の脇にぴったり座り、自分のグラスを上げて乾杯した。

「哀れなベラルーシとウクライナのために！　ところで研究はどうなっているの？」

「ま、そこそこ」

「君はイギリス人じゃないよね？」

「オーストラリア人」

「あー、地球の下側から」

「どっちから見るかだけど」と僕は言った。

かれは笑った。

「で、君は？」

「合衆国。ニューヨーク」かれはビールをすすった。「君が調べているトピックだけど……」

「えっ？」僕はかれに不審な顔を向けた。

「形と影は一体だよ、そうじゃないか？　君が後の世代の人間であってもね」

僕はうなずいた。

「オーストラリアの状況はどうなの、あの戦争犯罪者たちの？」

僕は肩をすぼめた。

「オーストラリアは、戦犯でいっぱいらしいね。これまでの記録から見ると、オーストラリア当局は、かれらの訴追に熱心じゃないようだ。移民の最後の波——つまり強制収容所の非道な看守とか、中級クラスの将校や、バルト人なんかの入国が自由に認められ、新たな身分証明が作成されたり、昔の身分証明を平気で誇示することが許されたり。オーストラリアの祝福である自由が、いまや毒の果実を実らせている」

「君はずいぶん詳しいようだね、その問題に」

「僕はニュースをフォローしているからさ。それにこの犯罪人問題は、僕の歴史研究の一部でもあるし」と、かれは物思わしげに言った。「この連中を徹底的に追及するため、僕自身は何ができるかと考えたりするんだ。モサド（イスラエルの情報機関）の工作員になったらどうか、とかね」

かれはそう言って自嘲するように笑った。だが、この男は、自分の発言に僕がどう反応するかを、抜け目なく観察しているのが感じ取れた。

「ナチス戦犯の追及をするのなら、なぜウィーゼンタールセンターを目ざさないの？」と僕は頼りなげに言ってみた。

「きつい仕事だよ。必要なことだけどね、君もそう思わないか？」とかれは言った。僕の提案を、真剣に考えてでもいるような口ぶりだ。

「もちろん」

「提供できる情報があるときは、その調査に情報を提供し、協力する道義的義務があるよ」と、かれは意味ありげに僕を見た。

これで、かれの話が、どこに向かっているのかが見えてきた。

僕は確かに、この男をどこかで見かけたことがある。が、いつ、どこで、だったか、思いだせないでいた。分かった。エリと一緒にボドリアン図書館の前の階段にいた、二人の男の若い方だ。しかし、僕は即座にその考えを退けた。「僕は偏執病になりかけているのだろうか」。それが正しいかどうか別にしても、シュウォーツと一緒にいるのは気分がよくなかった。

「ビール、どうも有難う、サミュエル」と、僕は席を立ちながら言った。

シュウォーツは当惑したように、握手の手を差し出し、「また会おうよ」と言った。

「うん」と僕は答えた。

シュウォーツは両手を握ってテーブルに座り、柔和なほほ笑みを僕の方に送っていた。あの男を見るのが、これで最後であってほしいと思った。


その三日後、エリは僕を自宅へ夕食に招いた。彼女を避けていたかったが、あまり言い張るので、気が進まないが受けた。「父も一緒よ。今朝、イスラエルから週末を過ごしにやって来たの」といった。

その夜、彼女の案内でダイニングルームに入ると、彼女の父には見覚えがあった。ボドリアン図書館の前でシュウォーツと一緒にいるのを見かけた男だ。夕食を食べながら、かれは精力的に父の物語について細かな点まで探り出そうとした。僕は、自分の知らない、何か別の目的のために尋問されているような気分になった。あいまいな回答で抵抗すると、相手はいらだった。食事が終わったかどうかの段階で、ひどい頭痛がするので帰宅させてほしいと言った。薬を飲んで少し休んだらと言ってくれたが、断ってすぐに退出し、タクシーを止めた。

僕は下宿の前でタクシーを降りた。道の反対側に車が一台止まっている。車の進行方向とは逆だが、別に珍しいことではない。しかし、あの夕食の後で過敏になっていた僕は、ハンドルの後ろで、男が下宿を監視しているのに気がついた。暗すぎて、若い男というぐらいしか分からない。

下宿の玄関に近づいて行くと、男は背筋を伸ばした。僕は下宿に入り、明かりをつけずに二階へ上がった。

二階のカーテンの透き間から、外をのぞいた。

男は背伸びして下宿を見上げていたので、フロントガラスを通して顔が見えた。サミュエル・シュウォーツだった。

かれと対決してやろうと、僕は玄関に下りて行った。しかし、ドアの鍵を開けるのにもたついて、通りに飛び出したときには、車はすでに消えていた。

その後、僕はこの町で、エリの父やサミュエル・シュウォーツを二度と見かけることはなかった。

エリに会うこともなかった。

その後しばらく、繁華街で彼女の姿を見かけることもあったが、顔を合わせるのを避けるよう注意した。何度か電話もかかってきた。しかし、彼女との友好的な態度は保ちながらも、距離をおいた。

エリは次第に僕の生活から姿を消し、やがて全く見かけなくなった。彼女から解放されて、うれしかった。自分はどれほど、世間知らずだったか。彼女の背後関係について何も知らなかったが、後になって、彼女の父はイスラエルの諜報機関の調査官だったことを知った。彼女に事実を打ち明けたことによって、どんな陰謀が練られ、進められたのか、そして、今後も浮上して来るのだろうか。

エリの家での夕食の晩、つまりシュウォーツの車が消えたその夜、ずっと遅くなって電話が鳴った。

いきなり、父の「マーク、そこにいるのかい」という声が飛び込んできた。

「ずいぶん遅い電話じゃない？」と僕は言った。

父はだしぬけに「昨夜、家に泥棒が入った」と言った。「二人で外出から帰ってきたら、寝室に電気がついているのが車から見えた。お母さんは、消して出たのは間違いないという。彼女に車に残るように言って、表のドアをほんの少し開けたら、猫がシッポを逆立てて飛び出してきた。あんなに驚いたことはない」

家の中に大声で怒鳴ってみたが、応答はない。廊下に入ったら、リビングルームが何者かに荒らされて、めちゃくちゃになっていた。「文書、書類があちこちに散乱している。寝室はくまなく捜索され、洋服ダンスの鍵は壊されて、中身は全部引っぱり出されている。奇妙なことに、金目のものは何も盗られていない。カメラ、テレビ、ビデオや、お母さんの宝石類さえも、手がつけられていない。書類だけがくまなく調べられ、かきまわされていた」

「警察に届けた？」

「いや……」

いつぞやの父との会話の、蒸し返しになった。

「犯人は誰であれ、金目のものでない何かを探していた。おそらく写真か……」

僕は同意した。父は自分の身分証明にかかわる一切のものを、写真を含めて茶色のケースに入れている。犯人は、そのことを知らなかった。

「それでも警察に届ける必要があるよ」と僕は言いつのった。

父は僕の言うことを無視した。「こちらのことなんか、心配しなさんな。何かあったら教えるから」

それだけ言うと、父は疲れたと言って電話を切った。

いまや、あの写真の登場で、肉体的にも両親が危険にさらされる可能性が出てきた。ここ一週間ばかり、父の過去を掘り起こす作業にあたって、父の——そして母もだが——保護が必要だと思うようになってきた。しかし、二人を何者から保護すべきなのか、いまだにはっきり特定できないでいる。

僕は問題の写真を見てはいないが、そんなものが存在していること自体が、父のいかなる記念品より僕を不安にした。誰かの衣装ダンス、食器棚、写真帳、あるいは過去の秘密が隠された倉庫の中に、父の写真がどれほど放置されているのだろう。

しかし、僕の心にそんな疑問が浮かぶ前に、回答が出ていたのだ。

父と母がオックスフォードに向けて出発する前の日、一人の年配の婦人から父のもとへ、同情のこもった一通の手紙が届いていた。ラトビア北西部の都市、ヴェンツピルスからのものだった。手紙には写真が何枚か同封してあり、入手経路に触れてはいなかったが、これはあなたが所有すべき

送られてきた写真〈クリース軍曹と共に写る〉

ものだ、とあった。

ロンドンに着いた父は、その封筒を僕に手渡してくれた。中には、SSの制服を着た父が、「救出者」のクーリス軍曹と一緒に写っている三枚の組み写真が入っていた。父とクーリスがキャンプで、小さな庭づくりに取りくんでいる写真だった。父によると、ヴェリキエ・ルーキの兵舎で撮影されたもので、一九四三年の秋、前線から逃げようとしたとしてリガへ送還される前のものだという。二人は花で、ラトビアSSの記章を作っていた。

この写真そのものも厄介なしろものではあったが、僕が見たいと思って待っていたダウガヴァの写真ほど物騒なものではなかった。問題の写真では、父は手にピストルを持ち、ライフルを肩から下げて、第一八大隊のメンバーとともにカメラの前でポーズをとっていたのだ。

父には、軽い健康問題がつきまとってはいる。だが、父が最初にオックスフォードにやって来たとき以来、僕は初めて楽観的な気分になった。全くのゼロから、父が生まれて最初の五年間を過ごしたと思われる村の発掘へと、僕たちはたどり着いた。そして父の異母弟かもしれない、エリック・ガルペリンとも連絡がついているのだ。

第26章　コイダノフ

エリック・ガルペリンは、ミンスク空港の到着ターミナルで待っていた。かれは恥ずかしそうに父にあいさつし、花束を母に差し出した。そのあと、そこにいた人たちの紹介が延々と続いた。父はエリックと妻のソーニャに、僕を紹介した。ソーニャが今度は子供たちを紹介した。ドミトリとイレーナだ。僕のいとこにあたるのかもしれない。

父の遠い縁者にあたるという人々の、長い列に引き会わせられたあたりから、話はややこしくなってきた。ミンスク近郊で英語の教師をしているルーバという年配の女性は、父に「あなたのお父さんの妻のいとこの娘」だと言った。父は丁重に笑みを返したが、目は愉快そうに光り、「大変なところへ引きずりこまれたなあ、君に」と僕にささやいた。

空港ビルの外に出ると、古い青色のミニバスが待っていた。水玉模様のカーテンと造花で飾られ、空気洗浄スプレーの匂いが強すぎて、窒息しそうだ。

後部座席に、髪をブロンドに染めて濃いサングラスをかけた、二〇歳過ぎの女性がガムを噛みながら座っている。「ハロー、私はナターシャ。エリックの友だちで通訳。みなさんを待っていたわ」と、けだるそうな英語で言って、握手の手を伸ばしてきた。

エリックが途中の風景をロシア語で説明すると、ナターシャが思いっきりセクシーに、気まぐれで怪しげな通訳をやってのけた。

ミンスクの繁華街に入ると、運転手が音響装置の電源を入れた。ナターシャの説明から解放されたのはいいが、今度はバスが動くディスコに早変わりし、街にロシアポップスをけたたましく響かせる。通行人はバスを指差して、大笑いしている。

やがて、ソビエト時代に建てられた、くたびれた感じの巨大なホテルに着いた。「ホテル・プラネタ・アンド・カジノ」という、鮮やか赤いネオンサインが点滅している。

「ホテルというより、売春宿といった感じね」と母が言った。

次の朝、コイダノフ行きのため、僕は早く起きた。コイダノフは、ミンスクの南西三〇キロ余りのところにある。

ロビーへ降りて行くと、父は町を見下ろす展望ウインドーのところで、ミンスクの中心街を眺めている。ほとんどが最近の建築だが、その間に、ソ連時代の変わった形のモニュメントや、ドイツ軍の破壊を免れた戦前の建築物が点在している。

近くにエリックが、母と一緒に立っていた。脇には魅力的で快活な女性がいる。「私はガリーナ。みなさんの新しい通訳です」。僕は驚いた。昨日のナターシャは「クビ」になり、交替したのだという。(後でガリーナに理由を問い詰めたら、彼女はただ「ウォッカ」と言って、壜からガブ飲みするまねをした)。

ガリーナは優秀な通訳だった。ナターシャと全く違って、ガムも噛んでいないし、黒いサングラスもかけていない。妖婦じみたところもなく、完璧な英語を話した。

バスは一〇分ほど狭い道路を走り、壊れた「ジェルジンスク14」という標識のところで曲ると、郊外にスプロール化した工業地帯を抜けて行く。くすんだ色合いをしたソ連の工業町の縮図のように見えた。灰色をしたコンクリートの公共住宅の広がりを見ると、ジェルジンスクが大戦後に拡大した町であることは一目瞭然だ。

「もうそれほど遠くありません」とエリックは言った。僕たちは曲がりくねった町の通りを進んで行くと、とつぜん鮮やかに塗られた古い木造の家が並ぶ一角に出た。通りは半舗装で、家の窓には彫刻つきの雨戸がついている。「大戦前、このあたりは村でした」と、ガリーナはエリックの話を通訳する。

父の方を見ると、頬に手をあて、窓の外を見つめて考えている。このしぐさは旅行の間、父の習慣のようになった。そして、ときには、そのまま内面に引きこもり、しばらく記憶をたどってから、過去の生活で自分が見たりしたことがあるかどうかを口にした。

母は、落ち込んだりしないよう、父のひじをそっとつかんでいる。父の目は極度に青く、好奇心で生きいきしていた。

「何か見覚えのあるものはある?」と母は尋ねた。父は首を振って言う。「特にこれといったものはない。だが、どれも見慣れたもののような気がする」

エリックは運転手の方に体を傾け、大声で車を道の脇に寄せるように言った。そしてミニバスの後部から飛び降りて、僕たちにも出てきてほしいという身振りをした。

昼前で通りに人影はない。家はどこも閉まっているように見えた。だが、急に後ろを振り向いたときに、何軒かの家で急にカーテンが引かれるのが目に入る。僕たちの到来に気づいている人たちもいたのだ。

エリックは父に、「これがあなたの育った、十月通りですよ」と言ったが、父はゆっくり周りを見渡し、手を頬にあてて「知らないなあ」とつぶやいた。

かれは父の手を握り、二軒先の家へつれて行った。僕たちも続いた。「これがあなたの育った家です」と、エリックは僕たちの目の前の家を指さして力をこめた。この家は、通りに並ぶ他の家とほとんど違いがなさそうに見えた。

「ここで?」と父は驚いた。

エリックは何度かうなずいた。

父は黙って、家の外観を調べた。家の前の木柵のところへ行き、目の前の建物をいっそう熱心に眺めた。父は母と僕の方を向き、当惑したように肩をすくめてこちらにやって来た。

「この場所は記憶にない」と、父はがっかりしたように言った。

「たぶん改築したのよ」と母は言った。

「そうだよ」励ますように、僕も言った。

しかし、父は疑いの表情を変えず、「記憶にない」を繰り返した。

エリックはわれわれが何を話しているのか、感づいたのだろう。少し気持ちが乱れたように「あなたの家です」と何度も繰り返す。エリックがあまり言い張るので、父はさらに混乱した。

そして低い声で「私の家はこんなではなかった。片側に馬車の引き込み場があり、荷馬車が置いてあった。その横に、小屋とリンゴの木があった。小屋では父親が働いていたし、リンゴの木には私が登って遊んでいた。はっきり覚えている」と言った。

その記憶があったので、かれは決然とした態度を変えなかった。「違う。これは私が育った家じゃない。違う家だ」

「お父さん、絶対に間違いない？」と僕は聞いた。

「絶対に」と父はゆっくり言った。

僕はがっかりした。父だけでなく、みんなのためにも失望した。みんなは、この旅行でエリックが父の異母兄弟であると確認できることを期待していた。信じられないほどの圧力にすらなっている。しかし、父は屈しなかった。自分の記憶に信頼をおき、それを貫いた態度にも感嘆するしかなかった。かれは首を振り、家から目をそらして、道の反対側に行った。そして、かすかなしぐさで、僕について来るよう合図した。

「私は結局、パノクなのだろう。ガルペリンじゃない。これがうまく行くよう、みんなのためにも希望していたが、またやり直すしかない。エリックに何と言ったらいいだろう。かれの顔を見たかい？　自分の兄弟が見つかったと思って幸福だったのに。このままでは可哀想だなあ」。父は同情をこめて言った。

ここに来る前の父の顔を思い出した。抑えてはいたが、かれも幼いころの何かが戻ってくるかもしれない、と願っていたのだ。僕は、家の前で待っていたエリックのところに戻り、ガリーナを通じて、「あなたは戦後、ここで育ったのですか？」と尋ねた。

「ええ」とエリックはその場で体の向きを変え、顔をちょっぴりしかめて答えた。変だなとは思ったが、父と同様、かれも落胆しているのだろう。「あなたのお父さんは、戦争から帰って来てから、家を替えたことはありませんか？」と僕は念を押した。

「ありません」とかれは言い返した。今度は少し挑戦的に家を指さして、「父はこの家に帰ってきました。そして私が生まれました」と言った。

「お父さんはこの家を、いつ売ったのですか？」

「七〇年代の前半、病気になったときです。かれはミンスクへ引っ越し、死ぬまで私たちと一緒に住んでいました」

父が通りに沿ってこっちへやって来た。ゆっくり周りを見渡しながら歩いている。表情が変わって、動作もキビキビしている。僕たちには見えない何かを見たようだった。父は道の交差点の方へ向かい、そこでまた立ち止まった。そして僕たちの方を見て言った。「ここは知っている。この道を降りて行くと村役場だ。間違いない」

父はにっこり笑った。「私は役場を覚えている。友だちと、映画を見に行った。手をつないで、歩いて丘を下りた。友だちの顔も名前も覚えていないが、父親から小銭をもらって、役場の前で男の人が売っていたアイスクリームを、初めて口にした」

父は先頭に立って進んで行く。何メートルか先に、もう一つ道が交差するところがあった。急に立ちすくんだ。僕たちは黙って待った。「ここの道は兵隊たちが……」。それだけ言って、下へ降りる道を見つめた。体が震えている。しばらくすると気持ちをふるい起し、ついて来るようにと合図してその道を足早に進んだ。僕たちは急いで後を追った。二〇〇メートルほど進むと、フットボール場ほどの広さの草原に出た。

「そこがあれの起きた場所だ」と低い声で言った。父は先頭に立って進んだが、それまでの活気がない。あれから五〇年以上もたっているのに、兵隊たちに見つからないように、音を立てないようにとおびえ、つま先立ちで進むような歩き方だ。

ある地点まで行くと、父は振り向いて僕たちを呼び集め、さっさと歩き続けるよう申し渡した。まるで僕たちがこの先へ進むのにとつぜん興味を失い、道草をしだした観光客とでも思っているような言い方だ。

しかし、戻ることなどできはしない。

父は立ち止まった。目が虚ろだ。僕たちがすぐ脇にいることも忘れている。地形に見覚えがあるらしく、他人にも確認させるみたいに声に出して言った。

「そうだ。これだ……」

かれは、いま降りてきた道を振り返った。「変だな」と言ってから、僕たちが一緒だったことに気づいたようだ。

「あの道を兵隊たちのところまで歩かされた。でも昔はもっと急な道だった。だから、目の前で何が起きているかが見えた。母親の手と弟の手も握っていた。しかし、訳が分からない。かれらと一緒にいたのに、自分だけは死ななかった。何かが起きて、その日の処刑が中止になったに違いない。しかし、いくら考えても、何が起きたのか思い出せない」

父は四方を見回した。

そして右手に見える道を指さし、「あれだ。あそこの道が、家から逃げて来たときの方角だ」と言った。その後の一連のことについて父の言ったことは、いっそう混乱しているように聞こえた。「あれが起きたのは、私たちが丘から下へつれて来られた後だ。母親が私に『明日の朝、私たちはみんな死ぬのだ』と言った後だ。その夜の間に、何かが起きたのだ」

父は小道をさらに登って行き、あの夜の自分の家からの逃走経路をなぞり始めた。とりあえず、暗闇の中で自分がどんな経路をとったのか確かめるように、試みに空き地を歩いて横切った。

「あの上のところだ」。今度は、前方の少し左をさして言った。「私が目ざしたのはあそこだ。丘を登って林の中へ行った」。僕たちは頭をそちらの方向へ向けた。そこには小高い丘があって、上には木が何本か生えている。

父はまたも僕たちの存在を忘れたように、大股で丘の方へ向かった。他の人たちに悪かったが、僕は先に駆け上がって、そこで父が漏らす言葉を聞こうと思った。「記憶していたほど、急じゃない。あのときは山のように見えた。私はがむしゃらに登った」

立ち止まって顔をしかめ、坂を見下ろしている。しかし、母が息を切らし坂を登るのに苦しんでいる、目の前の光景には気づいていないらしい。そのときエリックとガリーナがやってきた。三人は一緒に、ゆっくりと僕たちが立っている方へ向かってくる。

このときには父は頂上に着いて、頬に手をあてて、身じろぎもせずに丘のふもとを眺めていた。かれは厳しい顔つきで「そうだ、そうだ」とうなずいた。そのときには、他のメンバーも僕たちのところまで、たどり着いた。「大丈夫？　お母さん」と僕は聞いた。彼女はうなずいたが、かなり息が切れている。

「木だ、エリック。ここに木がもっと生えていなかったかね？」と父が聞いた。父は、母がここにたどり着いたことにさえ、気がついていない。母の状態にさえ無関心な父に僕はムッとした。

「はい。私が子供のころ、ここでときどき遊んでいました。何年も前にここの木は伐採されてしまって」とエリックが答えた。

父は黙っていた。僕たちは次の言葉を待った。

「朝になると、人々があそこから、つれられて行くのを見た。あの小屋があるあたりからだ。私はここで、木立の間からのぞいていた。人々は向こうの丘で、兵隊たちに押したり突かれたりして並ばされ、いくつかのグループに分けられ、下の空き地へつれて行かれた」と父は言って、僕たちが先に通ってきた空き地の向こう側の丘を指さした。そして父が「私の母親と子供たちが」と言いかけたとき、空気が激しく気道に流れ込んで、しばらく言葉が続かなくなった。「それから私の一族が、その中にいるのが見えた。かれらはすぐ前にいた……あの穴の」

父は深く息を吸いこんだ。「母親は弟と妹を抱いていた。彼女は自分に迫って来る危険から視線をはずした。そのとき彼女は、確かに木立の間にいる私を見た。ほんの一瞬だったが、私は母親の目を見た。彼女には私が見えた。母親は目覚めたとき、私の姿が見えないので動転したに違いない。だが、彼女は私が生きていることを知った。それだけでも価値が……」

僕は父を見つめた。極度の興奮状態にあるようだった。「私は声を出さないように、自分の手を噛んだ」。いまにも窒息しそうな声だった。そしてその日の恐怖を再現するように、自分の手を持ち上げて噛んだ。血が手首から、シャツのカフスに垂れて行く。

母も同時に気がついて、「アレックス！」と叫んだ。が、父の耳には入らない。彼女はうろたえて、父に飛びついて揺さぶった。「アレックス、やめて！　やめて！」。父はわれに返った。顔は青ざめ、弱々しく、茫然として、血のにじんだ手をじっと見ている。母はハンカチを出し、そっと縛った。父は無力な子供のように、ただ立っている。

「さあ、ここを離れましょう」と母は言った。彼女は自分の腕を父にからませ、つれ出そうとした。父は抵抗しなかった。

丘のふもとに戻ったとき、エリックは右側にある簡素な記念碑を指さして、「コイダノフ虐殺の犠牲者」を追悼したものだと説明した。長年の間、見捨てられてきたらしく、藪《やぶ》や背丈の高い草で一部が覆われている。

「こちらです」とエリックは言って、僕たちより先に記念碑に駆け寄り、茂みの葉を引きちぎりはじめた。追いついたとき、かれは碑の銘板の周りのゴミを片づけていた。

ガリーナは銘板を大きな声で翻訳した。

「ファシスト侵略者の手によって受難した一六〇〇人の男、女、子供、ここに眠る」

父は一歩前に出て、頭を下げた。すぐ脇に立っていた母は、父にバラを三本手渡した。このようなこともあろうかと、ホテルから持ってきていたのだ。僕たちは静かに立っていた。

犠牲者の集団墓地からゆっくり歩いて戻る途中、父は立ち止まって、僕を脇に連れ出した。そして「これは私の村だ」とつぶやいた。「それは確かだ。しかし、まだ自分がガルペリンであるという確信がもてない」。そう言い残して、父は他のメンバーの方へ行った。かれらはすでに丘のふもとに着いていた。

僕たちは調査に心を奪われていて、太陽が顔を出していたのに気づいていなかった。初春の弱々しい光だが、それでも光があるだけで、着衣の下に感じる冷気は弱くなる。それに僕たちの訪問が、村の人々の注意を引いていたことにも気がついていなかった。

何メートルか離れたベンチに、子供たちが何人も集まり、恥じらいと率直な好奇心とでこちらを見ていた。男の子の一人が手を振って、このベンチに座ってもいいよという身振りをした。僕たちが座ろうと近づくと、その子はいたずらっぽい笑いを浮かべて「ハロー、ミスター・アメリカ」と言った。

「アメリカじゃないわ、オーストラリアよ」とガリーナが説明した。

子供たちは目を丸くした。よほど珍しかったのだろう。子供たちは僕たちのまわりに集まってきて「カンガルー、カンガルー」と連呼しだした。母は面白がってふき出した。そして父やエリックと一緒にベンチに座った。僕は立ったままで、父と母の会話を半分ぐらい耳に入れていた。二人は子供たちに、もっとオーストラリアの話をしようとしていた。

僕はまだ何かし残したことがあるような気がしていた。周りを見ると、家のポーチで、黙ってこちらを見ている人たちがいる。かなり年配だ。人々が二階のバルコニーに立って、笑ったり、おしゃべりをしたりしながら、女性や子供が死に追いやられるのを見ていたと父が語っていたのは、この人たちのことではないか。僕はガリーナに、二人でここの家並みの前を歩いてみようと誘った。家の前のポーチにいた七〇歳ぐらいの男が、座ったまま僕たちに声をかけてきた。驚きはしなかった。僕らは止まった。

男の表情は、好奇心にあふれている。かれの話をガリーナが通訳してくれた。

「ここで何をしているのかね？」

「私は戦争中に、この広場で起こった出来事を調べているのですよ」と僕は言った。

「ファシストたちの虐殺のことか？」かれは僕が何者かを探るような、抜け目ない目つきでじっと見て尋ねた。

「なぜだ？」

「僕の父の一家がここで死んだのです」

「ユダヤ人だな？」

僕はうなずいた。

その男は、低い、うなるような声を出して、ひざを覆っていた毛布を引っぱり上げた。

「見たよ」と、かれは少し沈黙した後で言った。「わしはこの家で育った。ここから全部見えた。今日の昼飯に何を食ったかより、あのときのことの方をよく覚えている」

かれはそう言ってクックッと笑った。

「その日、何が起きたのです？」

「あれは真夜中だった。広場からの音で目が覚めた。親父とわしがポーチへ出た。近所の連中もそうだ。広場には、警備の兵隊の他に、男が二、三〇人いた。何をしているのか、分からなかった。穴を掘っている男たちを、兵隊が警備していた」

「わしらが見ているのに将校が気づいて、家の中に戻れと命令した。戻らなければ穴掘りに狩りだす、と言った。穴掘りの音は、明け方まで続いた。わしはあそこの窓から、こっそりのぞき見をしていた」と言って、男は後ろの窓を指さした。「自分の目が信じられなかった。広場があったところに、巨大な穴が口を開けていた」

男はふらつきながら立ち上がり、僕たちに近いベランダの端までやって来た。そして、少し前に僕たちが父と一緒に下りて来た坂の方を指さした。「かれらはあそこからやって来た。女、子供、赤ん坊、年寄り。みんなユダヤ人だ。何百人も。目に見える限り続いていた。赤ん坊は泣き叫び、子供たちは涙を浮かべていた。母親は子供たちの気を鎮めようとしたが、兵隊たちは容赦なく銃剣で子供たちをつつき、静かにしろと怒鳴った」

男の指は、僕の父母がいまベンチに座っているあたりへ移った。「兵隊たちは押したり、突き飛ばしたりして、あそこへつれて行った。あの記念碑の近くに将校が立っていた。将校たちはドイツ人だった。制服が兵隊たちと違った」

かれはちょっと言葉を休んだ。

「丘のふもとで、ユダヤ人は一〇人かそこらのグループに分けられた。兵隊たちは着ているものを脱がせ、穴の前に並ばせた。別の兵隊たちがライフルを手に、一歩前に出た。そのころには、わしにもなぜ地面が掘られたのか分かった。ユダヤ人たちにも自分たちに何が起きるのかが分かった。抵抗とか、逃走とかするものは、いなかった。これだけの兵隊と武器だ。逃げるところなどない。しかし、あんな風になるくらいなら……」

そして続けた。「兵隊たちはライフルを構え、かれらの列を銃撃した。人々は後向きに穴に落ちた。死体がちゃんと落ちないときは、兵隊が前に出て蹴とばした。赤ん坊や子供には銃弾を節約し、銃剣だけを使った。一突きで、終わりだった」

語っている間、かれの声は低く、顔は無表情だったから、この事件が男にどんな影響をもたらしたか、知るよしもない。

「これが何度も繰り返された」と男は続けた。「新たなグループが撃たれ、突き落とされた。ぜんまい仕掛けの時計のように繰り返された。多くの兵隊が酔っ払っていたが、効率的にことが進んだ。そしてユダヤ人は、下の方で友人、隣人、家族に起きていることを目にしながら、黙って並び、自分の番を待っていた」

男は目の前の空き地から、目を離した。昔は村の広場だったこのスペースは見捨てられ、いまは過去の忌まわしい歴史を知らない子供たちの遊び場になっている。

「そのときだ。世にも驚くべきことが起きた」。男は腕を空に向けて上げたが、手は震えていた。「全く何の前ぶれもなく、一天にわかにかき曇って、天がひらいた。誓ってもいい。ただの雨じゃない。豪雨だ、大洪水だ。わずか数秒で広場は泥沼に変わった」

「兵隊とユダヤ人たちはずぶ濡れになり、転倒するものが続出した。ユダヤ人たちはパニックになった。わしもうろたえた——自分の家にいても恐ろしくなった。大混乱だ。将校たちが兵隊に、群衆を抑えろと命令しているのが見えた。雷が轟き、稲妻が地表を襲った。神みずから降りたまい、われらすべてを破壊なさろうとしているようだった」

男は話を続ける前に、十字を切った。

「兵隊たちさえ、おびえていた。銃撃隊にはライフルを降ろしたものもいた。司令の将校は、中止を決めた。ユダヤ人たちは、また丘を登らされ、家に戻された。裸にされ、殺される寸前だったものも、再び着物を身につけるよう強制され、——穴の近くに脱ぎ捨てられていた着衣の山から、射殺された人の衣服を取って——丘を登るよう命じられた」

「そのあと、兵隊たちが武器とリュックサックを集めて出発するのが見えた。かれらは穴をそのままにして行った。中に死体が積み上がった穴は水に浸された。雨は日が暮れるまで、一瞬もやまなかった」

話が続いている間、広場からは、子供たちの笑い声や遊ぶ声が響いている。

「完全に暗くなってから、わしはそっとポーチへ出た。やがて、穴のところから何かが動く音が聞こえた。わしは震え上がった。おやじは、穴の中の死体が位置を変える音だと言った。うめくような声も聞こえたので、生きている人がいると言ったが、『死者の霊が死体から離れて行くのだ。放っておけ。さもないと、おまえも一緒につれて行かれるぞ』と笑われた」

「それで、わしには神への畏怖が吹き込まれた。わしは自分の部屋へ行き、カーテンを閉めた。もう窓の透き間からのぞく勇気もなかった。次の朝、わしは銃声で早く目が覚めた。カーテンをほんの少し開けて、外をのぞいた。殺戮がまた始まっていた。丘の上のユダヤ人は半分ぐらいに減っていた。わしはまたベッドにもぐりこみ、叫びや嘆きが耳に入らないよう、頭を覆った」

「ベッドに横たわって、わしはユダヤ人たちが、どうやって前の晩を過ごしたのだろうと思った。わしは昨夜、幽霊は怖かったけれども眠ってしまった。だが、朝になると自分たちに何が起こるかを知っていたユダヤ人たちは、一晩中起きていたに違いない」

男はまた話を中断し、今度はたばこに火をつけた。

「もう一つだけ」と僕は言った。

男は無邪気な顔でこちらを見た。

「あなたが見たことについて、どう思いました?」と僕は聞いた。

男は肩をすくめ、首筋に手をやった。きまりが悪かったからなのかどうか、分からない。「ユダヤ人は一人も生き残らなかったそうだよ」と言っただけだった。

かれの明確な記憶によって、オックスフォード大学の教授たちが抱いていたミステリーは解けた。父は、母親と一緒に弟の手を引いて坂を下りた。しかし、この異様な激しい風雨のせいで、自分の死に直面する以前に引き返した可能性はありうるのだ。

そうであれば、嵐が過ぎ去った後に自分と家族を待ちかまえている運命を、母親が正確に知っていたこととの説明もつく。小さい息子をひざに乗せ、朝になるとみんな死ぬのだと言って、夜のうちに逃がすことだってできるのだ。

男は最初に座っていたベランダの椅子に戻って、脚にひざ掛けを乗せた。僕はかれが話してくれたことに、あまりにも丁重に感謝の言葉を述べたので、逆に驚いていた。

「どういたしまして」と、たばこをくゆらせながら答えた。

僕が抱えていた重荷が、どれほど軽くなったことだろう。父が描いた物語の全体像は正しいと信じてはいたが、オックスフォードの教授たちに植えつけられた疑惑の種が、僕の心に引っかかっていた。

ガリーナと僕は、父と母がいるベンチのところへ、ゆっくり戻った。父母とエリックの笑い声と子供たちとのおしゃべりを除けば、僕たちの周りは静かだった。

疑問の余地なく立証されたとは言い切れないにしても、ベラルーシの二日間は、父の主張の真実性をすでに補強していた。母親が前の晩に根絶を知っていたという父の話はでっちあげだと強硬に主張した教授にオックスフォードに戻ってから、手紙を書き、コイダノフの「現場で」学んだことを説明したが、返事はなかった。

第27章　父の生家

僕たちは根絶の現場から、そう遠くないカフェにいた。エリックがプロフの昼食につれてきてくれたのだ。プロフは、ピラフに似たロシアの料理だ。「母親はこんなものを作ったことはなかったなあ。食べたことがあったら覚えているよ」と父は僕に言って、酸っぱそうに顔をしかめた。食事の後、父はまたエリックとの会話に夢中になり、さらに詳しい自分の体験と、オーストラリアでの暮らしについて話していた。

その種の父の話は何度も聞いている。僕は、カフェの付近を散歩することにした。ほんの数分も行くと、今度のコイダノフ訪問を始めた「十月通り」に出た。

右側には、エリックが父の家だと主張していた建物がある。そこで同じ十月通りの反対側の方へ行ってみることにした。ほんの短い距離を歩いただけなのに、食べたばかりのプロフのスパイスのせいか、体がだるくなってきて、道ばたの草むらに座りこんだ。

少しばかりうとうとしていたらしい。鋭いキャッキャッという声と、鼻息が耳元で響いで、目が覚めた。地べたに座りこんでいる僕を、年配の女性四人が取り囲んでいる。みんな背丈より体の幅の方が広い。

耳元でキャッキャッという笑い声をたてたあばあさんは、歯の抜けた顔でにっこり笑い、それから不審な顔でこっちを見ている。彼女は腰を伸ばして、僕の周りで太い足をひきずっている他のおばあさんと、何かペチャクチャしゃべりはじめた。

話しかけてくるが、一言も分からない。

また、話しかけてきた。同じ言葉を繰り返しているのは分かる。もう一人も加わって、また繰り返した。

当時の僕のロシア語の知識は、単語五つか六つぐらいのものだったが、一つだけ分かった。

「外国人か?」と聞いている。

僕は彼女たちを見上げ、日差しを手でさえぎり、「そう、外国人」と強くうなずいた。

女性たちはみんな手をたたき、一人が喜んで「ロシア語が話せるよ!」と叫んだ。

「いや」と僕は笑って、目の前で手を振った。こんなことが糸口になって、僕は英語で「僕は父と一緒にここへ来た」と説明した。

みんなポカンとしている。

「父は自分の村を探している。自分が育った家を」と僕は言った。

彼女たちは顔を見合わせ、大笑いして首を横に振った。

僕は「パパ」と言って、自分の胸をたたいた。次に想像力をかきたてて、立ちあがってパントマイムで家を探すそぶりをした。額に手をかざし、一軒の家の柵の前で、庭を熱心にのぞきこむ。それから悲しそうな顔で首を振り、次の家へ行ってまた同じ動作をする。

女性たちは、口を開けて僕を見ている。まるで十月通りに舞い下りたエイリアンだ。もう止めようかと思ったとき、一人のおばあさんが「お父さんの家？」と尋ねた。

「そう。そうですよ」。僕は喜んだ。

他の女性たちもうなずき、分かったというような声をあげた。「十月通りの？」と別の女性が口をはさんだ。

「そう、そう」と僕は繰り返した。

「名前は？」と、もう一人が聞く。僕にも分かるロシア語の単語だった。リーダー格の女性が、抜け目なくこちらを見る。

「どちらを言った方がいいのかな、ガルペリンかな。それともパノクかな」。僕は声を出して独り言を言った。一人がすかさず、聞き取った。

「ガルペリン？」と彼女は聞いた。「ガルペリン？」

僕はうなずいた。「ガルペリン、家？」と言って、僕は朝のうちエリックが案内した家を指さした。

彼女たちは、いっせいに首を横に振った。一人が反対の方向、通りのずっと先の僕たちが今朝は行かなかった方向を指さした。しかし、どの家を指しているのか分からない。そのおばあさんは気さくに僕の手を取って通りを歩き、一〇軒あまり先の家へ案内した。他のおばあさんたちも、ぞろぞろついてくる。僕たちは、緑色の建物の前に来て止まった。長い間、手を入れないまま放ってあるような家だ。

「ガルペリン」と、彼女は指をさして言った。

「ガルペリン?」と僕は聞いた。

彼女は両腕を組んで、しっかりとうなずいた。

「これがその家なのかもしれない」と僕は思った。家に沿って車の引きこみ路があり、父の描写と一致する。いまは誰かが住んでいるのだろうか。僕はもっと近くに寄って見なければと思った。

おばあさんたちに聞こうとしたが、通じない。ガリーナのことを思い出した。そこで、彼女たちに待っていてほしいと手真似で示し、通じたかどうか分からないまま、大急ぎでカフェの方へ走った。

カフェは、僕が中座したときのままだった。父はエリックと熱心に話しこみ、子供時代のロシア語では伝わらない点を補おうと、大げさな身振りを混じえて説明している。

二人とも僕が息せき切って飛び込んで来たのに、気づいていない。僕も邪魔をする気はない。ガリーナは母とおしゃべりしていた。

「君をしばらく借りていいかな?」とガリーナに聞く。

「何かあったの?」母は僕を見上げて尋ねた。

「いや、別に」と僕は答える。この段階で、誰かの期待を高めたくはない。

ガリーナがおばあさんたちに質問している間、僕は脇で不安な気持ちで待っていた。

「みんなは、ここが戦前から一九七〇年代まで、ガルペリンの家だったと言っているわ」。ガリーナは興奮していた。僕たちと一緒にいたのはわずかな時間なのに、調査に追いついている。

「間違いないのかな」と僕は念を押した。

ガリーナは女性たちの方に、もう一度聞く。みんなは断固として首を縦に振る。

「いま誰の持ち物なのか、聞いてくれる?」

「近くの村の女性」が返事だった。一人の女性は、持ち主はコイダノフから一五、六キロほど離れたファニポルという村の人で、名前も知っているという。

「名前はギルデンベルグ。ディーナ・ギルデンベルグさ。ディーナはコイダノフの古いユダヤ人家族の出で、ソロモン・ガルペリンが死んだとき、あれはいつだっけ、一九七六……いや一九七五年か、息子の……名前は何だっけ、そうエリック……ミンスクのエリックが一〇年ほど前に、ディーナ・ギルデンベルグに売った。この家にはずっと誰も住んでいなかった」と彼女は言った。それから「ディーナはいまコイダノフにいるよ。彼女を見かけたもの。この道の先の缶詰工場で、臨時工として働いているよ」と付け加えた。

「いま会いたいなあ。そこにいるだろうか?」と僕は言った。

「たぶんね。私は彼女を知らないけど」という答えだ。

ディーナについての事実は何でも知っているが、個人的な知り合いではないというのは、典型的な村の暮らしなのだろう。

「工場はどこ?」。僕はたずねた。

その女性が、案内してくれることになった。工場に着くまで、女性たちは上機嫌で、僕が何者なのかを知ろうと、次々に質問してくる。そのうちの一人は「じゃ、あんたはユダ公じゃないんだね」

と言って、仲間の女性たちにシッと口止めされた。

僕はできる限り彼女らの質問に答えながら、同時にエリックのことも考えていた。かれがわれわれを違う家に案内したのは、なぜなのだろう。

ガリーナは、工場でディーナを探すのを買って出た。その間、僕は小さな工場の外で、おばあさんたちに囲まれて立っていた。そのうち彼女たちは落ちつきを失い、何かもぞもぞと相談していると思ったら、あわただしく手を振ると、とつぜん立ち去った。びっくりした。彼女たちの名前も知らないし、ありがとうも、まだ言っていない。追いかけようと思ったときには、もう次の通りへ消えていた。そのときガリーナが工場から、女性を一人つれて現れた。おばあさんたちが、とつぜん消えたこと以上の驚きだった。

女性は、父より体つきはがっしりしているが、同じように親切で陽気な表情、バラ色で丸ぽちゃの頬、それに潤んだような青い目をしている。顔の真ん中に、よく似た球根型の鼻と、いたずら小僧のようなほほ笑みがある。彼女の人柄でもあったろうが、ふるまいの中に見える微妙な恥じらいから、父と血縁関係にあるに違いないと思わせた。

ガリーナはディーナを僕に紹介した。彼女は職場をしばらく離れてよいという許可をもらっているから、あの家の中を見せてもいい、と言った。

家へ行く途中、ディーナは自分の家族について、知っている限りの情報を教えてくれた。一家は結婚によって、ガルペリン家と縁続きになった。ディーナの父はボリス・ギルデンベルグといい、ボリスの妹のハナがソロモン・ガルペリンと結婚した。だから、エリックが僕の父の母だというハナ・ガルペリンは、ディーナの叔母で、ディーナと僕の父は、いとこ同士になる。

結婚したソロモンとハナは、十月通りの家で一緒に暮らした。ディーナはその十月通りの家を、エリックから買い取ったのだ。おばあさんたちが話していた通り、エリックは自分の事業のために印刷機を買う資金が必要になって、売ることにした、という。

ディーナの家族は幸運にも、ホロコーストを免れた。両親は一九三〇年代の後半にモスクワに引っ越し、彼女はそこで育った。一九八〇年代にベラルーシに戻ったときには、ソロモンはすでに世を去っていて、ハナと三人の子供たちや一族は大量虐殺で死んだと聞かされた。ソロモンだけは戦争を生き延びたという話だったが、どのようにして生き延びたか、全く知らなかった。

エリックは、われわれの訪問について、ディーナには何も話していないらしい。ましてベラルーシへ来ることなど、教えていなかったのだろう。ガルペリン一家のもう一人である、ディーナのいとこ――父がそうならの話だが――が想像を絶する環境の中を生き延び、自分と会うことになるなどとは知るよしもなかった。

「エリック・ガルペリンは、自分の一族の歴史やあの家について、もっといろいろ話すことができるはずなのに」と彼女は言った。

僕は黙っていた。

僕たちは、あのおばあさんたちが教えてくれた家の外側に着いた。しかし、父母と一緒でなければ、僕は中へ入りたくない。ガリーナは急いで、両親をつれにカフェに向かった。家が見つかったことは言わないように、と僕は彼女に口止めした。父がここへ来て、自分の目で見た上で、結論を出してほしい。

その間にディーナは家の脇にあるドアのところに、僕をつれて行き、大きな鍵を取り出して鍵穴に差し込もうとした。僕は、やめてほしいと手真似で示した。これが父の家なら、まず入るべきは父だ。彼女は分かったのだろう、同意してくれた。

　そうこうするうちに、青いバスが到着して、父が飛び降りた。母とガリーナ、エリックが続いた。父はただちに家の外観をじっくり見定めはじめた。木の柵にしっかり手をかけて、握りしめている。後ろではエリックが、重心を一方の足からもう一方へと揺らしながら、心配そうに立っている。僕はみんなの方へ行った。

「どう思う、お父さん?」と僕は聞いた。

　父は、僕に黙るよう手で合図した。「見覚えがあるようだ」と低い声で言った。「ここと同じで、入口のドアは家の脇にあった記憶がある。ここが馬車置き場だったのも同じだ。だが、この脇に小屋が建っていたはずだが」と、父は馬車の引き込み路のすぐ脇の家を指さして言った。父は頬に手をあてた。

「隣の家の人がいるか、見てみようよ」。そう言って僕は、隣の家のドアをノックした。

「はい?」と、年配の男がいぶかしげに顔を出し、エリックが後ろに黙って立っているのに気づくと、「やあ、エリック」と親しそうに声をかけた。エリックは、きまり悪そうな顔でうなずく。

「私たちは隣の家を調べているのですが」と父は言った。「戦争前には、この馬車の引き込み路のすぐ脇に、何か建っていませんでしたか?」

「小さな小屋がありましたよ。戦後、わが家の建て増しのために、老ソロモン・ガルペリンがその土地を売ってくれたのです」

　父は少し離れた地面を指さして、「この辺だったと思うのですが」と言った。

「まさにそこに建っていました」

父はいっそう生きいきしてきた。ふり向いて裏庭をじっと眺め、「リンゴの木だ」と叫んで、庭に入った。僕たちも続いた。「あれだよ」。父は木の方へ行き、下で立ち止まって驚きと喜びを満面に表した。「ここでリンゴをとって、母親のエプロンからあふれるほど落とした。彼女は『これで十分よ、もういいわ！』と叫んだ」

そのときだった。家とリンゴの木の間に、ディーナがはにかんだような表情で立っているのに気がついた。興奮が渦巻く中で、彼女に父の訪問を伝えるのを忘れていたのだ。二人はお互い丁寧に目礼を交わしていたが、相手が誰なのか、知らないままだった。

「お父さん！」と呼んで、ディーナの方へ行った。

父は僕たちの方へ歩いて来て、ぎこちなく立った。例のケースを抱えて、ほほ笑みを浮かべている。

「イリヤ・ガルペリンという名を聞いたことがありますか？」と、僕はディーナに尋ねた。

「いいえ……」。彼女はゆっくりと答えた。「それはエリックの家族の誰かですか？」

「ソロモンとハナの間の子供の一人です。長男です」と僕は言った。

「亡くなった子の一人の……」とディーナが言いかけた。

「いや、かれは生きているかもしれない。私がイリヤかもしれないのです」父は彼女の言葉をさえぎった。

当惑しているディーナに、父は自分がコイダノフへやって来た理由を説明した。ディーナは、父を、それから僕を、そしてちょうど僕らのところにやってきたエリックに目をやった。エリックは、腕をちょっと上げて、父をステージの上で紹介するように「こちらがイリヤです」と言った。ディーナとエリックは、ロシア語とは違う言葉で話を交わした。おそらくベラルーシの方言（ベラルーシ語）なのだろう。二人の間が、緊張しているのが分かった。エリックが、事前にわれわれの訪問を伝えていなかったからだろう。

僕は割って入って、「家の中を見せていただけませんか？」とディーナに頼んだ。

さびついたドアの金具は、きしんだ音をたてた。

僕は、父と母の後に続いた。二人はためらいがちに荒れはてた台所に入った。水道も引いてないらしい。

「私がこの家を買ったときは、誰も住んでいなくて、ずっとひどい状態でした」と、ディーナはきまり悪そうに言った。僕たちはさらに奥へ入った。部屋は二つ。椅子一脚と小さな寝椅子があるだけで、他に家具はない。父は周りを見まわした。

「この部屋を覚えている？」と僕は聞いた。

「私が寝ていたところかもしれない」。父は、窓近くにあった椅子を動かし、その跡に立った。

「ベッドはここだったと思う。父親がさようならを告げた晩、私は頭をこっちに向けて寝ていた。部屋の仕切りのカーテンは、そこだったはずだ。後で父親がドアを開けて、あっちへ出て行くのが見えたから」。父は僕たちが入って来た玄関のドアを、まっすぐ指さした。そのドアは、家の反対側にある台所からも見える。父は天井を見上げた。

「父親の足は、ちょうどそこからぶら下がっていたと思う」

僕は天井を調べようと、そっちの方へ行った。屋根裏に通じるところに落とし戸の痕跡があって、木の板が打ちつけられていた。父は僕のところへ来て別のものを見つけた。

「見てごらん」と右手の方を指さした。さびついた留め金が一〇個余り、天井の梁《はり》に釘づけしてある。「そうだ。これがカーテンをつるすのに使われていた。私が両親の会話を盗み聞きしようとカーテンの脇に来たとき、あそこにあったテーブルに父と母が座っていた」。父はそう言って台所の方を指さした。

ディーナは父の話に熱心に耳を傾けていたが、この家に引っ越してきたとき、確かにそこにテーブルがあったと言った。

「そうだったでしょう?」と、彼女はエリックに言った。

「ええ」。それまで奇妙なほど黙りこくっていたエリックが、きまり悪そうに答えた。

家の内部の構造は、父の記憶と一致しているらしい。

「これこそが、ガルペリンの家だ」と父は言った。まるでこのときの僕の心を読んでいるように父は言った。「戦争前からのね」

「はい」とエリックは言った。

「私がここで育ったのかな?」

「はい」

「私にはもう一つ、別の記憶がある。兵隊がこの部屋へやって来ていた。ナチスではない。ある女性を訪ねてきていた。私の母親ではないが、ここに一緒に住んでいた人だと思う」。父は目を凝らして、いろいろ思い出そうとしている。

「それは叔母さんのソーニャでしょう、ソロモンの姉妹の。彼女はここに住んでいました。家族の他のメンバーと一緒に死にました。婚約していたロシア人の兵士は前線に送られ、その後どうなったか誰も知りません。戦争が終わっても、ソーニャを探しに来なかった。かれも死んだのでしょう」とエリックは答えた。

「他に何かこの家や家族の歴史について、思いつくことはありませんか」と僕が聞いた。

エリックが首を横に振った。ディーナもそうしかけたが、とつぜん表情が変わった。「ちょっと待って。何かあったわ……」

ディーナは寝椅子の方へ行って、下に手を突っ込んだ。「忘れていた。去年、床の一部を張り替えたとき、こんなものが床下に隠してあったのを、大工が見つけたの。ごめんなさい、エリック。あなたに言おうと思っていたのに、忘れてしまって」

僕たちは期待をこめて待った。彼女は立ちあがり、手にしたビニール袋のほこりを払って高く掲げた。「古い写真よ。どれが誰だか分からないけど、見ていただいて結構」

僕は受け取り、部屋の中のたった一つの椅子に座って写真を取り出し、ゆっくりめくった。いつごろ撮影されたものか、正確には分からないが、戦前のものだろう。服装から見て、何人かはユダヤ人だ。一枚の若い女性の写真に僕の目がとまった。カメラに向かって、自信に満ちてほほ笑んでいる。二〇歳代の初めらしい、魅力的で、すなおな顔だ。盛装をしているから、何か特別な機会に撮られたのかもしれない。僕にはこれが誰か考えもつかなかった。父に渡したが、父も首を振っ

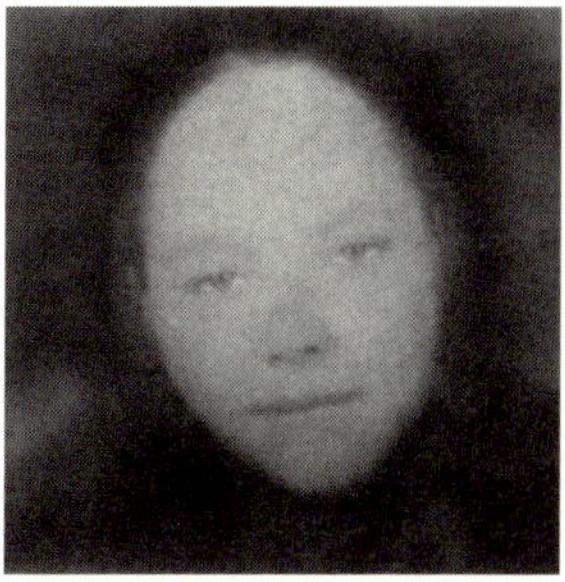

た。

僕は写真を袋に戻し、別の写真の束を引っぱり出した。ひとわたり目を通そうとして、僕は一枚の写真に釘づけになった。その写真は部分的に破れ、右上の部分が欠けているが、写っているもう一人の女性の顔の片側だけははっきり見える。

それを見て僕は、「これはクリスタルだ」と息をのんだ。カメラを見つめているこの女性が、本当は誰か分からない。だが、彼女の顔は僕の姪《めい》、弟のアンドルーの娘にそっくりだった。

父は写真に手を伸ばした。僕はまだ茫然としていたが、父が「おやまあ」と言って、母に渡すのが聞こえた。母も同じように驚きの声をあげ、ティーンエージャーの孫の写真が、なぜ過去の人たちの間にあるのだろう、と言わんばかりの反応だ。

僕たちは驚きのあまり、茫然とした。

母が最初に口を切った。ちょっと咳払いして「あの目、それに顔の形。クリスタルそっくりよ。そうじゃない？」と言った。

「不思議だ」と父が答えた。

「写真の人は、どこかで僕たちと縁続きに違いないよ」と僕は言った。「これは誰？」と写真をエリックに渡した。かれはじっと見た。

「ひょっとしてハナ、お母さんかも。でも、確かじゃない。僕は彼女の写真を一枚、それも一度しか見たことがないから」と言って、写真を父に返した。

「この顔に見覚えはない？」と、母は父の肩越しに、穏やかにたずねた。「いや」と父は答えた。「しかし、あまりにもクリスタルそっくりだ。私に近い誰かに違いない。母親だろうか？　それだったら、私はイリヤ・ガルペリンだ、と信じるよ」。父は首を振った。

僕たちはみんな、父の驚きに感染していた。それにしても、コイダノフとパノクという二つの言葉だけで、六〇年近くも前の子供のころ、赤ん坊の妹と小さな弟と一緒に眠っていた部屋にまで、たどりつくなどということが、そもそもありうるものなのか。ナチスに引き裂かれるまで、父と母に自分が育てられていた場所へ——。

僕は、父や他の人々の後について、青いバスがとめてある昔の馬車置き場のところへ歩いた。父はディーナがくれた、写真入りのバッグを手にしている。何という贈り物だろう。父はまだ驚きのあまり、頭を振っていた。

第28章　ソロモンとヴォロージャ

午後も遅くなっていたが、まだ予定があった。バスは、ソロモンの親友、ヴォロージャ・カッツの荒れ果てた、小さな家の前で止まった。ヴォロージャは、妻のアーニャに手を引かれてベランダに出てきた。僕たちの心まで見抜くような青い目をしていた。

ヴォロージャは泣きながら、父を「イリヤ・ソロモノヴィッチ、イリヤ・ソロモノヴィッチ」と繰り返し呼んだ。父は「はい、はい、私ですよ」と少し照れて答えている。「イリヤ・ガルペリン」になったばかりの父が、ヴォロージャを相手に気楽にふるまうには、まだ時間がかかりそうだった。

「これが息子のマークです」と父は急いで言った。目が見えなくなったヴォロージャは、僕を手招きし、肩をギュッとつかんで、直感で年格好を測ろうとした。自分の狭い家が客であふれるとヴォロージャは落ち着かなくなるというので、母はバスで待つことにした。

「妻のアーニャだ」とヴォロージャが紹介すると、後ろにいた女性が前に出てあいさつした。八〇歳はとっくに超えているが、高潔な品性の持ち主であることは分かった。突き刺すように鋭い、決断力のある目だ。若いころは、きりっとした目鼻立ちの、カリスマ的な女性だったに違いない。

部屋は暗く、家具もほとんどなかった。小さなレンガ造りの暖炉の他には、暖房具も見当たらない。床のリノリウムは、穴があいたり、曲がったりしている。二人はこの部屋だけで暮らしているらしい。部屋の奥にある厚板製の造り付け二段ベッドには、薄い毛布がかけてあり、テーブルには質素なお茶の用意がしてあった。

「エリックがソロモンの息子が生きていると言ってきたとき、わしは自分の耳を疑った。それもオーストラリアで！」とヴォロージャは言った。父はほほ笑んで、「私の父親をよくご存じだったそうですね」と聞いた。

「君のお父さんとは、同い年だ。この村で一緒に育った。君の父親がハナと、わしがアーニャと結婚してからも、仲が良かった。わしらはいつも十月通りの二人の家に行った」

アーニャはうなずいた。「あなたのお母さんは、料理がとても上手だった。何もないところから、大宴会のごちそうを作り出すほどの腕前だったわ」と彼女は言った。

「私の母親はどんな人でしたか？」。父が聞いた。

「とっても優しい人」と、アーニャがエプロンで手を拭きながら言った。「若かったし。結婚したのは一六歳ぐらいかしら、そのころの習慣でね。ソロモンは彼女より年上で、二一歳ぐらいだったかな。とても素敵なカップルだったわ。仲人が話をまとめたのだけど、二人はお互い愛し合っていた。二人が一緒にいるときの様子と言ったら……」

アーニャの一語一語を聞き漏らすまいと、父は前かがみになって耳を傾けている。

「彼女は、あなたと弟、妹にすべての愛情を注ぎこんでいましたよ」

「私のことを覚えておいでですか」と父は聞いた。

「もちろんよ。赤ちゃんのとき、よく子守りをしたし、少し大きくなると私のひざが大好きだった。叔母さんのソーニャには、かなわなかったけど。彼女は美人で、あなたのお母さんと大の仲良しだった。ロシア人の兵隊と結婚するはずだったの――」とアーニャは言った。

父は興奮して、話に割り込んだ。「でしょう？　私には軍服を着た男の人の記憶があるのです」

「かれの名前はセルゲイ。ずいぶん機転がきいて、チャーミングな人だった。かれはいつも、私たちを笑わせ続けで。叔母さんを覚えているかしら？」

父は首を振った。

「彼女があなたに歌ってくれていたのは覚えていない？」

「全然」

アーニャは、父の気分が沈んだのに気がついた。「大きくなると、あなたは私から逃げ出し、立ち上がって両手を腰に当てて、『村で用事があるんだ』なんて、突飛なことを言って笑わせた。村の人はみんなあなたを知っていた。警官とか、パン屋さんとか、いろんな人に話しかけた。良い子供だったわよ。親切だし、いつも気配りができて。村の老人と雑談して手助けしていた」

父は笑いながら、「自分がそんな天使だったなんて知らなかったなあ」と驚いてみせた。

「でも、いつも天使というわけでもなかった」とアーニャはからかった。「いたずらっ子でもあった。とくにあの子と一緒のとき。なんて言ったかなあ、あの子の名前は？」

アーニャはちょっと間をおいた。それから、両手をポンとたたいた。「パノクだわ。今度はこの二人組が頭痛の種よ。いつも悪さを考えだして、あなたを巻きこもうとした」

「パノクだって!」父は興奮して叫んだ。椅子から飛び上がらんばかりだ。

「あなたと同い年よ。離れられない二人組だった。肩を組んで、村中を歩き回っていた。二人とも、あなたの家の裏庭のリンゴの木で遊ぶのが好きだった」

「そうだ」と父は言った。父の顔は鮮やかな赤い色になり、青い目は喜びと感動で輝いている。「リンゴの木で海賊ごっこをした。どちらか一人が木のてっぺんに登り、見張り役になって、村を海賊が襲おうとしていると報告する」

父は僕の方を向いた。「これで答えははっきりした。パノクは私の親友だったのだ」。そして、ヴォロージャの腕に手を触れた。

「パノクがどうなったか知っていますか?」

「かれはあの日に死んだ、家族と一緒に」

父はがっくりとして、椅子の背に沈んだ。「誰も生き残らなかったのですか?」

ヴォロージャはうなずいた。

パノクのミステリーは解けた。記憶にはなかったが、あの日、父は同い年の五歳の親友の根絶も目にしていたはずなのだ。

アーニャがコーヒーを注ぎたした。

しばらくして、父がまた口を開いた。

「私の誕生日を覚えていますか」と聞いた。

「一九三五年の後半だろうけど、確かなことは言えないわ」とアーニャが答えた。

「弟や妹のことはどうでしょう、何か覚えていませんか？」

「ほとんど知らないの。そのころ、私はレニングラードの病気の姉妹のところに行っていて、村には、ときたま帰るぐらいだったから。ソロモンやハナにもほとんど会わなかった。あなたは覚えている？」とアーニャは夫に尋ねた。

「あの小さい女の子のことは……分からない。しかし、男の子はダビデという名ではなかったかな。君は間違いなくイリヤだ。お祖父さんの名前のイリヤをとったのだ、われわれユダヤ人の伝統だから」

僕はヴォロージャを見た。かれの目には、涙が浮かんでいる。

「私は昔の村が懐かしい。本当の意味でのシュテトルだった。もちろん、仲たがいやスキャンダルもあったが、お互いに面倒を見合っていた。あれが全部消えてしまった。戦争が終わって家にたどり着いたら、村のユダヤ人は一人残らず殺されたと聞いた」。かれの大きな熊のような手が、アーニャの方にのびた。

「私たちも、お互い生き延びているのかどうか、分からなかったのよ」とアーニャは言った。ヴォロージャはうなずいた。「私はベラルーシ北東の森を通って来た。帰り着いたら、村にはほとんど人影がない。家はここに立ってはいたが、ひどい状態だった。ある日、修繕しようと屋根に登ったら、アーニャが小道沿いにやってくるのが見えた。夢ではないかと目をこすった。アーニャは生き延びていたのだ」

「どちらも生き延びたのですね」と父は言った。

「ベラルーシが侵略されたとき、アーニャはレニングラードの姉妹のところにいた。彼女はそこから、やがてパルチザンに加わった」とヴォロージャは言った。

「それであなたは？」

「私もパルチザンに参加した。ベラルーシ北東部のモギリョフの郊外で」

「私の父親は？」

「君のお父さんも生き残った」

「私の母親は、父親は死んだと言っていました。なぜそんな——」

「君から秘密が漏れないようにするためだよ」とヴォロージャは言った。

「最初から話そう。ファシストどもは一九四一年に、わが国に攻め込んだ。伝わってきた断片的なニュースやうわさでは、ナチスは村から男や若者を狩り集めて、つれて行くということだった。われわれは、それが昔のポグロムのようなものだろうと判断した。ナチスがコイダノフへやって来たら、男は終わりだ、しかし、老人、女性、子供は大丈夫だと思った」

「村の中にはファシストどもが来る前に脱出しようと計画しているものいたし、ベラルーシの森林地帯で組織されつつあったパルチザンに参加しようという話もあった。侵略者を避けて、もっと東へ向かおうという人々もいた。一九四一年の夏の終わりに、私はソロモンに脱出を持ちかけたが、家族はどうするんだ、と言って渋った」

「そのうちソロモンは、二人一緒に十月通り一二番の自分の家の屋根裏に隠れるというアイデアを出してきた。これなら自分の家族に目が届く。ハナも大賛成だった——必要なものは何でも手に入る。いつ降りてきたら安全かも知らせられる。『もし、計画どおりに行かなかったら、私は逃げる、真夜中に家族をつれて』とソロモンは言った。そのためには、われわれの所在を、誰にも知られてはならなかった。君にも、だ」

「ハナは、夫は夜のうちにパルチザンに参加するため逃走した、いつ帰ってくるか分からない、と近所に話すことになった。『われわれはイリヤにも秘密にしなければならない。あの子は、秘密を守るということ自体が、理解できない。私はいなくなったのだと、かれに言うしかない』とソロモンは言った」

「母親は私に、父親は死んだと言いましたよ。間違いなく」と父は混乱したような顔つきで言った。「あなたはまだ子供だったのよ。いなくなったというのは、その年ごろでは死んだと同じ意味に思えたのでしょう」とアーニャが言った。

ヴォロージャは話を続けた。「二か月後の一九四一年十月、ファシストどもがコイダノフ地方に入ったというニュースが届いた。残っていた五体満足な男子は逃亡を始め、町は日ごとにさびれていった。月半ばには、ソロモンと私は屋根裏に住みはじめた」

「一週間もたたないうちに、ファシストどもがやって来るという話を、ハナが聞いてきた。二人は家から脱出し、何日間か深く森の中に潜んで、ファシストどもが去るのを待つことにした。深夜に、私たちは下へ降りた。ソロモンは君のベッドに行って、キスをした。君は体を少し動かして『パパ』と呼んだ」

「覚えています。父親は、さようならといったでしょう?」と父は言った。

「そのとおりだ」とヴォロージャは答えた。「それでわれわれの出発準備は終わった。ハナは二人にそれぞれ、食料を詰めたバッグを用意した。ハナは『戻ってきてね』とささやいた。私たちは約束したが、本当のところ自信はなかった。われわれが目にしたのは、ハナとソーニャが心配そうにドアの透き間からのぞいている顔だった。ソロモンは手に持った帽子を掲げて、最後にさようならとつぶやいた。そしてドアが閉まった」

父は悲しそうに言った。「私はあなたたちが出て行くのを見ていました。また目が覚めたのです。私は母親にそう言いました。でも彼女は、あなたは夢を見ていたのよ、パパはもう死んだのだから、と言いました」

テーブルにいたものは、みんな黙りこんだ。

ヴォロージャの話は続く。「見つからずにコイダノフを離れた。続く二日間、われわれは歩き続けた。夜は交代で見張りをし、数時間ずつ睡眠をとった。三日目にとんでもないことに気づいた。森の中を堂々巡りしていて、あと数分も歩けばコイダノフの近辺に出るところにいたのだ。二人は体を寄せ合い、静かに隠れて安全を確認し、また森に戻った」

「ほんの少し進んだとき、遠くの方で銃声が繰り返し轟くのが聞こえた。ソロモンは棒立ちになって、『私は帰る。何か悪いことが起きている。私の家族があそこにいる』と叫んだ。『捕まって何かいいことがあるか。前進するしかない』と、私は説いた。ソロモンは狂乱状態になって、嘆き続けた。どうしようもなかった。とつぜん、物凄い雨が降って来た。私たちはずぶ濡れになって、身を寄せ合った。雨は一日中続いたが、夕方までには出発するしかない。われわれは森の中へ戻った」

部屋は全く音がしなかった。父はテーブルにおいた自分の手をみつめていた。

「私はその日そこにいたのです」と父は言った。

「そこって?」

「村に。起きたことを見ていたのです」

ヴォロージャもアーニャも、驚きのあまり言葉が出ない。

「自分の家族が殺されるのも、他の家族のも全部見ました。殺戮は二日間、続きました」

「想像もできないわ」とアーニャは静かに言った。「うちの孫は九歳だけど、その歳でも対応できそうにない。大人でもね……もっと話してくれない？」

「あの根絶の日、私も最後はコイダノフの周囲の森で過ごしたのです。もし、あなたと私の父親が、そんなに遠くないところにいたのだとしたら……」

アーニャは、父の手に触れた。そして「私たち、ブランデーが必要だわ」と言った。

ブランデーで父の活力は戻った。「私の父親とあなたに何が起きたのか、もっと話してくれませんか」と、父はヴォロージャに言った。

「われわれは疲労し、お腹をすかせて、モギリョフの郊外にたどり着いた。ソロモンは町に入って、コイダノフの生存情報がないか探ろうとした。私は制止したが、かれは振り切って出かけた。二晩待っても、帰ってこない。命運は封じられたと思った。やがて私はパルチザンのグループに遭遇し、終戦まで一緒に森で戦ったり、列車を襲ったりした」

「まさか！」と父は言った。「私は補給列車の警備をしていました。貨物列車の屋根に乗せられ、パルチザンを怖がらせるために空砲を撃たされて」

ヴォロージャは信じられないというように首を振った。「もし私が君を撃っていたら」

「ありがたいことに、撃ち損じていただいた」と父は暗い声で笑った。「私はその後、リガへ送られ、しばらく幸福な日々を過ごした後、今度はロシア戦線に出ました。耐えきれないほどの湿度、最悪の蚊の夜襲、そしていつも水浸しの待避所で眠っていたのです」

「それはいつごろの話?」と椅子に座りなおして、アーニャが聞いた。

「一九四三年の夏」

「正確には、ロシア戦線のどこだったの?」

「レニングラード南方のヴォルホフ沼地」と父は言った。

「信じられないわ。私は同じ時期にパルチザンと一緒にヴォルホフ沼地にいたのよ」。アーニャが口をはさんだ。彼女は立ち上がって部屋の棚のところへ行った。「これを見て」と彼女は、額に入った証明書を示した。

父と僕は、その証明書を見た。

「『戦争での勇敢な行為に対し　スターリンより』。——驚くでしょう。スターリンが、ユダヤ人パルチザンは罰すべし、と決める以前の褒状よ」

父の視線は、棚の上の写真へ移った。

「それは私。戦争中の写真よ」とアーニャは言った。

父はそれを取り上げた。そのとき父は一瞬、少しはっとしたように見えたが、誰も気づかなかったようだ。顔は青ざめていた。「あなたは美しかったんですね」と父は言った。

アーニャはうれしそうに笑った。元の席に戻り、父はまたかれの物語を続けた。

遅い午後の時間が過ぎて行く。父とヴォロージャの対話は、一つの話題から別の話題へと飛び、ヴォロージャの知っているすべての話を、父は貪欲に吸収しようとした。しかし、最も聞きたかったのは、自分の父親がどのようにして生き延びたのか、だった。

「ある朝早く、ドアを激しくたたく音がした」とヴォロージャは語りはじめた。「開けると、目の前にソロモンがいた。髪は乱れ、SSの制服を着て、やつれてはいたが、ほほ笑んでいる。自分の目が信じられなかった」

「かれは熊のように餓えていた。私は、もうこれ以上食べられなくなるまで、休みなく食べ物を与えた。かれは次々に飲み込み、ついには何も胃袋に入らなくなった。かれの話によると、われわれが別れた後、モギリョフへたどり着きはした。しかし、町に入ったとたん警官に呼び止められ、逮捕された。いくつもの労働キャンプで働かされた後、アウシュビッツに送られ、二年間生き延びた。革なめしの腕がかれの命を救った。警備兵のブーツの手入れをしていたので、命を奪われずにすんだのだ」

ソロモンはその後、ダハウへ移送された。ダハウの状況はアウシュビッツより悪かったから、ここでは長くは生き延びられないと思っていたという。しかし、間もなく連合国軍の手で解放された。一九四五年の四月の終わりごろだろう。連合国軍はかれにアメリカに移民する機会すら与えた。しかし、かれはコイダノフに帰って、家族の生死を確認することを望んだ。

かれはドイツのダハウ収容所から、ヨーロッパ大陸を横切り、全行程を歩いて遥々ベラルーシへたどり着いたのだ。コイダノフに入ってすぐ、自分の家には誰も住んでいないことを知った。そこでヴォロージャの家にやって来た。「私はかれに真実を——君を含む全員が死んだという恐ろしい真実——を伝えなければならなかった」

「ソロモンは信じられないほど消耗していた。しかし、集団墓地を見ると言い張って、独りで出かけていった。何時間も戻ってこなかった。それから何日間か、一言も口をきかなかった。その沈黙が破られたとき、かれは変わり、いちだんと強くなって、われわれのもとに戻って来た。ソロモンは新たな生活を始めたが、決して最初の家族を忘れなかった」

アーニャは手を伸ばして、そっと父の手を握った。「絶望しないように努力してね。あなたのお父さんは、小さなイリヤを決して忘れなかったのよ。あなたはなんと幸福で、誰にも親しまれる素敵な少年だったことでしょう。あなたには、ソロモンと同じような雰囲気があるわ」

父は、腕時計を見た。

「もう三時間以上もお邪魔しました。そろそろお暇しなければ。バスで待っている妻の機嫌も悪くなるでしょうし」

僕たちは別れのあいさつをした。すっかり体の弱っているヴォロージャとアーニャはベランダにとどまり、僕たちが柵と柵の間を通りすぎるとき、手を振った。僕は、この二人にまた会うことがあるだろうかと考えた。

結局、会えなかった。二人とも、僕たちが再訪するのを待たずに、数か月をはさんで亡くなった。

ミンスク滞在の最後の夜となった翌日の夕方、エリックはミンスクの中心部から少し離れた自宅アパートに、僕たちを招いてくれた。部屋の真ん中の大きなテーブルには、陽気な妻のソーニャが準備した食べ物と飲み物が盛られていた。

テーブルの一方の端で、エリックは、戦後からこの世を去るまでの数少ないソロモンの写真を父に見せていた。

「私がもっと早く話していたら、お互いを発見できたかもしれないね」と父は言った。

「どうでしょうねえ」とエリックは言った。「私はみんな死んでしまって、私には探すべき人も、私を探している人もいない、と思っていた。私はすでに死んでいたのも同然だった」父は険しい顔で言った。「もしあなたが話していても、探すことなど不可能だったと思いますよ。ソ連体制の下でのベラルーシがどうだったか、想像できますか？」とエリックは言った。

夜も更けて、パーティーが終わりに近づいたとき、父は自分のグラスを軽くたたいて立ち上がった。全員が飲み物でグラスを満たして静かになった。

父はグラスを高く掲げた。「私はずいぶん長い道のりを経て故郷に戻って来ました。その価値は十分ありました。私たちはいま、お互いを見つけることができたのですから」

われわれはグラスを上げた。

「兄弟のために」

翌朝、僕たちはリガ行きの便に乗るため、空港の出発ロビーにいた。「エリックは、どうして自分が育った家を間違えたのだろう？」と父は僕にたずねた。

僕は、少しいらいらして肩をすくめた。

いくつもの仮説はあったが、僕だけにとどめておこうと思った。口にしたところで、この旅行がもっと実りあるものになるわけではない。集団墓地や、ヴォロージャとアーニャの記憶といった他の証拠だけで、父は自分の村が発見できたと思うことができたのだ。それだけで、十分ありがたいことだった。ところが最後の段階で、父の育った家、かれの記憶がいっぱい詰まった家が見つかったのは、予想を超えた収穫だった。

「あとどのくらいかかな」と機内で、父は聞いた。

「そんなにかからないよ。水がほしい？」

「私も行こう」と父は言って、水を飲みに一緒に機体の後部に向かった。

「お父さん、名前を変えるの？」

父は目をむいた。「とんでもない。イリヤ・ソロモノヴィッチ・ガルペリンにかい？　口からはみだすぞ」と言って、からから笑った。

僕は別のことを考えていた。「お父さん、棚にあったアーニャの写真を見たとき、ギクッとしたのはどうして？」と聞いてみた。

父はすぐに反応はしなかった。水を少し飲み、僕の質問をよく考えてから答えた。

「ヴォルホフ沼地で木の上に隠れていたとき、パルチザンが下を通って行った話を覚えているかい？」

僕はうなずいた。

「そしてパルチザンの女性の一人を見て、どこかで見たことがあると思ったことも……。コイダノフで見た写真から判断すると、ヴォルホフで見たあの女性は、アーニャだと思うのだよ」

それだけ言うと、父は自分の席へ戻って行った。

第29章　リガ

僕たちは、ラトビアの新しいリガ国際空港に到着した。ガラスとバルチックパインとコンクリートでできた、スタイリッシュな大建築だ。ベラルーシはナチスとの戦いに、物心両面で高価な代償を払った。しかし、ナチスの占領軍を歓迎したラトビアは、いまや繁栄への道をたどっている。

リガ旧市街のホテルへ向かうタクシーの中から見えたのは、ボーダフォン、メルセデスベンツ、カイリー・ミノーグなどの巨大な看板が見降す街の光景だった。

「信じられない」という父の声が聞こえた。父が僕たちに描いて見せていたラトビアは、灰色で寒い国で、住民は陰気な北欧系の顔付きの人々であり、きこりを除けば、森に住んでいるのは、おとぎ話に出てくる耳のとがった小妖精のエルフや、醜い顔をしたトロールぐらいのはずだった。

夜明けに目が覚めたので、旧市街を散歩することにした。静かに着替えをすませて、湿った玉石の道に出た。強力な消毒剤の匂いが漂っている。狭い裏通りを歩きまわり、僕はこの町の豊かさを、誤って判断していたことに気づいた。この一角には、再開発による高級化のきざしはあまりない。店頭が改装されている店もあるが、荒廃し、あるいは放棄されたビルもある。

もう日中の陽ざしで、通りに人の姿が増えてきた。道を曲がると、真ん中に噴水のある大きな広場に出た。僕は噴水の縁に腰をかけて、周辺のビルを眺めた。正面には、比較的新しい建物、ラトビア占領博物館があった。

戦時中のラトビアの歴史や戦後処理について調べていたとき、この博物館に言及したいろんな文献に出くわした。ある報告によると、この博物館の敷地には、もとラトビア・ユダヤ人歴史博物館があった。しかし、博物館は立ち退かされ、旧市街の裏通りの一室に押し込められた。報告の筆者は、この事件はラトビアが戦時中の歴史をどう扱っているかを示す、象徴的な事件だと主張していた。二十世紀のラトビアの歴史の中で、最も野蛮な側面を隠し、「洗浄」された解釈に取り換えた、というのだ。

実際のところ、いわゆる占領期ラトビアのナチスとの「共犯」関係についての見解は、対立したままだ。ラトビアは「占領」されていたのではない、多くのラトビア人がナチスの訪問者を「歓迎」したのだ、かれらはナチスをソ連の圧制からの解放者だと考えていたのだ、という歴史家たちがいる。かれらは、このような態度の背後には、政治的ご都合主義を超えたものがあった、と主張している。しかし、別の歴史家たちは、ラトビアがナチスの民族精神や気風を熱心に採り入れたのは、この国にはもともと悪意に満ちた土着の反ユダヤ主義があったからだ、と論じていた。

腕時計を見た。そろそろ八時だ。僕は急いでホテルへ戻った。

父と僕には、リガでの第一日に行きたい個所がいくつもあった。父はジェーニス家の人々と住んでいたヴァルデマーラ通りの高級アパートと、ライマチョコレート工場を確認したかった。母は、しばらく休息できれば満足よと言って、同行を控えたが、その口調には失望の響きがあった。疲れて一緒に行けないのは、父に申しわけないと感じているらしい。

僕たちはホテルの前でタクシーを止めた。父は「ヴァルデマーラ通り」とだけ運転手に告げた。

「番地とか家番号とか、正確な住所は覚えていないの?」と僕は聞いた。

「うん。だけど、建物を見ればすぐ分かる」

「あれだ」父はあごで示した。僕らが立っているところの、ちょうど対角線上だ。僕たちは通りを横切り、レンガとコンクリートのアパートブロックの前に立った。

「あれだ。旗が正面入り口の両側で、はためいていた。一方はナチ党のスワスチカ、もう一方はラトビアの国旗だった」

僕はビルの正面へ歩いて行った。その通り、旗ざおの受け台とみられる二つの金属製のカップが、レンガに埋め込んである。

父は後ろに下がって、上の階を見上げている。「あの最上階に住んでいたんだ。あれが私の寝室の窓だ」と父は指さした。

僕は一階のガラスのドアまで歩いて行き、内側をのぞいた。ロビーは暗い。

「さあ」と父はドアを押し開け、一歩先に入った。無人の玄関ロビーは猫の尿の匂いがした。

「ビル入口のロビーは私の記憶とぴったり一致している。あのころはもっと良い状態だったのはいうまでもないが」と父は静かに言った。「ここには鮮やかな花を飾った花瓶を載せるスタンドがあった。年配の管理人の――インプルス夫人といったな、彼女が毎日、取り替えていた。私は下りて来て、アンクルと一緒に出勤するのが楽しみだった。ここの最後の段のところで、ちょっと目をつむり、花の香りを吸い込んだものだ」

父は、灯りもついていない暗い階段の吹き抜けを見あげて、上り始めた。三階の踊り場が近づくにつれ、興奮が高まって行くのが分かった。手前で僕の方を振り返り、にこにこして左手のドアを指さした。

ドアをノックした。応答はない。またノックして待った。それからドアのノブに手をかけ、左右にガチャガチャ回した。ロックしてある。ドンドンとたたいた。「この建物には誰も住んでいないよ、お父さん」と僕は言った。

父は無視してドアをたたき続け、そしてあきらめた。頭をドアにつけてしばらく動かなかった。そのあと、僕たちはブリヴィバス大通りにある、ラトビア独立のランドマークに向かって立っていた。

「いいものを見せてあげようか、こっちだ」と父は言って早足になり、急に止まった。「ほら」と父はあごをしゃくった。

少し離れたところに、アールデコ様式の小ぶりな時計台がある。文字盤の下に縦に書かれた「LAIMA」の文字に照明があてられている。

父は時計台の近くに寄って見上げた。そして「ライマ、ライマ」と懐かしそうに繰り返した。「ここは誰にとっても有名なリガの待ち合わせポイントだった。『じゃあ、ライマの時計のところで会おう』といった具合に」

「ライマってどういう意味?」

「幸運だよ」と苦笑した。

父は周囲を見まわし、「ライマチョコレートへ行こう」と言って立ち上がり、すたすた歩き出した。

それから僕をふり返り、「急いで」と大声で言ったので、通行人がこっちを見た。「ここだ。ミエラ・イエラ、平和通りだ」。そう言って、また早足になった。

追いついたと思ったら、とつぜん足が止まった。目の前のビルに釘づけになり、僕がいるのも忘れたみたいだ。工場だった。屋根には巨大な「ライマ」のサインがある。全く迷いもせずに、ここへ来た。

「あれから五〇年以上だ」。感慨深げだ。「まるで昨日のようだ。あれを見てごらん」と、入口の向こうの、埃だらけのショーウインドーに近い、木のドアを指さした。

「あそこでアンクルが待っていた。ここで初めて会った。いま壁の陰から歩いて出てくるのが見えるようだ、私のいた舗道の方に手を伸ばして」

父は声を抑えて、ライマ時代の思い出を語り続けている。誰かに聞かれるのを恐れるように、視線をあちこちに走らせる。ここでジェーニスやローベと一緒にいたことに、ひどく敏感になっているらしい。

「裏の方を回って行こう」父は言ってビルの角をまがったとたん、姿が消えた。上に有刺鉄線を張った高いスチールのゲートに、もたれている。中庭からユダヤ人が搬送されたときのことを思い出しているのだろう。

「いまになれば、ここで何が起きていたか、分かるだろうけど」。僕は父に穏やかに聞いた。

ほとんど感知できないほど、父はかすかにうなずいた。単純なイエスだった。「あの人たちはユダヤ人だった。どこへ行くかも知らされず、移送されて行った。かれらの運命は、多かれ少なかれ封じられていた」

「あのとき、何のことだか理解できていたのかなあ、お父さんは？」

「いや」父はきっぱりと言った。「あれは私がわずか八歳のときだ。弁解しているんじゃない。何かが起きている、とは感じていた。だが、それが何かは分からなかった。その夜遅くなって、部屋に独りでいたときにピンと来た。しかし、そのときは、アンクルがそんなことをさせるはずがない、と自分に言い聞かせた。今でも私はあれを認めるわけにはいかない。アンクルは協力するよう強制されたのだ。私と同じだ。あのかわいそうな人たちにチョコレートをあげたのは、悪いことだったのだろうか？」

僕たちは、二人とも黙った。父はゲートに背を強くもたれさせた。あのトラックと不運な人たちを通すものか、と体を張っているようにも見えた。そのあと、父はとつぜんいま来た方向へ駆けだした。ライマに最後の一瞥《いちべつ》を投げることさえしなかった。僕は父を追った。待って、と叫んだ。しかし、すでにかれはミエラ通りのずっと先に行っていた。

気も狂わんばかりのペースを落とさず、頭を低く保ったまま、父は走りつづけた。ラトビアSSの本部があったアンナス通りを越えた。ジェーニスのオフィスで勉強に飽きたとき、窓から眺めていたところだ。

僕は、ミエラ通りの先端で父に追いついた。「どうしたの？」と僕は聞いた。

父は息を整えようと苦闘している。僕はかれの呼吸が落ち着くのを待った。

「思ったより難しかった」。周りを見まわし、僕を見るのを避けながら、父は言った。

再びライマを見たときの反応が、自分の予想より激しかった。父はそれを恥じているように、僕には見えた。

「自分の過去の記憶が、あまりにも早くよみがえってくる。物を見つけるのはいいが、記憶しているのはよくない。そういうことなのだろう」とかれは低い声で言った。

僕は父を休ませようと、ホテルにつれて帰った。

第30章　カルニカヴァ

次の朝、父と僕はリガ駅の中央通路に立っていた。列車でカルニカヴァへ行って、ジェーニス家の別荘を見つけようというのだ。まだ建っているなら、記憶をたぐれば行きつけると父は思っている。

「カルニカヴァ駅のプラットホームに立てば、別荘への道は掌《たなごころ》を指すがごとしだ。ジェーニス家に住んでいたころ、週末はたいていアンティーと一緒に、リガからあそこへ行っていたのだから」と、父は自信たっぷりだった。

ピッカピカのリガ空港と違って、くすんだ鉄道駅のたたずまいは、一軒だけある生花の売店でかろうじて救われている。父は間もなく、切符を二枚ひらひらさせて戻って来た。「とっても安く手に入ったよ」と得意そうだ。闇市の物々交換で、うまく手に入れたとでも言わんばかりだ。急行列車は、古い蒸気機関車に牽引されるガタの来た車両だ。

発車の警笛が響き、ギシギシと音をたてながらゆっくり動きだした。「急いで」と父は騒音の中で大声を上げ、僕の腕を車内に引っぱり上げた。

カルニカヴァへの二時間の列車の旅は、僕たちの過密スケジュールの中で、格好の休息になった。疲れ果てていた僕は、何度もまどろんだ。「カルニカヴァ」と繰り返す声で、意識が戻った。スピーカーの車掌の声だった。僕はあわてた。父はもう下車の準備を終えて、車内の通路を歩きだしている。

僕たちは人気《ひとけ》のないプラットホームに降り立った。「これからどうする？　道を教えてくれる人を探す？」離れて行く列車の最後尾を見ながら、僕は父に聞いた。

「何のためにかね。私は道を覚えているよ」そう言うと、父は例のケースをしっかり持って、自信たっぷりに駅舎を出た。

僕は父の脇に行って、黙って様子を見る。例によって頬に手をあて、あちこち眺めて目印を探している。そして雲が晴れたように、にっこりほほ笑んだ。

「私たちがいつも通っていた近道がこれだよ」と言って、父は背の高い草で隠れている狭い踏み跡に、足を踏み入れた。とつぜん姿が見えなくなった。急いで後を追う。一分たらず歩いた先の曲がり角で、父は立ち止まっていた。

「もう迷ったの？」

「冗談じゃない。このあたりで道が分かれ、その先でまた合流するのだ。アンティーと私は二手に別れ、どちらが先に着くか競走した。アンティーは靴を脱いで、『サン、ニイ、イチッ！』とカウントダウンし、一瞬、間をおいて小声で『ゴー』と言う。それと同時に、私は駆け出したものだ」

父は言葉を継いだ。「私はいつもアンティーより早くゴールインした。アンティーは息を切らし、笑いながらたどりついた。二人とも草の上に座り、息を整えた。それからご褒美にお菓子かチョコレートを取りだし、まじめくさって『チャンピオン、ウルディス・クルゼムニークス伍長どのぉー』と、贈呈式をしてくれた」

「じゃ、アンティーも、お父さんのことを兵士だと思っていたわけ？」

父はちょっとばかり考えて、「イエスでもあるし、ノーでもあるというべきかな。アンティーは礼儀をわきまえていた。だから、『オモチャの兵隊みたいで奇妙だ』という人がいても、他の人のように、からかいはしなかった」

「でも、ＳＳの制服を着た子供なんて、普通の人なら、かなり奇妙に思うよ。お父さんは自分のこと、ヘンだとは思わなかった？」と僕は言った。

「ＳＳの制服だということは知っていた。ただ、それがどういう意味を持っているのか、分かっていなかった。私は単に兵士の制服だと思って誇らしかったが、アンティーも私がその制服を着ているのが、好きじゃなかった。アンクルと議論しているのが二度ばかり耳に入ったことがある。子供がそんな忌まわしい服装をしているのはよくない、子供らしい格好が許されるべきだと言っていた。アンクルも同意しているようだったが、そんなことを人前で言ってはいけないと警告していた」

父は歩き続ける。五〇メートルも行かないうちに、急に立ち止まり、僕の方を見て興奮したように大声で言った。「ほら、言ったとおりだろう」。道はまっすぐ続いているが、細い枝道が左に分かれて続いている。茂った雑草に覆われて、先はほとんど見えない。子供時代の父が歩いて以後、誰も通らなかったのではないかと思うほどだ。

「お父さん、競走したい？」と僕は冗談のように言った。半分は本気だった。父の体にはアンティーとかけっこした、少年のころの若さが残っている。そう感じて、昔の幸福な経験を分かちあいたかった。しかし、愉快そうに笑い、「いやあ、年をとりすぎたよ」とやんわり退けられた。

僕たちは、二つの道が合流するところに着いた。父の言った通りだ。誇らしそうに、ほほ笑んでいる。記憶の正確さを認めてほしい、という気持ちがあるのだろう。「お父さんの記憶力って……」と、僕は驚いて口に出した。父はこの小道のことを、五〇年以上も心のどこかに留めていた。

父は、腰まで届く草の中を大股で歩いて行く。少し進むと、左を指さして、「あの原っぱの向こうに、アンティーがときどき遊ばせてくれた、せせらぎがある。あと少しでカルニカヴァだ」と言った。舗装してない道に出る。空家と思われる家を何軒か過ぎて林の中に入った。

まばらな木の向こうに、鉄のゲートと石の塀に守られた、四角い二階建ての大きな建物があった。「カルニカヴァだよ！」と父は叫んだ。前に進み、ゲートをガチャガチャさせた。「鍵がかかっている」

父がゲートの鉄棒を握り締めていると、後ろからとつぜん声が聞こえた。驚いてふり向くと、胸当てズボンをはいた年配の男が目の前に立っている。小びとみたいに背が低く、頭ははげている。笑った口元を見ると、歯もないらしい。

「何をしているのかね」。じいさんは、ちょっと横柄な言い方をした。

「オーストラリアから来たんだ」父は友だちに話しかけるような、いつもの人なつっこい調子で答えた。

「そうかね」とそっけない。

「戦争中にここに住んでいた人たちを、知っているかね？」と父は聞いた。

かれはしばらく疑うような目で、われわれ二人を眺めていたが、「見たことがあるだけだ。リガの人だ。娘さんが三人いたが、あまり見かけなかった。それから戦争になって……」と言った。

「他に子供はいなかったかね」

じいさんは首を振ったが、何か思いついた。「いや、違った。戦争のさなかに、男の子がとつぜん現れた」。そして思い出し笑いをした。

「あの子は軍服で歩き回って、なかなかの見ものだった。それもＳＳの軍服だ。あの家族は何か重要なコネがあったのだろう。お客の多くもＳＳの将校で、来るのも帰るのも立派な車だった。どうなったのか、全く知らないが」

「オーストラリアへ移民したのだよ」と父は答えた。

「そうかね。あの家族をご存じか？」

父はうなずいた。そして別荘を見つめながら、オリの中のトラのように、鉄のゲートの前を行ったり来たりしている。「いまの持ち主は誰なのかな」と聞いた。

「全く知らないね。ずうっと空き家だから」

「どうやったら中に入れる？」父は、頼むという表情で男を見た。

じいさんは首筋に手をやり、ついておいでと身振りで示して先の方へ歩いて行く。五〇メートルほど石の塀に沿って行くと、狭いながら一部が壊れているところがあった。

「ようこそ、カルニカヴァへ」と言って、ケタケタ笑った。

父と僕は、崩れ落ちた石に注意しながら、塀の透き間から中に入った。父は僕の顔をチラッと見て、このじいさんの後ろ姿に「どうも有難う！」と大声で言った。

「何のために？」僕は顔をしかめた。

「何だか、まだよく分からないけど」と父は言った。

カルニカヴァの別荘は、巨大なカエルのような不気味な姿を現した。

「どうやってアンクルはこの家を手に入れたの？」僕はたずねた。

「ラーチプレーシスからだ。ソ連から攻め込んで来たボルシェビキに抵抗して、ラトビアの独立のために勇敢に戦った。その褒賞として贈られたのだよ」と父は言った。
　僕は少し離れて、父が一人で建物に近づいて行くのを見ていた。この巨大な建造物がとつぜん襲いかかり、自分を打ちのめして拉致するのではないか。そう警戒してでもいるように、家の周囲を用心深く歩いている。建物の正面にくると、ためらいながら腕を伸ばしてゆっくりと壁につけた。そのまま黙ってしばらく立って、家全体と親しく心を通わせている。それから片方の腕を壁につけたまま歩きだし、安全に自分の記憶にひたれるよう、家を懐柔している――そんな風に見えた。
「バルト海沿岸では、貝殻のように琥珀《こはく》が波に洗われて、打ち上げられている。私はそれをポケットに集め、カルニカヴァの家へ帰る前に二つにわけた。半分はアンティーのために、残りの半分はハンカチに包んで別のポケットに隠した」と父は言った。

「この半分は、私の逃亡用だった。もしラトビア人のもとから逃げ出すとすれば、別の国へつれて行ってくれる人間――警察官とか船の船長とかを、買収しなければならない。そう思っていた。私にとって、行き先は常にアメリカだった。アメリカがどこにあるか知らなかったが、私には天国のように思えた――太陽がいっぱいで温かくて、良い服を着て、幸せでほほ笑んでいる人たちの国だ、と」

父はしばらく周りを見まわし、また話をはじめた。「私を主人公にした映画を作った話を覚えているだろう?」と父は聞いた。僕はうなずいた。「ここが私を撮影した場所だ。他の子供たちと目隠し遊びをしているシーンだ」

父は茶色のケースをひざに乗せ、鍵を開けた。もう秘密めいた様子はない。半開きになったケースを片手で押えて、中を隠すこともなかった。紙と写真でいっぱいの中から、すり切れた黄色い新聞の切りぬきを引っぱり出した。一ページ丸々ではなく、適当に手でちぎりとったもののようだ。

「ほら」と手渡してくれた。

新聞記事だった。僕はその破れそうなページを、そっと扱った。へたをすると粉々になりそうだ。真ん中にはお馴染みの写真があった。軍服を着た父が地図を見ている。

子供のころ、父が話をはじめるときに、これを何度も手に持って小道具に使っていた。しかし、しっかり握り締めていて、一瞬たりとも全体を見せはしなかった。この写真をきちんと見ることができたのは、これが初めだ。間違いなく父は軍服を着ている。父が僕たちにこの写真を出して見せるとき、指で巧みに操り、軍服が見えないようにしていたのだ——家族から真実を隠すため払い続けた父の努力に、僕の心は乱れた。

「これは映画撮影の日に、ここで撮ったスチール写真だよ、間違いなく」と父は言った。

「何と言う新聞に載ったの？」

「リガのイーグル紙だ。一九四三年の撮影だ」

父は周りを見まわして、二〇メートルほど先の木の植え込みを指さした。「あそこだ。あそこが撮影現場だ」

父は、思い出を口にした。「あの撮影の日について思い出すことがいくつかある。いろんな人たちが、前の日の午後にやって来た。私の年齢と同じぐらいの子供たちは、バスで到着した。ローベも将校の一団とともにやって来た」

翌日、撮影が始まった。「私たちは日の出ごろに起きた。まだ眠かったが、アンティーは軍服を着せ、髪をとかして、撮影クルーが撮影準備をしている階下の部屋につれて行った。少女たちのグループはすでに民俗衣装をまとい、色とりどりのリボンがお下げ髪に編み込まれていた」

「白い制服を着た世話係の女性が、全員に深皿に入れたアイスクリームを配っている。こんな時間にアイスクリームなんて！　彼女は私にも、皿を持ってきてくれた。信じられなかった！　『これは素晴らしい日になるぞ』と思った」

そこへ別の女性がやってきて、軍服を整えた。「私はアイスクリームを食べようと体をくねらせた。彼女は『動いてはダメよ。あなたは兵士じゃありませんか。映画のために、あなたをハンサムにしてあげているんだから』と言った」

「それからメーキャップが始まった。私はのたくって、顔をしかめ、『兵士はこんなものを使わないよ。これは女の人のためのものだよ』と言って、足をばたつかせた。部屋にいた全員が笑った」

「『お黙りなさい』と彼女は陽気に言って、私の額にキスをした。顔が怒りで赤くほてった。『私のキスが嫌いなの？』と彼女は叫んだ。幸運なことに誰かが会話をさえぎった。すぐ撮影が始まるからだ」

「外では朝の陽ざしの中で、撮影クルーがカメラを構えていた。少女たちは私を見て目を白黒させ、クスクス笑い出した。細部に至るまで綿密に計画されていた。花とリボンで飾られたメイポールのまわりで、監督は、私たちの立ち位置をアレンジし、ダンスのリハーサルに手をつなぐように言った」

「メイポールダンスを？」僕は笑った。父がダンスをするなんて想像もできない。「そうだよ」と父も、信じられないだろうと言わんばかりだ。「それにダンス相手の女の子たちときたら、恐ろしく気の強い本物の小さいアーリア人たちだった」。いまこの瞬間にダンスをしろと言われたように、父は顔をしかめた。

「一人の女の子は、私の隣はいやだと不満を言い、私のことを『いやなチビ』と呼んだ。私は『こんなひどい女の子なんかと、手をつなぐもんか』と横柄に言った。それがまた火に油を注いだ。『あなたは本当のラトビア人でさえないじゃない』と一人の女の子が言った。私はその子をつねってやった。それでまた、大混乱だ」と父は大声で笑った。

「司令官が、私に激しく警告した。私はすぐおとなしくした。その後は、断片的な記憶しかない。楽しいことは終わった。後は仕事だ。私たちがランチを食べているところも撮影された。女の子たちは、私がナイフとフォークをきちんと使えないと言って、またまた困らせにかかった。後で仕返しをしてやった。水着に着替えて海岸で遊ぶシーンでは、誰よりも早く走ったし、逆立ちができたのも私だけだった」

二人は笑った。その後、父のムードが変わった。「あの映画フィルムが見つかったらなあ」。立ち上がって階段を下りて行き、下の空き地に半円形に植えられている低木林のところで止まって、何かを確認するようにうなずいた。それからある一本の木の方に向かい、僕を手で招いた。

根元にしゃがんで、周りの草を軽くたたいている。「手伝ってくれないか。私は宝物を探しているのだよ」。無邪気な言い方だ。

「宝物？　どんな？」

「われわれがラトビアを脱出するときに、アンクルが埋めたものだ」

信じられないというような僕の顔つき見て、父は言った。「本当だよ。一九四四年の夏だった。アンクルとアンティーが、週末に車でカルニカヴァへつれてきてくれた。アンクルは、ドイツとラトビアに差し迫る危機の前兆を見て取っていたのだろう。私たちの国外脱出の計画を練りはじめていた。『ここへ来るのは、最後かもしれない。財産なども、残して行くことになるだろう。君のケースに入るだけのものを集めなさい』とアンクルは言った。それがこのケースだ。アンクルがリガで買ってくれたのだ」

父はその夜、何かで目が覚めた。「寝室の窓の外から、土を掘っているような音が聞こえた。窓のカーテンの裏側からのぞくと、この木の近くで誰か動いている。目が慣れると、アンティーとアンクルと分かった。アンティーは小さなランプを掲げ、アンクルはその光で、足元の小さな袋二つを、掘ったばかりの穴に入れていた」

「その瞬間、アンクルは私の部屋の窓を見上げた。すぐ身を隠したが、アンクルが私の姿をとらえたのは確かだと思う。見てはならないものを見たと知って、心配になった。階下でドアが閉まり、アンティーとアンクルが階段を上ってくる音が聞こえた。二人は私の部屋の前を通り過ぎた。少しして足音が戻ってきて、私の部屋の前で止まった。アンクルだと分かった。次はドアのノブが回ると思って息を殺した。しかし考え直したらしく、戻って行った」

父の話は続く。「翌朝、びっくりして目を開けた。私の上に影がのしかかっている。叫び声を上げてベッドから飛び出そうとしたら、口が手でふさがれ、ベッドの上に押しつけられた。アンクルだった。指を一本唇にあて、静かにという動作をして、ベッドの縁に座った。アンクルはひそひそ声で、自分とアンティーが前夜にしていたことを説明した」

「国外に持ち出せない金と銀がある。『君はわれわれの秘密を守らなければならない。もし、アンティーと私が帰国することができないときは、君のものだ。この混乱が終わったら、ここに戻って取り返してくれ。さあ、着がえて。階下で朝ごはんだ』と言った。アンクルはドアのところで立ち止まり、もう一度ふり返って、『忘れるなよ。われわれの秘密だから』と言うと、行ってしまった」

父は「あれは、まだここにあると思う。荒らされたような跡は、なさそうだし」と言って、一心に地表を見つめた。

「アンクルは、取りに戻ってこなかったの？」

「ラトビアには一度も戻らなかった。隠した宝物のことを、二度と私に口にしたこともない。オーストラリアへ移民した後も」

「かれが誰かに話し、その人物が掘り出したかも」

「誰に話すのだね？」馬鹿ばかしいと言わんばかりだ。

「おそらく娘たちとか、孫とか？」

「いや、そうだったら、いずれにせよ、分かったはずだ。大金はまだ私らの足下にあるはずだ」

「じゃ、どうするの？　いま探したい？」と僕は尋ねた。

「なんだって、素手でかい？　馬鹿らしい。また戻ってきたときにでも」と父は言った。

「いつ？」

父は無視した。そして僕から離れ、さっき入ってきた壊れた柵のところへ向かった。

「いつここへ戻って来るチャンスがあるというの？」僕は父の後ろ姿に呼びかけた。

「言っておくがね」と父はふり返って僕を見た。「私はかれらの金も銀もほしくないのだよ。私のものではないから」

「アンクルは、お父さんのものだと言ったのでしょう」

「そんなものは、放っておくに限るさ」と、いらだった。

「どうして欲しくないの？」

父はふり返って僕の目を見た。「私がかれらに買い取られたことになるからだよ」と激怒して、吐きだすように言った。そして時計を見て、「急がないと、リガ行きの列車をのがすよ」とせかした。

僕を待たずに、父は柵の壊れたところへ大股で向かい、舗装してない道に出た。そこでかれは一瞬、ためらった。そのまま駅に向かって進むか、それとも懐かしい建物にもう一度最後の眼差しを向けるか、心が引き裂かれているようだった。父にとって懐かしい建物であるカルニカヴァは、いまや悪意ある存在としてその姿を現している。父はここで、ドイツ帝国のかわいいマスコットとして、またその毒々しい野望のマスコットとして、宣伝の道具に使われたのだ。

父はふり向かなかった。僕たちは一緒に来た道を、再びたどって駅に戻った。父は足を早めた。カルニカヴァから飛び去ろうとするようだった。

駅に着くころには、父の気分も落ち着きを取り戻していた。

「僕たちがカルニカヴァにまたお目にかかるなんて、誰が想像しただろう？　宝くじに当たる以上の確率だよね」。父が本当の気持ちを語ってくれるのではないかと思って、僕はそう言ってみた。

「カルニカヴァは景品じゃないよ」。父はピシャリと言い放った。

ショックだった。その言い方がひどすぎた、と父も後悔しているのが分かった。

「あそこには、いろんな記憶がありすぎる。記憶と幽霊とが」と父は言った。

「幽霊なんか信じていないでしょう？」と僕は冗談を言った。父の気分が戻ってくればと思った。

「カルニカヴァを見た後では信じるよ。あそこは幽霊だらけだ」と父は言い返した。

リガ行きの列車が入って来た。僕たちは客車に無事におさまって、カルニカヴァを出た。海辺のこの隠れ家を二度と見ることはないだろう。父はほっとしたように見えた。

第31章　フィルム

わが家のキッチンで父の驚くべき告白を初めて耳にしてから数か月の間に、僕はロシア、ドイツ、ラトビアなど、各地の映画フィルム・記録保管所などと連絡をとっていた。問い合わせの際には、父が僕に語ってくれた問題の映画の内容など、事実関係のみを詳しく書いて添付した。

この調査からは、何も成果は生まれなかった。どの機関も、そのようなフィルムを保管していなかった。しかし、そんな連絡をとったりしていることを、父には伝えなかった。フィルムが見つかったときに、びっくりさせたいと思っていたからだ。何も出てこないのに、父の期待ばかり高まっても困る。

ラトビアのオーディオ・ビジュアル国立記録文書館も、否定的な回答を送ってきた機関の一つだった。しかし、僕はいま現にラトビアにいる。この際、もう一度アプローチしてみることにした。カルニカヴァに行ったことで、父だけでなく、われわれみんなにとっても、その記録映画を見る意味が大いにあることが明らかになった。

カルニカヴァからホテルに戻ったのは、午後三時ちょっと前だった。父は母の様子を見に部屋に戻り、僕は自分の部屋から文書館に電話を入れた。僕の連絡相手だったミス・スラヴィッツに手短にいきさつを話すと、以前に手紙で風変りな映画について照会をした人物だ、と思い出してくれた。

ミス・スラヴィッツは、調査に要した時間当たりの所要経費を文書館に支払えば、フィルム捜索に協力すると約束した。ただし彼女は、閉館時間は五時だ、と念を押した。僕たちは翌朝早くリガを出発し、ロンドンへ向かう予定だった。僕に与えられた機会は今日の夕方だけだ。上着を着てホテルを出た。

タクシーは、くすんだコンクリートのビルの前で停まった。正面の掲示板で文書館だと分かる。玄関への階段を一気に駆け上がった。

時計をちらっと見た。四時十五分だ。ドアに手をかけたら閉まっている。顔をガラスに押しつけて内側をのぞき込んだ。最初は、暗い広大な洞穴のような空間が目に入った。人は誰もいないようだった。しかし、目が慣れるにつれて、巨大なシルエットがデスクに座っているのが見えた。それが少し動いた。僕はビクッとした。

ドアをもう一度、開けようとした。中の人間は何の反応も見せない。僕はガラスをたたいた。

僕がガラスをガンガンとやったら、デスクの後ろのシルエットはおもむろに立ち上がり、大儀そうに僕の方へ動き出した。ずいぶんずんぐりしている。民兵の制服を着た年配の女性だ。今度は彼女がガラスに顔を押しつけて、鋭い目で僕を見る番だった。

「ミス・スラヴィッツを」と、僕はガラス越しに彼女の顔の近くで叫んだ。

すぐ僕を入れてくれる気配はない。鋭い目で、僕を観察しはじめる。しばらくして彼女は満足したらしく、ドアを開いた。ついてくるようにと体で示し、足をひきずってデスクに戻ると、ゆったりと椅子に座った。

「ミス・スラヴィッツ」と僕は繰り返した。

彼女は訪問者名簿を押し出し、ペンを鼻の下に突き出した。退屈しきったぞんざいな態度で僕の署名を見ると、指で部屋の一番奥を指した。暗い廊下に出ると、魅力的な若い女性が待っていた。

「ミスター・カーゼム?」と彼女は言った。ミス・スラヴィッツの英語は優しいメロディーのようだ。「私のオフィスはこちらです」

僕たちは迷路のような暗い廊下を通りぬけた。その間、ミス・スラヴィッツは、電話で話したあと、映画のフィルム三巻を探しだしたと言った。「ファイルキャビネットの裏のほこりだらけの靴箱に入っていたもので」と少し恥ずかしそうな口ぶりだ。

「何十年もそこにあったのかもしれません。もっと早く発見できなくて申しわけありません。私もまだ見ていないのです。ただ『ラトビアの田舎』と書いてあるだけだったので。見る価値があるかもしれません」と好意的にほほ笑んだ。

「いま見ることができますか?」と僕は聞いた。本当のところ、父の映画が見つかるという期待が強かったわけではない。ラトビアのインフラは、ナチスが撤退したときに破壊されたに違いないと想像していた。

「もちろんですとも」と彼女は答え、隣の映写室へ案内した。

目が蛍光灯の明るさに慣れるのに、しばらく時間がかかる。僕たちはフィルム保護のための明るいピンクのダストコートに身を包み、古典的なステーンベックフッテージ機の前に座った。

「前もって申し上げておきますが、フィルムの状態は相当ひどいかもしれません」と彼女は言って、慎重にフィルムの一巻目を箱から出した。

彼女はフィルムを機械にかけて、一駒ごとに出るように操作した。最初、スクリーンは真っ白だったが、やがて白黒の画面が現れてきた。フィルムはかなり劣化していて、兵隊が野原を行進しているのがかろうじて見える程度だった。ナレーションはドイツ語で、ラトビアでのドイツ軍兵士の経験を描写しているようだったが、ほとんどはパリパリッという静電気の音にかき消された。

ミス・スラヴィッツは、そのフィルムが最後まで上映されたのを確認した。僕は首を振った。彼女は「次のフィルムもですか?」と聞いた。僕はうなずいた。

二本目のリールにも、ドイツ兵がラトビアの田舎をパトロールするシーンがあった。僕は、これも最後まで見た。そのころには失望の雲が周りにたちこめていた。

ミス・スラヴィッツが最後のリールをはめる間、僕は黙って座っていた。

スクリーンに最初に現れたのは、前の二本のフィルムと同じようなものだった。ドイツの兵隊が行進している。同じようなものをこれ以上見る意味がない。僕は憂鬱になって、ミス・スラヴィッツが機械を止めるのも待たずに立ち上がった。そして、ダストコートを脱ごうとした瞬間だった。スクリーンに背を向けた僕の耳に、ドイツ語のナレーターの「そしていま、われわれはリガの郊外で」という声が耳に入った。僕は急いでスクリーンに顔を向け、ミス・スラヴィッツに映写続行の合

図を送った。彼女はびっくりして、ナレーションが始まったところにフィルムを戻した。

今度は、映像に言葉が伴っている。正面のゲートから見たカルニカヴァだ。わずか数時間前に、父と僕がいたところだ。僕らがこの日見たのとは違って、ずっと手入れが行き届き、太陽の光をあびている。不吉な気配などどこにもなかった。

ドイツ語のナレーションのバックには、幸福そうな子供の音楽が流れている。正面ドアに続く階段のクローズアップのカットだ。若い兵士がカルニカヴァにいるというナレーションが始まると、家のドアがいっせいに開かれ、大勢の子供たちが階段を駆け下り、陽光の中へ走り出てくる。その中に軍服姿の少年がいる。八歳か、せいぜいで九歳だ。その瞬間、僕の呼吸は止まった。ただちに分かる。父だ。甥のジェームズと瓜二つだ。そっくりな微笑、顔立ちを決めている額の二重の立ち毛。

「あれは……父だ」。僕はかすれた声で言った。

ミス・スラヴィッツはプロジェクターを止めた。「座っていただかないと」と言って、心配そうな様子で僕を見た。

「僕は大丈夫です」と僕は言って深く息を吸い込み、背を後ろにもたれさせた。「もうこれ以上は、見たくないのです。僕の父がこれを最初に見なければ。つれてきていいでしょうか」と僕は言った。

「いまですか?」

「もちろん」

「もうすぐ閉館ですけど」と彼女は腕時計に目をやりながら言った。「ごめんなさい。明日では?」

「僕たちは、明日の朝一番でロンドンへ出発するのです」と僕は説明した。

ミス・スラヴィッツはしばらく黙っていた。それからゆっくりと言った。「私が見た限りでは、お父さまはとっても特別な少年だったようですね」

彼女の言葉の抑揚にどんなニュアンスがこめられているのか、僕にはつかめなかった。そこで肩をすぼめ、「父がここへ来ていいでしょうか?」と当惑したような声で尋ねてみた。

ミス・スラヴィッツはちょっと考えた。それから同情するようにうなずいた。

「電話をお借りできますか?」

「私のオフィスでどうぞ。こちらです」

電話のベルがホテルの両親の部屋で鳴った。僕が説明を始める前に、父はぶつくさ言いはじめた。「この一時間、私は君の部屋をノックしつづけたが、応答がなかった。どこか悪いのかと心配していたんだ。いまどこにいる?」

僕はさえぎった。「お母さんを独り残しても大丈夫?」

「何があったんだ」

「ちょっと待って。まず、ここの住所を書きとめて。それから出来るだけ早く、こっちへ来て」

「いまお茶を一杯飲んで、ゆったりしたところだよ」父はぶつぶつ言った。

「文句を言わないで、お父さん」。僕はいらいらしながら言った。

「まず何が起きているのか、言ってくれよ」

僕は父の言うことを無視して「タクシーに乗ってだよ！」と言い張った。

「すぐ行くよ」とかれは言って電話を切った。

そこで僕はミス・スラヴィッツの方を向き、「父は間もなくここへ来ます」と約束した。

僕は暗いエントランスホールで待った。ガラスのドアの近くを行き来するたびに、足音が廊下に響いた。二〇分ほどして猛スピードのタクシーがドライブウエーに入って来た。父が降りて、キョロキョロあたりを見まわしている。玄関の方に来て、僕がガラスのドアの内側にいるのを見つけた。ドアを開けて父を中に入れた。

「ここはどこだ？　スターリンの墓かね？」と父は冗談を言った。

「僕について来て、お父さん」。僕はそう言って映写室へ案内し、待っていたミス・スラヴィッツに紹介した。

「興奮していらっしゃるに違いありませんわ」とミス・スラヴィッツは言った。僕が父にまだ何も教えていないのを、彼女は知らない。父はとつぜん気がついた。「あのフィルムが見つかったのか」と叫んだ。目が興奮で輝いている。

僕が答える前に、ミス・スラヴィッツが割り込んだ。「お待ちください。コートを着用していただかないと」。彼女がピンクのダストコートを手に再び姿を現したとき、僕は父をプロジェクターの前の方へつれて行き、椅子をスクリーンの真ん前に置いた。合図すると、彼女は機械を再び動かした。

スクリーンの反射光の中で、父の表情が見えた。魅了されている。映っているのは、父が他の子供たちを従えて、別荘の前を行進しているシーンだ。――ユダヤ人の少年兵がアーリア人の子供たちを指揮し、従えて行進している。ナレーションは「軍服の少年」について、「ラトビアSSの部隊が発見し、危険な前線から救出した子供である」とドイツ語でがなりたてている。

それからフィルムは、別のシーンに飛ぶ。父が目隠しをされて、子供たちに囲まれている。目隠し鬼遊びだ。少年は何度もくるくる回され、ふらふらしたまま、そこに残される。それからよろめきながら、手探りで悪い鬼を捕まえに行く。遊んでいる子供たちの円陣の近くに、ほんの一瞬だが、温和な表情でほほ笑んでいるヤーカブズ・ジェーニスが映っているのが見えた。

シーンが海辺に切り変わり、明るい、幸福なアーリア系の子供が水着姿で陽気にはしゃいでいる。ドイツのナチュラリストの祭りみたいだ。その中で、父が他の子供たちと同じように上半身裸で、砂の上で逆立ちしている。スクリーンは、次にディナーのシーンに飛び、カメラは、ナイフとフォークをきちんと使おうと奮闘している父を追う。その場面は長く続かず、やがてベッドタイム。子守唄が流れ、眠そうな子猫の顔がスクリーンに浮かぶ。看護婦たちが、眠そうな子供たちを寝具にくるんで寝かしつける。そしてナレーターは、かれらの世界はすべてこともなし、と告げる。

フィルムは突如終わって、スクリーンが白く光った。「これだけです。二分間ちょっとの長さです」とミス・スラヴィツが言うのが聞こえた。

僕はまだ、スクリーンを向いたままだ。彼女がまだ照明をつけないので、ホッとした。いま僕の前に展開されたのは、あまりにもむき出しの父であり、僕が直面するのがためらわれるような父だった。そのとき、ミス・スラヴィツが、もう一度見たいですかと尋ねるのが聞こえた。父が力をこめてうなずくのが、目の端に入る。

ミス・スラヴィツはフィルムを巻き戻した。そして、とつぜん、僕たちはカルニカヴァに戻った。父はアーリア人の友人たちと、階段を飛ぶように降りてきた。フィルムが再び終わると、僕たちはそのまま暗闇の中に座ったままでいた。誰も一言も発しなかった。ミス・スラヴィツが最初に口を切った。「どうお思いですか?」優しい口調だった。

父は感動に押し流され、一言も口に出せなかった。鼻をかむ音が聞こえた。それから父は言った。「誰がこれを信じただろう?」

そしてまた沈黙に戻った。

僕たちは文書館の外で、ミス・スラヴィツに別れを告げた。タクシーがリガの中心部に向かう幹線道路に入ると、父は深々と座席に身を沈めた。疲れ切っている。しかし、体はいま見たものに電気ショックを受けたように見えた。

「私が話していた通りだ、違うかね?」と言った。「もっとフィルムが残っていないのが、残念だ。それでも私が嘘をついていないことは、分かっただろう」。父は目を閉じた。かれがいま眠っているのか、見たばかりのフィルムを心の中で再現しているのか、分からない。

僕は父をそのままにして、窓の外を眺めた。タクシーはブリヴィバス通りの自由記念碑の脇を走っていた。ラトビアのナチスへのおべっかが、なんという猿芝居の映画を作り出したのか。かれらはユダヤ人を、アーリア人至上主義という人種的純粋さのシンボルに使ったのだ。

父が運転手に大声で何事か叫び、車を止めるよう命じた。僕は思考を中断された。父の目は球根のように大きくなり、窒息寸前のパニック状態に陥っていた。車が止まると、父は歩道に飛び出た。僕も驚いて車を降り、タクシー代を運転手に投げ渡した。

僕は歩道で、父の腕をつかみ、空気が音をたてて肺に流れ込むまで体をゆさぶった。父は僕から身を引き離そうとした。通行人が僕たちを見ていた。

「お父さん、大丈夫？　何か言ってよ」と僕は叫んだ。

父は弱々しくうなずいた。周りを見たが、いまどこにいるのかも定かでないらしい。

「どこか座れるところを見つけようよ」と僕は言った。

交差点の反対側に、明るい色のカフェがあるのが見えた。僕たちは横断してそこへ向かった。驚いたことに、それは、窓に大きな青いダビデの星を描いたユダヤカフェだった。商売熱心なウエーターが迎えてくれ、窓ぎわの席へ案内した。

カフェには客の姿がなく、さびれた雰囲気がただよっていた。明るい青と黄色のインテリアに、プラスチック製のブドウのつるが天井からぶら下がっているので、よけいみじめったらしくみえた。

メニューには父の好きなものが並んでいた。——そば粉のパンケーキのブリヌイ、ジャガイモのホットケーキのラートケ、そして大好物のキャベツロール。「何か食べたら？　精がつくよ」と僕は言ったが、父は首を振って「紅茶だけでいい」と言った。

ウエーターが期待をこめてこちらをうかがっている。

「紅茶を二つ」と父は言った。

「食べものは？」

「いらない」

ウエーターはがっかりしたようだ。かれは紅茶をとりに行くとき、空中で指をパチンと鳴らした。するとどこからともなく、ミュージカル「屋根の上のバイオリン弾き」の中ならしっくりしそうな衣装をしたバイオリン弾きが現れ、恥ずかしそうに弾きだした。

「あの音楽を聴くと頭痛がする」と父はいらいらして言った。

ウエーターは、僕たちの紅茶をもって現れた。父は待ちきれないように自分のカップを取った。砂糖をスプーンに三杯入れてすすったが、「砂糖が足りない」と渋面をつくった。父は極度の甘党だ。僕はかれが砂糖を追加するのを見ていた。またすすった。

「どう？」

「まあまあだ」

父は少し落ち着きを取り戻し、手を前でゆるく握って、何か考え込んでいる。かれは周りを見回し、僕と視線が合うのを避けながら、「思ったよりきつかった」と言った。「私は何も悪いことはしなかった。しかし、悪かったとは思っている。悪いことをしている人間の側に、身を置いていたのは事実なのだから」と、僕の同意を求めるような口ぶりで言った。「お父さんは何か悪いことをしたわけじゃないよ」と僕は言ったが、この言葉は父の耳には届かなかった。

「どうして私を生かしておいたのだろう？」と父はつぶやいた。

「お父さんを利用したんですよ」。僕はそう言いながら、かれらに対する怒りが高まって来るのを感じていた。「あの連中は自分たちの目的のために、お父さんを利用した。お父さんは、かれらの幸運のお守りだったのですよ」といいながら、僕は別のふさわしい言葉を探していた——そうだ、父は「捕虜」だったのだ。

混乱した感情の結び目が、ほぐれてきた。父は言った。「私は間違いなく捕虜だった……恐怖におびえた子供だった……しかし、私の周りに鉄格子があるのが、誰にも見えなかった。見えていたのは、おそらくローベ司令官だけだ。私がやがてどんな試練に会うことになるか、かれには分かっていたに違いない」

「私は訓練されたペットだった。自分の置かれた状況を自分で変えることなど、何一つできなかった。お前が生き延びたのは幸運だったのだ、お前はラトビアに恩義があるのだと、いつも繰り返し、聞かされてきた。私はかれらに、常に感謝していなければならなかった。私はかれらのために最もふさわしいことをしなければならなかった。私はかれらがみんな幸福であり、私を気に入ってくれるようにしていなければならなかった。かれらの言うことに従わなかったら、どうなっていただろう？　しかし同時に、私は、心の中ではそんなものは受け入れていなかった。私はかれらの一員ではなく、かれらの一員になることもないことを知っていた」

疲れ果て、父は沈黙した。

ラトビア兵たちは、父を森の中から「救出」した。しかし同時に、かれらは父を、父自身から盗んだのだ。僕は、あのニュース映画のことを、そして映画の背景に流れていた子供の幸福な音楽のことを思った。それは、マスコットが無邪気なゲームの世界に生きていることをほのめかしている。しかしスクリーンを一歩離れた現実の世界では、父はいつも死の恐怖におびえて生きていた。

父はとつぜん立ち上がって、支払いを僕にまかせた。これ以上は、もう沢山だと言わんばかりに見えた。

エピローグ

両親がオーストラリアへ帰ったあと、僕は定期的に二人に電話した。父も母も、日常の生活に復帰したように思えた。

あるとき父と話していたら、故郷に帰ってうれしかったと言った。

「ベラルーシが故郷だとは、思っていないの？」と僕は聞いた。

「冗談じゃない！　私はオーストラリア人だよ」と、父はやや憤然として言った。

父はオーストラリアでの自分の人生について、驚くほど率直に感謝を口にした。入国したての放浪の日々——巡業サーカス団の象つかいの少年と裏方の生活、奥深い内陸での移動労働などの日々をすごしたことで、自分の過去を葬り、忘れることができた、と父は言った。猛烈な働きぶりにもかかわらずと言うか、あるいはまさにその猛烈さの故にだろうか、多くのオーストラリア人が大切にする「のんびり主義」を父は楽しんだのだ。

オックスフォードに戻って、それまで数か月の僕の経験を消化していくにつれ、僕は父の物語そのものや最近の動きをめぐって、いっそう疑問が生まれてくるのに気がついた。しかし、何時間もかけてその疑問を追求しても、袋小路に入りこみ、さらに欲求不満が募る。

メルボルンに帰ってそれほど時間がたたないうちに、父はエリック・ガルペリンからの手紙で、アーニャ・カッツがしばらく患ったあと亡くなり、目が不自由で身のまわりのことが十分できないヴォロージャは公営の養護施設に入ったが、数か月後に死去した、と知らされた。

僕の知る限り、あの二人以上に、父の物語に光を投げかけてくれる証人はいない。そして二人の回想がないと、父の子供時代や、父の両親の暮らしを知るすべはない。エリックはいまでも、自分は家族の歴史をほとんど知らないと言い続けている。

父のリガでの暮らし、および兵隊たちと一緒だった、パトロール時代の生活についての僕の調査も、不満足な結果に終わった。

僕の直観ではいろんな仮説が成り立つ。だから、ヤーカブス・ジェーニスはじめ、父と接触があった人たちに聞きたいことはいっぱいあった。かれらは本当のところ、どう思っていたのか？父を部隊にとどめておいたのはなぜか？　だから自分の人間性は地に堕《お》ちていないのだと思いこもうとしていたのか？

アンクルとアンティーはずっと前に死去した。ローベ司令官もそうだ。そのうえ、このところ父と和解が成りたちそうに見えた〝義姉〟のミルジャも他界した。

父を銃殺隊から救ったヤーカブス・クーリスのことをもっと知りたい。そう考えて、一九五〇年代に父宛てに手紙を寄こしたニューヨーク市郊外の住所を手掛かりに、かれの所在を追跡し、連絡をとろうとした。電話をしたら、強い欧州系アクセントの年配の女性が出た。僕は名前を名乗り、電話の目的を話したとき、彼女は驚いたような大きな息をつき、それから性急にそんな人のことは知らないと答えた。

「うちはチェコ系ユダヤ人です！　放っておいてください！」と、彼女は叫んで、ガチャンと電話を切った。

これを父に伝えたら、父は仕方ないというように、そっとしておくよう忠告した。「そんなことをして何の役にたつのかね？　それがクーリス家の人間だったとしても、おそらく年をとりすぎたか病気かで、私のことなど思い出したくないのだろう」

「クーリス夫妻は決してお父さんのことを忘れる訳がないでしょう」と僕は反論した。しかし、父は後へは引かない。追跡は難しくなった。

進んで情報を提供してくれる人はいなかったが、ヨーロッパか、どこかにいる個人——兵隊の子孫か、老年の兵隊自身——が、小さなマスコットについて何かを知っているのではないかと、僕は思っている。だが、何かの理由で、みんな口をつぐんでいる。

そしてスロニムの謎はどうか？　最終的に、歴史家のアンドルー・エーゼルガイリスの研究によって、われわれが疑っていた通り、第一八大隊は実際にベラルーシのストルブツィの町に駐屯していたことを僕は知った。ストルブツィからスロニムまでは一日の行程であり、距離から見て第一八大隊がスロニムにいることは可能である。しかし、僕はより大きな難題に直面した。スロニムの虐殺がおこなわれたとき、第一八大隊がベラルーシのどこにいて何をしていたかは、より大きな

論争の泥沼にはまり込んでいる。

何人かの歴史家は、第一八大隊は虐殺のとき、現場にいたと主張している。しかし、その虐殺がおこなわれた日付については見解が分かれている。そのうえで、一部の歴史家がスロニム虐殺は一つの孤立した事件だととらえているのに対し、他の歴史家は、スロニム事件は繰り返して起きた、一連の虐殺事件の中の一つであり、第一八大隊は一九四一年末から一九四二年のほとんどの期間の事件に責任があると主張している。その一方、第一八大隊が現場にいたとしても、根絶は必ずしもかれらの公式任務の一部ではなかったと論じるものもいる。これらの論争の背後にある真実はいかなるものであれ、父が現に目撃したのがスロニム虐殺そのものだったのか、それとも兵隊たちが犯したそれ以外の、記録に名を残していない多数の虐殺の一つだったのかを知るすべはない。

いずれにせよ、父の意識は休まることがないという点では、議論の余地がない。かれは、虐殺の日のこととして記憶していることと、記憶にないことを区別し、きちんと説明しておきたいと考えているのに、その場を与えられないからだ。

さらに、われわれのベラルーシへの旅で発見されたものがある。

コイダノフで父が育った家から見つかった、埃だらけのバッグの写真をめぐるミステリーは解けていない。フレームの中からわれわれを見つめる、セピア色の顔の人々はいったい誰なのか。従姉弟なのか、伯父・叔父たちなのか、姪なのか、曽祖父母なのか？　かれらは自分が何者かを調べ、記憶にとどめて欲しいと懇願しているように見える。しかし、僕たちにできることは、半分に引き裂かれた写真の中で恥ずかしそうに微笑んでいる若い女性が、ハナ・ギルデンベルグ、すなわち父の母親かもしれないと思うことぐらいだ。

僕たちは後にエリックから、かれの父親、つまりソロモン・ガルペリンは、妻と息子のイリヤ・ガルペリン（つまり僕の父だ）を含む家族がいると思って自宅に戻ってきたのだと聞いた。そして、ソロモンはその後もコイダノフに住み続け、最晩年になってミンスクに移り、一九七五年に死んだ。もし、父が自分の過去についてもっと早く話していれば、父と子が再会することはありえたかもしれない。

僕はこの数か月の体験で、ひどいショックを受けてもすぐ立ち直る、父の驚くべき復元力を目の当たりにした。一連の出来事で父が経験したことは、きわめて大きな精神的な負担を伴うものだったが、この経験が、将来に直面するかもしれない問題に対処するために役立つかもしれないと、父は受け止めていたのだ。

悲しいことに、父と異母弟のエリックとの関係は、先細りになっていった。その正確な理由ははっきりしない。言語の壁のせいだったかもしれない。父のロシア語は、子供の言葉の域を出るものではなかったから。

しかし、七〇歳台の父と五〇歳台のエリック、さらに二人を隔てる距離の壁――物理的にも歴史的にも――の克服も、容易に絆《きずな》を形成するのを妨げただろう。

父がしばしば「パノク」問題に立ち戻り、自分はガルペリンではなくパノクだったのではないかと言い出すことも、事態の改善には役立たなかった。僕らがコイダノフを訪れたとき、あれほどヴォロージャの記憶と自分の記憶が相互に一致していることを確かめたにもかかわらず、そうなって行った。

僕がオックスフォードで友人になった、エリとは何者だったのか。彼女は何の説明もなく、オックスフォードの街から姿を消した。転居後の連絡先を伝えてもこなかった。彼女の父はイスラエルの情報機関のエージェントだった。かれがメルボルンの両親宅への侵入の黒幕だったのか？　貴重品は何も盗まれてはいなかったが、父の文書が捜索された。まるで侵入者たちが何か特定のものを探していたようだった。ひょっとすると、第一八大隊のメンバーと父とがポーズをとって写っている写真だったのか？

後日の朝、両親の家の玄関に現れた、戦争犯罪調査官と称する二人連れと、エリか彼女の父は関係があるのだろうか。この調査官なる連中も、父と兵隊たちの写真を探しに来た。かれらはどのようにしてその写真のことを知ったのか。そして、かれらはなぜ、自分たちの名前を父に告げるのを拒否したのか。

僕がこのようなミステリーへの回答を得ようとして努力したが、僕の直観的な憶測と疑惑を高めただけで、不発に終わった。しかし、私が持っている証拠は、父の子供時代の証言の正しさを裏付けるものだ。僕はかれのために、公的に嫌疑を晴らしたいと思った。

無邪気にも僕は、今度のベラルーシとラトビア旅行で収集した事実をもとに、メルボルンのホロコーストセンターに出向くよう父に勧めた。この経験が父にとって有利に働くだろうと思ったのだ。父はいまや、インタビュアーに対して自分を正統なユダヤ人として提示できるし、この文脈で正統なユダヤ人とは何を意味するかは別として、センターの人たちは父を抱擁するだろうと。

そうではなかった。不可解なことに、男性のインタビュアーは断固として父の主張に反対した。公開のインタビューで、かれは私の父はユダヤ人ではない、ユダヤ人の心を持っていない、なかんずくラトビアに対する忠誠心を失ってはいない、と言明した。最も当惑させられたのは、われわれが過剰なまでの証拠を持っているにもかかわらず、このインタビュアーが父の物語の真実性に疑問を投げかけたことだ。僕たちは、この男を相手にするのをやめた。

われわれの主張を認めさせる最後の手段として、僕はニューヨークの「賠償請求協議会」に問題を提起した。この組織は主としてホロコーストによって受けた被害を評価し、しかるべき「補償」を支払うことを目的とする組織だ。

この協議会も、ホロコーストによる父の体験を認定することを拒否した。「あなたの父がいかなる被害を受けたというのですか。強制収容所に入れられたこともないではないですか」と、この組織の代理人の女性は、僕に憤りをまじえて反論した。

そして、父は志願してSSに入隊したしたという、敵意を抱かせるような最終決定が出された。数か月にわたる論争とミンスクのギルフ協会（ナチス強制収容所およびゲットーに拘束されたユダヤ人のための慈善団体）の証明によって、協議会は評決を撤回せざるを得なくなった。

この闘争の間、父は禁欲的な態度を変えなかった。しかし、時間がたつにつれて父の不眠症がぶり返し、悪夢がそれに輪をかけた。父は方向感覚を失い、冷や汗をびっしょりかいて夜中に目覚めることが増えた、と母から聞いた。いつもの旺盛な食欲も消え、体重が減った。過去の体験のみならず、つい最近の体験までが父を消耗させたようだった。父は空間と陽光、「幸運の国」の明るい楽観主義によっても、和らげられ癒されることがなくなった。

母の健康状態は、その後も僕たちを心配させた。通常の治療には反応しない、まれな種類の癌であるという最終診断が出た。病状は、一喜一憂の状態が続いた。何日も何週間も続けて健康そのものに見えるたりするので、知らない人は彼女が病気だと想像できないほどだった。

しかし、二〇〇三年九月のある日、父が電話してきた。母の健康状態がとつぜん悪化し入院した、予断を許さない状態だ、と言った。翌日の朝、母の姉妹が電話してきて、できるだけ早くメルボルンへ帰るようにと伝えてきた。

その夕方、僕はメルボルン行きの飛行機に乗った。

ひと月後、母は亡くなった。

暗黒がわが家をおおった。悲しく戸惑いに満ちていた。父は最愛の友であり、パートナーであった母を失った。

ある夕方、電気をつけないままキッチンの暗闇の中で、父と僕とはいつまでも消えない罪の意識に負けた。そのときまで、あまりにも痛恨に満ちていて話題にもできなかったテーマだった。僕たちは、あの父の物語が何らかの形で母の死につながったのではないかと語り合った。

「お母さんは地に足のついた性格の人だった」と父は言った。「他の人たちはそれを彼女の強さだと誤解した。そうではない。お母さんはあまりにもデリケートで気配りの厚い人だったのだ。彼女は私の物語に疲労困憊した。彼女にとってあれは背負いきれるものではなかった」

それに続く何週間かの間、父は次第に自分の過去をめぐる不明な点の探索への興味を失っていった。もう調べるだけの価値はないとも僕に言った。

「断片的な情報はあるのだ。それで間に合わせるさ」と言った。

二か月後、僕はオックスフォードに帰ることにした。僕たちはずいぶん長く、同じ屋根の下で動き回ったが、お互い一緒に何かをするのを避けるようになっていた。母を奪ってしまったこの世の中への、やり場のない怒りと悲しさでいっぱいで、僕はもう父が一緒にいてほしい人間ではなくなった、一緒にいてはならない人間だ、と思うようになった。

僕の出発の朝がやって来た。父と次に会えるのがいつになるか分からない。僕は父に和解のゼスチャーをしたかった。父はキッチンテーブルに座っていつものようにコーヒーを飲んでいた。

「お父さん」と僕は言った。

父は目を上げた。

「ウィリアムズタウンへ行ってみる気はない？」

「何しに？」

僕はぎこちなく肩をすぼめた。重心を右から左へ交互に移し替えながら、ぶざまなティーンエージャーのように言った。「コーヒーとか、ランチとか。アイスクリーム、ストローベリーの、どう？」

久しぶりに、父はほほ笑んだ。僕がストローベリーのアイスクリームと言ったときだ。かれは僕の提案をしばらく静かに考えていた。

「オーケー」とついに受けた。

その日の朝遅く、僕たちは海岸のベンチに座っていた。六年前、父のインタビューのビデオを見てショックを受けた母と座っていた同じ場所だった。その朝、母はビデオで初めて何が父を悩ませているかを知ったのだった。

この日も、そよ風の中で、小型ヨットが海岸から少し離れて浮かんでいた。ときおり鳴るヨットのベルが、僕たちの沈黙を破った。

しばらくの間、これまでの調査で、父が主張している通りの過去が姿を現したと言えるだけの証拠が集まったのかどうか、僕は考えこんでいた。父はそう主張するが、疑惑を抱く人には十分に反論できるだけのものが集まっているのか。まだ数多くの疑問が解明されぬまま残っている。いつかは決着するのだろうか。僕は、記憶が父に課した重荷の判断を誤ったのではないかと心配した。

「あれはやるだけの価値があったのだろうか？」と僕は聞いた。

「どんな価値があったか、誰にも分からないよ。私は名前が分かったが」と父は肩をすくめた。「それに映画フィルムのコピーもある。お母さんが亡くなったいま、私は毎日その質問を繰り返しているのだよ」

父は頭を左右に振った。「しかし、本当のことをいえば、私の物語が私の持っているすべてだということだ……」

父はちょっと休んだ。そして続けた。

「私が目を開けてこの世に生きることを選び、暗闇から一歩外へ踏み出した。それから、それから六〇年たったいま、いま地球の裏側にいる！」

父は立ち上がって波打ち際の方へ行った。何分間か、かれはビーチを歩いているブラックスワンを見ていた。それから僕の座っているところへ戻って、前に立った。日の光が遮《さえぎ》られて、湾が見えなくなった。

「私は何を失ったのか分からない。生きたこともない生涯のことなど分かるはずもないだろう？私は生き延びる機会を選び、それに文句をつけたことはない。それが私にとっての人生のありようだった。これまでも、私は自分を外にさらしたり、発見してもらおうとしたりすることは、できただろう。しかし、私は生き延びることを信条としてきたし、それが自分の身についた生き方になった」

「過去のことを話さなかったらよかったと思う？」と僕は父に迫った。

「正直いって、分からないのだよ。私は自分が自分の主人公だと思っていたが、違っていた。六〇年たったいまでも自分がどうやって生き延びたかが自分の生活を揺さぶるのだ。私ができることは、それに縛られながらも、一定の安全な距離をとることだけだ。私の体の中には二人の人間がいるようだ。誰でも知っているアレックスと、もう一人の秘密のアレックスだ。この二人はお互いに再び適応しあうことを学ばなければならない」

ロンドンのカフェ・ダキーズで父がとつぜん見知らぬ人になってしまったのはなぜか。僕はこれまで、それを考えつづけてきた。その回答がこれだった。

決着も、赦免も、討論終結も、進行も、克服も、通俗心理学の解答もなかった。ただあるのは過去と折りあいをつけることだ。父はそのことをずっと知っていた。

僕自身も、自分の生き方を見つけなければなるまい。快適かどうかは別として、僕の受け継いだものとともに。

訳者あとがき

その日は、ちょっとばかり浮きうきした気分だった。毎年のように精密検査時にわが主治医から申し渡されていた「厳重注意」が消えたのだ。病院の帰りに待ち合わせ場所に行ったら、友人から「これだよ」と印刷物の束を押しつけてきた。それが『マスコット』との初対面だった。

「翻訳なんて神経ばかり使うものは、もうご免だね」といって返そうとしたら、

「久しぶりに会ったのだから、読んでみるだけでもいいじゃないか」という。

そこまで言われては、拒否できない。

「じゃ、読むだけだよ」と手にとった。

これが『マスコット』との出会いだった。

読んでみると、めっぽう面白い。これまで目を通したユダヤ、ホロコーストものとは、内容もトーンも全く違う。恐怖の物語なのに、おどろおどろしくもない。主人公のアレックスの性格だろうか、激烈な糾弾も、非難の言葉も出てこないのに、心が動いた。

読んでいるうちに、ユーラシア大陸の西のはずれに近いドイツに逃れたアレックスの体験が、同じ大陸の東端の島国いた当時の私の体験と響き合う。そうか、年齢はかれの方が上だが、同じ戦後を生きた世代なのだ、と気がついた。

「ジープの黒人兵を見てその場に凍りついた。黒人兵の歯はまばゆいぐらい真っ白で、黄ばんだり、虫歯になったりしてはいない。どこか天国のようなところから来たに違いない。『それこそ私が行きたい、アメリカというところだ』と私は自分に言った」

そうだった。アレックスより何か月か遅れてだろうが、あのころの日本の子供も、黒人兵を初めて見て、同じようにびっくりした。そして、あのまばゆいばかりの輝きを放っていた「アメリカ」という存在が、私の心の中でしぼんでいったのは、いつごろからだったろうと考えたりした。

この本を翻訳してみるかなという気になったのは、人生の同期生の連帯みたいな気分に襲われたからだったのか。あるいは、アレックスの人生を知って、情が移ったからかもしれない。

私がユダヤ人問題を意識したのは、高校生のころの五〇年以上も前のアメリカだった。コーンベルトの真ん中にある小さな村に住んでいたときだったが、そこの牧師の娘が、シカゴで知り合ったユダヤ人の青年と婚約した。かれはキリスト教に改宗していたから、娘の父親が牧師で、何の問題もないはずだった。

しかし、村の教会員たちの中には「ユダヤ人はキリストさまを殺した」と、平然と口にする人たちもいた。説得しても、心からの納得は得られなかったのだろうか、こんな状態ではとても牧師はつとまらないと判断したのか、一家はやがて村を離れ、州境の別の町へ移っていった。

第二次大戦から一〇年以上も過ぎたアメリカの田舎でも、そんなことがあった。それより以前、ユダヤ人撲滅を掲げるヒトラーが勢力を広げていた東ヨーロッパで、この本に描かれている、野蛮かつ残虐な殺戮が堂々と行われていたのは不思議ではない。

強制収容所と毒ガスなどによる殺人工場の体制が「整備」される以前の、原始的段階だったのない、凄惨な光景がヨーロッパのあちこちにあった。泥酔でもしていなければ耐えきれだ。ユダヤ人をライフル銃で一人ひとり銃殺する兵士たちすら、泥酔でもしていなければ耐えきれ

『マスコット』は、その恐怖のさなかをくぐりぬけてきたユダヤ人アレックスが、五〇年後に息子のマークに語った実話である。そして記憶に基づいて、生まれ故郷、家族絶滅の現場を探しに行き、自分の記憶の正しさを立証してゆく物語である。

第三章あたりになって初めて、話の方向がみえてくるが、それまでは父と子の会話がかみ合わないほどだから、冒頭の不可解な部分は、軽く読み流して進む方が話に入って行きやすい。やがてその奥にあるものが少しずつだが、浮き彫りになってくる。

この話は実話だが、ミステリーでもある。ロンドンのカフェで、父アレックスがもらした二つのなぞの言葉、「コイダノフ」と「パノク」とは何だったのか。母親はかれに「私たちは明日みんな死ぬのよ」と言ったが、どうしてそれを知ることができたのか。放浪の果てに、アレックスはラトビア警察軍につかまり、やがてナチス武装親衛隊（ＳＳ）の隊員になるのだが、司令官はかれがユダヤ人であると知っていたのか、知らなかったのか。知ったとすればいつ知ったのか――。

なぞは別のなぞを生みながら、展開して行く。

これはまた、一種の調査報道でもある。読んで行くと、面白いことに同じ状況についてのアレックスとマークの判断がずれたり、正反対だったりしていることにも気づかされる。マークは単に父の発言の記録者ではなく、同時にいろんな角度から質問をあびせ、父が気づいていない点も浮き彫りにしつつ、その他の可能性についても記録しておこうとしていたのだろう。

この物語には、国際情勢も大きくからんでいる。

ロシアとドイツという二つの大国にはさまれたバルト地域が、三つの国として成立したのは第一次大戦後のことだ。十八世紀から二〇〇年続いたロシアのラトビア支配はロシア革命で崩れ、ドイツ帝国は第一次大戦の敗北で崩壊した。エストニア、ラトビア、リトアニアのバルト三国が誕生したのは、そうした大国の権力の空白の中である。

そこへソ連のボルシェビキ勢力が進軍してくるが、ラトビアはそれを撃退する。アンクルやローベが国粋主義のラーチプレーシス団のメンバーとして活動し、その褒賞にカルニカヴァの別荘をもらったという話が事実だとしたら、かれらがこの戦闘に参加していた可能性もあるだろう。

第一次大戦後のリガは、ロシア革命後のソ連情報を求める外交官や学者が集まる国際都市でもあった。ジョージ・F・ケナン、E・H・カーといった外交官や学者が調査や研究に励んでいた。日本人では後の駐ソ大使になる新関欣哉、重光晶なども、この町でロシア語を学んでいたという。

ジェーニス夫妻がアレックスに、自分たちをアンクル、アンティーという英語の愛称で呼ばせたのも、西欧の文化が流れ込んできた、時代の空気を反映していたのかもしれない。

しかし、一九三九年九月のドイツ軍のポーランド侵攻で情勢は一転し、世界は第二次大戦に突入する。一九四〇年六月十五日ドイツがパリを占領すると、それまで曲がりなりにも独立を維持してきたバルト三国は、数日のうちに前年の相互援助条約を口実に、ソ連の占領下におかれてしまう。ちなみに、リトアニア領事代理の杉原千畝氏が数千人のユダヤ人に通過ビザを発行した「命のビザ」事件はこのときのことだ。

これに対して、一九四一年六月ナチス・ドイツはバルバロッサ作戦を発動し、独ソ不可侵条約を破ってバルト諸国へ侵攻し、さらにベラルーシ（当時の白ロシア）、ウクライナへ、ロシアの奥深くまで攻め込んで行く。アレックスの母と弟、妹が、多くの村人とともに殺されたのは、この年のベラルーシだった。

しかし、一九四四年初めになると、戦局は逆転し、今度はソ連軍が西方への侵攻を開始する。ジェーニス家とともに、アレックスがドイツへ脱出する一九四四年十月はまさにその混乱のさなかだった。バルト三国の独立は回復されることなく、ソ連圏に逆戻りして行くのである。

これはホームドラマでもある。ユダヤ人の父と子の間で、ユダヤ人であることをいつまでも家族や友人にも隠しているのは不健全だ、カミングアウトすべきだという息子と、それをためらう父の対話のなかに、世代によるユダヤ人意識の差が浮かび上がる。

息子を前に、アレックスは重罪を自白するように頭をたれるが、「私がユダヤ人で」と口に出すことすら恐れる。息子は閉口して、「いつまでも、僕がかばい続けている訳にはいかないよ。何が心配なの？」と言う。

これに対して、アレックスは顔をゆがめ、

「みんなは受け入れてくれるだろうか。お母さんは、私がユダヤ人だと知らずに結婚したのだよ」と、恥じ入るように答えるシーンは忘れがたい。（二六五頁）

出版直後から『マスコット』に対して、捏造《ねつぞう》だとか、筆者はユダヤ人ではないなどといった激しい批判が、主としてユダヤ人社会の一部から投げられてきた。メルボルンのホロコーストセンターのインタビュアーが、かれはユダヤ人ではない、ユダヤ人の心を持っていないと公言したことは、エピローグにも記録されている。

最近では、アレックスに対して、ユダヤ人であるならDNAを提出せよという要求が突きつけられてもいるようだ。かれが本当にユダヤ人なら、DNAを調べれば、どの家系に属しているか分かるはずだというのだが、アレックスは一笑に付しているらしい。

ユダヤ教の新聞などをみると、最近のアレックスはユダヤ教に目覚めたらしく、若者の集会などで自分の体験を語ってもいるようだし、先細りになっていたエリック・ガルペリンとの関係にも改善のきざしがみえるらしい。

著者マーク・カーゼムは、父の物語をテーマにしたTVドキュメンタリーの脚本『マスコット』をプロデューサーと共同執筆し、二〇〇二年にオーストラリアABCテレビから放映した。この番組は好評で、オーストラリアで数々の賞を獲得した。本書はさらに取材を重ねたうえで、二〇〇七年に出版したもので、世界的なベストセラーになった。

本文でも明らかなように、マークは日本文化に大きな関心をもち、日本語も堪能で、たびたび来日して、日本の各種の文化プロジェクトに参加していた。また、上智大学で修士論文を完成させるなど、日本文化研究や文化人類学でも将来を期待されていたが、二〇〇九年十二月、五二歳で病死した。

滞日中のかれは、自分の名前を「マーク・カーツェム」と発音し、そう印刷した名刺を持っていた。しかし、親友のアラステア・フィリップス英ウォリック大学准教授によると、「英国ではカーゼムと発音していた。ときどき自分が東欧出身であることを強調するためか、あえて東欧風に発音してみせることはあった」という。

カーツェムの名刺はその流れのなかで、日本向けに作ったものらしく、フィリップス准教授も「日本での出版には、カーツェムでいいかもしれない」と語るが、読者が外国の読者と意見を交換する場合に起こりうる混乱を避けるため、本訳書では「カーゼム」と表記することにした。

マークは、日本政府のＪＥＴプログラム（語学指導の外国青年招致事業）で一九八七年に来日した際に、大阪府の細川宣昭（故人）、瑛子夫妻に「大変お世話になった」と原著の末尾でも「特別の謝意」を記している。かれの遺志を尊重し、日本語版の発行にあたり、ここに再録しておきたい。

ホロコーストについては東京女子大学の芝健介教授、ラトビア情勢、ラトビア史、ラトビア語の名前などについては昭和女子大学の志摩園子教授らのご教示を得た。多忙のなかで対応していただいた先生方に深く感謝したい。バルト地域に関する研究は、日本ではほとんどなく、志摩教授の「物語　バルト三国の歴史」（中公新書）は、訳者にとって導きの糸となった。これがなければ、しばしば途方にくれたに違いないと思う。

本訳書中の誤りは、いうまでもなく訳者の責任である。また、現地音ではルォべまたはルァべの方が近いとされる司令官の名前をローべとするなど、日本人読者の読みやすさに配慮して、独断で一部に変更を加えたことをお断りしておきたい。地名等は、現地音ではなく、通常の日本語での表記を採用した。

宮崎勝治

● 著者紹介

マーク・カーゼム（Mark Kurzem）

オーストラリア、メルボルンに生まれ育つ。本書の主人公アレックス・カーゼムの長男。メルボルン大学、上智大学、東京大学で学ぶ。オックスフォード大学博士課程で文化人類学を専攻、日本社会の研究家。2009年逝去。

● 訳者紹介

宮崎勝治（みやざき　かつじ）

元朝日新聞記者。アメリカ総局員、政治部次長、朝日ジャーナル副編集長、朝日新聞ヨーロッパ総局長などを務めた。

宮崎栄美子（みやざき　えみこ）

米国ペンシルベニア州の大学等に在籍後、海外ＰＲ会社でスリランカ、マレーシア観光等の広報宣伝を担当した。

マスコット　ナチス突撃兵になったユダヤ少年の物語

2011年11月11日　初版発行

著　者　マーク・カーゼム
翻訳者　宮崎勝治・栄美子
発行者　河合一充
発行所　株式会社　ミルトス
〒102-0073　東京都千代田区九段北1-10-5
九段桜ビル2F
TEL 03-3288-2200　FAX 03-3288-2225
振替口座　００１４０-０-１３４０５８
http://myrtos.co.jp　pub@myrtos.co.jp

印刷・製本　シナノ印刷（株）　Printed in Japan　ISBN 978-4-89586-152-6
定価はカバーに表示してあります。